Obscurs pressentiments

Réunis dans la tourmente

AMANDA STEVENS

Obscurs pressentiments

Traduction française de
CHRISTINE BOYER

BLACK ROSE

HARLEQUIN

Collection : BLACK ROSE

Titre original :
A DESPERATE SEARCH

HARPERCOLLINS FRANCE
83-85, boulevard Vincent-Auriol, 75646 PARIS CEDEX 13
Service Lectrices — Tél. : 01 45 82 47 47 - www.harlequin.fr
ISBN 978-2-2804-5258-8 — ISSN 1950-2753

Composé et édité par HarperCollins France. Achevé d'imprimer en mars 2021.
par CPI Black Print - Barcelone - Espagne
Dépôt légal : avril 2021.

FSC
www.fsc.org
MIXTE
Papier issu de sources responsables
FSC® C159065

Pour limiter l'empreinte environnementale de ses livres, HarperCollins France s'engage à n'utiliser que du papier fabriqué à partir de bois provenant de forêts gérées durablement et de manière responsable.

1

Le soleil s'enfonçait lentement dans la pinède, projetant de grandes ombres sur le lac Echo. Dieu merci, après avoir frôlé des records vers midi, les températures avaient un peu baissé mais l'air ambiant était encore chaud et humide. Aucun souffle de vent ne venait remuer les longues tresses de mousse espagnole ou troubler l'eau recouverte de nénuphars. Telle une armée de gnomes, des souches de cyprès se dressaient au milieu de cet épais tapis de végétation aquatique pour former un cercle autour du corps.

Nikki Dresden se félicita d'avoir pris ses cuissardes avec sa trousse d'instruments. Le cadavre flottait sur le ventre, à distance de la rive. Alors qu'elle pataugeait dans l'eau stagnante, elle essaya de ne pas penser aux alligators nichés dans les roseaux. Une odeur de pourriture imprégnait l'atmosphère et là encore, elle fut contente de savoir que des vêtements propres et des baskets sèches l'attendaient dans son SUV. En sortant de là, elle n'hésiterait pas à se changer. Elle fourrerait sa combinaison étanche dans un sac hermétiquement fermé pour qu'elle soit transportée jusqu'à la buanderie de l'institut médico-légal. Nikki avait appris très tôt dans sa carrière de médecin légiste que l'odeur de la mort était particulièrement tenace. Une fois qu'elle avait envahi un véhicule, elle persistait pendant des jours, voire des semaines, et il était très difficile de s'en débarrasser.

Voilà pourquoi, maintenant, elle prenait un maximum de précautions dans tous les aspects de son travail.

À son arrivée au lac, par exemple, avant d'enfiler son équipement, elle avait commencé par esquisser un croquis topographique des lieux et par noter la disposition des éléments. Les détails étaient essentiels et la mémoire peu fiable. Même les photographies risquaient plus tard de donner de fausses impressions. Un bateau de pêche chaviré sous le pont suggérait une noyade accidentelle mais il fallait se garder de tirer des conclusions hâtives, Nikki le savait. Les apparences étaient souvent trompeuses. Ce qui ressemblait à un accident se révélerait peut-être criminel par la suite, et les enquêteurs n'avaient pas la possibilité d'analyser deux fois une scène de crime. Ils n'avaient pas le droit à l'erreur.

Les premiers intervenants avaient sécurisé la zone et le shérif Tom Brannon avait réduit au minimum le nombre de ses hommes sur place. L'équipe de la police scientifique recueillait déjà des indices le long de la rive, un jeune policier nommé Billy Navarro prenait des photos tandis que l'un de ses collègues tournait une vidéo. Derniers arrivés sur les lieux, les adjoints suivaient leurs faits et gestes depuis la digue.

Un homme qu'elle ne connaissait pas était assis sur un tronc d'arbre, à l'extérieur du périmètre de sécurité. Sans doute était-ce lui qui avait signalé aux autorités la présence du cadavre. À son arrivée, tout en enfilant ses cuissardes, Nikki lui avait jeté un coup d'œil curieux et l'avait surpris en train de la dévisager. Elle ne parvenait pas à le resituer et pourtant, son regard franc et direct l'avait déstabilisée. S'étaient-ils déjà rencontrés ?

Sans s'en soucier davantage, elle se focalisa sur son travail. Heureusement, il faisait encore jour, même si le crépuscule se profilait à l'horizon. Une multitude de créatures nocturnes s'agitaient déjà au bord de l'eau. À la sérénade des crapauds et des grillons se mêlait le bourdonnement implacable des mouches. Elles avaient élu domicile sur le corps dès qu'il était remonté à la surface.

À cet endroit, le lac était plus profond qu'elle ne le pensait. Alors qu'elle avançait dans la vase, elle sentit quelque chose se glisser dans ses cuissardes. Elle poursuivit sa progression, essayant de ne pas penser à ce qui avait pu se faufiler dans l'eau boueuse.

Le shérif Brannon l'appela de la rive.

— Vous avez besoin d'aide, Nikki ?

— Ça va, merci, cria-t-elle.

D'un revers de main, elle écarta un moustique, veillant à ne pas perdre l'équilibre. Elle n'avait aucune envie de trébucher et de s'étaler de tout son long dans la gadoue devant les adjoints qui ne manqueraient pas de ricaner. Consciente que le fond du lac était glissant et ses cuissardes gênantes, elle s'accrocha à une souche de cyprès.

— Que voyez-vous ? demanda le shérif.

Alors qu'elle se rapprochait, le corps bougea.

— La victime est un homme de race blanche, dit-elle. Mince, cheveux gris. Apparemment, il a un certain âge.

— Avez-vous une idée du temps qu'il a passé là-dedans ? Ou de son identité ?

— Tout ce que je peux dire à ce stade, c'est que le cadavre flotte.

— Pigé, dit Tom. Des blessures ?

— Rien d'apparent. Mais je ne vois que l'arrière de sa tête et son dos. Le reste est encore submergé.

Nikki sortit un appareil-photo d'un sac étanche et prit quelques clichés avant de se tourner vers le shérif.

— Tirons-le jusqu'au rivage.

L'inconnu se leva alors et quitta son tronc d'arbre comme s'il s'apprêtait à offrir son concours. Au lieu de quoi, il se mit à faire les cent pas avant de reprendre sa place. Il semblait… pas vraiment nerveux mais tendu. Découvrir un cadavre provoquait parfois ce genre de réaction. Il continuait à fixer l'eau des yeux. La regardait-il, elle, ou le corps ? se demanda Nikki.

Cesse de te prendre pour le nombril du monde.

Chaussée de cuissardes et d'une combinaison informe, les cheveux tirés en un chignon hâtif, le visage en sueur, elle était plus une curiosité qu'une attraction. Les médecins légistes femmes étaient encore peu nombreuses au Texas.

— J'ai besoin du crochet, dit-elle.

Billy Navarro lui tendit une perche télescopique. Nikki s'en saisit et accrocha l'une des broches à la ceinture du mort. Tandis que deux des policiers tiraient, elle s'efforça de guider le corps à travers l'enchevêtrement de branches et de nénuphars pour ne pas provoquer de dommages supplémentaires et préserver ce qui pourrait rester d'indices.

Dès qu'ils l'eurent hissé sur la berge, l'odeur s'intensifia sous l'effet de la chaleur. Un des adjoints blêmit et détourna la tête. Un autre eut un haut-le-cœur. Soulagée d'être revenue sur la terre ferme, Nikki s'agenouilla à côté du cadavre pour noter l'état de décomposition, les traces éventuelles de prédation animale et les plaies.

— Il a des papiers sur lui ? s'enquit Tom en s'accroupissant de l'autre côté du corps.

— Pas dans les poches arrière, en tout cas, répondit Nikki. Son portefeuille est peut-être tombé dans l'eau. Retournons-le.

Tom fit signe à deux de ses hommes de les aider à mettre le cadavre sur le dos. L'eau avait causé un certain nombre de dégâts sur le visage de la victime. Ses traits livides étaient tellement déformés qu'il aurait pu être difficile de l'identifier. Mais il ne s'agissait pas d'un inconnu. Nikki sentit un frisson glacé lui parcourir l'échine et, sonnée, elle tomba sur ses talons.

Billy Navarro se pencha par-dessus l'épaule de Tom. Il était jeune et inexpérimenté, mais en reconnaissant, lui aussi, le défunt, il fit preuve de plus de sang-froid que certains des adjoints chevronnés, visiblement sur le point de s'évanouir.

— *Madre de Dios !* Est-ce bien… qui je crois ?

Tom hocha la tête.

— À ce stade, il est difficile de se prononcer avec certitude. Mais je mettrais ma main au feu qu'il s'agit de Charles Nance.

— C'est lui, sans l'ombre d'un doute, dit Nikki en pointant d'un doigt ganté le poignet gauche du mort, orné d'un petit caducée. Je reconnais ce tatouage. Il m'avait raconté qu'il datait de l'époque où il était étudiant en médecine. En général, sa montre le couvrait.

Billy se signa.

— C'est un grand malheur, shérif. Une tragédie. Cet homme m'a mis au monde. L'accouchement se présentait mal. Ma grand-mère m'a toujours dit que sans le Dr Nance, ma mère et moi n'aurions pas survécu.

Il s'exprimait avec une note de révérence et de crainte, comme si cette histoire le liait au triste sort du médecin.

— Les vôtres ne sont pas les seules vies qu'il a sauvées, dit Tom. Sa mort va ravager toute la communauté.

Levant les yeux, il remarqua l'expression de Nikki.

— Désolé, Nikki. J'aurais préféré que vous n'ayez pas à le voir comme ça. Vous étiez proches, tous les deux, non ?

— Il était comme un grand-père pour moi, répondit-elle d'une voix blanche. Un mentor, mon héros. Qui savait jouer les sergents instructeurs quand il le fallait. Sans lui, je n'aurais jamais réussi mes études de médecine.

Tom hocha la tête.

— Je devine ce que vous ressentez. Le Dr Nance a aidé

beaucoup de gens dans ce comté. C'était un héros pour la plupart d'entre nous.

Sans répondre, Nikki prit une profonde inspiration. Déjà, le chagrin balayait l'incrédulité, la sidération. Le shérif Brannon était animé de bonnes intentions, mais il était loin d'imaginer ce que Charles Nance avait été pour elle. Non seulement le vieux médecin était son ami et son guide, mais il était surtout l'une des rares personnes de Belle Pointe à lui adresser la parole, à une époque où tout le monde lui tournait le dos. Des années durant, elle avait vécu comme une marginale, une fille solitaire et perturbée. Elle avait flirté avec les ténèbres, côtoyé le pire. Mais lorsque le shérif Brannon d'alors, le père de Tom, l'avait suspectée après la disparition de deux de ses camarades de classe, le Dr Nance était intervenu.

« Vous faites fausse route, Porter, avait-il dit. Vous soupçonnez cette gamine et ses amis à cause de leur style gothique. Vous les jugez sur les apparences. À tort. Porter du noir ne fait pas d'eux des criminels. La musique qu'ils écoutent non plus. Nikki a connu beaucoup d'épreuves et les a affrontées du mieux qu'elle a pu. Alors je vous conseille de laisser tomber si vous ne voulez pas faire l'objet d'une plainte pour harcèlement. »

Nikki avait été stupéfaite qu'il prenne sa défense. À l'exception de son vrai grand-père, mort quand elle avait neuf ans, personne ne l'avait jamais protégée. Le Dr Nance ne s'était pas arrêté à ses cheveux teints, à son maquillage outrancier, ni même à son air perpétuellement maussade ou en colère. Peut-être avait-il vu en Nikki une version plus jeune de lui-même. En tout cas, après cet épisode, il l'avait prise sous son aile, encouragée à faire des études de médecine et aidée à obtenir des bourses. Grâce à lui, elle avait pu réaliser son rêve. L'influence du vieux médecin sur sa vie avait été incommensurable. Sa mort aurait le même impact. Il faudrait des jours, des mois, voire des années, avant que Nikki parvienne à surmonter cette tragédie.

Comme un poids tombait sur sa poitrine, elle poursuivit :

— Cela n'a aucun sens. Il passait beaucoup de temps sur le lac à naviguer et à pêcher. Et c'était un excellent nageur.

— Tout peut arriver sur l'eau, répliqua Tom. Surtout si vous êtes seul. Et il n'était plus tout jeune.

— Il venait de fêter ses soixante-treize ans, protesta Nikki. Il était en pleine forme.

— En apparence. Peut-être a-t-il été victime d'une crise cardiaque ou d'un AVC. Qu'en savons-nous ? Mais je me demande surtout pourquoi sa disparition n'a fait l'objet d'aucun signalement. Visiblement, il est dans l'eau depuis plusieurs jours. Quelqu'un aurait dû remarquer son absence. Des amis, des patients ou sa gouvernante.

— Tous pensaient sans doute qu'il n'était pas en ville. La semaine dernière, il m'a dit qu'il se rendait à Houston pour assister à un congrès médical. Il comptait en profiter pour aller pêcher en haute mer, à Galveston. Mais rien de tout cela n'explique comment il s'est retrouvé ici.

— Changement de programme de dernière minute, peut-être ? Ça arrive. Est-ce qu'il allait bien ?

Nikki se remémora leur dernier échange.

« Tu ne veux pas faire plaisir à un vieil homme et venir avec moi ? Dans une semaine, nous pourrions être en mer. Et avec un peu de chance, un marlin mordra à l'hameçon. Viens, cela te fera du bien. Et contrairement aux miens, tes patients ne te reprocheront pas de prendre quelques jours de vacances. »

— Il semblait de très bonne humeur, répondit-elle en s'efforçant de maîtriser le tremblement de sa voix. Il se réjouissait de cette virée de pêche.

— Il n'avait pas de problèmes de santé en particulier,

n'est-ce pas ? Rien d'extraordinaire dont vous pourriez vous souvenir ?

Nikki s'interrogea. Sa mémoire lui jouait-elle des tours ? En y repensant, peut-être l'avait-elle trouvé un peu pâle, l'air soucieux malgré ses taquineries habituelles…

— Je n'ai rien remarqué, dit-elle. Mais j'étais pressée de retourner au travail. Maintenant, je me demande si…

— Ne vous reprochez rien, Nikki. Beaucoup de raisons peuvent expliquer pourquoi il a changé d'avis à la dernière minute. Peut-être a-t-il renoncé à se rendre à ce congrès pour prendre un peu de repos au bord du lac sans en parler à personne. Dieu sait qu'il le méritait.

Tom promena les yeux sur l'eau.

— Je vérifierai qu'il a bien annulé son voyage, ajouta-t-il. Si son véhicule est garé devant sa cabane de pêcheur, nous en saurons un peu plus sur ses projets. Peut-être trouverons-nous là-bas son portefeuille et sa montre. Quoi qu'il en soit, je pense que vous devriez laisser le Dr Ramirez se charger de l'autopsie.

Nikki hocha la tête. En plus de ses fonctions de médecin légiste du comté de Nance, elle travaillait à temps plein avec deux confrères au Northeast Texas Forensic Science Center. Dans l'État du Texas, tout décès qui ne s'expliquait pas par les antécédents médicaux nécessitait une autopsie. Ses collègues et elle ne chômaient pas.

— Je n'arrive toujours pas à croire qu'il est mort.

Elle avait déjà perdu beaucoup de proches. Son grand-père adoré avait été emporté par un infarctus, il y avait des années. Sa grand-mère, qui l'avait élevée, avait rejoint son mari dans la tombe, deux ans plus tôt. Pour autant qu'elle le sache, ses parents étaient toujours en vie mais elle n'avait plus aucune nouvelle d'eux depuis des lustres.

Et maintenant, le Dr Nance…

— Il nous faudra à tous du temps pour accepter sa

disparition, renchérit Tom. Sans lui, le Memorial Hospital ne sera plus le même. Son arrière-grand-père avait construit l'hôpital d'origine. Il y a toujours eu un Dr Nance à Belle Pointe. Les Nance ont été parmi les premiers colons de la région. Et sa mort survient tout de suite après cette série de problèmes…

Il secoua la tête et poursuivit :

— La communauté est déjà sur les nerfs. Les gens risquent d'imaginer le pire comme chaque fois qu'un drame de ce genre se produit. Nous devons éviter les spéculations inutiles. Il ne faudrait pas que de fausses rumeurs circulent. Par respect pour le Dr Nance. Je vais convoquer une conférence de presse dès que possible. Ce serait bien que vous y soyez, vous aussi.

Nikki lui jeta un coup d'œil. La simple idée de parler aux journalistes de la mort du Dr Nance la glaçait.

— Ne vaudrait-il pas mieux attendre les conclusions de l'autopsie ?

— Quand aura-t-elle lieu, d'après vous ?

— Je vais en discuter avec le Dr Ramirez. Le Dr Nance est sans doute prioritaire mais nous sommes débordés, ces jours-ci. Il vaut mieux tabler sur lundi, au plus tôt.

— D'ici là, la nouvelle aura fait dix fois le tour de la ville, protesta Tom sans chercher à dissimuler son inquiétude. Je ne veux pas que les habitants du comté aillent inventer Dieu sait quoi. Je vais faire une déclaration. J'ai un peu d'influence au journal. Ils accepteront de nous laisser publier un communiqué dans les éditions papier et en ligne.

Nikki hocha la tête, songeant vaguement au prochain mariage de Tom avec Rae Cavanaugh, dont les parents possédaient l'*Echo Lake Star*.

Mais une fois de plus, son attention fut attirée par l'inconnu qui continuait de les observer de loin.

— Qui est cet homme ? Et que fait-il ici ? demanda-t-elle.

— Il a raconté à l'un de mes gars qu'il se baladait le long du lac lorsqu'il a aperçu le corps.

Il était difficile de lire l'expression de Tom derrière ses lunettes de soleil réfléchissantes, pourtant quelque chose dans sa voix troubla Nikki.

— Vous ne le croyez pas ?

— Je n'ai aucune raison de douter de sa bonne foi.

— Alors pourquoi ce ton suspicieux ?

— Nous avons connu pas mal de problèmes par ici : trafics de drogue, disparitions, meurtres… Voilà pourquoi j'ai tendance à me méfier des inconnus qui tombent par hasard sur des cadavres. Cela dit, ce n'est pas vraiment un inconnu.

— Non ?

Du coin de l'œil, Nikki reporta son attention sur le type. Elle le vit descendre de son perchoir et s'étirer comme pour détendre ses muscles ankylosés avant d'aller s'adosser contre un arbre, un peu plus loin. Il enfonça les mains dans ses poches, sans jamais quitter le cadavre des yeux. Contrairement à certains policiers, il ne semblait pas affecté par l'odeur ou l'état du défunt. À première vue, son langage corporel révélait une certaine indifférence aux événements, pourtant Nikki devinait une tension dans son cou et ses épaules. Et quelque chose de plus sombre que la simple curiosité brillait dans ses yeux.

Il était assez proche maintenant pour qu'elle se sente obligée de baisser la voix pour ajouter :

— Qui est-ce ? Et comment le connaissez-vous ?

— Je ne connais que lui, grommela Tom. Il s'appelle Adam Thayer. Il vient d'emménager dans l'ancienne maison de sa grand-mère, de l'autre côté du pont.

Elle le dévisagea avec surprise.

— C'est le petit-fils de Betsy Thayer ?

Elle avait dû le croiser autrefois quand il passait rendre visite à son aïeule, voilà pourquoi il lui disait quelque chose…

— Je pensais que les Thayer avaient mis la propriété en vente après la mort de Betsy.

— Sans doute n'a-t-elle pas intéressé grand monde, dit Tom. Elle est idéalement placée pour un passionné de pêche mais elle a besoin d'être sérieusement restaurée. Beaucoup de travaux à prévoir. Le fait qu'elle ait été utilisée pour cacher une victime d'enlèvement ne contribue sans doute pas à la rendre attrayante. Finalement, c'est peut-être une bonne chose que Thayer y vive quelque temps. Les maisons vides ont tendance à attirer les activités criminelles.

— Pas seulement les maisons.

— C'est vrai. Pas seulement les maisons.

Dans un bel ensemble, ils se tournèrent vers le haut des pins d'où s'élevait une vieille cheminée. De là où ils se trouvaient, l'imposant cylindre en brique était tout ce qu'on voyait de l'ancien hôpital psychiatrique que tout le monde appelait « les Ruines ».

La réflexion de Nikki avait touché une corde sensible chez eux deux. Quinze ans plus tôt, trois adolescentes étaient entrées dans les Ruines, une nuit de lune de sang. L'une d'elles, Ellie, était la jeune sœur de Tom. Tom l'avait retrouvée, le lendemain matin, étendue face contre terre au bord du lac. La rumeur prétendait qu'un malade mental, surnommé le Prédicateur, avait enlevé les deux autres. Tom avait réussi à ramener sa cadette à la vie mais après cette nuit-là, ni elle, ni lui, ni personne à Belle Pointe n'avaient plus jamais été les mêmes. Une des deux autres filles avait été découverte quelques jours plus tard, errant sur une route de campagne. La troisième avait disparu sans laisser de traces. Ainsi que le Prédicateur.

Malgré cette sombre histoire, Nikki ne partageait pas la peur des habitants du coin concernant les Ruines. Au contraire, elle avait toujours trouvé cet endroit à la fois beau et réconfortant, mais autrefois, son habitude de traîner là-bas n'avait fait qu'alimenter les médisances. Après la disparition des adolescentes, les gens du comté avaient accusé Nikki d'appartenir à une secte et de se livrer à des rites sataniques.

Tom détacha son regard de la cheminée.

— Thayer n'est en ville que depuis quelques jours mais les ragots à son sujet vont déjà bon train. Je suis surpris que vous n'ayez pas encore entendu parler de lui.

— Je ne sors pas beaucoup, répliqua Nikki d'un ton neutre en reportant son attention sur Adam Thayer.

Grand et mince, il était vêtu d'un bermuda et d'un T-shirt gris. Ses cheveux étaient coupés si court que lorsqu'il se pencha pour frapper un moustique sur sa cheville, Nikki remarqua une longue cicatrice à la base de son cuir chevelu.

— Que fait-il dans la vie ? demanda-t-elle.

— Il est inspecteur à la Crim de Dallas, répondit Tom. D'après ma sœur, il a été blessé dans l'exercice de ses fonctions. Une perquisition qui s'est transformée en guet-apens et en fusillade.

— D'où la cicatrice, dit Nikki, incapable de détourner les yeux de l'inconnu et de son regard magnétique. Comment Ellie le connaît-elle ?

— Un jour, alors qu'elle se rendait dans la maison des Thayer pour nourrir les paons, elle l'a trouvé assis sur la terrasse, sirotant un café. Manifestement, il s'était installé pendant la nuit. Elle se méfiait de lui au départ mais il semble qu'ils aient sympathisé.

— Cela vous ennuie ? demanda-t-elle, surprise par son ton.

De toute évidence, il en était contrarié.

Ils parlaient toujours à voix basse au-dessus du cadavre. Tom se leva et se dirigea vers l'eau. D'un mouvement de tête, il fit signe à Nikki de le rejoindre. Elle ôta ses gants et le suivit.

— Gardez ça pour vous mais j'ai l'intention de l'avoir à l'œil, dit Tom.

— À cause de votre sœur ?

Il hésita.

— Disons que je me méfie d'un type qui décide d'emménager en ville à la faveur de la nuit. Et je trouve curieux que, comme par hasard, il soit revenu ici maintenant. D'autant plus que la fusillade dont il a été victime me semble louche, elle aussi. J'ai des amis à Dallas. La police mène l'enquête là-bas. Je ne l'accuse de rien mais il paraît un peu étrange qu'il ait voulu s'installer dans un endroit comme Belle Pointe.

À présent, c'était Tom qui touchait une corde sensible chez Nikki. Comme elle avait longtemps fait l'objet de soupçons infondés, émanant du père de Tom en particulier, elle avait plutôt tendance à accorder à Adam Thayer le bénéfice du doute. Elle appréciait beaucoup Tom. C'était un homme bon et un shérif intuitif. Pourtant, elle répliqua d'un ton froid :

— Peut-être est-il venu ici pour se rétablir.

— Et comme par hasard, il tombe sur le cadavre de l'un de nos plus éminents citoyens ? dit Tom d'un ton dubitatif.

Nikki lui lança un regard de reproche.

— Qui spécule, à présent ? Vous n'imaginez quand même pas qu'il a quelque chose à voir avec la mort du Dr Nance, si ? Je doute même qu'ils se soient jamais rencontrés.

— Comme vous l'avez dit vous-même, le Dr Nance passait beaucoup de temps sur le lac.

Ces mots firent réfléchir Nikki.

— Vous croyez qu'il a vu quelque chose ?

— Je crois surtout que j'en ai trop dit, marmonna Tom.

Vous avez raison. Je spécule. Il faut attendre les résultats de l'autopsie avant de tirer des conclusions.

— Qu'y avait-il d'étrange dans la fusillade de Dallas ? ne put s'empêcher de demander Nikki.

Tom eut l'air ennuyé.

— Le fait que l'affaire ait été complètement étouffée, pour commencer. Elle a à peine fait l'objet de quelques lignes dans les journaux ou sur les réseaux sociaux. Il avait quand même pris deux balles en pleine poitrine et une troisième au ras du crâne. D'après ce que j'ai entendu dire, son cœur s'était arrêté de battre avant l'arrivée des secours. Ce genre d'événement, impliquant un flic de surcroît, génère généralement plus qu'un simple filet dans la presse.

Nikki commençait à se sentir mal à l'aise.

— Qu'insinuez-vous, Tom ?

— Rien. Assurez-vous simplement que le Dr Ramirez effectue un travail minutieux en pratiquant l'autopsie.

— Vous n'avez aucun souci à vous faire. Il est le meilleur dans son domaine. Il sait ce qu'il doit chercher et je l'aiderai. Deux paires d'yeux valent mieux qu'une, comme on dit. Mais n'attendez pas de miracles. Après un long séjour dans l'eau…

Elle s'interrompit et jeta un coup d'œil par-dessus son épaule. Adam Thayer la fixait toujours d'un regard pénétrant.

Un frisson la parcourut. Elle ne savait pas où elle l'avait déjà vu, ni dans quelles circonstances. Elle n'arrivait toujours pas à le resituer, mais leurs chemins s'étaient déjà croisés, elle en était certaine. Et elle aurait pu jurer qu'il la reconnaissait, lui aussi.

L'intensité de son regard ne fit qu'approfondir ses sombres pressentiments. Il était trop loin pour entendre leur conversation mais elle avait l'impression qu'il savait exactement à quoi elle pensait : même avec un équipement à la pointe de la technologie, après une longue période dans l'eau, la cause du décès pourrait être difficile à établir.

Et un inspecteur de police était bien placé pour le savoir…

Avec un juron, Adam Thayer se frappa la nuque pour écraser un moustique. Il était en train de se faire dévorer vivant dans cette saleté de marais ! Dans l'espoir de s'en débarrasser, il s'éloigna vers une zone ensoleillée, mais les petits vampires assoiffés de sang le suivaient, bourdonnant autour de ses oreilles avant d'enfoncer leurs trompes dans sa peau.

Le lac Echo était un endroit magnifique, un paradis pour les amateurs de marécages, de canaux et de grandes étendues d'eau, mais il fallait du temps pour s'habituer aux insectes. Depuis qu'il avait emménagé dans l'ancienne maison de sa grand-mère, cinq jours plus tôt, Adam gardait le spray antimoustiques à portée de main. Et il ne sortait plus de la maison sans s'asperger de répulsif, en particulier au cours de ses nuits blanches, lorsqu'il s'asseyait sur le ponton ou qu'il allait marcher jusqu'au pont.

Il ne savait toujours pas ce qui l'avait poussé à se balader sur les rives et à s'aventurer jusqu'à cet endroit particulier. L'instinct ? Les effluves subtils de putréfaction dans l'air ?

Cette odeur ne lui était pas inconnue. Il ne pouvait pas dire qu'elle lui manquait, non. Il ne regrettait pas non plus la façon dont elle restait parfois collée à ses narines pendant des jours. Mais le reste… L'enquête, le traitement méthodique d'une scène de crime, les interrogatoires, la traque, les montées d'adrénaline qui accompagnaient le démontage d'un alibi et le dénouement d'une affaire… Oui, tout ça lui manquait. Son travail lui manquait. Sa vie d'avant la fusillade aussi. Se sentir normal aussi.

D'un geste exaspéré, il chassa les moustiques et reporta son attention sur le shérif qui faisait des messes basses avec la légiste au bord du lac. Il était trop loin pour entendre ce qu'ils se disaient mais il connaissait assez les procédures sur les scènes de crime pour en avoir une petite idée. Sans doute discutaient-ils de la cause et de l'heure du décès, de l'identité de la victime.

Il en savait aussi suffisamment sur la nature humaine pour deviner que son statut de « témoin important » pourrait bientôt basculer vers celui de « suspect ». Un inconnu de passage qui tombait sur un cadavre attirait fatalement les soupçons. Si le shérif pressentait un acte criminel, alors Adam serait probablement interrogé et peut-être même surveillé de près.

Mais peut-être se faisait-il des idées. De toute façon, il avait interrogé suffisamment d'individus au cours de sa carrière pour être capable de se débrouiller. Combien de fois Stephanie lui avait-elle reproché son sang-froid à toute épreuve, ses nerfs d'acier ?

Pourtant, la perspective de voir ses faits et gestes examinés à la loupe, ses propos décortiqués à la recherche d'incohérences, lui déplaisait. Après la fusillade, il avait eu sa dose d'interrogatoires. Emménager dans la maison du lac de sa grand-mère, officiellement pour la rénover avant de la vendre, ne pouvait que susciter des questions. Il s'était préparé à faire l'objet de curiosités et de potins. En revanche, il n'avait pas anticipé la mort subite de son unique contact en ville.

Il changea de position pour avoir une meilleure vue du cadavre, ignorant la douleur qui recommençait à envahir son crâne. La migraine était devenue une habitude, presque une vieille amie. Des semaines de convalescence et des mois de rééducation avaient laissé des traces. Il souffrait aussi d'insomnies. Sur les conseils de son chirurgien, il marchait beaucoup, prenait du fer et se nourrissait de façon saine. Et il avait cessé de boire. Il passait aussi du temps au stand de tir. À l'exception des maux de tête persistants, il était en pleine forme. Sans cette foutue évaluation psychologique, il aurait déjà été réintégré, il en était certain. Raconter au psy ses cauchemars avait été une erreur, la pire de sa vie. Ou la seconde. La première avait été de faire confiance à Stephanie.

Mais il n'avait pas la possibilité de remonter le temps, de revenir en arrière et de tout recommencer différemment. Il avait surtout un autre souci, maintenant. Le Dr Nance était mort, ce qui signifiait que les craintes du vieil homme étaient sans doute fondées, finalement.

Le regard d'Adam se déplaça une fois de plus vers le corps alors qu'il se remémorait la conversation téléphonique qui l'avait décidé à venir à Belle Pointe. En réalité, il n'avait pas attaché beaucoup d'importance aux vagues inquiétudes du Dr Nance, mais ce dernier savait se montrer persuasif quand il le voulait.

« Si, en arrivant ici, vous estimez que je ne suis qu'un vieux fou qui se bat contre des moulins à vent, alors je cesserai de m'y intéresser. Vous retournerez à Dallas et nous n'en reparlerons plus jamais. Mais je vous le dis, Adam, il se passe des choses étranges dans cette ville. Des choses très sombres. Et voilà sans doute des années que ça dure. »

Alors, il était venu. Et il se retrouvait à présent face au cadavre du Dr Nance…

Qu'allait-il faire, maintenant ?

Il y avait quelques heures encore, il n'aspirait qu'à quitter cette campagne trop tranquille et à retrouver au plus vite l'agitation de sa ville natale, un endroit qu'il aimait et subissait tout à la fois. Peut-être qu'en s'en donnant la peine, il parviendrait à recoller les morceaux de sa vie brisée, à retrouver son poste au sein de la Crim. Peut-être même rappellerait-il Stephanie.

Il se rembrunit à cette idée. La probabilité qu'il renoue avec son ex-fiancée était équivalente à celle de renoncer à résoudre le mystère de la mort du Dr Nance, c'est-à-dire nulle. Tourner le dos aux dernières volontés d'un défunt n'était pas une option.

Comme s'il avait deviné la teneur des pensées d'Adam, le shérif jeta un coup d'œil par-dessus son épaule, capta son regard. Il hocha brièvement la tête puis se pencha vers la légiste pour lui parler d'une voix basse et pressante. Elle écouta tout en repoussant ses cheveux en arrière.

Le geste éveilla un souvenir dans la mémoire d'Adam. Une image fugitive qui s'évanouit presque aussitôt.

Qui êtes-vous ? se demanda-t-il. *Où vous ai-je donc déjà rencontrée ?*

Dès que le shérif s'éloigna d'elle pour venir vers lui, Adam afficha une expression neutre. Elle reporta son attention sur la victime. Deux policiers continuaient de fouiller le rivage tandis que leurs collègues arpentaient toujours le haut de la digue.

Le jeune officier qui avait photographié la scène rejoignit la légiste. Armé de son appareil-photo, il s'accroupit près du cadavre mais très vite, il examina Adam sans en avoir l'air. Il murmura quelque chose à la légiste, incitant celle-ci à se tourner vers lui. Lorsque leurs yeux se croisèrent, Adam resta un instant figé par l'intensité de son regard.

Il ne la reconnaissait pas et pourtant il avait le sentiment étrange de l'avoir déjà vue quelque part. De taille moyenne, mince, elle avait les cheveux bruns relevés en chignon. Elle n'était pas vraiment belle mais elle avait quelque chose d'attirant. Un mot s'imposa à son esprit. *Énigmatique*.

Il avait laissé son imagination vagabonder trop loin et soudain, un cri perçant le ramena brutalement au présent.

Ce son étrange et glaçant sembla pétrifier le shérif qui, comme toutes les personnes présentes, se tourna vers l'endroit d'où il provenait.

Toutes les personnes présentes à l'exception de la légiste dont les yeux sombres restèrent fixés sur Adam.

2

Un silence teinté de malaise tomba. Alors qu'il parcourait le lac des yeux, Adam sentit les poils de sa nuque se hérisser. La lumière s'était dissoute dans le soleil couchant et soudain, tout s'assombrit. La pinède, les rives et l'eau devinrent noires tandis que l'astre, déjà disparu, déployait dans le ciel toutes les magnificences du crépuscule.

Le regard de la légiste était toujours rivé sur lui.

Adam se massa la nuque puis passa la main sur sa cicatrice qui recommençait à le picoter.

Sur la digue, l'un des adjoints se mit à rire bêtement. Un autre jura.

— Bon sang, c'était quoi, ce cri horrible ?

— Un paon, répondit le shérif. Il se promène sans doute près de la maison des Thayer.

— Un paon ? C'est une blague ? répliqua l'adjoint en reportant son attention de l'autre côté du lac. On aurait dit une femme en train de me hurler dessus.

Navarro se signa.

— C'est peut-être ce que c'était, en fait.

— Qu'est-ce que tu racontes ? rétorqua son collègue.

Le jeune policier promena les yeux sur l'eau.

— Ma grand-mère prétend que ce lac est hanté. Et que si vous vous y aventurez seul au cœur de la nuit, vous entendrez les hurlements des malades mentaux qui y étaient torturés.

Quelqu'un fredonna le refrain de *The Twilight Zone,* provoquant des rires.

Le shérif Brannon ignora le chahut.

— Ta grand-mère est une brave femme, Navarro, mais je ne crois pas beaucoup à ses histoires de fantômes.

Navarro refusa d'en démordre.

— Ce ne sont pas seulement ses histoires. L'ami de sa cousine travaillait dans cet hôpital avant que le gouvernement ordonne sa fermeture. L'endroit a été le théâtre de bon nombre d'horreurs, il en avait été témoin. Toutes sortes d'expériences ont été menées autrefois sur ces malheureux, ils ont subi des trucs inimaginables. Les malades les plus atteints étaient enfermés dans des cages au troisième étage. Leurs âmes piégées errent encore entre ces murs, ajouta-t-il en se tournant vers la haute cheminée.

Depuis son arrivée, Adam n'était pas encore descendu aux Ruines mais il avait hâte de s'y rendre au clair de lune.

Était-il toujours là ? se demanda-t-il. Le secret qu'il avait découvert sous le plancher ?

Le picotement de sa cicatrice s'intensifia. Il la frotta du bout des doigts pour tenter de gommer cette désagréable sensation.

Le shérif soupira d'un air las.

— Cet asile a été fermé parce que le gouvernement n'avait plus les moyens de le financer. Beaucoup d'autres établissements psychiatriques du pays ont connu le même sort. Quant aux prétendues expérimentations qui y étaient pratiquées, il s'agit d'une légende.

— Les mythes ont souvent pour origine des faits réels, remarqua la légiste.

Le shérif Brannon gémit.

— N'en rajoutez pas, Nikki, je vous en prie. Nous avons entendu le cri d'un paon. Point final. Et maintenant, arrêtez avec vos histoires de lacs hantés ou d'âmes piégées. Nous avons beaucoup à faire. Alors, au travail.

Un chœur de « À vos ordres, shérif » s'ensuivit. Navarro ramassa son appareil-photo. La légiste se pencha à nouveau sur le corps. Sur la digue, les adjoints continuaient à tourner en rond en attendant qu'elle leur laisse la place. Adam reporta son attention sur le shérif.

Tout en s'approchant, Tom Brannon retira ses lunettes de soleil et les glissa dans la poche de sa chemise. Adam s'en félicita. Il aimait voir les yeux de ses interlocuteurs. Ceux de Tom Brannon étaient gris et déjà suspicieux.

— Vous êtes bien Adam Thayer, n'est-ce pas ? Ma sœur m'a dit que vous aviez emménagé dans l'ancienne maison de votre grand-mère. Vous lui avez fait peur, le premier jour.

— Elle aussi m'a surpris. Je ne m'attendais pas à ce que quelqu'un vienne si tôt. Ou vienne tout court, d'ailleurs.

Le shérif hocha la tête.

— Avant que votre aïeule soit hospitalisée, elle lui avait promis qu'elle s'occuperait des paons. Depuis, elle les nourrit.

— Je suis sûre que Grandma apprécie. Ça lui aurait brisé le cœur que quelqu'un les lui prenne.

— Ma sœur a toujours eu un faible pour les animaux abandonnés, les chiens perdus sans collier, y compris ceux qui mordent.

Ses insinuations n'étaient guère subtiles.

— Je me présente, Tom Brannon, ajouta-t-il.

Le regard d'Adam se posa sur l'insigne accroché à son ceinturon.

— Je sais qui vous êtes. Ellie m'a dit le plus grand bien de vous.

— Vraiment ? Cela me surprend. Elle me considère comme un emmerdeur et elle ne s'en cache pas. Vous savez comment sont les grands frères. Ils ont tendance à se montrer surprotecteurs et Ellie supporte mal mon côté directif. C'est vous qui avez découvert le corps, ajouta-t-il brusquement. Pouvez-vous m'expliquer dans quelles circonstances ?

— Comme je l'ai raconté à l'un de vos hommes, j'ai bricolé toute la journée dans la maison et, en fin d'après-midi, j'ai eu envie de sortir m'aérer un peu. D'habitude, je fais demi-tour quand j'arrive au pont, mais aujourd'hui j'ai continué ma balade le long du rivage. J'avais besoin de réfléchir. J'ai vu le cadavre qui flottait dans l'eau, j'ai appelé les secours puis je suis revenu sur mes pas pour attendre les premiers intervenants. Je pensais qu'il serait plus facile pour eux que je les conduise sur les lieux. C'est alors que j'ai aperçu le bateau de pêche renversé contre l'un des piliers du pont. J'ai pataugé jusque là-bas pour m'assurer qu'il n'y avait personne coincé dessous. Je regagnais la route lorsque j'ai entendu les sirènes.

Le shérif écouta son récit sans émettre de commentaire.

— La maison de votre grand-mère est bâtie au bord de l'eau. Avez-vous remarqué une activité inhabituelle sur le lac depuis votre arrivée ?

— J'ignore ce qui est habituel ou pas. J'entends des bateaux à toute heure. La pêche de nuit doit être très prisée par ici.

Le visage du shérif s'assombrit.

— La pêche et d'autres activités. Vous êtes ici depuis… quoi ? Près d'une semaine ? Aviez-vous déjà vu naviguer cet homme ? ajouta-t-il en désignant le cadavre d'un signe de tête. Ou l'aviez-vous croisé lors de l'une de vos promenades ? Il possédait une cabane de pêcheur en face de la maison de votre grand-mère. Il y a peut-être séjourné avant de mourir.

— Je ne l'ai jamais vu dans le coin.

— En êtes-vous sûr ? Il n'est pas facile à reconnaître dans son état actuel.

Ébloui par le soleil couchant, Adam plissa les yeux.

— Je suis certain que j'aurais reconnu le Dr Nance si je l'avais vu. Sur l'eau ou ailleurs.

Brannon le fixa un long moment. Il ne parut pas surpris par cette révélation, même s'il était peu probable qu'il soit au courant de l'amitié qui liait Adam au vieux médecin. Manifestement, il ignorait également tout de leur dernier échange téléphonique. À moins que le Dr Nance ne soit allé le trouver pour lui demander de l'aide, à lui aussi. Cette éventualité décida Adam à lui dire la vérité. De toute façon, tout finissait toujours par se savoir et il ne voulait pas que les autorités locales s'en prennent à lui.

— Vous auriez peut-être pu signaler plus tôt que vous le connaissiez, grommela Brannon.

— Je n'avais aucune idée de l'identité de la victime avant que vous retourniez le corps. Et même à ce moment-là, je n'en aurais pas été certain si je ne vous avais pas entendu dire son nom.

Brannon accepta l'explication avec un vague signe de tête.

— Comment le connaissiez-vous ?

— Il a été le médecin de ma grand-mère pendant des années. Elle l'aimait beaucoup, on peut même dire qu'elle le vénérait.

— Comme tout le monde ici. Il était unique en son genre. Il va cruellement nous manquer.

Y avait-il bien un soupçon d'accusation dans le ton du shérif ou devenait-il paranoïaque ? se demanda Adam.

— Je comprends pourquoi, dit-il. Lorsque l'état de ma grand-mère a empiré, mon père l'a fait transférer dans un établissement de Dallas. Le Dr Nance a continué à venir la voir, aussi souvent qu'il le pouvait. Nous avons fait connaissance lors de ses visites. Nous étions tous les deux avec elle à la fin. Sa profonde gentillesse m'a marqué. Cet aspect de la nature humaine est plutôt rare dans nos métiers.

Brannon regarda brièvement la cicatrice sur le crâne d'Adam.

— Ellie m'a dit que vous aviez été inspecteur de police.

— Je le suis toujours, shérif.

— Et que vous aviez été blessé dans l'exercice de vos fonctions, que vous aviez été laissé pour mort.

Adam hésita. Il voulait bien partager ce qu'il savait sur le Dr Nance mais il n'avait pas l'intention de s'étendre sur ses propres blessures ni sur les conséquences de la fusillade. C'était son affaire. Il avait donné à Ellie Brannon de quoi apaiser les éventuels doutes qu'elle nourrissait à son sujet mais il avait gardé le pire pour lui. Les menaces et les soupçons. La trahison de Stephanie. Les magouilles politiques qui expliquaient que sa réintégration était sans cesse repoussée…

— Je n'aime pas en parler, dit-il. Comme vous avez vécu un événement similaire, vous le comprenez sûrement.

— Ellie vous l'a raconté ?

— Elle m'a dit que vous aviez été pris pour cible, récemment. Elle ne m'a pas fourni les détails et je ne les ai pas demandés. Ce sont vos affaires. Ce qui s'est passé à Dallas me regarde. Cela n'a rien à voir avec la mort du Dr Nance.

— Peut-être pas, mais je ne peux pas m'empêcher de m'interroger sur ce qui amène quelqu'un comme vous à Belle Pointe. Pourquoi revenir maintenant, alors que la maison de votre grand-mère est restée si longtemps vide ? Vu le contexte, reconnaissez qu'il est logique que je trouve la coïncidence un peu curieuse, ajouta-t-il avec un regard vers le cadavre.

Tom Brannon n'était pas né de la dernière pluie. Adam décida de se montrer prudent avec lui.

— Il ne s'agit pas d'une coïncidence, admit-il. Je suis venu parce que le Dr Nance me l'a demandé.

— Il vous a demandé de venir ici ? Pour quelle raison ?

— Il trouvait qu'il s'y passait des choses étranges, « sombres », pour reprendre ses paroles exactes.

Le shérif eut l'air surpris.

— Que voulait-il dire par là ?

— Je ne sais pas. Il ne souhaitait pas en parler au téléphone. Je lui ai suggéré de vous confier ses inquiétudes mais il craignait de se ridiculiser ou de vous faire perdre votre temps. Il préférait s'assurer au préalable qu'il n'avait rien imaginé. Il m'a prié de venir jeter un œil à ce qu'il avait découvert et de vérifier qu'il n'était pas « en plein délire ».

Le shérif pencha la tête d'un air songeur.

— Quand était-ce ?

— Il m'a appelé la semaine dernière. Mardi, je crois. Je lui devais une faveur alors j'ai accepté de venir.

— Simplement parce qu'il vous l'a demandé ?

De nouveau, Adam sentit une note de suspicion dans son ton.

— Plus ou moins, répondit-il en haussant les épaules.

— Ellie m'a dit que vous étiez arrivé dimanche dernier. Nous sommes aujourd'hui jeudi. Selon toute vraisemblance, il est dans l'eau depuis plus de cinq jours. À votre arrivée, vous ne vous êtes pas inquiété de n'avoir aucune nouvelle de lui ?

— Il m'avait dit qu'il devait s'absenter quelques jours, pour se rendre à un congrès médical à Houston, je crois. De mon côté, j'avais décidé de descendre à Belle Pointe sans attendre et de m'installer. Je n'étais même pas sûr que la maison de ma grand-mère soit habitable. Alors, non, je n'étais pas inquiet de son silence.

Le visage de Brannon s'assombrit.

— Il n'est manifestement pas allé à ce congrès. Pourquoi n'a-t-il parlé à personne de son changement de programme, à votre avis ? Est-il possible qu'il soit venu dans sa cabane de pêcheur pour vous voir ?

La migraine d'Adam s'intensifiait. Il résista à l'envie de se masser les tempes.

— J'en doute. Il ignorait que j'arriverais tôt. J'ai décidé de venir sur une impulsion, à la dernière minute.

Brannon se tut. Adam n'avait aucun mal à imaginer tous les scénarios qui passaient dans sa tête, toutes les questions sans réponse qui le tiendraient éveillé cette nuit. Lorsque le shérif reprit enfin la parole, quelque chose de nouveau teintait sa voix.

— Comment vous a-t-il semblé, la dernière fois que vous lui avez parlé ?

Adam répondit prudemment :

— Si vous m'interrogez sur son état mental, la seule chose que je peux vous dire, c'est qu'il n'était pas lui-même. En tout cas, il ne ressemblait pas au Dr Nance que je connaissais. Il avait l'air anxieux, presque paranoïaque. Il se montrait parfois distrait. Franchement, c'est aussi pour ça que j'ai accepté de venir. J'avais peur qu'il commence à perdre la tête. Il avait l'air de le craindre, lui aussi.

Brannon parcourut le lac des yeux, laissant son regard dériver vers le pont. Pendant un moment, il parut avoir oublié la présence d'Adam.

— L'apparition de signes de démence est quelque chose de difficile à accepter pour un homme de son intelligence et de sa trempe.

— C'est difficile à accepter pour n'importe qui, répliqua Adam. Êtes-vous en train de suggérer qu'il a délibérément écrasé son bateau contre ce pont ?

— Je ne suggère rien. Je réfléchis à voix haute.

— Y a-t-il une raison de soupçonner un acte criminel ?

Les rôles s'étaient inversés, ce qui déplut visiblement à Brannon. Son air renfrogné s'accentua.

— Je refuse de spéculer sur la cause du décès, répondit-il

d'un ton brusque. Il appartiendra au Dr Dresden et à ses collègues de l'institut médico-légal de l'établir.

— Le Dr Dresden ?

Le nom traversa le crâne d'Adam comme un courant électrique. *Dresden. Dresden.* Où l'avait-il déjà entendu ?

— Nikki Dresden. Le médecin légiste du comté de Nance.

Adam reporta son attention sur la rive et l'aperçut, agenouillée à côté du cadavre.

Nikki Dresden. Bien sûr. Maintenant, il se rappelait où leurs chemins s'étaient croisés. Maintenant, il comprenait pourquoi il avait réagi ainsi en la voyant.

Elle semblait très différente de la dernière fois qu'il l'avait vue. Cela dit, il était normal qu'elle ait changé en quinze ans. Comme la plupart des gens, elle avait grandi, mûri, pendant toutes ces années. Lui non plus ne ressemblait plus beaucoup au gamin qu'il était à dix-sept ans. Mais la métamorphose de Nikki Dresden était extraordinaire. Adam ne l'aurait jamais resituée s'il n'avait pas entendu son nom. Mais sans doute était-ce compréhensible : ils n'avaient jamais été amis et il doutait qu'ils aient échangé plus d'une dizaine de mots pendant tout l'été qu'il avait passé chez sa grand-mère. Pourtant, aussi étrange que cela puisse paraître maintenant, à une époque, il avait eu l'impression de connaître Nikki Dresden mieux que lui-même.

Il scruta ses traits, cherchant l'ombre de la fille excentrique dont il avait gardé le souvenir. Finis les vêtements noirs, les cheveux teints et le maquillage outrancier. Ses cheveux étaient toujours bruns mais naturels et brillants, son visage était nu. Elle avait l'air fébrile mais bien dans sa peau, sûre d'elle, dans son élément. Elle gardait sa trousse d'instruments ouverte à côté du cadavre pendant qu'elle recueillait des échantillons, le front plissé, visiblement concentrée. Elle ne leva pas les yeux de son travail mais Adam eut l'impression qu'elle était consciente de son intérêt.

Il la regarda un moment avant que le shérif sollicite à nouveau son attention.

— Je suppose que vous resterez dans les parages, ces prochains jours, dit ce dernier.

Adam passa une main sur sa tête en reportant son attention sur lui.

— Je n'ai pas de programme bien défini. Il y a beaucoup à faire chez ma grand-mère.

— Bon courage, alors. En attendant, j'aimerais que vous me laissiez un numéro où vous joindre. En fonction des résultats de l'autopsie, j'aurai peut-être besoin de votre témoignage.

Adam lui donna son numéro de portable et le shérif le nota dans son carnet.

— Je vous recontacterai. Vous êtes libre de partir, mais j'apprécierais que vous restiez discret jusqu'à ce que nous puissions annoncer officiellement le décès.

Adam acquiesça puis s'éloigna pour s'enfoncer plus profondément dans la pinède. Après avoir fait quelques pas, il s'arrêta pour regarder en arrière. Entre sa cicatrice qui le piquait et sa migraine lancinante, il avait envie de s'arracher la tête. Peut-être n'était-il pas aussi en forme qu'il voulait le croire. Peut-être sa certitude d'être rétabli n'était-elle qu'une illusion ou un vœu pieux. Peut-être ne serait-il plus jamais l'homme qu'il était avant la fusillade…

Il refusait d'envisager cette éventualité. Il lui était plus facile de replonger dans le passé que de s'inquiéter de son avenir plus qu'incertain.

En outre, la métamorphose de la légiste le fascinait.

— Nikki Dresden.

Il murmura son nom, si doucement qu'il fut à peine audible à ses propres oreilles, mais le vent le saisit sur ses lèvres et l'emporta vers elle. Elle n'avait pas pu l'entendre, pourtant elle releva la tête et scruta l'orée des arbres jusqu'à ce qu'elle le trouve.

Leurs regards se croisèrent, se soutinrent, pendant un long moment. Il aurait pu jurer voir de nouveau dans ses yeux sombres une lueur de reconnaissance, et peut-être aussi un soupçon de peur.

Justifié.

Je sais qui vous êtes, Nikki Dresden. Je sais surtout ce que vous avez fait, cet été-là…

3

Le soleil avait totalement disparu quand le fourgon de l'institut médico-légal arriva. Le crépuscule jetait ses dernières lueurs, incendiant le ciel de pourpre, de mauve et de rose. Et la lune commençait à briller à travers les pins. Une petite brise glissait sur l'eau mais l'air était encore chaud et le bourdonnement des moustiques incessant.

Nikki supervisa l'enlèvement du corps et attendit que la dernière voiture de patrouille se soit éloignée pour retourner à son SUV pour s'y changer. Elle troqua sa combinaison humide pour des vêtements propres et des baskets. Elle redescendit alors à pied vers le lac. Avant de rentrer chez elle, il lui restait une dernière chose à faire.

Tournant le dos au pont, elle passa rapidement devant l'endroit où le cadavre avait été retrouvé, puis longea la rive jusqu'à la digue. Dans la pénombre, elle distinguait à peine la haute cheminée qui sortait de la chaufferie des Ruines, à l'arrière du bâtiment. Elle avait dû se rendre dans l'ancien asile d'aliénés dernièrement, lorsqu'un autre corps y avait été découvert, au fond d'une vieille cage d'ascenseur. Cette visite avait ravivé beaucoup de souvenirs. Elle s'était alors promis d'y retourner, mais n'en avait pas eu la possibilité plus tôt.

Quand elle était plus jeune, elle considérait les Ruines comme son refuge privé, son repaire. Elle passait alors beaucoup de temps à rôder dans les dédales de couloirs et de pièces. Malgré la sombre histoire de cet hôpital désaffecté, elle ne s'y était jamais sentie mal à l'aise, oppressée ou isolée alors qu'elle souffrait beaucoup de solitude, à la maison et à l'école.

Après la disparition de Riley Cavanaugh, Nikki y était venue moins souvent. Elle n'avait pas peur d'être enlevée à son tour mais ses visites commençaient à lui paraître intrusives. Elle finissait par avoir l'impression de violer un lieu sacré.

Elle s'accrocha à la vigne vierge pour escalader plus facilement la digue. Parvenue au sommet, elle s'arrêta pour observer la façade de l'ancien asile psychiatrique. La plupart des fenêtres étaient brisées et une partie du toit s'était effondrée. Des tentacules de lierre rampaient sur les murs de brique, se glissaient à l'intérieur. L'édifice périclitait mais avait dû être magnifique à une époque, songea Nikki en promenant les yeux sur les voûtes et les piliers majestueux.

Elle entra, chassant de sa lampe de poche les ombres de tous les coins et recoins. Elle promena le faisceau lumineux sur la fresque où l'on voyait le Prédicateur représenté sous les traits d'un démon. Ses yeux rouges la regardaient. Avait-il vraiment enlevé Riley Cavanaugh ? Personne n'en avait la certitude. Personne ne le saurait sans doute jamais. Quinze ans plus tard, le mystère de la disparition de Riley hantait toujours la ville – et Nikki.

S'écartant de la peinture murale, elle traversa la salle et gravit les marches d'un escalier branlant, jusqu'au troisième étage. La grande fenêtre voûtée, au bout du couloir, laissait entrer la lumière du soleil, le jour, et celle de la lune, la nuit. Nikki s'interdit de se tourner vers l'arrière du bâtiment. Elle ne voulait pas penser aux pauvres âmes torturées qui y avaient été enfermées.

Elle pénétra prudemment dans *sa chambre*, se méfiant du plancher gondolé et du plafond affaissé. Il ne restait plus rien du mobilier d'origine. La plupart des lits et des matelas avaient été soit transportés ailleurs des années auparavant, soit entassés au sous-sol où les rats s'y nichaient. Les barreaux qui condamnaient les fenêtres avaient été enlevés et vendus à un ferrailleur. Des graffitis recouvraient les murs, certains étranges et dérangeants, d'autres assez beaux.

Nikki traversa la pièce et s'arrêta près d'une latte décollée qui craqua sous son poids. Elle résista à l'envie de s'agenouiller tout de suite pour la soulever. Peut-être le ferait-elle avant de partir. N'était-elle pas venue dans ce but ? Pour retrouver une partie de son passé qu'elle avait cachée sous ce plancher, des années plus tôt ?

Depuis sa dernière visite aux Ruines, elle s'était demandé si son journal était toujours là. Tous ses sombres secrets, tous ses aveux qu'elle avait déversés sur les pages d'un cahier à spirale. Mais peut-être des rongeurs avaient-ils dévoré ce témoin de ses angoisses et remords d'adolescente, ne laissant que la reliure métallique ?

Lorsqu'elle avait quitté Belle Pointe pour se rendre à l'université, elle avait abandonné derrière elle son journal et sa garde-robe entièrement noire. Elle avait voulu prendre un nouveau départ à Austin. Emporter cet encombrant bagage n'aurait eu aucun sens. Mais il était difficile d'enterrer complètement son passé. Elle était plus âgée maintenant et l'âge lui permettait de mettre beaucoup de choses en perspective. Replonger dans les tourments de la fille bizarre et théâtrale qu'elle était alors aurait peut-être des vertus cathartiques.

Cependant, à cet instant, elle éprouvait surtout le besoin de se recueillir, de penser au Dr Nance.

Se hissant sur le rebord de la fenêtre, elle s'assit, les jambes dans le vide, et s'absorba dans la contemplation du lac. La lune semblait considérer la cabane de pêcheur du médecin avec tristesse, comme si elle aussi pleurait sa disparition.

Pourquoi était-il allé naviguer alors qu'il était censé se rendre à Houston ? Pourquoi n'avait-il parlé à personne de son changement de programme ? Comment un aussi bon nageur avait-il pu se retrouver à flotter ainsi sur le ventre ?

Des accidents se produisaient tous les jours, et Nikki avait souvent vu les conséquences de l'insouciance des gens. Pourtant, le doute continuait à la tourmenter. Elle espérait que l'autopsie apporterait des réponses mais, après un aussi long séjour du corps dans l'eau, il leur faudrait probablement se contenter d'hypothèses.

Une latte craqua dans le couloir et, surprise, Nikki se retourna. Elle aperçut une silhouette sur le seuil de la pièce, pivota sur elle-même et sauta du rebord sur le plancher.

— Qui est là ? lança-t-elle.

Une voix grave s'éleva de l'ombre :

— Adam Thayer. Désolé. Je ne voulais pas vous faire peur. Je n'imaginais pas qu'il puisse y avoir quelqu'un ici.

Vraiment ? Il s'était donc rendu par hasard au troisième étage, dans l'aile du bâtiment que Nikki avait toujours considérée comme la sienne ? Elle avait du mal à le croire.

— Que faites-vous ici ?

La haute silhouette de Thayer apparut dans l'embrasure de la porte. Ses yeux scrutèrent la pénombre jusqu'à ce qu'il trouve Nikki.

— J'explore les lieux, répondit-il. Vous êtes le Dr Dresden, non ? Je vous ai vue sur la rive, tout à l'heure.

Nikki serra plus fort la lampe de poche. Pourquoi se sentait-elle menacée par Adam Thayer, elle l'ignorait, mais sa présence la dérangeait.

— Oui, je vous y ai vu, moi aussi. C'est vous qui avez découvert le cadavre du Dr Nance.

Il resta sur le seuil tout en promenant les yeux autour de lui. Contrôlait-il qu'ils étaient seuls ? Dans cet endroit extrêmement isolé ? Nikki ne voulait pas nourrir de soupçons injustifiés vis-à-vis d'un inconnu mais elle ne pouvait pas non plus ignorer la petite voix qui l'exhortait à faire preuve de prudence avec cet homme.

— Les véhicules des enquêteurs sont tous partis, dit-il. Je croyais que vous aviez suivi le mouvement.

J'aurais dû. J'aurais vraiment dû partir avec eux.

— J'avais besoin de réfléchir, dit-elle avec un haussement d'épaules. J'ai toujours trouvé cet endroit paisible.

— Vraiment ?

Étrangement, son incrédulité la détendit un peu. Elle se permit un léger sourire.

— Je suppose que cela paraît curieux, vu le contexte.

Il passa une main dans ses cheveux coupés ras.

— Non, je comprends, en fait. Si vous cherchez la paix et la tranquillité, il n'y a pas plus isolé. Et la vue sur le lac depuis cette fenêtre est fantastique. Ça vous dérange si je regarde de plus près ? ajouta-t-il après un moment.

Elle s'éloigna pour lui laisser la place, l'observant du coin de l'œil.

Il traversa la pièce, testant – elle en aurait mis sa main au feu – les lattes du plancher qu'elle avait elle-même sondées un instant plus tôt. Mais elle se faisait sans doute des idées.

Les mains sur le rebord, il se pencha au-dehors. Nikki étudia son profil. Dans l'obscurité grandissante, il avait l'air grand, mince et dangereux. Une impression de déjà-vu l'envahit et elle sentit les poils de sa nuque se hérisser.

Qui êtes-vous, Adam Thayer ?

— D'ici, j'aperçois la maison de ma grand-mère.

Sa voix de baryton était profonde et riche. Le timbre grave prenait un accent intime dans la pénombre.

— En hiver, après la chute des feuilles, il est possible de voir la frontière de la Louisiane, lui assura Nikki.

Il se recula pour l'examiner dans l'ombre.

— Vous venez souvent ici, je suppose.

— J'en avais l'habitude, mais plus tellement, maintenant.

Elle se surprit à se mettre à côté de lui pour contempler la nuit elle aussi. L'air s'était enfin rafraîchi et le lac avait des reflets chatoyants sous le clair de lune.

— Quand j'étais jeune, je passais des heures, assise sur le bord de cette fenêtre, à lire ou à admirer le paysage. C'était mon endroit préféré au monde, même si, c'est vrai, mon monde était assez limité à l'époque.

Elle ferma un instant les paupières, laissant l'odeur de chèvrefeuille et les vieux souvenirs l'envahir.

— Vous n'aviez pas peur de toutes ces âmes piégées ?

L'intonation taquine l'amusa mais elle n'avait aucune envie de sympathiser avec Adam Thayer. Elle ne voulait rien ressentir pour lui ni ce soir ni jamais.

— Je n'ai jamais eu peur ici. Il y a des choses bien plus effrayantes que les fantômes. Vous le savez sans doute mieux que moi, ajouta-t-elle en regardant la cicatrice sur son crâne.

— J'imagine que nous avons tous les deux notre lot d'histoires horribles.

Il s'adossa à la fenêtre pour la dévisager dans la pénombre.

— C'est toujours douloureux quand on connaît la victime. Vous et le Dr Nance étiez proches ? ajouta-t-il.

— C'était un mentor et un ami très cher.

Elle fut étonnée de le dire sans aucune émotion dans la voix alors que des larmes brûlaient ses paupières.

Il croisa les bras, apparemment à l'aise.

— J'ai fait sa connaissance avant le décès de ma grand-mère. Il me parlait souvent de quelqu'un qu'il surnommait

Nik. Il n'a jamais mentionné de nom de famille, il a seulement dit que vous étiez médecin. Il était très fier de vous.

Nikki s'éclaircit la gorge.

— C'était quelqu'un de particulier, un homme exceptionnel.

— Oui. C'était également l'impression que j'avais de lui.

Adam se retourna vers la fenêtre pour contempler le lac.

— Que lui est-il arrivé, à votre avis ? Le bateau chaviré suggère une noyade accidentelle mais les apparences sont souvent trompeuses.

Nikki eut du mal à garder un ton serein.

— Je n'aime pas faire des spéculations oiseuses. J'espère que l'autopsie nous apportera des réponses.

— Pensez-vous vraiment que ce sera le cas ? Après un si long séjour dans l'eau ?

— Nous avons l'un des meilleurs légistes de l'État dans l'équipe. S'il y a quelque chose à trouver, le Dr Ramirez le trouvera.

— C'est bon à savoir.

Fermant un instant les paupières, Adam pressa ses tempes du bout des doigts. Nikki repensa à la fusillade, aux soupçons de Tom Brannon. Et à la facilité avec laquelle elle avait pris la défense d'un inconnu à cause de la façon dont le père de Tom l'avait traitée autrefois.

Elle se vantait d'avoir l'esprit ouvert mais il y avait des moments où la prudence était de mise.

— Ça va ? ne put-elle s'empêcher de demander.

Sans répondre, il laissa retomber ses mains.

— Si j'étais vous, je porterais une attention particulière aux analyses toxicologiques. Des traces infimes de substances toxiques ont pu être détectées dans des affaires où la cause du décès avait été présumée accidentelle.

Nikki se hérissa.

— Je ne présume rien. Contrairement à ce que vous semblez penser, nous connaissons notre métier.

— Je n'ai jamais insinué le contraire.

— Bien sûr que si.

— Si c'est ainsi que vous l'avez interprété, je m'en excuse. Je n'essaie pas de marcher sur vos plates-bandes mais je m'intéresse de près à cette affaire. Je suis venu à Belle Pointe parce que le Dr Nance me l'avait demandé.

D'un bref signe de tête, Nikki accepta à contrecœur ses excuses.

— Le shérif Brannon m'a raconté que le Dr Nance vous avait appelé récemment.

— Au début de la semaine dernière, oui. Il m'a dit que quelque chose d'étrange se passait à Belle Pointe. Et sans doute depuis des années. Quelque chose de très sombre.

— De quoi parlait-il ?

— Il n'a pas voulu préciser sa pensée au téléphone. Comme je le pressais de le faire, il m'a dit qu'il me raconterait tout dès mon arrivée. Il a fait allusion à des dossiers médicaux et à des notes. Il m'a dit que tout était là, noir sur blanc, mais qu'il préférait que je vienne l'aider à comprendre. Et à vérifier qu'il ne perdait pas la tête, qu'il n'était pas « en plein délire ».

Nikki ne put dissimuler son étonnement.

— Il vous a dit ça ? Il s'inquiétait de son état mental ?

— Apparemment…

— Et lorsqu'il vous a parlé de ce quelque chose d'étrange et de sombre qui se passerait à Belle Pointe, vous a-t-il semblé… en plein délire ?

— Je n'irais pas jusque-là, mais en tout cas, il ne ressemblait pas au Dr Nance que je connaissais.

Adam plissa les yeux, comme s'il s'efforçait de se remémorer les détails de cet échange téléphonique.

— Savez-vous s'il prenait des médicaments ? demanda-t-il.

— Je ne l'ai jamais vu prendre autre chose que de l'aspirine, répondit Nikki. Cependant, nous demanderons son dossier médical avant l'autopsie. C'est la procédure. Mais même avec tous ces éléments à disposition, déterminer la cause d'un décès est souvent plus compliqué que le pensent les gens.

— Chaque chose en son temps, dit Adam.

Nikki hocha la tête, se détourna un instant du lac pour étudier son profil avant de reporter son attention vers l'étendue d'eau. Elle connaissait cet homme, même si elle ne parvenait pas à se remémorer ni où ni quand elle l'avait déjà vu. Un souvenir flottait aux confins de son subconscient mais elle ne parvenait pas à le fixer. Sans bien comprendre pourquoi, elle éprouva soudain un sentiment presque écrasant de fatalité.

À côté d'elle, Adam s'éclaircit la gorge.

— Je vais y aller et vous laisser à votre solitude.

— Non, attendez. J'aimerais d'abord vous demander quelque chose.

Il la regarda un long moment avant de hocher la tête. Nikki aurait été incapable de dire de quelle couleur étaient ses yeux, seulement qu'ils étaient sombres comme les siens, mais avec un chatoiement doré. À moins que ce ne soit le clair de lune qui lui jouait des tours.

— Cela peut paraître un poncif éculé, dit-elle timidement, mais j'ai l'impression que nous nous sommes déjà rencontrés. Vous me semblez familier et pourtant, je n'arrive pas à vous resituer. Cela me travaille depuis que je vous ai vu au bord du lac, tout à l'heure.

— Il m'a fallu un certain temps pour m'en souvenir, moi aussi.

— Nous nous sommes donc bien rencontrés. Quand ? Où ?

— Ici.

— Ici ? Aux Ruines, vous voulez dire ?

Son cœur s'accéléra dans sa poitrine en songeant à ce qu'il y avait sous le plancher à leurs pieds. Il ne pouvait pas savoir. Personne ne savait. Elle n'avait jamais parlé à personne de sa cachette secrète. Ni avoué à quiconque ce qu'elle avait fait.

Et pourtant… La façon dont il la dévisageait dans le noir… La façon dont il baissa sciemment la voix…

Elle réprima un frisson.

— Je suis désolée. Je ne vois toujours pas.

— C'était l'été durant lequel cette fille a disparu. Riley Cavanaugh. Vous vous souvenez sûrement d'elle, ajouta-t-il, les yeux rivés aux siens.

Adam scruta le visage de Nikki dans le clair de lune. Elle ne réagit pas quand il prononça le nom mais il sentit sa méfiance. La tension dans la pièce devint oppressante.

Quand elle répondit, quelque chose teintait sa voix, quelque chose qu'il ne parvint pas à identifier.

— Bien sûr, je me souviens de Riley. Tout le monde en ville se souvient de Riley Cavanaugh. Mais je n'arrive toujours pas à vous resituer. Êtes-vous sûr que nous nous sommes rencontrés *ici* ?

— En fait, nous ne nous sommes pas vraiment rencontrés, dit-il. De temps en temps, je vous apercevais lorsque vous veniez avec des amis aux Ruines mais la plupart du temps, vous étiez seule. Vous aviez en général le nez plongé dans un livre ou vous griffonniez dans un cahier. Si ma mémoire est bonne, nous ne nous sommes parlé qu'une seule fois. Vous m'avez expliqué que vous n'aimiez pas être dérangée. C'est pourquoi, par la suite, j'ai veillé à garder mes distances.

Elle secoua la tête et fit un geste d'impuissance.

Adam ne savait pas s'il devait être amusé ou vexé qu'elle

l'ait totalement effacé de sa mémoire. À Dallas, beaucoup de gens venaient régulièrement le voir pour le remercier ou lui faire des reproches. Pour Nikki Dresden, il n'existait pas.

Pourtant, elle s'efforçait de se souvenir de lui. Il ne pouvait le nier.

— Qui étaient vos amis ? demanda-t-elle. Passiez-vous du temps avec les gosses du coin ?

— Je ne les fréquentais pas beaucoup, cet été-là. J'avais été envoyé ici pour travailler.

— Où travailliez-vous ?

Avant qu'il puisse répondre, elle ajouta :

— Je suis désolée. Je ne veux pas donner l'impression de vous faire subir un interrogatoire. Mais ne pas réussir à me rappeler où je vous ai déjà vu me rend folle.

— Ne vous en faites pas. Cela vous reviendra.

Ou peut-être pas. Et sans doute était-ce mieux ainsi. Il n'avait aucune envie de se lier à elle, même de façon superficielle ou éphémère. La trahison de Stephanie était encore vive et il n'était pas pressé de se lancer dans une nouvelle relation amoureuse. Et Nikki Dresden l'avait toujours fasciné, ce qui n'était jamais bon signe.

— Je travaillais pour ma grand-mère, dit-il. Je venais de terminer le lycée et j'avais fait l'erreur de dire à mes parents que je n'avais pas l'intention de poursuivre mes études et d'aller à l'université. Mon père m'a donc envoyé ici pour réparer des dégâts causés par la tempête sur le toit et le ponton. Il pensait que quelques semaines à bricoler sous le soleil brûlant me pousseraient à changer mon fusil d'épaule.

— Et cela a été le cas ?

— D'une certaine façon, oui. À la fin de l'été, je suis rentré chez moi, déterminé à devenir inspecteur de police.

Elle le regarda.

— Le lien de cause à effet ne saute pas aux yeux.

Comme elle n'avait pas l'air pressée de mettre fin à la conversation, il poursuivit.

— C'est l'été où Riley Cavanaugh a disparu.

Un long silence tomba.

Elle détacha son regard du sien et reporta son attention sur le lac.

— Connaissiez-vous Riley ?

— Non.

— Pourtant, vous avez décidé d'entrer dans la police à cause de sa disparition ?

— Cette histoire a été un catalyseur.

— Étrange.

Ils se turent tous les deux, chacun perdu dans ses pensées. Adam observait Nikki sans en avoir l'air. Elle était médecin légiste, mais en la regardant, il ne voyait pas la mort. Tout le contraire, en fait. Elle rayonnait de jeunesse et de vie. Elle n'était pas belle comme l'était Stephanie mais elle était bien plus attirante qu'autrefois. Et toujours aussi mystérieuse.

— Parlez-moi de votre été ici, dit-elle. La disparition de Riley a affecté tous ceux qui la connaissaient de près ou de loin. Cela m'intéresse d'entendre un point de vue extérieur.

— Je ne voudrais pas abuser de votre temps.

— Ce n'est pas le cas. Dites-moi, je vous en prie.

Il haussa les épaules.

— C'était il y a longtemps. Beaucoup d'eau a coulé sous les ponts depuis lors. Mais je me souviens que, quand j'ai débarqué ici, l'autre fille venait d'être retrouvée, errant sur une route de campagne.

— Jenna Malloy.

— Oui, Jenna. Elle était dans un tel état qu'elle était incapable de raconter à la police quoi que ce soit à propos de ce qui leur était arrivé. Son traumatisme et la disparition de Riley alimentaient toutes les conversations, y compris celles de ma grand-mère. Et très vite, je me suis retrouvé, moi aussi, captivé par ce mystère. À un moment, je me suis même persuadé que je réussirais à faire ce que la police, le bureau du shérif, les Texas Rangers et le FBI n'étaient pas parvenus à faire. Retrouver Riley Cavanaugh.

Nikki ne releva pas l'autodérision qui teintait sa voix. Adossée à la fenêtre, elle repoussa ses cheveux en arrière.

— Tout le monde cherchait Riley. Les recherches ont duré des semaines, des mois. Les flics avaient amené des chiens, sollicité l'aide de médiums. Personne ne l'a jamais retrouvée, ajouta-t-elle en secouant tristement la tête. Cela a été terrible pour sa famille. Pour toute la ville. Personne à Belle Pointe ne s'est jamais remis de cette histoire.

— Une telle tragédie a de quoi ébranler une communauté, dit Adam. D'autant qu'il n'y a jamais eu d'arrestation. Les gens en viennent alors à se soupçonner les uns les autres. Les rumeurs commencent à circuler…

— Oh ! Les rumeurs allaient bon train, oui.

— Les gens adorent les ragots. Tout le monde semblait d'accord pour dire que le ravisseur était un ancien malade mental interné ici, un dénommé Silas Creed. Il était surnommé le Prédicateur, à cause des sermons enflammés qu'il déclamait aux Ruines après la fermeture de l'établissement. Comme vous passiez beaucoup de temps ici, autrefois, l'avez-vous vu ?

Elle secoua la tête.

— Pas ici, je ne crois pas. Mais je l'ai croisé parfois en ville. Il bricolait à droite, à gauche, pour subsister. Ma grand-mère m'avait recommandé de rester à distance de lui mais avant les disparitions, il me semblait inoffensif. J'avais pitié de lui parce qu'il était considéré comme un paria.

— Pensez-vous qu'il était coupable ?

— Je ne sais pas. Personne ne l'a jamais revu après cette fameuse nuit. La précipitation avec laquelle il avait quitté la ville semblait très louche. Mais je me suis toujours demandé s'il ne s'était pas enfui simplement parce qu'il avait peur d'être accusé. Les gens ont tendance à prendre ceux qui sont différents comme boucs émissaires.

— Il n'était pas le seul bouc émissaire de Belle Pointe, n'est-ce pas ?

— Non.

Elle leva son visage vers le ciel. Au clair de lune, sa peau était pâle, presque translucide, ses yeux sombres insondables. Quelque chose remua à l'intérieur d'Adam. Quelque chose d'inattendu et d'insensé. Et peut-être même de dangereux, compte tenu des circonstances.

— Vous aviez l'air très différente, à l'époque, dit-il.

— Et voilà pourquoi mes amis et moi étions des boucs émissaires. Si vous étiez dans le coin, cet été-là, vous avez certainement eu vent des rumeurs qui couraient sur nous.

— À propos des cultes sataniques ? Oui, j'en ai entendu parler.

Elle lui lança un regard de biais.

— N'avez-vous pas peur d'être seul avec moi, ici ?

— Pas le moins du monde.

— Peut-être devriez-vous.

Il montra la cicatrice sur son crâne.

— Stupide ou pas, il en faut plus pour m'effrayer.

Elle reporta son attention sur le lac.

— La police nous a tout de suite soupçonnés, à cause de la façon dont nous nous habillions, de la musique que nous écoutions. Les gens ont commencé à nous appeler les Belle Pointe Five. Les esprits étroits sont légion dans les petites villes, ajouta-t-elle en haussant les épaules, même s'il était évident que ce souvenir la blessait toujours.

— Dans les grandes villes aussi, dit-il. Je n'ai jamais cru à ces rumeurs.

— Pourquoi donc ? Vous ne me connaissiez pas.

Parce que j'avais trouvé votre journal sous les lattes

de ce plancher. Parce que j'avais compris en lisant vos secrets les plus intimes que vos amis et vous étiez peut-être des parias mais pas des tueurs.

Nikki n'avait tué personne… Mais elle n'était pas totalement innocente pour autant.

— Je voulais me forger ma propre opinion sur ce qui s'était passé, répondit-il prudemment. Pendant mon temps libre, je parcourais les sites d'information en ligne et les réseaux sociaux pour y chercher des données sur les disparitions. Je rassemblais tout que je pouvais trouver. C'était un peu comme reconstituer un puzzle. J'ai creusé le sujet. Après avoir planté des clous toute la journée sous le soleil brûlant, je piquais une tête dans le lac pour me rafraîchir puis je venais aux Ruines fouiller les décombres, dans l'espoir de découvrir quelque chose que les flics auraient manqué.

— Et avez-vous découvert quelque chose ?

Une question piège.

Il hésita.

— Rien qui m'ait conduit à Riley Cavanaugh, en tout cas.

Elle se tut de nouveau et se pencha par la fenêtre. Le reflet de la lune sur le lac attirait le regard d'Adam comme un aimant. Ces profondeurs sombres et troubles le fascinaient. Leur échange à propos de cette ancienne disparition lui avait fait momentanément oublier pourquoi il était là. *Quelque chose d'étrange se passe dans cette ville. Quelque chose de sombre. Et qui dure sans doute depuis des années.*

— Il y a quelqu'un là-bas, dit soudain Nikki.

Le commentaire le tira de ses pensées.

— Quoi ? Où ?

Elle montra la rive du doigt.

— Il est là, derrière le grand cyprès. On le distingue à peine. Au début, je l'ai pris pour un buisson. Mais ensuite je l'ai vu descendre vers l'eau. Maintenant, il est accroupi derrière cet arbre comme s'il attendait quelque chose.

Adam scruta la rive plongée dans l'obscurité, puis il se retourna vers Nikki quand il aperçut le type.

— Pourrait-il être en train de pêcher ?

— Qui qu'il soit, je doute qu'il pêche, murmura Nikki. Je n'ai pas entendu de bateau. Il est à pied et il a dû descendre du pont.

L'homme était trop loin et il faisait trop sombre, malgré la pleine lune, pour discerner de qui il s'agissait ou ce qu'il fabriquait. Peut-être avait-il une raison parfaitement innocente d'observer le lac dans l'ombre. Mais il n'était pas loin de l'endroit où le corps du Dr Nance avait été retrouvé. Ce détail comme son comportement furtif provoquèrent la méfiance d'Adam.

— Pensez-vous qu'il ait entendu parler du Dr Nance ? demanda Nikki. Il est peut-être venu voir où ça s'est passé.

— Comme tous ces pauvres types qui se précipitent sur les scènes de crime et d'accident par curiosité morbide ?

— Cela pourrait expliquer sa présence, dit-elle.

Adam alluma sa lampe de poche et l'orienta vers le lac.

Le faisceau n'était pas assez puissant pour atteindre la rive mais il attira l'attention de l'homme. Au lieu de s'enfuir, il braqua un projecteur vers la fenêtre où ils se tenaient.

— Merde !

Adam éteignit aussitôt sa lampe et fit signe à Nikki de s'éloigner de la fenêtre.

Elle se glissa dans l'ombre, le souffle court.

— Que fait-il à votre avis ?

Adam jeta un coup d'œil dehors.

— Aucune idée. Mais trimballer un projecteur aussi puissant paraît bizarre pour quelqu'un qui serait juste venu voir où le médecin est mort.

Son visage semblait soudain menaçant au clair de lune.

Depuis le début de sa carrière, Nikki avait travaillé en étroite collaboration avec les forces de l'ordre. Elle était à l'aise avec la plupart des policiers, pourtant quelque chose chez Adam Thayer continuait à la déranger. Ce n'était pas seulement parce qu'elle n'arrivait pas à le resituer ni à cause de la façon dont il la regardait. Il avait évidemment des secrets. Que lui était-il vraiment arrivé à Dallas et pourquoi Tom Brannon se montrait-il si méfiant à propos de cette fusillade ? Protégeait-il exagérément sa sœur ou avait-il ressenti, lui aussi, le malaise dont Nikki était la proie ?

— Les gens utilisent des projecteurs tout le temps sur le lac, dit-elle. Pour éviter de se cogner aux branches qui flottent à la surface. Sans parler des autres détritus susceptibles de percer une coque en fibre de verre.

— Comme vous l'avez souligné, il n'est pas dans un bateau, répliqua Adam qui traversa la pièce pour inspecter le couloir.

Nikki se retourna pour le suivre des yeux.

— Que faites-vous ? Vous avez entendu quelque chose ?

— Non. Je veux seulement m'assurer qu'il n'y a personne.

Il parcourut le couloir des yeux avant de revenir.

Nikki le regarda.

— Peut-être s'agit-il d'une affaire de drogue, dit-elle à voix basse. Les trafics deviennent problématiques dans le comté.

Le projecteur s'éteignit et la pièce retomba dans le noir. Adam se dirigea vers la fenêtre, Nikki sur ses talons.

— Vous le voyez encore ?

— Non. Il est peut-être parti quand il s'est rendu compte qu'il n'était pas seul.

Elle scruta l'obscurité.

— Vous ne pensez pas qu'il est venu ici, n'est-ce pas ? Apparemment, il a vu votre lumière.

— J'en doute mais je vais vérifier. Restez ici et ouvrez l'œil.

— Pensez-vous qu'il soit sage d'y aller ? demanda-t-elle avec inquiétude. Si une vente de drogue est en cours, il y aura d'autres personnes là-bas. Les dealers ne sont pas du genre à plaisanter.

— Ça ira, ne vous en faites pas pour moi. Surveillez les alentours mais restez hors de vue. Si vous remarquez quelque chose qui sort de l'ordinaire, prévenez-moi.

— J'imagine que vous ne voulez pas que je vous crie par la fenêtre de faire attention, dit-elle.

— Bien vu.

Ils échangèrent leurs numéros de portable, puis Adam jeta un autre coup d'œil au-dehors avant de disparaître dans le couloir. Nikki resta sur ses gardes, les yeux rivés sur la berge, guettant le grincement des lattes du parquet et les bruits de pas dans l'escalier.

Quelques instants plus tard, elle vit Adam sortir du bâtiment et se frayer un chemin à travers les mauvaises herbes jusqu'à la digue. Bientôt, elle le perdit de vue mais elle le retrouva quand il se dirigea vers la rive. Il se déplaçait rapidement, utilisant les ombres et les arbres pour se couvrir. Elle parcourut la zone des yeux mais ne remarqua aucun mouvement suspect. La nuit semblait très calme tout d'un coup. Même le vent était tombé.

Adam avait quitté le sentier et s'enfonçait dans les bois. Nikki attendit, tendue. *Quelle soirée !* songea-t-elle. Elle avait à peine eu le temps de réaliser que le Dr Nance était mort, encore moins de le pleurer. Cela valait peut-être mieux ainsi. Mais tôt ou tard, il lui faudrait affronter cette terrible réalité. Et par expérience, elle savait qu'il ne lui serait pas facile de remonter la pente.

Après un moment, son téléphone vibra et elle jeta un coup d'œil sur l'écran.

Je ne vois personne dans les parages.

Elle tapa rapidement sur les touches.

Vous revenez ?

La réponse arriva aussitôt :

Oui, j'arrive.

Elle empocha son téléphone et attendit qu'Adam quitte la rive pour abandonner sa position à la fenêtre. Repérant les lattes du plancher qui dissimulaient sa cache, elle s'agenouilla devant et la souleva à l'aide de la lame du couteau suisse de son grand-père. Puis elle braqua le faisceau de sa lampe de poche à l'intérieur du petit réduit. Il était tapissé de toiles d'araignées. Les écartant, elle chercha à tâtons les lambeaux de son journal.

Le cahier n'était plus là. Tous ses secrets avaient disparu.

Elle se rassit sur ses talons et, perplexe, considéra la cachette vide pendant un moment avant de se lever et de retourner à la fenêtre. Elle ne voyait plus Adam. Sans doute était-il en train de remonter sur la digue. Il resterait invisible jusqu'à ce qu'il arrive au sommet. Elle l'imaginait là-bas, escaladant la pente raide à longues enjambées. Contrairement à elle, il n'aurait pas besoin de s'accrocher à la vigne vierge pour grimper.

De nouveau, elle se laissa tomber sur le sol et s'allongea sur le ventre pour pouvoir fouiller plus profondément dans la niche. Ses doigts rencontrèrent une surface lisse.

La joue contre le sol, elle éclaira le fond du trou avec la lampe de poche. Quelque chose brillait tout au fond.

Elle plongea le bras dans la cache et tendit la main aussi loin que possible. Elle réussit à saisir l'objet et à le ramener vers elle. Un instant plus tard, elle découvrit une boîte en bois verte ornée d'une petite couronne en or sur le dessus.

Elle souffla la poussière qui tapissait le couvercle et

l'ouvrit. La montre qui se trouvait à l'intérieur était une montre d'homme en or massif. Avec précaution, elle la décrocha de son support et l'orienta vers la lumière. Son cœur battait à tout rompre et des gouttes de sueur froide perlaient à son front. Toujours accroupie à côté de la cachette, elle retourna la montre et orienta le faisceau de la lampe de poche vers l'envers du boîtier jusqu'à ce qu'elle distingue les initiales qui y étaient gravées : C.N.

Charles Nance.

Nikki n'avait jamais vu le Dr Nance porter cette montre – il préférait en mettre une plus modeste et plus pratique pour un usage quotidien – mais elle savait qu'elle lui appartenait. Cette montre de luxe était un cadeau de sa défunte épouse, Audrey, et il la réservait pour les grandes occasions. Lorsqu'il ne l'utilisait pas, il la laissait dans la boîte verte qui trônait sur la cheminée de son bureau, près d'une photo de mariage encadrée où il posait à côté de sa femme bien-aimée. Nikki n'était au courant du cadeau et de son histoire que parce que la gouvernante du Dr Nance, Dessie Dupre, la lui avait racontée un jour où elle l'aidait à dépoussiérer la pièce. L'objet avait fasciné Nikki quand Dessie avait pris la boîte avec précaution et en avait soulevé le couvercle avec révérence.

— La pauvre était déjà mourante lorsqu'elle la lui a offerte, avait-elle dit. Il la porte chaque année pour leur anniversaire de mariage. Elle a beaucoup de valeur à ses yeux. Le reste du temps, il la range dans cette boîte verte.

— C'est de l'or, Miss Dessie ?

— De l'or massif, ma petite. Elle vaut d'ailleurs une jolie somme. Mais un souvenir comme celui-là n'a pas de prix…

Nikki considéra la montre en or, les sourcils froncés. Comment s'était-elle retrouvée dans sa cachette secrète ?

Vu l'épaisse couche de poussière sur la boîte et les

nombreuses toiles d'araignées intactes dans la cache, elle était là depuis longtemps.

Mais qui l'avait dissimulée là ? Et était-ce la même personne qui avait pris son journal ?

4

La découverte de la montre plongea Nikki dans un océan de perplexité. Apparemment, sa présence dans la cache n'avait rien à voir avec la mort du Dr Nance et devait donc être considérée comme une coïncidence. Nikki n'était pas sûre d'y croire mais indéniablement, l'épaisse couche de poussière comme le nombre des toiles d'araignées tendaient à prouver que la jolie boîte verte avait été glissée sous le plancher des Ruines des mois, des années peut-être, avant le décès du vieux médecin.

Allongée dans son lit mais incapable de trouver le sommeil, elle se tourmentait à propos de cette montre et de la disparition de son journal. Elle pensait surtout au Dr Nance, l'imaginait seul sur le lac, se rendant compte qu'il était en difficulté mais qu'il ne pourrait pas se tirer d'affaire sans aide.

Était-elle passée à côté de quelque chose d'important la dernière fois qu'elle lui avait parlé ? S'était-il montré préoccupé, un peu parano ou peut-être même délirant… mais était-elle trop absorbée par sa propre vie pour le remarquer ?

Après tout ce qu'il avait fait pour elle, Nikki se reprochait de l'avoir sans doute laissé tomber quand il avait besoin d'elle. Et de l'avoir, de ce fait, contraint à faire appel à un inconnu pour obtenir de l'aide. Cela dit, Adam Thayer n'était pas un inconnu pour le Dr Nance. Pour elle non plus, d'ailleurs, même si elle ne parvenait toujours pas à le resituer.

Alors qu'elle s'assoupissait à moitié, elle se rappela soudain où elle l'avait déjà vu.

Cela n'était pas aux Ruines, en réalité. En tout cas, pas la première fois qu'elle avait posé les yeux sur lui. Un jour, alors qu'elle gravissait péniblement la route sous un soleil de plomb, elle l'avait aperçu sur le pont. À l'époque, elle ne connaissait pas son nom et il était loin, mais elle avait tout de suite compris qu'il était l'un d'*eux*. Qu'il faisait partie de ces rares privilégiés, charismatiques et appréciés de tous, qui semblaient évoluer dans la vie dans un halo de lumière. Bronzé et large d'épaules, des gouttelettes d'eau scintillant sur sa peau, il avait escaladé le garde-fou pour exécuter un salto arrière presque parfait dans le lac. Cachée par la végétation luxuriante de la digue, Nikki l'avait observé de loin, fascinée malgré elle par ce garçon et par son exploit.

Lui aussi était alors très différent de l'homme qu'il était devenu. Il portait les cheveux longs, à l'époque. Bruns et indisciplinés, ils lui arrivaient aux épaules. Nikki se souvenait de la façon dont il les avait rejetés en arrière quand il était remonté à la surface, tel Neptune émergeant des flots, avant de rejoindre la rive.

À présent, coupés à ras, ils révélaient trop de choses. Non seulement la cicatrice sur son crâne mais aussi la douleur qui tirait ses traits ainsi que la méfiance et le cynisme qui assombrissaient son regard. De nouveau, Nikki s'interrogea sur cette fusillade, sur son passé.

Les souvenirs du jeune Adam Thayer la tinrent éveillée une grande partie de la nuit. Lorsque la sonnerie de son réveil la tira du sommeil à 7 heures, elle se traîna hors du lit. Épuisée, elle se prépara un café qu'elle but dans sa voiture, tout en roulant vers l'institut médico-légal.

Comme tous les jours, elle passa la matinée à pratiquer des autopsies. Après le déjeuner, elle rejoignit ses collègues dans une salle pour commenter les résultats. Les vendredis étaient toujours chargés et, en principe, l'autopsie du Dr Nance aurait dû être reportée au lundi, Northeast Texas Forensic Science Center étant fermé le week-end. Mais le Dr Ramirez avait accepté de venir le lendemain matin. Nikki lui en était reconnaissante. Plus vite ils auraient des réponses, mieux cela vaudrait.

Aussi remplie que fût sa journée, elle trouva un moment pour passer un coup de fil à Tom Brannon. La veille au soir, il était revenu aux Ruines pour récupérer la montre en or. Il l'avait déposée dans un sachet de plastique avec la boîte verte. Et dans la matinée, il s'était rendu chez le Dr Nance pour se faire confirmer par Dessie Dupre qu'elle appartenait bien au vieux médecin.

Selon cette dernière, la montre avait disparu depuis des années. À l'époque, le Dr Nance avait supposé que l'un des nombreux ouvriers qui avaient travaillé dans la maison l'avait prise. Mais il n'en avait aucune preuve. Le vol avait été signalé au poste de police mais le coupable n'avait jamais été démasqué. La malheureuse gouvernante n'avait rien pu dire d'autre à Tom. Bouleversée par la mort du Dr Nance, elle n'avait pas été d'une grande utilité.

Après avoir terminé sa conversation téléphonique avec Tom, Nikki s'était remise au travail.

Lorsqu'elle rentra enfin chez elle, la nuit était tombée et quelques étoiles scintillaient déjà dans le ciel. Elle gara sa voiture dans le garage et sortit par la porte latérale pour gagner la cour arrière. Une petite brise agitait les carillons à vent accrochés aux branches d'un arbre et elle s'assit sur l'une des marches du porche pour profiter de la douceur du soir.

L'ancienne propriétaire des lieux était une jardinière

passionnée. Les rosiers qui poussaient sous les fenêtres étaient particulièrement parfumés et Nikki avait pris l'habitude, quand elle revenait de l'institut, de consacrer un peu de temps à s'enivrer de leurs fragrances.

Ce soir plus que jamais, elle ferma les yeux et se félicita de vivre dans ce petit havre de paix. Dans son métier, il était important d'avoir un endroit calme pour se détendre, se ressourcer, en fin de journée. Elle avait appris depuis longtemps à compartimenter son existence. Pourtant, ce jour-là, son deuil la rendait vulnérable et une myriade de souvenirs douloureux revenaient la tourmenter, menaçant de la replonger dans le désespoir de sa jeunesse.

Elle avait parcouru un long chemin dcpuis cette triste époquc, en grande partie grâce aux conseils et aux encouragements du Dr Nance. Il aurait détesté l'entendre s'apitoyer sur son sort et ruminer ses malheurs. Elle l'entendait presque lui rappeler de ce ton taquin et résolument positif qui le caractérisait : « La vie est pour les vivants, Nik. Tourne la page et continue. »

Plus facile à dire qu'à faire, bien sûr. Indépendamment de son chagrin, en tant que médecin légiste du comté de Nance, elle se posait encore beaucoup de questions sur sa mort, des questions auxquelles elle devrait apporter des réponses.

Une chauve-souris, qui volait en rase-mottes, attira son attention. Elle s'absorba un moment dans la contemplation du ciel nocturne avant de monter les marches du porche arrière fermé qui servait maintenant de buanderie. Lorsqu'elle avait rénové la maison, elle avait fait installer des prises pour la machine à laver et le séchoir ainsi qu'une douche à l'italienne. Ainsi, elle avait la possibilité de balancer ses vêtements dans le lave-linge et de débarrasser sa peau et ses cheveux de l'odeur de la mort avant même de mettre un pied à l'intérieur.

Elle retira son T-shirt, son jean et ses sous-vêtements, jeta le tout dans le tambour et se glissa sous la douche. Elle resta longtemps sous le jet brûlant, frottant chaque centimètre de sa peau et de son cuir chevelu jusqu'à ce qu'elle ne sente rien d'autre que son savon et son shampoing. Leurs effluves lui rappelaient ceux des rosiers qui poussaient à profusion sur sa balustrade.

Enveloppée dans une serviette-éponge, elle sortit des vêtements propres du séchoir et s'habilla là, sous le porche arrière. Elle rinça la douche et rafistola un store cassé avant de prendre conscience qu'elle cherchait à retarder son entrée dans la maison. Ici, elle pouvait bricoler et garder l'esprit occupé. À l'intérieur, elle n'aurait rien d'autre à faire qu'à réfléchir.

Elle retourna s'asseoir sur les marches du porche, se laissant de nouveau envahir par le subtil parfum des roses. Saisie d'une profonde mélancolie, elle se sentait également en proie à une étrange nervosité. Comme elle n'avait aucune envie de ressasser la mort du Dr Nance ou de songer à son autopsie à venir, elle permit au spectre de sa mère de percer ses défenses et de lui revenir en mémoire.

Nikki ne pensait pas souvent à ses parents. Voilà longtemps qu'elle avait accepté la réalité et fait son deuil de leurs relations. Elle ne les reverrait probablement jamais, ni l'un ni l'autre. Peut-être étaient-ils morts. Qu'en savait-elle, après tout ? Mais parfois, dans ses moments de faiblesse, elle fermait les yeux et se les remémorait.

Son père était parti le premier. Il s'était enfui en pleine nuit au volant de la vieille Buick familiale, emportant le chèque de sa dernière paie. Joy, la mère de Nikki, s'était retrouvée sans le sou et avait dû se résoudre, non sans amertume, à retourner chez sa mère pour la supplier de les accueillir. Elle avait repris son ancienne chambre, sous les toits, reléguant sa fille de dix ans sur le canapé du salon. La situation n'avait pas été trop difficile pour Nikki tant que son grand-père avait été en vie. Il savait en effet tempérer les piques mordantes de sa grand-mère et les crises de colère de sa mère. Mais après la mort du vieillard, elle avait été obligée de se cacher en permanence pour se protéger des deux femmes. Non sans mal, les trois générations avaient fini par trouver un modus vivendi. Cette cohabitation avait à peu près fonctionné jusqu'au jour où, en rentrant de l'école, Nikki avait vu sa mère en train de jeter ses affaires dans un grand sac. Elle se rappelait leur dernière conversation – chaque mot, chaque intonation – comme si elle avait eu lieu la veille :

« Pourquoi fais-tu les valises, maman ? Allons-nous déménager, nous installer ailleurs ?

— J'aimerais bien, mais où irions-nous ? Ton père a fichu le camp avec la voiture et tout l'argent que nous avions. J'ai réussi à économiser quelques dollars sur mes pourboires au restaurant, alors je pars avec un ami pour quelque temps. J'ai besoin de prendre un peu de recul et je n'y arrive pas ici.

— Je peux venir avec toi ?

— Pas cette fois. Ta grand-mère est vieille et seule. Elle a besoin de toi.

— Elle n'a pas besoin de moi, maman. Et elle ne m'aime pas. Elle n'a aucune envie que je reste avec elle.

— Parle-lui le moins possible, garde tes distances et tout ira bien.

— Mais pourquoi ne puis-je pas aller avec toi ?

— Parce que ce n'est pas possible, voilà ! Tu es trop jeune pour le comprendre mais j'espère qu'un jour, tu reconnaîtras que j'ai fait ce qui était le mieux pour nous deux. Ton père, en nous quittant, m'a fait prendre conscience que je devais, moi aussi, prendre le large. Sinon je serai coincée dans cette maudite ville jusqu'à la fin de mes jours. Je suis jeune. Encore jolie, paraît-il. Je suis désolée, Nikki, mais être ta maman ne suffit pas à mon bonheur. »

Des années plus tard, Nikki n'avait toujours pas digéré ce qui avait suivi. Les supplications et les sanglots. Sa pathétique et vaine course pour tenter de rattraper la voiture qui partait. Les reproches de sa grand-mère qui estimait qu'elle était trop grande pour se donner ainsi en spectacle…

Se remémorer la scène était toujours douloureux. Mais ce jour-là, Nikki s'était juré que plus jamais elle ne laisserait à quiconque le pouvoir de la faire souffrir à ce point.

Un bruit, un mouvement dans l'ombre la fit sursauter. Le souvenir de cette terrible journée s'évanouit, l'obligeant à revenir au présent. Un bref instant, Nikki eut l'étrange impression que quelqu'un l'épiait dans le noir. Par association d'idées, elle se rappela sa visite aux Ruines et l'intensité avec laquelle Adam Thayer l'avait dévisagée. Comme s'il la connaissait, comme s'il savait des choses sur elle. Il ne savait rien, bien sûr. Il n'en avait pas la possibilité. Si elle vivait en solitaire et se suffisait à elle-même, ce n'était pas pour rien. Ses secrets étaient bien gardés.

Elle repensa ensuite à l'homme qu'ils avaient aperçu sur la rive. La façon dont il s'était recroquevillé dans l'ombre, en scrutant l'étendue d'eau, jusqu'à ce qu'Adam allume sa lampe de poche. Il se passait vraiment des choses étranges à Belle Pointe. Nikki ne parvenait pas à comprendre comment elle et son journal disparu s'intégraient dans cette histoire.

Tout en se frottant les bras, elle parcourut les alentours des yeux. Il n'y avait personne. Ni l'homme du lac. Et encore moins Adam Thayer. Pourtant, elle ne pouvait pas se débarrasser de la sensation d'être observée.

Ce sont ces vieux souvenirs qui te perturbent.

Elle se leva et descendit rapidement les marches jusqu'au jardin. Il était petit. Malgré les ténèbres grandissantes, elle repérerait quelqu'un tapi derrière un buisson. Mais elle ne vit rien d'anormal. Ni intrus, ni voyeur, ni personne.

Elle en fit le tour, inspecta les arbres et les fourrés jusqu'à ce qu'elle ait la certitude d'être seule. Elle s'apprêtait à rentrer lorsqu'elle remarqua que le portail arrière était entrouvert. Sa propriété longeait une petite forêt très fréquentée par les promeneurs et les joggeurs. Elle avait l'habitude de verrouiller l'accès à son jardin pour que personne ne soit tenté de l'emprunter pour rejoindre la rue, un raccourci commode. Elle ne s'inquiétait pas vraiment pour sa sécurité. Elle protégeait surtout son intimité, sa vie privée.

Quelqu'un avait dû escalader la barrière, forcer la serrure, puis retourner dans le bois sans refermer correctement le portail. Pourquoi faire une chose pareille, elle n'en avait pas la moindre idée. Peut-être un gamin avait-il lancé son ballon dans la cour. Le doute s'insinua dans son esprit. Cette impression d'être espionnée n'était peut-être pas totalement absurde, après tout. Se pouvait-il que quelqu'un soit entré dans le jardin pour la regarder se doucher et s'habiller ?

Une brusque nausée souleva son estomac alors qu'elle tentait de se raisonner, se reprochant son imagination débordante. Elle était tellement stressée qu'elle n'arrivait plus à avoir les idées claires. Et d'ailleurs, à sa place, tout le monde serait dans le même état. Son mentor gisait sur une dalle glacée à la morgue, la cause du décès était encore inconnue. Il avait probablement eu un malaise qui l'avait fait chavirer et tomber à l'eau. Mais cela n'expliquait pas son soudain changement de programme. Ni la montre en or cachée sous le plancher de l'ancien hôpital psychiatrique. Ni la personne dissimulée sur les rives du lac. Et si le vieux médecin avait été victime d'un acte criminel ? Et si, pour une raison qui lui échappait, le tueur avait maintenant Nikki dans son collimateur ?

Tu es ridicule.

Pourtant son cœur continua à battre la chamade, même après qu'elle eut verrouillé le portail et se fut réfugiée sous le porche arrière. Elle s'assura que les portes-moustiquaires et les fenêtres étaient toutes bien fermées, comme les portes, avant d'entrer enfin dans la maison.

Tout semblait tel qu'elle l'avait laissé ce matin-là et pourtant rien n'était vraiment pareil. Elle ouvrit le réfrigérateur pour se préparer à dîner et décida de se confectionner un sandwich avec des restes. La sonnette de l'entrée interrompit ses préparatifs. Se séchant les mains dans un torchon, elle se précipita dans le hall pour jeter un coup d'œil dehors par la fenêtre. Elle recevait peu de visites. Certes, il lui arrivait à l'occasion d'inviter une collègue ou une connaissance à dîner, mais elle passait la plupart de ses soirées seule avec un livre et son téléphone.

Lila Wilkes se tenait sous le porche, un plat à tarte dans les mains. Nikki s'écarta rapidement de la fenêtre. Peut-être que si elle faisait semblant de ne pas être là, sa visiteuse s'en irait.

Elle n'avait rien contre cette femme – bien au contraire. Lila Wilkes était considérée comme l'ange gardien de Belle Pointe. Elle était toujours la première à offrir un sourire réconfortant et son concours, en cas de coup dur, de maladie ou de mort. Comme le Dr Nance, elle jouissait d'une réputation et d'une estime exceptionnelles au sein de la communauté. Malgré son apparence insignifiante, les habitants du comté la considéraient comme une grande dame.

Comprenant que Lila Wilkes l'avait forcément vue, Nikki se sentit obligée de lui ouvrir la porte.

— Madame Wilkes ! Que faites-vous ici ?

La quinquagénaire lui sourit avec chaleur.

— Appelez-moi Lila, je vous en prie. Je suis veuve depuis plus de trente ans. Je ne me sens plus du tout dans la peau de Mme Wilkes.

Elle portait des boucles d'oreilles à fleurs, assorties à l'imprimé de son corsage et aux ornements de ses sandales.

— Qu'est-ce qui vous amène… ?

Nikki s'interrompit, un peu gênée. Même avec sa permission, elle avait du mal à l'appeler par son prénom.

— J'ai cuisiné toute la journée, expliqua Lila. Je finissais de livrer des tartes à des voisines lorsque je me suis aperçue qu'il m'en restait une. Aux myrtilles. Alors j'ai pensé à vous…

— C'est très gentil, je vous remercie.

Nikki accepta la pâtisserie en réprimant un soupir. Tout le monde avait certainement déjà eu vent de la mort du Dr Nance, les rumeurs allaient toujours bon train à Belle Pointe. Lila était donc venue soit pour lui présenter ses condoléances, soit pour tenter d'en savoir plus sur le drame. Soit les deux.

Lila tendit le cou pour jeter un coup d'œil dans la maison.

— J'espère que je ne débarque pas à un mauvais moment.

Elle aurait difficilement pu tomber plus mal mais Nikki ouvrit plus grand la porte.

— Aimeriez-vous entrer ?

— D'accord, mais je ne resterai qu'un instant. Je ne veux pas déranger.

Elle passa devant Nikki et s'arrêta net dans le vestibule pour regarder le salon.

— Dieu, que c'est beau ! Vous avez fait beaucoup de travaux depuis que vous avez emménagé ici. Tout a changé. La maison ne ressemble plus du tout à ce qu'elle était.

Nikki ferma la porte.

— Elle avait besoin d'être rénovée.

— C'est sûr, dit Lila d'un ton émerveillé. Tout a l'air si propre et moderne. Je préfère le traditionnel, bien sûr, mais pour une jeune célibataire comme vous, c'est parfait.

Nikki sourit.

— J'ai du thé glacé dans le réfrigérateur. Je vous en offre un verre ?

— Ce serait adorable. À condition que ce ne soit pas trop compliqué.

— Pas du tout.

— L'été a été si caniculaire que j'attends l'automne avec impatience. Comme toujours, à cette période de l'année.

Elle suivit Nikki dans la cuisine, en fit le tour avec curiosité, étudiant de près le nouveau comptoir et les placards avant de s'approcher des portes-fenêtres pour inspecter la cour.

— Je vois que vous avez gardé le jardin tel qu'il était. Vous avez bien fait, il est magnifique. La pauvre Grace a bêché ses parterres jusqu'au bout, même après être tombée malade. Elle était si fière de ses rosiers. Presque aussi beaux que les miens, tout le monde le reconnaît. Elle nous manque beaucoup au club de jardinage.

Nikki sortit deux verres qu'elle remplit de thé glacé.

— Avant d'acheter cette maison, je n'avais jamais vu de roses de cette couleur.

Lila sourit d'un air rêveur.

— Les *Twilight Mist,* les Brumes du Crépuscule. Ce nom si romantique leur va bien, non ? J'en avais offert des boutures à Grace, il y a des années. Vous verriez le rosier d'origine ! Les roses sont superbes, cette année. Les admirer chaque matin en prenant mon café embellit ma journée.

Elle s'approcha du comptoir et s'assit sur l'un des tabourets. Elle sirota son breuvage d'un air appréciateur.

— Il est délicieux, ma chère. Peu de gens savent faire un véritable thé sucré, de nos jours. La plupart préfèrent les acheter au supermarché. Une hérésie.

Nikki ne toucha pas au sien.

— Madame Wilkes… Lila… J'apprécie beaucoup votre visite impromptue, bien sûr, mais quelque chose me dit que vous n'êtes pas venue seulement pour m'apporter une tarte.

— En effet. J'étais avec Sylvia Navarro, ce matin, quand Billy l'a appelée pour lui annoncer la mort de Charles Nance. Comme vous vous en doutez, la nouvelle nous a bouleversées. Anéanties. Et surtout, je sais à quel point vous étiez proches, tous les deux. Il parlait de vous comme si vous étiez sa petite-fille. Vous imaginer ici toute seule à broyer du noir m'était insupportable. Cette tarte m'a servi de prétexte pour venir voir comment vous alliez.

— Ça va, merci, assura Nikki, la gorge serrée.

Son interlocutrice hocha la tête avec sympathie.

— À ce que j'ai compris, c'est le petit-fils de Betsy Thayer qui a découvert le corps. Je l'ai croisé en ville, l'autre jour. Il a... quelque chose, non ? Son regard est d'une intensité ! Il ne m'a pas paru très bavard, mais vous savez ce qu'on dit. Il faut se méfier de l'eau qui dort...

Oui, la description lui correspondait bien, pensa Nikki.

— Pauvre Charles, poursuivit Lila. Avez-vous une idée de ce qui s'est passé ? Billy a fait allusion à un bateau de pêche chaviré...

— Une autopsie est en cours. Je ne peux vraiment rien dire tant que sa famille n'a pas été prévenue.

Lila s'interrompit, l'air songeur.

— Elle se résume à son neveu, Jeremy. Il vit à Atlanta, je crois. Charles avait également quelques cousins éloignés qu'il ne voyait jamais. Si vous voulez mon avis, Dessie Dupre était sa vraie famille. Elle a travaillé pour lui pendant plus de trente ans. C'est elle qui lui préparait ses repas, nettoyait sa maison, entretenait son jardin. Elle gérait aussi son emploi du temps. Personne n'entrait chez lui sans le feu vert de Dessie.

Lila caressa les boutons de son chemisier tout en s'absorbant dans la contemplation de son thé.

— Si elle n'est pas de la famille, je ne sais pas qui l'est.

— Je suis sûre que le shérif est déjà allé la voir, murmura

Nikki, évitant de parler de la conversation qu'elle avait eue avec Tom Brannon.

— Moi aussi, j'en suis sûre, mais vous devriez peut-être lui rendre visite, vous aussi. Sa sœur confectionne les déjeuners de notre club de jardinage et parfois, Dessie lui donne un coup de main. Nous discutons en faisant la vaisselle. Elle parle toujours de vous. Elle vous tient en haute estime et admire votre parcours. Dans un moment comme celui-ci, vous pourriez vous réconforter mutuellement.

— Je passerai la voir dès que possible, assura Nikki.

Lila hocha la tête et poursuivit son monologue, son ton devenant de plus en plus animé au fur et à mesure qu'elle organisait tout.

— Je me demande si quelqu'un a pensé à prévenir le Dr Wingate. J'ignore à quel point elle était proche de Charles mais ils étaient associés à la clinique depuis longtemps. Elle devra sans doute se charger des patients de Charles, à présent. Mais il faut surtout s'occuper des obsèques. Des fleurs, de la musique, de l'éloge funèbre… Il est important que ses funérailles soient à la hauteur de la réputation de Charles Nance.

Nikki entendait presque les rouages du cerveau de Lila tourner à plein régime. Elle était dans son élément. Elle adorait planifier, diriger, déléguer…

— Je ne veux pas penser aux obsèques, ce soir, déclara Nikki. Et le bureau du shérif Brannon notifiera le décès à qui de droit. C'est ainsi que les choses fonctionnent par ici.

— « À qui de droit »… L'expression semble tellement impersonnelle, non ? Et pourtant, il n'y a rien de plus personnel que la mort, poursuivit Lila avec un soupir. Mais bien sûr, vous avez raison. Nous aurons largement le temps de prendre les dispositions nécessaires dans les jours prochains. Ensuite, il nous faudra faire notre deuil.

Tant de gens seront ravagés par cette mort. Charles Nance incarnait l'âme de Belle Pointe.

— Beaucoup de gens diraient que c'est surtout vous, l'âme de cette ville, dit Nikki.

Lila eut l'air enchantée.

— Moi ? Je fais de mon mieux, mais Charles était tout pour nous. Regardez l'impact qu'il a eu sur tant de vies. Saviez-vous que j'étais venue à Belle Pointe pour lui ?

Nikki résista à l'envie de regarder l'heure sur son smartphone.

— Je l'ignorais. Peut-être me raconterez-vous cette histoire un jour.

Lila ignora l'allusion.

— J'habitais à Bâton Rouge, à l'époque. Je n'avais qu'une vingtaine d'années mais j'étais déjà veuve. Ma mère était morte quelques années plus tôt et j'avais perdu mon père quand j'étais petite. Bref, j'étais seule au monde, sans le sou, et je me demandais comment j'allais subvenir à mes besoins.

— J'ai connu ça, murmura Nikki. Sauf le côté « veuve ».

— Et regardez où vous en êtes, maintenant, dit Lila, rayonnante. Pour ma part, mon salut est venu d'une lettre. J'ai toujours dit que ce courrier était le résultat d'une intervention divine.

Malgré son impatience, la curiosité de Nikki fut piquée.

— La lettre vous a été envoyée par le Dr Nance ?

— Exactement. Je ne le connaissais pas, alors. Il était le médecin de ma tante Mary. Elle était tombée malade et lui avait demandé de m'écrire. Sa missive m'avait surprise. Mary était la sœur de ma mère mais je ne l'avais rencontrée qu'une fois. Toutes deux étaient en froid.

— Quel dommage.

— Ma mère n'aimait pas en parler, donc je n'ai jamais connu les détails de cette brouille. Quoi qu'il en soit, ma tante avait besoin de quelqu'un pour s'occuper d'elle, et vu que j'étais sa seule parente encore en vie, elle se demandait si je serais disposée à venir à Belle Pointe et à m'installer chez elle. Dans la situation où j'étais, la proposition semblait trop belle pour être vraie. Je n'y ai pas cru, au départ. Mais après ma conversation téléphonique avec Charles, j'ai accepté son offre. Il pouvait être assez convaincant quand il voulait. Charmant aussi. Et si séduisant !

Elle se mit à rire, se moquant d'elle-même.

— J'avoue avoir eu un petit béguin pour lui. Comme tout le monde, d'ailleurs. Il était tellement sympathique.

— C'est sûr, dit Nikki.

— Audrey était une femme très chanceuse. Mais pour faire court, une semaine après cet échange au téléphone, je suis donc arrivée en bus avec ma valise en carton qui contenait tout ce que je possédais.

— Vous deviez être inquiète à l'idée d'emménager avec quelqu'un que vous ne connaissiez pas, dit Nikki.

— Inquiète n'est pas le mot. Même si Charles m'avait prévenue de la maladie de ma tante, son état m'a catastrophée quand j'ai débarqué chez elle. Après son AVC, la malheureuse était alitée, ne parlait qu'à peine et ne pouvait se nourrir sans aide. Prendre soin d'elle m'a fait peur, au début. J'ai souvent pensé à m'enfuir au milieu de la nuit, mais elle avait besoin de moi. J'étais tout ce qu'elle avait, et après un certain temps, j'en suis venue à l'aimer comme ma propre mère. Quand elle est morte, je n'étais plus démunie grâce à sa générosité mais encore une fois, je me retrouvais seule, désespérément seule. Puis, quelques semaines plus tard, Mme Jensen est tombée et s'est cassé la hanche. Et Mme Witherspoon a contracté une pneumonie. Le fait est qu'il y avait toujours quelqu'un qui avait besoin de moi. Au départ, j'étais venue à Belle Pointe pour ma tante mais toute la ville est devenue ma famille.

Elle posa la main sur celle de Nikki.

— Nous pouvons aussi être votre famille, si vous le voulez.

Nikki apprécia le geste. Vraiment. Mais laisser quelqu'un entrer dans sa vie et dans son cœur ne lui était pas facile. Tous ceux qui avaient compté pour elle l'avaient quittée.

Elle sourit à Lila en écartant sa main.

— Je vous remercie. Vous êtes très gentille.

— C'est la moindre des choses. J'aurais tellement souhaité faire plus pour votre pauvre grand-mère.

Lila se leva.

— Je vous laisse, maintenant. J'ai un peu abusé de votre temps, pardonnez-moi. Je suis trop bavarde. Appelez-moi si vous avez besoin de quelque chose.

— Je le ferai, assura Nikki en la raccompagnant à la porte.

— Et s'il vous plaît, faites-moi part des conclusions de l'autopsie.

Alors qu'elle se tenait sous le porche, elle se retourna pour ajouter, les yeux rivés sur Nikki :

— Cela nous aidera tous à faire notre deuil de savoir ce qui s'est vraiment passé sur ce lac.

Nikki hocha la tête sans ajouter de commentaire. Du haut des marches, elle regarda les feux arrière de Lila Wilkes s'éloigner et disparaître au coin de la rue. Lorsque le bruit du moteur de la voiture s'estompa, le silence retomba alentour. Les nuages recouvraient la lune et, avec l'obscurité croissante, l'appréhension envahit de nouveau Nikki.

Elle balaya le jardin des yeux, incapable de se débarrasser de l'idée que quelqu'un était là, dans l'ombre, à surveiller sa maison, à l'épier. Mais pourquoi ?

5

Adam coupa le moteur et laissa son embarcation dériver jusqu'à la rive à travers un enchevêtrement de nénuphars. C'était la première fois qu'il sortait le jon boat de sa grand-mère. Après s'être assuré que la coque en aluminium était en bon état, il avait acheté un petit moteur hors-bord pour pouvoir naviguer sur le lac. L'engin n'était pas très puissant mais il n'avait pas particulièrement envie de foncer sur l'eau. La discrétion lui importait davantage.

Toute la journée, il avait travaillé à l'extérieur pour pouvoir garder un œil sur la cabane de pêcheur du Dr Nance. Deux adjoints de Tom Brannon y étaient venus, tôt dans la matinée, pour fouiller la propriété et les bois alentour. Après leur départ, Adam avait été très tenté de sauter dans son bateau pour traverser le lac sur-le-champ mais il s'était raisonné. Mieux valait attendre la nuit pour s'y rendre. Être surpris en plein jour à pénétrer par effraction dans la maison d'un mort comme un vulgaire cambrioleur n'arrangerait pas ses affaires.

Quoique, techniquement, il n'aurait pas besoin d'entrer par effraction. Le Dr Nance lui avait laissé une clé, cachée sur la terrasse, au cas où la maison de sa grand-mère aurait été invivable et où il aurait préféré dormir dans la cabane. Mais pour éviter d'avoir à s'expliquer avec les autorités locales, Adam avait préféré attendre.

Bien lui en avait pris. En effet, Tom Brannon et ses hommes étaient revenus en fin d'après-midi pour inspecter une nouvelle fois la maisonnette en bois. Depuis l'embarcadère où il continuait à bricoler, Adam avait pu suivre leurs faits et gestes grâce à leurs lampes torches. L'un d'eux était descendu sur la rive et avait dirigé sa lampe vers l'eau, capturant Adam dans son faisceau lumineux. Adam avait levé la main pour le saluer mais était obstinément resté sur place pendant que la lumière se promenait sur le ponton avant de monter l'escalier de bois derrière lui.

Après leur départ, il avait sauté dans sa propre embarcation. Assis à la barre, il avait traversé les eaux sombres du lac, profitant du clair de lune pour se guider.

Il avait dissimulé son jon boat sous un épais rideau de mousse espagnole, en était descendu sans bruit et avait allumé sa lampe de poche. Il n'avait aucune idée de ce qu'il trouverait dans la cabane de pêcheur. Il ne savait même pas ce qu'il venait y chercher. Les notes et les dossiers médicaux que le Dr Nance avait mentionnés lors de leur dernier échange téléphonique ? Le shérif et ses officiers les avaient sans doute emportés, pourtant Adam devinait qu'il ne parviendrait pas à dormir tant qu'il n'aurait pas inspecté lui-même les lieux.

Il gravit les marches en bois, jetant à intervalles réguliers un coup d'œil par-dessus son épaule pour observer l'eau et les bois environnants. Il voyait la maison de sa grand-mère se profiler de l'autre côté du lac et, plus loin sur le rivage, les lumières scintillantes de l'antenne parabolique d'Ellie Brannon. À cette heure tardive, elle était probablement dans son petit studio, en train de se préparer pour son émission de radio.

Adam l'avait écoutée une ou deux fois depuis qu'il avait emménagé à Belle Pointe. *Midnight on Echo Lake* était une émission étrange qui recevait des appels bizarres. Le surnaturel ne l'attirait pas du tout mais il devait reconnaître que s'il y avait un endroit susceptible d'être hanté, c'était bien le lac Echo. Et que s'il était possible de piéger des âmes, il y en avait sûrement beaucoup à errer à l'intérieur des Ruines.

Les crapauds s'étaient tus à son arrivée. Les bois semblaient plus sombres qu'à l'accoutumée et étonnamment silencieux. Les bruits de la ville lui manquaient. Les crissements de pneus, le hurlement des sirènes, la cacophonie incessante des klaxons. Le jour de la fusillade, le même calme régnait dans le quartier pavillonnaire où il était venu avec son coéquipier pour perquisitionner le domicile d'un suspect. Il n'y avait pas d'enfants jouant sur le trottoir, pas de camions poubelles dans la rue, pas de balayeurs. Adam avait remarqué ce silence inhabituel alors qu'il gravissait les marches du porche. Une fraction de seconde plus tard, l'enfer s'était déchaîné.

Revenant au présent, il se retourna pour observer une nouvelle fois le lac et les rives. Rien ne bougeait. Pourtant il ne pouvait se débarrasser de l'impression dérangeante que quelque chose n'allait pas.

Il scruta encore l'obscurité avant de grimper sur la terrasse. Une clé se trouvait bien sous le coussin du vieux fauteuil à bascule et il entra par une des portes-fenêtres. Une fois à l'intérieur, il s'immobilisa un instant pour se repérer. Puis il alluma sa lampe de poche et promena le faisceau autour de lui.

La cabane était petite. Elle s'ouvrait sur le salon avec une kitchenette sur la gauche et, sur la droite, la chambre et la salle de bains. Il traversa la pièce principale et jeta un coup d'œil par la fenêtre. La jeep du Dr Nance était garée dans l'allée. Adam ouvrit la porte et descendit les marches du porche pour s'approcher du véhicule. Les portières étaient verrouillées. Il examina la carrosserie, cherchant d'éventuelles traces de choc, et inspecta l'habitacle à travers les vitres.

Ne voyant rien de suspect, il éteignit sa lampe et resta sans bouger, à écouter la nuit. Il entendait le ronronnement lointain d'un moteur hors-bord quelque part sur le lac mais le bateau semblait s'éloigner. Après un moment, il retourna à l'intérieur et entreprit de fouiller les lieux.

Une valise fermée était posée sur le lit mais les petits objets personnels du Dr Nance comme son portefeuille, son téléphone et ses clés n'étaient nulle part en vue. Soit ils avaient été emportés par la police, soit ils étaient tombés à l'eau lorsque le bateau avait chaviré. À moins que quelqu'un d'autre que les flics les ait pris. Adam inventoria rapidement le placard bien rangé et la commode, puis retourna dans la pièce principale.

Un vieux fauteuil inclinable était placé près de la cheminée de façon que, en hiver, le Dr Nance puisse profiter d'un bon feu dans la cheminée tout en admirant le coucher du soleil. La table basse était recouverte de livres et de magazines. Un petit bureau occupait le côté opposé. Adam en inspecta les tiroirs. Il se dirigea ensuite vers la minuscule cuisine, fouilla les placards. Il jeta même un œil dans le réfrigérateur et le congélateur avant de retourner devant le fauteuil.

Il feuilleta certaines revues et parcourut les titres des ouvrages. Il y avait de tout, des manuels pratiques sur la pêche à des romans policiers en passant par des récits de la Seconde Guerre mondiale. Au milieu de cet ensemble éclectique, l'un des livres lui sauta aux yeux : *The Ingenious Gentleman Don Quichotte de La Mancha*.

La présence de ce roman de Cervantes n'avait rien d'étrange chez un homme qui appréciait la littérature classique. Le Dr Nance était visiblement un lecteur vorace et curieux, aux goûts hétéroclites. Mais ce titre particulier frappa Adam, lui rappelant leur dernière conversation.

« Si en arrivant ici, vous estimez que je ne suis qu'un vieux fou qui se bat contre des moulins à vent, alors je cesserai de m'y intéresser… »

Peut-être était-ce lui qui délirait, pensa Adam. Peut-être était-ce lui qui se battait contre des moulins à vent. Pourtant il n'avait jamais cru aux coïncidences. Le Dr Nance avait-il utilisé cette expression sciemment ? Et avait-il délibérément laissé le livre bien en vue dans sa cabane de pêcheur ? Pour qu'Adam le trouve ?

Adam s'assit dans le fauteuil et feuilleta l'ouvrage. Puis il examina attentivement la reliure. Il lui fallut un moment pour remarquer qu'un petit morceau de papier avait été roulé et glissé au dos du livre, là où les coutures se défaisaient. Il l'attrapa à l'aide d'un crayon. Quand il déroula la note, il découvrit un chiffre écrit à l'encre bleue :

47.

Il alla à la page 47 et la lut. S'il y avait un indice caché entre les lignes du passage qu'il parcourut des yeux, celui-ci lui échappa. Il photographia l'inscription avec son smartphone puis roula le papier à nouveau et le replaça dans la reliure du roman. Il refit un tour rapide de la maisonnette avant d'éteindre sa lampe de poche et de sortir de la même manière qu'il était entré.

Alors qu'il était encore sur la terrasse, en haut des marches, il remarqua soudain un petit bateau qui glissait sur le lac sans éclairage ni moteur. D'épais nuages couvraient à présent la lune. La nuit était très sombre et pourtant, Adam distinguait clairement le mouvement de la barque et entendait les clapotis de l'eau contre les rames. Il devinait même l'ombre du rameur.

Pendant un moment, il craignit que l'embarcation ne dérive jusqu'à l'endroit où il avait laissé le jon boat de sa grand-mère. Au lieu de quoi, le nouveau venu se dirigea vers le débarcadère pour y accoster. Maintenant, Adam ne pouvait plus descendre l'escalier de bois sans être repéré.

Il retourna donc dans la cabane. Il laissa intentionnellement les loquets déverrouillés et se cacha derrière la porte de la chambre, se positionnant de façon à pouvoir voir dans l'autre pièce. Quelques instants plus tard, une silhouette vêtue d'un sweat à capuche sombre apparut sur la terrasse.

Un visage se colla contre la vitre mais Adam ne parvint pas à en discerner les traits. Plus grand que la moyenne, l'homme semblait large d'épaules. Il leva le bras et promena le faisceau d'une lampe de poche dans l'espace avant d'actionner la poignée de la porte-fenêtre. Adam se plaqua plus étroitement derrière sa porte. La lumière s'éteignit et bientôt, il entendit des bruits de pas sur le plancher.

Sans hâte, l'intrus commença à inspecter la cabane, farfouillant dans les tiroirs du bureau et de la table basse avant de reporter son attention vers la salle de bains et enfin la chambre. Adam n'avait jamais reculé devant une confrontation mais dans l'immédiat, il avait surtout envie de découvrir ce que cherchait ce type. Il se laissa glisser sur le sol et rampa sous le lit.

L'homme entra dans la pièce, en fit le tour, ouvrit le placard. Quand il s'immobilisa près du lit, Adam retint son souffle. L'autre s'attardait comme s'il sentait une présence et Adam se prépara à une attaque. Déjà l'adrénaline commençait à monter en lui. Mais l'inconnu pivota sur lui-même et retourna dans la pièce principale qu'il traversa en sens inverse. Il referma les portes-fenêtres et partit.

Adam sortit de sa cachette et se rendit dans l'autre pièce. Il scruta des yeux tous les coins sombres pour s'assurer qu'il n'y avait personne avant de refermer à clé les portes-fenêtres et de rejoindre la terrasse. Il s'immobilisa une fois de plus pour observer les alentours mais l'homme en noir avait disparu.

Veillant à rester dans l'ombre, Adam descendit quelques marches. Il vit l'embarcadère de loin et constata que le bateau y était toujours amarré. L'inconnu était toujours dans les parages.

Était-ce parce qu'il avait entendu un léger bruit ou aperçu brièvement quelque chose du coin de l'œil ? Son instinct était-il plus affûté la nuit ? Il l'ignorait, pourtant il s'accroupit soudain, poussé par une force qui le dépassait.

Une balle siffla à ses oreilles et frôla sa joue avant de faire exploser l'écorce d'un pin sur sa droite.

Alors que l'écho du coup de feu se répercutait sur l'eau, Adam se figea, abasourdi. Il eut l'impression d'être de retour à Dallas, de retour dans cette rue avec le bruit de la fusillade résonnant dans ses oreilles. Il n'avait pas mis de gilet pare-balles, ce jour-là. Il s'agissait d'une opération de routine. Sans danger, banale. Tout comme aurait dû l'être sa fouille de la cabane de pêcheur du Dr Nance. Personne d'autre n'était censé être ici.

Pendant ce qui lui parut une éternité, il demeura sur les marches, en partie dissimulé par la végétation et les ombres envahissantes. Il s'ordonna de bouger, d'aller se mettre à l'abri, mais il restait pétrifié, prisonnier d'une paralysie mortelle. Il devinait la présence du tireur en bas de l'escalier de bois. Immobile, l'homme semblait attendre de voir s'il avait atteint sa cible. Après un moment, il commença à gravir les marches, lentement d'abord, puis il accéléra, se déplaçant avec une souplesse surprenante pour quelqu'un de sa corpulence.

Adam réagit d'instinct, comme lors de la fusillade de Dallas. Ce jour-là, alors qu'il perdait beaucoup de sang, il avait réussi à ramper vers la maison pour s'y réfugier. Il ne se souvenait de rien d'autre. Il n'avait jamais entendu les sirènes.

Ce soir, il n'y avait pas de sirènes. Ni aucun bruit depuis

que l'écho du coup de feu s'était perdu sur l'eau. La nuit semblait se refermer sur lui alors qu'il se terrait dans les buissons et attendait. Il prit une profonde inspiration pour tenter de se calmer avant de se placer de façon à voir l'escalier. Les pas s'étaient tus. Il imaginait le tireur tendant l'oreille, guettant le craquement d'une brindille ou le souffle d'une respiration. Tout ce qui trahirait sa présence.

Les nuages dans le ciel jouaient maintenant en faveur d'Adam. De là où il était, il ne pouvait pas voir l'homme mais ce dernier ne le voyait pas non plus.

Une myriade de questions traversaient son esprit. Qui était cet inconnu et qu'était-il venu chercher dans la cabane du Dr Nance ? Il les repoussa, se concentrant sur ce qu'il savait. Comme il n'était pas armé, l'effet de surprise était son seul atout.

Une marche craqua, puis une autre. Le tireur avançait avec prudence. Adam hésita à s'enfuir discrètement. Il était plus petit que son adversaire et n'avait pas d'arme. Se fondre dans la nuit semblait une bonne option.

Mais un autre grincement le fit bondir sur ses pieds tandis qu'une décharge d'adrénaline brûlait ses veines. Il se précipita sur le type, le fit basculer en arrière. Comme tous deux roulaient sur le sol, il entendit le bruit satisfaisant de l'arme heurtant une marche. Les mains de l'homme saisirent la gorge d'Adam alors que ce dernier lui enfonçait les doigts dans les yeux. Aucun d'eux ne voulait céder. Tout en se battant, ils dévalèrent les marches vers l'embarcadère.

La tête d'Adam frappa soudain l'un des crampons métalliques boulonnés dans le bois. Le sang jaillit tandis qu'une vive douleur lui vrillait le crâne. Aveuglé, il s'essuya les yeux en titubant. Son adversaire n'était guère plus qu'une ombre dans le noir. Il baissa la tête et, fonçant comme un taureau, percuta Adam qui fut projeté dans le lac.

Comme il remontait à la surface, il retint son souffle,

s'attendant presque à ce que son agresseur saute dans l'eau pour l'achever. Un million de pensées le traversèrent alors que les décharges d'adrénaline se succédaient. Il scruta l'obscurité. Au bruit de pas sur les marches, il comprit que l'autre était retourné chercher son arme.

Il essaya de se hisser sur l'embarcadère mais des coups de feu l'obligèrent à replonger dans les profondeurs. L'homme redescendait les marches en courant, arrosant le lac de balles. Adam s'éloigna, nageant dans les eaux plus profondes pour se protéger des projectiles. Il resta au fond le plus longtemps possible.

Quand il finit par émerger, les poumons en feu, il entendit le vrombissement d'un petit hors-bord. Une lumière éblouissante jaillit d'un projecteur et l'aveugla. Le bateau était presque sur lui et il n'eut que le temps de plonger à nouveau vers les fonds troubles avant de s'éloigner vers le milieu du lac.

La nuit était noire sur et sous la surface. Désorienté, Adam retint son souffle et tenta de se repérer.

Autrefois, il était capable de rester très longtemps en apnée mais c'était avant de prendre deux balles dans la poitrine. Au bord de l'asphyxie, il remonta une troisième fois à l'air libre, pour respirer. Son cœur battait à tout rompre, sa tête palpitait, ses poumons étaient en feu.

Au cours des semaines précédentes, il avait intensifié ses entraînements, mais s'il imaginait être complètement rétabli, il s'était lourdement trompé, comprit-il alors. Il était hors d'haleine, épuisé.

Le moteur du hors-bord grondait au loin. Adam attendit que le ronronnement s'estompe dans la nuit, puis il se mit sur le dos et flotta. Il ne pouvait pas rester éternellement dans le lac. Déjà l'adrénaline cédait la place à une dangereuse léthargie. Il nagea lentement jusqu'à la rive. Lorsqu'il parvint à se mettre debout, il avait de l'eau jusqu'aux genoux et comprit qu'il était sauvé.

Exténué, il se traîna jusqu'à l'embarcadère. Il avait perdu son téléphone quelque part. Peut-être au fond du lac, avec la photographie de la note mystérieuse du Dr Nance.

Il n'avait toujours aucune idée de la signification de ce chiffre. Ni de ce que le Dr Nance avait découvert.

La seule chose qu'il savait, c'est que ce soir, quelqu'un avait voulu lui loger une balle dans la tête.

6

Un orage éclata peu après minuit et un énorme coup de tonnerre réveilla Nikki en sursaut. Elle eut beau tapoter son oreiller et remonter les couvertures jusqu'à son menton, elle ne put se rendormir.

Elle roula sur le dos et regarda les ombres danser sur le plafond, espérant que ce mouvement aurait sur elle un effet soporifique. Il ne fit que l'angoisser davantage. Finalement, elle repoussa sa couette et se leva pour déambuler à pas fébriles dans la maison. Après s'être servi un verre d'eau, elle gagna le porche arrière pour regarder les éléments se déchaîner à travers la porte moustiquaire.

Les carillons à vent tintinnabulaient sous les bourrasques, la pluie exaltait le parfum des roses et l'odeur de la terre mouillée. Quand un éclair zébra le ciel, illuminant brièvement les alentours, Nikki aurait pu jurer qu'elle avait vu un grand type vêtu de noir devant le portail, à l'arrière.

Le cœur battant, elle scruta l'obscurité. Pendant une fraction de seconde, elle hésita à aller voir mais une voix, qui ressemblait étrangement à celle de sa grand-mère, la pétrifia sur place.

Es-tu stupide ou complètement folle, ma pauvre fille ? N'y va pas seule. Il s'agit peut-être d'un tueur. Qu'en sais-tu, après tout ? Appelle plutôt la police.

Mais lorsqu'un nouvel éclair suivi d'un violent coup de

tonnerre illumina à nouveau la scène, la silhouette avait disparu. Et Nikki se demanda si elle n'avait pas été victime de son imagination en croyant voir un homme là où il n'y avait qu'un petit arbre, planté près de la barrière. Debout derrière la porte moustiquaire, elle inspecta la cour des yeux jusqu'à ce qu'elle se persuade qu'elle avait rêvé.

Il n'y a personne. Retourne te coucher.

Après avoir verrouillé la porte en bois avec soin, elle s'assura que toutes les fenêtres du rez-de-chaussée étaient bien fermées. Elle monta dans sa chambre, se glissa sous les couvertures mais resta longtemps éveillée. Bientôt, elle entendit le tonnerre s'éloigner, constata que les éclairs se raréfiaient. Elle s'assoupissait à moitié lorsqu'un bruit de moteur dans la rue la surprit.

Ce n'est pourtant pas une nuit à sortir si tard, pensa-t-elle. Le véhicule parut ralentir en approchant.

Elle se leva et regarda par la fenêtre. Un camion passa, projetant de l'eau sur le trottoir. Il ressemblait à un véhicule de livraison, mais qui apporterait un colis à cette heure-ci ?

Elle tenta de se convaincre que le chauffeur n'avait pas ralenti parce qu'il passait devant chez elle mais parce que la route était glissante et qu'il faisait preuve de prudence. Elle avait vraiment trop d'imagination. Personne n'avait épié sa maison depuis le portail. Personne n'avait attendu qu'elle éteigne les lumières. Comme une enfant qui croyait voir des croque-mitaines sous son lit, elle jouait à se faire peur pour ne pas avoir à ruminer son chagrin. Mais la peine reviendrait. Tôt ou tard, elle devrait faire le deuil du Dr Nance.

Elle se recroquevilla plus profondément sous les couvertures et ferma les yeux en frissonnant.

Quand elle les rouvrit, le soleil inondait la chambre. Des oiseaux gazouillaient dans l'arbre devant la fenêtre et elle reconnut les bruits quotidiens de la rue, ceux des voitures, des passants. Soulagée d'en avoir fini avec cette mauvaise nuit, elle se leva, se doucha et revêtit son uniforme habituel composé d'un jean, de baskets et d'un T-shirt. Puis elle se rendit à l'institut médico-légal où elle enfila par-dessus cette tenue une blouse blanche, puis des lunettes de protection et un masque.

Dès que le Dr Ramirez arriva, ils commencèrent l'autopsie de la dépouille du Dr Nance. Nikki essaya de se distancier du processus en lui apportant son aide. L'opération leur prit un peu plus de deux heures. Ce n'est que lorsqu'ils eurent terminé qu'elle sortit un instant dans le couloir pour reprendre son souffle et tenter de maîtriser le flot de ses émotions.

Comme elle le craignait, les résultats préliminaires n'étaient pas concluants. Elle passa les remettre en personne au shérif Brannon, un peu plus tard dans la journée.

Il l'invita à s'asseoir en face de son bureau tandis qu'il se plongeait dans la lecture du rapport.

— Les premières conclusions confortent la thèse d'une noyade, dit-il. Nous attendons d'autres résultats pour établir nos conclusions définitives. Les analyses toxicologiques pourraient prendre plusieurs semaines. Si elles confirment l'autopsie, le Dr Ramirez fournira un rapport final plus détaillé.

Tom se leva pour aller fermer la porte.

— Êtes-vous satisfaite de ces résultats ?

— Si vous me demandez si, en tant que médecin légiste, je suis prête à conclure à une noyade accidentelle, ma réponse est « Non, pas encore ». J'aimerais d'abord comprendre pourquoi et comment il s'est retrouvé sur ce lac alors qu'il était censé assister à un congrès médical à Houston. Quelque chose me tracasse, Tom. Et en même temps, j'ai du mal à croire que quelqu'un aurait voulu nuire au Dr Nance. Quel serait le mobile ?

— Le mobile surprend parfois, répliqua Tom en se rasseyant et en reprenant le rapport. Je n'ai pas encore réussi à joindre l'organisateur du congrès pour savoir s'il avait été annulé mais nous avons trouvé la jeep du Dr Nance devant sa cabane de pêcheur. Celle-ci était bien fermée. Dessie Dupre nous avait donné une clé pour entrer. Aucun signe d'effraction ou de lutte à l'intérieur. Sa valise était fermée sur le lit, son portefeuille, son trousseau et son téléphone posés sur la table de chevet. Il y avait de l'argent liquide dans le portefeuille, ainsi que son permis de conduire, ses cartes de crédit et ses cartes d'assurance. Avant de sortir en bateau, il avait pris le temps de vider ses poches mais pas celui de défaire sa valise.

— Mais pourquoi ?

Nikki se tut en réfléchissant à toutes les possibilités. Quelque chose lui vint soudain à l'esprit.

— Avez-vous retrouvé son journal dans sa cabane ?

— Il tenait un journal ? s'écria Tom, surpris.

— Depuis toujours. C'était d'ailleurs lui qui m'avait encouragée à en tenir un quand j'étais jeune. J'en ai gardé un des années mais j'ai fini par l'abandonner. Écrire me prenait trop de temps.

Et c'était trop dangereux. Nikki songea à sa cachette secrète dans les Ruines et se demanda une nouvelle fois qui était tombé sur ses confessions.

— Quoi qu'il en soit, si nous remettions la main dessus, nous obtiendrions sans doute des réponses à beaucoup de nos questions, ajouta-t-elle.

— Je passerai chez lui et je verrai si Dessie est au courant de quelque chose. Et qu'en est-il de ses antécédents médicaux ? Souffrait-il de maladies ?

— Nous avons consulté le dossier avant l'autopsie. Il avait subi un check-up complet, l'année dernière. À part une légère hypertension, il était en bonne santé pour un homme de son âge.

— Ce qui nous ramène à son état mental…

Nikki fit la grimace. Elle détestait imaginer le Dr Nance sur le lac, perdu et confus. Ou pire, comprenant dans un éclair de lucidité ce qui allait lui arriver. Elle s'efforça de chasser le désespoir qui s'insinuait en elle.

— Comme je l'ai déjà dit, il avait l'air bien quand je l'ai vu la semaine dernière.

— Vous avez également précisé que vous étiez pressée de retourner à votre travail et que vous étiez peut-être passée à côté de quelque chose.

Tom se cala sur sa chaise avant de poursuivre :

— J'ai parlé au Dr Wingate, ce matin. Elle m'a dit que le Dr Nance avait eu des problèmes à la clinique, ces derniers temps.

Nikki fronça les sourcils.

— Quel genre de problèmes ?

— Des problèmes de mémoire, des rendez-vous oubliés, des analyses effectuées deux fois. Il aurait même mélangé deux prescriptions. Heureusement, l'erreur a été repérée à temps. Mais lorsque le Dr Wingate la lui a fait remarquer, il ne se souvenait plus d'avoir rédigé ces ordonnances. Après cet incident, il a commencé à lui envoyer ses patients. Et il a décidé d'abandonner définitivement la pratique de la médecine à son retour de Houston.

— C'est étrange, dit Nikki. Il ne m'a rien dit au sujet de sa retraite.

— Peut-être ne voulait-il pas vous inquiéter. Ou peut-être avait-il besoin de temps pour se faire à cette idée avant de l'annoncer.

— Pourquoi se rendre à un congrès médical s'il souhaitait arrêter son activité ?

— Pour voir de vieux amis, peut-être. Qui sait ? C'est

peut-être pour cela qu'il a changé d'avis et qu'il est allé au lac à la place. Connaissez-vous bien le Dr Wingate ? ajouta-t-il après un moment.

— Je l'ai rencontrée plusieurs fois. Ce n'est pas une rigolote. Ma grand-mère l'aurait qualifiée de glaçon. Elle n'a pas le profil d'un médecin de famille. Pourquoi cette question ?

— Lorsque je lui ai parlé, j'ai eu comme un pressentiment. Elle semblait prudente, restait évasive. Avait-elle des problèmes avec le Dr Nance ?

— Pas que je sache. Qu'insinuez-vous exactement ?

Il fit pivoter sa chaise vers la fenêtre et regarda la rue. Il prit un long moment pour répondre.

— Rien. Je tiens seulement à m'assurer que nous ne passons pas à côté de quelque chose. Une fois qu'un décès a été qualifié d'accidentel, il est très difficile de revenir en arrière. Les preuves sont perdues, les témoins oublient ce qu'ils ont vu. Je ne veux pas faire d'erreur.

Nikki le fixa un instant d'un œil effaré.

— Êtes-vous en train de dire que vous pensez que sa mort n'était pas un accident ?

— Non, au contraire. La noyade accidentelle semble le scénario le plus probable et voilà pourquoi je tiens à faire preuve de prudence. Je refuse de sauter sur des conclusions hâtives sans avoir tous les éléments en main. Mais je ne peux pas non plus ignorer ce que les gens me disent.

— Vous avez reçu des confidences émanant d'autres personnes que le Dr Wingate, c'est ça ?

Il se frotta la nuque.

— Dessie m'a dit que, depuis quelque temps, elle aussi s'inquiétait du comportement du Dr Nance. Par exemple, il avait l'habitude de prendre un verre sur sa terrasse avant le dîner. Ou de piquer une tête dans sa piscine. Dernièrement, cependant, il s'enfermait dans son bureau dès qu'il rentrait de la clinique. Parfois, Dessie devait frapper plusieurs fois à sa porte pour attirer son attention. Lorsqu'elle lui a demandé sur quoi il travaillait, il lui a répondu qu'il essayait d'assembler les pièces d'un puzzle.

— Les pièces d'un puzzle ? Que voulait-il dire par là ?

Tom haussa les épaules.

— Allez savoir. Comme je l'ai dit, je retournerai parler à Dessie plus tard, pour voir si elle sait quelque chose sur le journal. Peut-être pourra-t-elle également m'aider à éclaircir d'autres points. Elle était bouleversée, hier.

— Nous l'étions tous.

Nikki l'était tellement qu'elle était allée jusqu'à imaginer quelqu'un caché dans sa cour en train de l'épier…

— La situation doit être particulièrement difficile pour elle, reprit Tom. Elle a perdu non seulement un ami, mais aussi son gagne-pain. Peu de gens ont besoin des services d'une gouvernante à Belle Pointe.

— Je suis sûr que le Dr Nance a pensé à elle dans son testament. Tous deux étaient proches.

— Proches comment ? s'enquit Tom.

— Que demandez-vous exactement ?

Il prit un stylo et commença à jouer avec le capuchon.

— Vous le savez très bien.

Nikki le dévisagea, bouche bée.

— Dessie et le Dr Nance ? Vous plaisantez !

Il jeta le stylo sur le côté.

— Ils étaient seuls dans cette grande maison, nuit après nuit, année après année. La nature humaine est ce qu'elle est, Nikki.

— Dessie habitait un petit studio aménagé au-dessus du garage. De plus, elle a au moins vingt ans de moins que lui.

— Et alors ?

— Vous êtes totalement à côté de la plaque, Tom. Enfant, je venais souvent dans cette maison. Parfois, j'aidais

Dessie à cuisiner et à faire le ménage pour gagner un peu d'argent de poche. Quand j'avais fini, je m'asseyais sur la terrasse avec le Dr Nance. Il me racontait des histoires hilarantes datant de l'époque où il était étudiant en médecine. Dessie nous servait du thé sucré et des cookies au gingembre. Parfois, elle s'attardait pour l'écouter mais je n'ai jamais rien senti d'intime entre eux. Vous m'avez dit ne vouloir négliger aucune piste, mais là j'ai l'impression que vous vous égarez, ajouta Nikki en secouant la tête. Et je n'imagine pas un instant que Dessie soit impliquée de près ou de loin dans la mort du Dr Nance. Elle lui était totalement dévouée.

— Et que pensez-vous d'Adam Thayer ?

— Je… Quoi ? balbutia-t-elle, désarçonnée par la question.

Tom ne sembla pas remarquer sa réaction et poursuivit sans attendre de réponse.

— D'après Thayer, le Dr Nance l'avait appelé au début de la semaine dernière pour lui demander de venir à Belle Pointe. Il lui aurait expliqué qu'il s'y passait des choses étranges. Des choses sombres.

— Je sais. Adam m'en a parlé.

Il leva un sourcil, étonné qu'elle le désigne par son prénom.

— Comme le Dr Wingate, il s'inquiétait de l'état mental du Dr Nance, poursuivit-il. Vu que trois personnes différentes ont exprimé des inquiétudes à ce sujet, il ne m'est pas possible d'écarter cette hypothèse.

Nikki hocha la tête.

— J'ai tellement honte. Après tout ce que le Dr Nance a fait pour moi, comment n'ai-je pas remarqué que quelque chose n'allait pas alors que je l'ai croisé la semaine dernière ? Si j'avais été plus attentive, peut-être serait-il toujours en vie.

— Ne vous reprochez rien, conseilla Tom. Les gens cachent beaucoup de choses. Parfois même se les cachent-ils à eux-mêmes.

Nikki sourit tristement. Elle était bien placée pour le savoir.

Les événements prenaient une étrange tournure, songea Adam. Nikki Dresden avait occupé son esprit toute la matinée tandis qu'il travaillait dans la maison de sa grand-mère. Il avait encore pensé à elle quand il avait traversé le lac en bateau pour récupérer la balle incrustée dans le pin, puis lorsqu'il s'était rendu en ville pour acheter un nouveau smartphone. Et maintenant, alors qu'il se dirigeait vers le bureau du shérif, il venait de la voir, en chair et en os, qui en sortait. La tête légèrement penchée, le regard sombre, elle semblait perdue dans ses pensées.

Du coup, elle ne le vit pas et se cogna à lui. Elle recula aussitôt, l'air inexplicablement bouleversée. Avant qu'elle ne s'écarte, il eut le temps de sentir le parfum de rose qui émanait de ses cheveux.

Mais il fut surtout frappé par la beauté de ses yeux. Ils étaient d'un brun profond et riche, sans paillettes dorées ou vertes. Juste insondables. Son nez était parsemé de taches de rousseur et une petite cicatrice ornait sa mâchoire. Elle n'était pas vraiment belle, et pourtant, comme autrefois, il la trouvait énigmatique. Dangereusement mystérieuse.

— Excusez-moi, dirent-ils en même temps.

— Non, c'est ma faute, ajouta Adam. Je ne regardais pas où j'allais.

Les joues de Nikki rosirent alors qu'elle repoussait ses cheveux en arrière. Elle ne les avait pas attachés, aujourd'hui. Comme elle le regardait enfin, elle remarqua aussitôt la plaie sur son arcade sourcilière et sa pommette tuméfiée.

— Que vous est-il arrivé ?

— Disons que je me suis heurté à un tank.

— Un tank ? La collision a dû être violente.

Il ne fit pas de commentaire.

— En tout cas, je suis content de vous rencontrer, dit-il. J'avais justement envie de vous voir.

Quelque chose passa dans les prunelles de Nikki. De l'hésitation ? De la curiosité ?

— Ah oui ! Et à quel sujet ?

— J'aimerais vous parler du Dr Nance, si vous avez un instant.

Elle jeta un coup d'œil par-dessus son épaule, vers le poste de police.

— Ne vouliez-vous pas vous rendre là ?

— Si, mais peut-être pourrais-je passer à votre bureau ensuite.

— Je n'y vais pas, aujourd'hui. Pourquoi ne pas me dire tout de suite de quoi il s'agit ?

— Je préfère ne pas en parler dans la rue, répondit Adam. Puis-je vous offrir un café ? La brasserie est à deux pas.

Il n'eut aucun mal à décrypter son expression. D'un côté, elle avait envie de refuser mais d'un autre, elle était curieuse d'entendre ce qu'il avait à dire à propos du Dr Nance.

— Allons plutôt au café en bas de la rue. C'est plus pratique. Je n'ai qu'un instant, prévint-elle.

— Pas de problème. Cela ne prendra pas longtemps.

La sonnerie de son smartphone retentit alors. En voyant le nom qui s'affichait sur l'écran, il se rembrunit. Meredith Cassidy était la psychologue de la police chargée de s'occuper de lui après la fusillade à Dallas. Après un traumatisme majeur, il était courant que les policiers se fassent aider par des professionnels. En tout cas, Adam l'avait toujours pensé. Comment avait-il pu se montrer aussi naïf ? Il avait passé dix ans à la Crim de Dallas et il venait seulement de comprendre que les évaluations psychologiques étaient gangrenées par la politique.

— Un problème ? demanda Nikki.

Il se rendit compte qu'il fronçait toujours les sourcils devant son téléphone et il lui lança un regard d'excuse.

— Non, mais il vaut sans doute mieux que je prenne cet appel. Je fais vite.

Elle parut regretter d'avoir accepté sa proposition mais elle haussa les épaules et hocha la tête.

— Répondez. Je vous attendrai au café. Il est en bas de la rue à droite. Vous ne pouvez pas le manquer.

Elle commençait déjà à s'éloigner quand il la héla.

— Attendez ! Est-ce que le chiffre 47 vous dit quelque chose ?

— Pardon ? demanda-t-elle, perplexe, en se retournant.

— Le chiffre 47 avait-il une signification particulière pour le Dr Nance ?

— Bien sûr que oui.

Sa réponse le surprit.

— Ah bon. Et laquelle ?

Elle désigna du doigt son smartphone.

— Prenez votre appel. Nous en parlerons ensuite.

Il la regarda s'éloigner tout en portant l'appareil à l'oreille.

— Bonjour, docteur, dit-il. M'appelez-vous pour m'annoncer que vous avez signé ma réintégration ?

— J'aimerais que ce soit aussi simple, Adam. Vous avez manqué nos deux derniers rendez-vous. Vous savez que je ne peux pas recommander une reprise de service actif tant que vous n'êtes pas revenu faire le point avec moi.

Exaspéré, il marmonna :

— N'avons-nous pas déjà débattu de ça mille fois ?

Gêné par le soleil, il se tourna vers le parc de l'autre côté de la rue. Il remarqua alors un homme coiffé d'une casquette de base-ball, les yeux dissimulés derrière des lunettes de soleil. Assis sur un banc, le type envoyait des SMS sur son téléphone. Il était grand et Adam songea instantanément au tireur de la nuit précédente. Il n'aurait pu jurer qu'il s'agissait de son agresseur. Il ne l'avait pas bien vu dans le noir. Mais sa présence près du poste de police le poussa à se demander s'il avait été suivi.

Comme s'il sentait le regard d'Adam sur lui, l'homme leva les yeux. Lorsqu'il vit qu'il avait été repéré, il se leva et s'éloigna rapidement.

— Adam ? Vous êtes là ?

Il avait oublié sa thérapeute. Il descendit du trottoir, son appareil toujours collé à l'oreille.

— Oui, oui, je suis là.

— Avez-vous toujours des cauchemars ?

— Non. En fait, je dors comme un bébé, ces jours-ci.

— Et vos maux de tête ?

— Cela va un peu mieux, dit-il après un instant d'hésitation.

— Eh bien, tout ça semble encourageant, dit-elle. Pourquoi ne pas prendre rendez-vous un jour de la semaine prochaine ? Nous pourrions discuter de ces progrès.

Il regarda des deux côtés avant de traverser la rue. Un klaxon retentit. L'homme jeta un coup d'œil à la circulation avant de pénétrer dans le parc. Il avait rabattu sa casquette sur son visage, dissimulant ses traits. Il s'arrêta et se retourna un instant comme s'il mettait Adam au défi de le suivre. Puis il se dirigea vers les arbres.

— Adam ? Tout va bien ? Vous semblez distrait.

Il pressa le téléphone contre sa joue.

— Je vais bien. Je ne suis pas à Dallas pour le moment. Je vous passerai un coup de fil à mon retour.

— Où êtes-vous ?

— Nous en parlerons bientôt, doc.

Il termina l'appel et glissa l'appareil dans sa poche avant de regagner la rue. Le parc était un endroit très fréquenté. De nombreux enfants, actuellement en vacances d'été, venaient y jouer, des personnes âgées y lisaient, assises sur des bancs ombragés.

Adam était conscient de toutes ces cibles potentielles. Il ralentit, mettant de la distance entre lui et l'homme à la casquette. Risquer sa peau était une chose mais exposer des passants innocents n'était pas une option.

Ce n'est que lorsque le type disparut dans le bois qu'Adam accéléra le pas. La forêt devint plus dense tandis qu'il avançait sur le sentier. Le feuillage des arbres bloquait le soleil de sorte qu'il faisait frais et sombre. Il y avait beaucoup d'ombres et donc d'endroits où se cacher.

Il ne croisa personne sur le chemin. Il aurait pu se croire au milieu de nulle part sans les rires de gosses derrière lui et le bruit sourd de la circulation devant. Il sortit du bois et se retrouva dans une rue fréquentée. Il eut beau regarder partout autour de lui, l'homme à la casquette avait disparu.

Il attendit encore un peu avant de faire demi-tour et de revenir sur le sentier forestier qu'il remonta en sens inverse. Il déboucha de l'autre côté du parc, passant de l'ombre au soleil éclatant. Il descendit jusqu'au carrefour. Quand le feu passa au rouge, il s'apprêta à traverser. Un camion surgit alors, venu de nulle part. Un camion de livraison sans doute, un vieux modèle recouvert d'une bâche grise. Il fonçait.

Le conducteur fit alors une embardée et Adam bondit sur le trottoir, certain qu'il se dirigeait droit sur lui. À la dernière minute, le véhicule regagna la circulation et dévala la rue, ralentissant à peine pour s'engager dans le croisement.

Adam eut le temps de remarquer qu'il n'avait pas de plaque d'immatriculation.

Il attendit que le feu repasse au rouge et traversa la rue, surveillant le flot des voitures venant en sens inverse.

En moins de vingt-quatre heures, il avait échappé deux fois, de justesse, à la mort. Il ne s'agissait pas d'une coïncidence. Loin de là.

Quelqu'un cherchait à se débarrasser de lui.

7

Lorsque Adam poussa enfin la porte du café, Nikki leva les yeux vers lui avec une pointe d'agacement. Elle commençait à croire qu'il ne se montrerait pas. Cela dit, elle se serait totalement moquée qu'il ne vienne pas, en fait. Elle n'avait besoin de personne et passer le reste de la journée seule ne l'aurait pas dérangée. Mais il était là.

Il resta un instant sur le seuil, la cherchant des yeux parmi les clients attablés. Quand il la repéra, il lui adressa un bref signe de la main avant de s'approcher de la serveuse pour lui commander quelque chose.

De loin, il semblait en forme. On ne distinguait presque pas les plaies sur son visage. Certes, il n'était peut-être plus le golden-boy dont elle avait gardé le souvenir mais s'il était plus âgé, plus rude et plus blasé qu'à l'adolescence, il ne manquait pas de charme. Elle lui rendit son salut, tout en s'ordonnant de garder ses distances. Elle le connaissait à peine et le peu qu'elle avait appris sur lui n'était guère rassurant. Elle se vantait d'avoir l'esprit ouvert mais jamais au détriment du bon sens.

Un café à la main, il se fraya un chemin à travers le labyrinthe de tables et de chaises.

Quand il arriva devant elle, elle esquissa un léger sourire.

— Je finissais par penser que vous ne viendriez pas.

— Je suis désolé, dit-il en s'asseyant en face d'elle. Cela a pris plus de temps que prévu. Merci d'avoir patienté.

Elle le fixa quelques instants.

— Êtes-vous sûr que vous allez bien ? Cette entaille sur votre arcade sourcilière semble profonde.

— Je l'ai nettoyée avec un antiseptique. Ça devrait suffire.

— Méfiez-vous des infections, dit-elle. Allez-vous me dire comment vous vous êtes fait toutes ces plaies et bosses ?

— Je vous raconterai tout, mais pas maintenant. Comme vous n'avez pas beaucoup de temps, j'aimerais commencer par le plus important. Que pouvez-vous me dire sur l'autopsie du Dr Nance ?

— Comment savez-vous qu'elle a déjà eu lieu ?

— Compte tenu de sa position dans la communauté et des questions entourant sa mort, son cas était prioritaire, non ? De plus, je suis passé devant l'institut médico-légal tout à l'heure et j'ai vu votre véhicule sur le parking.

Il souleva sa tasse et l'observa, les yeux au ras du bord.

— Alors ? L'autopsie ?

Un regard d'une intensité… Lila Wilkes avait raison.

— Vous pensez sans doute qu'avoir découvert le corps vous donne des droits, mais vous n'êtes pas le seul à vouloir comprendre ce qui est arrivé au Dr Nance, dit Nikki. Beaucoup de gens dans cette ville lui doivent la vie et se posent des questions. Je vais vous dire ce que je leur dirai s'ils m'interrogent. Si vous n'êtes pas de sa famille, vous devez vous adresser au shérif Brannon.

Adam ne se laissa pas démonter.

— Les rapports d'autopsie sont du domaine public. Vous savez aussi bien que moi que, si je le souhaite, je pourrai m'en procurer une copie, mais il me faudra y consacrer du temps et m'acquitter d'une tonne de démarches ennuyeuses. Vous pouvez m'épargner cette peine en me disant ce que vous avez trouvé. Ou ce que vous n'avez pas trouvé.

Elle hésita mais céda avec un haussement d'épaules.

— De toute façon, cela finira probablement dans le journal ou en ligne. Les résultats préliminaires sont compatibles avec une noyade. C'est tout ce que je suis disposée à dire pour le moment.

Il se cala sur sa chaise sans faire de commentaire.

Nikki le dévisagea de l'autre côté de la table.

— Vous attendiez-vous à autre chose ?

— Pas nécessairement. Je suppose que vous n'avez pas encore reçu le résultat des analyses de toxicologie ?

— Elles prendront sans doute des jours, voire des semaines. À moins qu'il n'y ait des raisons de soupçonner un acte criminel, le laboratoire ne nous donnera pas la priorité.

— Accepteriez-vous de me montrer le rapport préliminaire ?

— Non, désolée. Pour le lire, vous devrez passer par la tonne de démarches ennuyeuses.

— Je comprends. Merci de votre franchise.

Nikki hésita.

— Puis-je vous poser une question ?

— Allez-y.

Elle croisa les bras sur la table, un peu plus détendue.

— Pourquoi cette affaire est-elle si importante pour vous ? Vous dites que vous êtes venu ici à la demande du Dr Nance, mais vous ne le connaissiez pas depuis très longtemps.

— Assez longtemps pour le considérer comme un ami.

Il regarda par la fenêtre et plissa les yeux, ébloui par la lumière.

— Je lui ai dit que je viendrais à Belle Pointe pour jeter un œil à ce qui s'y passait et c'est ce que je compte faire. Il n'est pas question de revenir sur un engagement sous prétexte que les circonstances ont changé. Au contraire. Sa mort me rend plus déterminé encore qu'à mon arrivée.

— Même s'il n'y a rien à trouver ?

— Je n'en suis pas convaincu.

— Vous ne croyez pas que sa mort était accidentelle, n'est-ce pas ? Pourquoi ?

— En plus de ce qu'il m'a dit au téléphone ? J'ai mes raisons.

Nikki promena les yeux autour d'elle et baissa la voix. Inutile de provoquer de nouvelles rumeurs, songea-t-elle.

— Vous avez dit qu'il ne semblait pas lui-même lors de cet échange téléphonique. Qu'il vous paraissait « préoccupé, paranoïaque ». Vous vous inquiétiez de son état mental.

Il se pencha vers elle pour la regarder en face.

— C'est vrai. Et je penserais sans doute encore qu'il perdait un peu la tête si quelqu'un ne m'avait pas tiré dessus hier soir alors que je quittais sa cabane.

Nikki resta un instant bouche bée.

— Quoi ? Avez-vous vu votre agresseur ? Racontez-moi ce qui s'est passé.

— Je ne l'ai pas bien vu, non. Il faisait sombre et il portait un sweat à capuche qu'il avait rabattue sur son visage.

Nikki se rappela soudain la silhouette qu'elle avait aperçue dans son jardin, la veille au soir. Elle avait réussi à se convaincre qu'il n'y avait personne, qu'il ne s'agissait que d'un arbre, que la foudre avait créé une illusion d'optique. Que personne ne l'épiait. Mais maintenant…

— Qu'avez-vous ? demanda Adam. Vous êtes toute pâle. On dirait que vous avez vu un fantôme.

— Pas un fantôme. Je crois avoir vu quelqu'un dans mon jardin hier soir. Peut-être portait-il un sweat à capuche.

— Quelle heure était-il ?

— C'était pendant l'orage, après minuit. Le tonnerre m'avait réveillée. Je me suis levée pour boire un verre d'eau et je suis sortie sous le porche arrière pour admirer le ciel. Un éclair a brièvement illuminé le jardin. C'est à ce moment-là que j'ai aperçu quelqu'un près du portail.

— Comment était-il ? Pourriez-vous le décrire ?

— Pas vraiment. Je l'ai vu trop brièvement. Pour cette raison, je finissais par penser que j'avais été victime de mon imagination. Je ne suis toujours pas certaine qu'il ne s'agissait pas d'un arbre ou d'un buisson.

— Mon agresseur était grand. Grand, musclé et rapide.

— C'est lui qui vous a frappé ?

— Oui, il s'est jeté sur moi après avoir essayé de me tirer dessus.

— Et vous n'avez pas réussi à voir son visage ?

— J'étais plus occupé à tenter de sauver ma peau, figurez-vous.

Nikki prit un moment pour visualiser la scène.

— Votre assaillant pourrait-il être le même type que celui que nous avons repéré près du lac, avant-hier soir ?

— C'est très possible.

— Je me demande ce qu'il venait faire dans la cabane du Dr Nance.

— Peut-être la même chose que sur les rives du lac – il cherchait quelque chose, répondit Adam. En tout cas, nous devons découvrir qui il est et ce qu'il veut car je pense qu'il a également essayé de m'écraser alors que je venais ici.

— Il y a un instant, vous voulez dire ?

Le cœur de Nikki s'accéléra. Il était difficile d'imaginer que cette succession d'événements soit le fruit du hasard. Et si Adam Thayer disait la vérité – ce dont elle n'avait aucune raison de douter ? Et si quelqu'un l'avait vraiment espionnée de son jardin, la veille au soir ? Et si la mort du Dr Nance n'était pas accidentelle, après tout ?

Mais pourquoi s'en prendre à elle ? Ou à Adam Thayer ? Que se passait-il à Belle Pointe ?

Comme s'il lisait dans ses pensées, Adam demanda :

— Êtes-vous sûre que vous allez bien ?

— Oui, je vais bien. Mais ce que vous me racontez est un peu déconcertant. Quelqu'un vous a tiré dessus puis a tenté de vous écraser, ce n'est pas rien. Cela pourrait-il être lié à la fusillade de Dallas ? L'auteur de ces coups de feu aurait-il pu vous suivre ici ?

— J'en doute. Si c'est le cas, pourquoi entrer dans votre jardin ? Non, tout est sans doute lié, d'une façon ou d'une autre, à la noyade du Dr Nance.

— Oui, j'ai bien peur que vous ayez raison. J'imagine que vous n'avez pas réussi à identifier le chauffard ?

Adam prit une gorgée de café et secoua la tête.

— Tout s'est passé trop vite et, avec le recul, je pense que les vitres étaient teintées. Qui que soit ce type, il sait se rendre invisible. Cependant, j'ai bien vu le véhicule qui a tenté de m'écraser. Un vieux camion de livraison recouvert d'une bâche grise. Il n'avait pas de plaque d'immatriculation. Pendant un instant, j'ai cru qu'il allait monter sur le trottoir et me foncer dessus. Il a rejoint la circulation à la dernière minute.

— Est-ce que quelqu'un d'autre a été témoin de la scène ?

— Il y avait d'autres voitures sur la route mais j'étais le seul piéton à ce carrefour. Je regarderai si l'un des commerces à proximité dispose de caméras de surveillance. C'est sans doute notre seule chance de retrouver ce chauffard.

La gorge serrée, Nikki dit lentement :

— J'ai vu ce camion passer devant chez moi, hier soir.

Adam leva les yeux.

— Avant ou après avoir repéré quelqu'un dans votre jardin ?

— Après. J'ai entendu un moteur démarrer dans la rue et je me suis relevée pour regarder par la fenêtre. Je me souviens avoir pensé qu'il était étrange de voir un camion de livraison à cette heure tardive, surtout en plein orage.

— Tout cela devient de plus en plus bizarre, marmonna Adam. Vous souvenez-vous d'avoir déjà croisé un véhicule comme celui-ci en ville ? demanda-t-il.

— J'ai souvent vu des camions de livraison, bien sûr, mais jamais un vieux modèle couvert d'une bâche comme celui-là.

Nikki s'interrompit et promena une nouvelle fois le regard autour d'elle. La plupart des clients étaient absorbés par leur café et leur smartphone. Personne ne semblait faire attention à eux. Elle poursuivit pourtant à voix basse :

— Que faisiez-vous dans la cabane du Dr Nance, hier soir ?

— J'avais pris le bateau de ma grand-mère pour aller y jeter un œil. La police y était passée plus tôt mais je voulais l'inspecter par moi-même.

— Parce que vous pensiez pouvoir y trouver quelque chose qui leur aurait échappé ?

— J'ai trouvé quelque chose.

À son tour, il balaya la salle des yeux avant de scruter la rue. Nikki suivit son regard, s'attendant presque à voir le camion de livraison garé le long du trottoir ou un homme grand et musclé en sweat à capuche devant le café. Elle ne remarqua rien qui sortait de l'ordinaire mais son appréhension s'intensifia lorsqu'elle reporta son attention sur Adam.

— Qu'avez-vous découvert ?

L'intensité de son regard s'accrut encore.

— Vous souvenez-vous que je vous ai demandé tout à l'heure si le chiffre 47 vous disait quelque chose ? Vous avez laissé entendre qu'il signifiait quelque chose pour le Dr Nance.

— En effet. C'est l'année de sa naissance. 1947.

— C'est tout ?

— Pour autant que je sache. Pourquoi ?

Il expliqua l'expression « se battre contre des moulins à

vent » que le Dr Nance avait utilisée lors de leur dernière conversation téléphonique, le livre *Don Quichotte* laissé en évidence sur la table basse près du fauteuil inclinable et la note roulée qui avait été glissée dans la reliure de l'ouvrage.

Nikki écoutait, fascinée.

— Je n'aurais jamais imaginé le Dr Nance en train de faire quelque chose comme ça. S'il en lisait quelques-uns à l'occasion, il n'a jamais été fan de polars. Et comment aurait-il pu savoir que vous iriez dans sa cabane, que vous trouveriez le livre et que vous y verriez tout de suite le rapport avec ce qu'il vous avait dit au téléphone ?

— Peut-être qu'il comptait sur mes capacités et mon expérience d'inspecteur de police. Peut-être n'était-il pas le seul dans ce cas.

Nikki se pencha vers lui, les yeux écarquillés.

— Vous pensez que quelqu'un essaie de vous empêcher d'enquêter sur la mort du Dr Nance ?

— Et ce quelqu'un essaie peut-être de vous en empêcher, vous aussi.

Elle réprima un frisson.

— J'aurais préféré que vous ne disiez pas ça, dit-elle.

— Il le fallait. Si cette personne vous surveille, vous devez faire attention.

— Pourquoi serais-je une menace ? Ce n'est même pas moi qui ai pratiqué l'autopsie.

— Vous étiez très proche du Dr Nance. La personne dont nous parlons croit peut-être qu'il s'est confié à vous.

Nikki se tut, assaillie par un million de questions. Pourrait-elle être une cible ? Cela semblait tiré par les cheveux mais n'avait-elle pas toujours eu des doutes sur l'origine du décès ? Tout correspondait à une noyade mais le corps était resté si longtemps sous l'eau qu'il était impossible de déterminer s'il y avait été maintenu de force ou pas.

Les images qui passèrent dans sa tête étaient effrayantes.

— Il faut en parler au shérif. Il doit être mis au courant. Cela pourrait modifier l'orientation de l'enquête.

— Je ne lui cacherai rien, répondit Adam. Mais je n'ai pas l'intention de m'effacer ni de lui laisser les coudées franches.

— Il ne va pas apprécier que nous menions une enquête parallèle, avertit Nikki.

— À sa place, je n'apprécierais pas non plus. Mais le Dr Nance a laissé une note dans ce livre pour que je la trouve, moi. Je pense que ce 47 signifie autre chose que son année de naissance. J'ignore encore le sens de ce chiffre mais sans doute a-t-il laissé d'autres indices. Je suis peut-être le seul à pouvoir les découvrir.

Il s'interrompit, étudiant le visage de Nikki comme s'il essayait d'évaluer sa réaction.

— En tant que médecin légiste, vous avez le droit d'enquêter comme bon vous semble pour parvenir à déterminer la cause, les modalités et les circonstances du décès.

— Où voulez-vous en venir ?

— Cela me faciliterait la tâche si nous travaillions ensemble. Opérer à titre officiel m'ouvrirait bon nombre de portes et m'épargnerait d'avoir à les forcer.

Sa proposition surprit Nikki.

— Espérez-vous que je vous embauche comme enquêteur ?

— Ou comme assistant, si ce titre vous semble plus acceptable aux yeux des fonctionnaires du comté.

— Quelle que soit la désignation du poste, votre requête me semble plutôt osée, vu que je ne sais rien de vous.

Il sortit une carte de bristol de sa poche, y griffonna un nom et un numéro et la glissa sur la table.

— Si vous avez des doutes sur mon intégrité, appelez cet homme. C'est mon chef d'équipe depuis trois ans. Il se portera garant de moi.

Elle prit la carte et regarda le nom.

— Si vous êtes tellement apprécié par vos supérieurs, que faites-vous ici ?

Elle regretta aussitôt sa question.

— Excusez-moi. C'était stupide de ma part. Vous êtes ici parce que le Dr Nance vous a demandé de venir.

— C'est un peu plus compliqué que ça, reconnut-il. Mais les détails n'ont pas d'importance pour notre affaire. Appelez-le et dites-moi ce que vous décidez. Vous étiez proche du Dr Nance. Vous avez autant que moi envie de découvrir ce qui s'est passé sur ce lac.

Tout en glissant la carte dans son sac, elle hocha la tête.

— Je vais y réfléchir.

Pendant tout le reste de la journée, Nikki s'occupa des courses et du ménage, enchaînant les tâches ménagères pour n'avoir surtout pas le temps de songer à la mort du Dr Nance et encore moins à l'éventualité qu'il ait été assassiné. Ou qu'Adam Thayer et elle se soient retrouvés dans le collimateur du tueur.

Pourtant, malgré ses efforts, elle ne parvint pas à sortir leur conversation de sa tête. Les autorités locales n'apprécieraient certainement pas qu'elle fasse équipe avec un quasi-inconnu pour enquêter sur la mort d'un citoyen aimé de tous. Elle n'avait aucune envie de se mettre Tom Brannon à dos. Malgré tout, Adam avait fait valoir un argument valable. Si la note que le Dr Nance avait laissée dans la reliure de *Don Quichotte* était un indice en rapport avec ce qu'il avait découvert avant sa mort, alors Adam était peut-être la seule personne capable de trouver les autres pièces du puzzle. Et de les assembler.

Si le Dr Nance lui avait demandé de venir enquêter ici, ce n'était pas pour rien. Il avait forcément une bonne raison de le faire. Le vieux médecin aurait pu parler de ses inquiétudes à Tom Brannon ou à elle. Mais il avait préféré se tourner vers Adam Thayer. Nikki ne pouvait écarter d'un revers de main les dernières volontés de son mentor, ni ignorer sa propre intuition. Même si jusqu'ici, l'autopsie n'apportait pas la preuve d'un acte criminel, elle avait du mal à accepter la thèse d'une noyade accidentelle. Elle avait l'intention de revoir les résultats pour s'assurer que rien ne lui avait échappé et de harceler le laboratoire pour qu'il mène au plus vite les analyses toxicologiques. Si le Dr Nance avait découvert quelque chose d'inquiétant qui lui avait coûté la vie, elle avait le devoir de creuser, de faire éclater la vérité, même si cela l'exposait au danger. Elle le devait au vieil homme.

Cela dit, elle ne prenait pas à la légère l'éventualité d'une confrontation physique avec un tueur. En tant que médecin légiste, elle avait été impliquée dans un certain nombre d'enquêtes sur des morts suspectes mais elle ne s'était jamais sentie menacée. Et à sa connaissance, sa maison n'avait jamais fait l'objet d'une surveillance. La mort du Dr Nance était différente. Tout semblait plus personnel.

Nikki repensa à la montre en or, cadeau de sa défunte épouse, qui avait disparu de chez lui des années avant sa mort. Les événements n'avaient apparemment aucun rapport entre eux mais elle n'en était plus si sûre. Après tout ce qui s'était passé, considérer comme une coïncidence la découverte de cette montre volée dans sa cachette secrète devenait de plus en plus difficile. Peut-être se passait-il vraiment quelque chose d'inquiétant à Belle Pointe, mais quoi ? Et comment Nikki et son journal volé s'inscrivaient-ils dans le mystère ?

Personne en ville n'avait été plus proche du Dr Nance que Dessie Dupre. Plus qu'une domestique, elle était son amie et sa confidente. Et surtout, pendant trois décennies, elle avait veillé à la bonne tenue de sa maison, lui permettant ainsi de se consacrer à son hôpital et à sa clinique bien-aimés. Si la disparition de son mentor avait dévasté Nikki, elle devinait que la gouvernante avait dû être anéantie par le drame.

Il était temps d'aller la voir. Nikki avait différé dix fois cette visite, sentant que retourner dans cette maison remuerait beaucoup de souvenirs. Comme le Dr Nance, Dessie avait pris Nikki sous son aile, autrefois, lui confiant de petites tâches, pour lui donner la possibilité de gagner de l'argent de poche et de sortir un peu de sa coquille. Lui présenter ses condoléances en personne était le minimum qu'elle puisse faire. Peut-être en profiterait-elle pour lui demander si elle avait une idée de l'endroit où se trouvait le journal du Dr Nance. Dessie avait toujours défendu bec et ongles les affaires du vieux médecin. Peut-être se sentirait-elle plus à l'aise pour ouvrir le bureau du défunt à quelqu'un qui, elle le savait, effectuerait des recherches avec le plus grand respect.

Nikki attendit la tombée de la nuit et la baisse des températures pour s'y rendre. Elle espérait que tous les amis et voisins qui étaient passés chez le Dr Nance pendant la journée seraient à présent partis.

Comme elle remontait la rue ombragée d'arbres, elle s'arrêta un instant sur le trottoir pour admirer la maison de plain-pied que le Dr Nance avait fait construire avant la mort de sa femme. Il y avait vécu seul pendant plus de trente ans. Dessie habitait un studio aménagé au-dessus du garage.

Le bureau du Dr Nance était éclairé comme si Dessie avait prévu la visite de Nikki. Ou peut-être avait-elle simplement oublié d'éteindre la lampe. Le reste de la demeure était plongé dans l'obscurité.

Comme à son habitude, Nikki entra par le portail arrière et remonta l'allée à travers le jardin. Elle remarqua que les lumières étaient également éteintes dans l'appartement au-dessus du garage. Peut-être Dessie était-elle partie chez sa sœur quelques jours. Ce serait compréhensible. Depuis l'annonce de la mort du Dr Nance, les visites et les coups de fil n'avaient sans doute pas arrêté. Dessie avait probablement eu du mal à gérer tous ces témoignages de sympathie, en plus de son propre chagrin.

Nikki s'apprêtait à s'en aller lorsqu'elle entendit de la musique. Elle crut d'abord que ces notes de jazz sortaient du manoir voisin mais elle comprit soudain qu'elles venaient du jardin situé à l'arrière. Tendant l'oreille, elle perçut alors des voix et des bruits d'eau venant de la piscine.

Elle longea l'allée jusqu'à l'angle de la maison. Là, elle s'arrêta net à la vue d'un inconnu qui sautait au bout du plongeoir. Les lumières de la piscine et du jardin avaient été éteintes, plongeant les lieux dans la pénombre. À en juger à sa silhouette, l'homme était grand et large d'épaules, athlétique. Sa présence dans la cour du Dr Nance fut un choc. Qu'il soit entièrement nu la sidéra.

La planche du plongeoir trembla alors qu'il bondissait plus haut et piquait une tête. Il nagea sous l'eau jusqu'à l'extrémité du bassin puis émergea, secouant l'eau de ses cheveux. Il gravit alors les marches avec aisance, attrapa négligemment une serviette et l'enroula autour de sa taille. Comme Dessie sortait de la maison, Nikki eut d'instinct envie de lui crier de faire attention. Mais elle s'aperçut qu'elle aussi était en maillot de bain. Un fin paréo couvrait ses hanches et flottait autour de ses jambes fuselées alors qu'elle s'avançait vers l'inconnu.

Abasourdie par la scène, Nikki se figea. Elle s'ordonna de repartir comme elle était entrée. Sa présence n'était évidemment pas la bienvenue. Mais bien qu'elle ait l'impression d'agir en voyeuse, elle restait enracinée sur place, incapable de détourner le regard.

Dessie remplit deux verres et trinqua avec l'homme qui alla augmenter le volume du haut-parleur.

— Baisse ça, le réprimanda Dessie. Que diront les voisins s'ils entendent de la musique alors que le Dr Nance n'a pas encore été enterré ?

L'homme rit doucement.

— Ce mur a plus d'un mètre d'épaisseur, chérie. Personne n'entendra rien. Et de toute façon, quelle importance ? Tu n'as plus à te soucier du qu'en-dira-t-on. Et encore moins du vieux fou dont tu as dû t'occuper si longtemps.

— Ne parle pas de lui comme ça. Le Dr Nance a toujours été gentil avec moi.

— Il a bien profité de ta générosité, oui. Il te payait une misère alors que tu lui étais entièrement dévouée. Et qu'il était plein aux as. Mais nous n'avons plus à nous intéresser à lui. Ni ce soir ni jamais. Cette baraque est à toi maintenant, chérie, ou le sera bientôt. C'est ta piscine, ton jardin. Tu y fais ce que tu veux, ajouta-t-il avant de se rapprocher d'elle pour l'embrasser dans le cou.

La tête sur son épaule, Dessie se balança contre lui au rythme de la musique.

— Tu me pervertis, Clete.

Il dénoua le paréo et le laissa tomber à leurs pieds.

— Vraiment ? Et tu aimes ça ?

Elle gloussa et il l'attira contre lui.

— Viens. Allons nous baigner.

— Non, Clete, non ! protesta-t-elle alors qu'il la tirait vers le bassin. Je viens de me faire un brushing. Les gens vont passer demain en sortant de l'église et je dois être présentable. J'ai encore des obligations.

— Et envers moi, tu n'en as pas ? répliqua-t-il en l'entraînant.

— Je ne devrais pas…

— Oh ! Si, tu devrais, chérie. Tu devrais vraiment…

Nikki recula. Elle en avait assez vu. Mais dans sa hâte de s'éloigner, elle trébucha et s'immobilisa, le cœur battant, craignant d'avoir été repérée. Heureusement, la musique avait étouffé le bruit et elle put regagner le portail sans être inquiétée. Une fois dans la rue, elle regarda une nouvelle fois la maison.

La sirène sexy qu'elle avait aperçue dans le jardin tout à l'heure était à des années-lumière de la gouvernante modeste et dévouée qui avait servi le Dr Nance pendant plus de trente ans sans jamais se plaindre.

Nikki essaya de faire preuve d'indulgence. Chacun gérait son chagrin à sa manière. Le Dr Nance serait probablement le premier à encourager Dessie à continuer, à la féliciter de reprendre le cours de sa vie.

Mais pourquoi ce Clete prétendait-il que la maison appartenait désormais à Dessie ? Qu'en savait-il ? Que connaissait-il des dispositions testamentaires du Dr Nance ?

Ce ne sont pas tes affaires, Nikki.

Oui et non. La vie amoureuse de Dessie ne la regardait peut-être pas mais, en tant que médecin légiste du comté de Nance, elle avait l'obligation de rassembler le plus d'éléments possible pour parvenir à établir la cause du décès. Le journal intime du Dr Nance serait peut-être une aide inestimable pour déterminer l'état d'esprit du vieux médecin mais il y avait un autre moyen de l'obtenir. D'ailleurs, peut-être était-il déjà entre les mains de la police.

Avant de faire demi-tour pour rentrer chez elle, elle regarda une nouvelle fois la maison du médecin. Les stores du bureau du Dr Nance n'avaient pas été descendus, ce qui lui permit de voir l'intérieur. La pièce était exactement comme dans ses souvenirs et elle s'attendait presque à découvrir le Dr Nance assis dans son fauteuil, entouré de ses livres.

Envahie par une nouvelle vague de chagrin, elle s'approcha. Elle n'avait peut-être pas le droit d'être ici mais il fallait qu'elle en ait le cœur net. Elle décida d'entrer dans la maison.

Les portes-fenêtres s'ouvrirent sans difficulté. Elle n'en fut pas étonnée. Le Dr Nance n'avait jamais été du genre à tout verrouiller.

Se glissant à l'intérieur, Nikki ferma un instant les paupières alors que les odeurs familières de cuir, de cire d'abeille et de menthe poivrée chatouillaient ses narines.

Du bureau, elle n'entendait plus la musique, ni les voix ni le clapotis de l'eau contre les marches de la piscine. Elle s'en félicita. Elle n'avait pas envie de penser à Clete et Dessie.

Elle traversa sans bruit la pièce jusqu'à la bibliothèque. Elle promena les yeux sur les étagères, amusée comme toujours par les lectures éclectiques de son mentor. Quelques-uns de ses livres favoris avaient été regroupés séparément des autres. En lire les titres la remplit de tristesse. La plupart étaient également les préférés de Nikki. Tous deux partageaient l'amour de la littérature. Elle avait toujours admiré son insatiable curiosité. Il ne se lassait jamais d'apprendre, de s'instruire.

Délaissant les livres, elle se rendit à la fenêtre qui donnait sur le jardin arrière pour y jeter un coup d'œil. De là où elle se trouvait, elle apercevait une partie de la piscine mais elle ne vit ni Dessie ni son compagnon. Elle n'entendait plus la musique non plus. Son regard se dirigea vers le studio au-dessus du garage. Peut-être y étaient-ils montés.

Elle s'approcha du bureau, fouilla les tiroirs puis la crédence mais le journal était introuvable. Peut-être était-il dans la chambre du Dr Nance ou à la clinique. Elle le vérifierait avec le Dr Wingate, dès lundi matin.

Elle revint sur ses pas et reporta son attention sur les étagères. L'un des titres de la pile des ouvrages préférés du Dr Nance lui sauta soudain aux yeux : *Le Vieil Homme et la Mer.*

Il lui avait offert ce roman en édition de poche peu de temps après le départ de sa mère. Nikki l'avait lu en deux jours et ils en avaient ensuite discuté. À vrai dire, l'histoire l'avait un peu ennuyée et elle n'avait pas prêté beaucoup d'attention à la leçon de vie que le Dr Nance avait voulu lui inculquer. Plus tard, en particulier au cours de ses études de médecine, elle n'avait que trop bien compris l'importance de la ténacité. Ne jamais renoncer, ne jamais abandonner, malgré les échecs, telle était sa devise, une devise qui l'avait aidée, portée.

Envahie de souvenirs, elle s'empara du roman et l'ouvrit, parcourant un passage ici ou là jusqu'à ce que quelque chose d'autre lui revienne soudain. Elle se remémora leur dernière conversation, lorsqu'elle était tombée sur le Dr Nance en ville. Que lui avait-il dit à propos de sa prochaine excursion de pêche ?

« Tu ne veux pas faire plaisir à un vieil homme et venir avec moi ? Dans une semaine, nous pourrions être en mer. Et avec un peu de chance, un marlin mordra à l'hameçon. »

Un marlin. Le poisson du conte d'Hemingway.

Le cœur battant, Nikki feuilleta les pages du livre. Le Dr Nance lui avait-il laissé un indice ? Elle s'assit dans le fauteuil pour examiner attentivement la reliure usée. Un petit morceau de papier y avait été glissé.

Entendant soudain des voix à proximité, elle se leva pour regarder par la fenêtre avant de comprendre avec angoisse que quelqu'un remontait le couloir vers le bureau. Elle n'eut que le temps d'attraper le roman et de plonger sous la table de travail avant que la porte s'ouvre.

— Je te l'ai dit, Clete, dit Dessie. J'ai fouillé cette pièce mille fois. Il n'est pas ici.

— Je sais, chérie, et je te crois. Mais une autre paire d'yeux ne peut pas faire de mal.

— Cela me gêne de farfouiller ainsi dans ses affaires. Il aurait détesté ça.

— Il est mort. Plus rien ne le dérange. Avais-tu laissé cette lampe allumée ? ajouta-t-il après un instant.

— Elle est sur minuterie.

— Espérons que personne ne l'a vue depuis la rue. Imagine que quelqu'un passe pour t'apporter un autre plat !

— Alors éteins et retournons dehors, dit Dessie avec nervosité.

— Tout de suite, chérie. Y a-t-il un coffre-fort ici ?

— Je n'en ai jamais vu, en tout cas.

— As-tu inspecté tous les tiroirs du bureau ? Et la crédence ? Il ne faut rien négliger. C'est important, tu le sais.

Dessie eut soudain l'air agacé.

— J'ai intégralement inspecté cette pièce et toutes celles de la maison. S'il y avait quelque chose, je l'aurais déjà trouvé.

— Je ne veux pas t'ennuyer, dit-il d'une voix apaisante. Mais nous touchons au but. Mieux vaut redoubler de prudence.

— Clete…

— Qu'y a-t-il, chérie ?

Depuis sa cachette, Nikki ne pouvait les voir. Elle essaya d'imaginer la scène. Le dénommé Clete se trouvait de l'autre côté du bureau mais Dessie semblait plus éloignée. Sans doute se tenait-elle sur le seuil, hésitant à entrer dans le sanctuaire du Dr Nance.

— J'ai la chair de poule, dit-elle.

— C'est la clim. Il fait toujours froid à l'intérieur après une baignade.

— Ce n'est pas la clim. Quelque chose ne va pas. Je le sens. Quelqu'un est venu ici.

Nikki entendit le claquement de ses tongs alors qu'elle entrait dans la pièce.

— C'est idiot mais je jurerais que le Dr Nance y est revenu.

— Les fantômes n'existent pas, dit Clete.

— Je n'en suis pas si sûre. J'ai senti sa présence dans cette maison depuis qu'ils l'ont trouvé.

— N'essaie pas de me faire peur, Desiree Dupre. Pense plutôt à ce qui nous attend. Dans quelques semaines, nous siroterons des mojitos sur une plage des Caraïbes. Sans soucis, sans voisins curieux. Sans personne à des kilomètres à la ronde. Vêtements facultatifs, bien sûr.

Un autre silence suivi d'un bruit de froissement.

— Arrête, Clete. Pas ici, murmura Dessie. Remontons dans mon studio.

— Laisse-moi d'abord jeter un coup d'œil…

Il contourna la table de travail. Dans un instant, il allait tirer la chaise et la repérer, songea Nikki, paniquée.

Elle retint son souffle, serrant le livre contre elle. La chaise grinça alors qu'il la saisissait. Clete allait la…

La sonnette de l'entrée retentit et il s'immobilisa. Dessie se précipita vers les portes-fenêtres pour jeter un œil dehors.

— C'est encore cette bonne femme, dit-elle d'un ton méprisant.

— Qui ? Quelle bonne femme ?

— Lila Wilkes. Je t'en ai parlé. Elle est déjà venue aujourd'hui pour parler des funérailles. J'ai essayé de lui expliquer que j'avais besoin de temps mais elle ne me lâche pas.

— Dis-lui qu'il n'y aura pas d'enterrement. Dis-lui que tu ne fais que respecter les dernières volontés du Dr Nance.

— Cela ne l'arrêtera pas, tu ne la connais pas. Elle tient à organiser un service commémoratif et elle ira au bout de son idée, avec ou sans mon aide.

— Alors, laisse-la faire. Ce sera une chose de moins dont tu auras à t'occuper.

— C'est sûr, mais le Dr Nance n'a jamais tenu Lila Wilkes en haute estime. Il ne paraît pas juste de la laisser décider de tout.

— Dessie, Dessie. Combien de fois dois-je le dire ? Charles Nance ne te concerne plus. Laisse faire cette vieille bique si ça l'amuse.

La sonnerie retentit à nouveau avec plus d'insistance, cette fois. Nikki imagina Lila Wilkes sous le porche, pressant le doigt sur le bouton d'un air déterminé.

— Elle a vu la lumière de la rue, c'est sûr, dit Dessie d'un ton exaspéré. J'aurais dû penser à désactiver cette minuterie.

— Il est trop tard maintenant. Va voir ce qu'elle veut et envoie-la paître. J'éteindrai quand j'aurai fini ici.

Nikki suivit le bruit des pas de Dessie jusqu'à la porte du couloir.

— Assure-toi que les stores sont tirés pour qu'elle ne puisse pas t'apercevoir de l'extérieur. Et pour l'amour de Dieu, tais-toi jusqu'à ce qu'elle parte.

Clete s'écarta du bureau.

— Es-tu sûre que tu ne veux pas que je vienne avec toi ? dit-il d'un ton taquin. J'ai toujours eu un faible pour les veuves.

— Ne plaisante pas. Si elle te voit, ce sera la fin de tout.

Il rit de manière sensuelle.

Une note de peur se glissa dans la voix de Dessie.

— Je parle sérieusement, Clete. Reste à distance de cette femme. C'est peut-être la bienfaitrice de la ville, mais c'est une pipelette de première.

Dessie s'éloigna dans le couloir, laissant Nikki seule avec le dénommé Clete. Elle retenait toujours son souffle, agrippant le livre, alors qu'elle se faisait toute petite. Clete contourna le bureau et ouvrit le tiroir du haut. Il le fouilla puis le referma doucement. Il se tourna alors vers la crédence et en examina le contenu. Finalement, il abandonna, éteignit la lampe et quitta la pièce.

Nikki attendit un long moment avant de sortir de sa cachette et de filer par la porte-fenêtre. La soirée était encore chaude et humide. La sueur coulait le long de son dos alors qu'elle descendait de la terrasse pour s'accroupir dans les buissons. Elle voulait laisser à Lila Wilkes suffisamment de temps pour s'en aller avant de quitter les lieux à son tour. Elle s'apprêtait à s'éloigner dans l'ombre quand un léger bruit la figea sur place.

Lila longeait la terrasse. Elle jeta un coup d'œil vers l'entrée principale avant de se diriger vers les portes-fenêtres pour regarder à l'intérieur. Puis elle se retourna pour scruter le jardin et la rue. Nikki resta pétrifiée mais pendant un moment, elle fut certaine que la femme l'avait vue. Le regard vif de Lila semblait se diriger vers l'endroit même où Nikki s'était recroquevillée. Quand elle s'approcha des fourrés, Nikki crut qu'elle était découverte.

— Je sais que tu es là, dit Lila.

Nikki se terra plus profondément dans les buissons.

— Espèce de coquin. Laisser croire à tout le monde que tu es mort.

Que racontait-elle ?

— Quand tu auras fini de galoper, tu reviendras et je te donnerai du thon. Tu aimes ça le thon, non ?

Un miaulement retentit près d'elle. Immobile, Nikki sentit l'animal se frotter contre ses jambes.

— Minou, minou, minou. Viens là, montre-toi.

Au lieu d'obéir, le chat se rapprocha de Nikki et la regarda dans le noir de ses grands yeux brillants.

— Fais comme tu veux, marmonna Lila. Mais tôt ou tard, je te rattraperai. Comme toujours, murmura-t-elle avant de s'éloigner.

8

Assis sur sa terrasse, Adam observait de loin la cabane de pêcheur du Dr Nance. Il était là depuis le début de la soirée. Avec le crépuscule, une magnifique palette de couleurs avait embrasé le ciel tandis que les ombres des pins s'allongeaient sur le lac. Peu à peu, le soleil s'enfonça dans les arbres, l'eau s'assombrit jusqu'à être entièrement plongée dans les ténèbres. La lune se leva alors lentement au-dessus de la pinède, jetant une lumière tamisée sur le paysage lugubre.

L'orchestre nocturne commença. Quelque part en aval, le vagissement d'un alligator se mêla aux croassements des crapauds, aux cris nasillards des engoulevents et aux braillements des paons de sa grand-mère. Avec la tombée de la nuit, les moustiques pullulaient, avides de sang. Adam s'aspergea de répulsif avant de descendre les marches en bois jusqu'au petit embarcadère.

Le jon boat se balançait doucement sur l'eau et Adam fut tenté de sauter dedans et de traverser le lac pour aller jeter un nouveau coup d'œil à l'intérieur de la cabane du Dr Nance. Mais si quelqu'un d'autre faisait le guet là-bas en attendant d'y entrer, il ne voulait surtout pas le faire fuir. Les nombreuses planques qu'il avait effectuées à Dallas lui avaient appris les vertus de la patience.

Il s'installa sur l'une des chaises en bois, étendit les

jambes et se prépara à une longue nuit. Les bras repliés derrière sa tête, il s'efforça de se détendre. Comme il donnait libre cours à ses pensées, elles revinrent à sa conversation avec la légiste. Il n'avait pas réussi à décrypter la façon dont elle avait réagi à sa proposition. Cela n'avait rien d'étonnant. Il ne la connaissait pas très bien. Du moins ne connaissait-il pas cette nouvelle version de Nikki Dresden. Contrairement à l'ancienne. Il se remémora l'adolescente au look gothique, adepte des piercings, toujours habillée de noir et outrageusement fardée, qui avait fait des ruines d'un ancien hôpital psychiatrique son repaire.

Il se demanda à quel point elle serait surprise – et surtout, contrariée – d'apprendre qu'il avait trouvé son journal intime, cet été-là. À l'époque, il menait l'enquête et cherchait dans les Ruines des indices sur la disparition de Riley Cavanaugh. Quand il avait soulevé les lattes branlantes du plancher et découvert le cahier, il avait d'abord cru qu'un ancien malade l'avait caché là. Ce n'est qu'en lisant un passage à propos de l'enlèvement de Riley qu'il avait compris qu'il s'agissait du journal de Nikki Dresden, la mystérieuse fille aux cheveux teints en noir et au regard attendrissant.

Il avait continué sa lecture, justifiant son indiscrétion en se disant que le cahier contenait peut-être des éléments susceptibles de le conduire à l'adolescente disparue. Il avait entendu des rumeurs qui prétendaient que Nikki et ses amis pratiquaient un culte satanique, se livraient à des messes noires. Bien sûr, il n'avait rien trouvé. Les Belle Pointe Five n'étaient pour rien dans l'enlèvement de Riley mais il se demandait si les secrets et les aveux que Nikki avait notés dans son journal la minaient encore parfois.

Il était certain qu'elle s'était rendue aux Ruines, l'autre soir, pour récupérer ce cahier. Sinon, pourquoi aurait-elle soulevé les lattes qui fermaient la cache ? Et pourquoi aurait-elle montré tant de gêne quand il l'avait surprise, agenouillée sur le plancher ? Bien sûr, la découverte de la montre du Dr Nance avait été un choc, mais comprendre que quelqu'un avait dérobé son journal avait dû lui faire l'effet d'un coup de massue.

Adam se demandait pourquoi elle l'avait laissé là, toutes ces années. Sans doute avait-elle une bonne raison et il ne pouvait que spéculer. Était-elle chez elle, ce soir, en train de chercher qui l'avait emporté ? Craignait-elle que ce journal intime ne réapparaisse maintenant, alors que sa ville natale l'avait enfin adoptée ? À moins qu'elle ne soit juste en train de se tourmenter à propos de leur conversation, de réfléchir à sa proposition…

Occupait-il ses pensées comme elle hantait les siennes ?

Son téléphone vibra, lui annonçant l'arrivée d'un texto, et il baissa les yeux sur l'appareil. Nikki Dresden était si présente dans son esprit qu'il s'attendait presque à recevoir un message d'elle. Voir le nom de Stephanie apparaître sur l'écran le pétrifia. Son ex-fiancée était la dernière personne dont il voulait entendre parler, ce soir, mais elle avait toujours eu le chic pour le surprendre au pire moment.

Je suppose que tu ne t'attendais pas à recevoir de mes nouvelles…

C'était un euphémisme. Il fixa l'appareil des yeux, attendant que la vieille colère et l'amertume refassent surface, mais il n'éprouvait qu'un calme étrange. Il n'était pas indifférent, pas encore, mais il ne ressentait pas, comme autrefois, le besoin de répondre aussitôt, de répliquer. Il avait seulement envie de retourner à la solitude de ses pensées.

Quelques instants s'écoulèrent avant qu'un autre message tombe.

Nous devons parler, Adam. Puis-je te téléphoner ? C'est important.

Il caressa l'écran du doigt mais ne répondit toujours pas.

Je sais que tu lis ces messages. Je vais t'appeler.

Toujours aussi sûre d'elle.

— Adam ?

La voix qui sortait des ténèbres le fit sursauter. Il se retourna vers la silhouette qui se profilait en haut des marches.

— Nikki ? lança-t-il en se levant.

— Oui, désolée. Je ne voulais pas t'effrayer.

— Non, ça va. J'ai été surpris, c'est tout. Je n'ai pas entendu ta voiture arriver.

— Je l'ai laissée sur la route.

Ils s'interrompirent, se rendant compte soudain qu'ils s'étaient tutoyés, spontanément, naturellement.

Elle descendit l'escalier de bois jusqu'au débarcadère.

Elle était habillée comme d'habitude : jean, T-shirt et baskets, mais ce soir, il y avait quelque chose de différent chez elle. Ses cheveux semblaient plus brillants au clair de lune, ses lèvres plus pulpeuses, ses yeux plus lumineux. La pénombre exaltait l'air de mystère qu'elle portait comme un parfum subtil. Il émanait d'elle un charme troublant. Ou était-ce seulement son imagination qui lui jouait des tours ? Essayait-il inconsciemment de se prouver qu'il avait tourné la page avec Stephanie Chambers en s'avouant son attirance pour Nikki Dresden ?

— Je ne cherchais pas à te surprendre, dit-elle en repoussant ses cheveux en arrière. Mais ton allée est tellement envahie par la végétation que je n'étais pas sûre de réussir à passer, encore moins à me garer.

— C'est vrai, dit-il. Je devrais prendre une tronçonneuse et tailler les fourrés mais j'aime bien être à l'abri des regards.

Elle hocha distraitement la tête.

— Tu l'es. L'endroit est si bien caché par la verdure que j'ai failli rater la maison. Bref, j'ai frappé. Comme tu ne répondais pas, j'ai décidé de descendre voir si tu n'étais pas ici.

Son regard tomba sur le smartphone qu'il tenait toujours à la main.

— J'espère que je ne te dérange pas, ajouta-t-elle.

Comme un fait exprès, la sonnerie de l'appareil retentit alors. Il ne prit pas la peine de regarder l'écran.

— Réponds, si tu veux, dit-elle. J'attendrai à la maison.

Mais il refusa l'appel et glissa le téléphone dans sa poche.

— Ce n'est pas important.

Elle descendit le reste des marches.

— J'aurais dû passer un coup de fil avant de venir. Je n'y ai même pas pensé.

— Non, c'est très bien. Tu ne me déranges pas du tout. Je m'étais assis ici pour surveiller la cabane du Dr Nance.

Le débarcadère tangua lorsqu'elle y monta.

— As-tu surpris quelque chose ?

— Pas encore.

Il s'approcha d'elle, se reprochant d'être aussi heureux de la voir. Ce soir, il se sentait en proie à une nervosité inhabituelle. Dans ce contexte, laisser libre cours à cette attirance était tentant. Mais se lancer dans une nouvelle aventure n'était peut-être pas une bonne idée. Dans l'hypothèse, bien sûr, où Nikki en aurait envie.

La sonnerie insistante de son smartphone lui fit l'effet d'un seau d'eau froide. Il sortit l'appareil, refusa une nouvelle fois l'appel, et le mit en silencieux.

Nikki se tourna vers lui pour le regarder en face.

— Quelqu'un a manifestement très envie de te parler. Es-tu sûr de ne pas vouloir répondre ?

— Sûr et certain.

Il s'appuya contre la balustrade pour scruter l'autre côté du lac. Il devinait dans la pénombre le pourtour de la cabane de pêcheur. Le clair de lune se reflétait sur les vitres des fenêtres, brillant comme un fantôme. Un frisson traversa Adam. D'excitation ? D'anticipation ? Il était resté trop longtemps sans avoir d'enquêtes à mener, de mystères à résoudre. Ou d'occasions de s'envoyer en l'air, aussi, pensa-t-il.

Il se tourna vers Nikki.

— Qu'est-ce qui t'amène ici, ce soir ? Tu as réfléchi à ma proposition ?

— Non, répondit-elle sans détour. Je veux dire, oui, j'y ai réfléchi mais je n'ai pas encore pris de décision. Je suis venue te parler de quelque chose que tu dois savoir.

L'intonation sombre de sa voix le fit se redresser.

— De quoi s'agit-il ?

— Tout à l'heure, je me suis enfin résolue à aller voir Dessie Dupre. Pour lui présenter mes condoléances.

D'un ton préoccupé, elle lui raconta sa visite chez le Dr Nance, sa stupéfaction en découvrant un homme nu sur le plongeoir et son émotion en surprenant leurs échanges au bord de la piscine et dans le bureau.

— La situation m'a paru totalement surréaliste, conclut-elle. Dessie semblait si différente. Plus jeune, plus vivante, plus vive… Plus femme, oui, c'est le mot.

— Et tu ignores ce qu'elle et son compagnon cherchaient dans le bureau du Dr Nance ? demanda Adam.

— Je n'en ai pas la moindre idée. Au début, j'ai pensé qu'ils essayaient peut-être de remettre la main sur son journal intime puisque j'étais moi-même venue dans ce but. Mais avec le recul, je me demande s'ils ne cherchaient pas plutôt une copie de son testament. Le dénommé Clete avait l'air certain que Dessie hériterait de la maison et peut-être aussi d'une belle somme d'argent. Il lui a dit que dans quelques semaines, ils siroteraient des mojitos sur une plage des Caraïbes. Mais s'ils savent déjà que Dessie héritera de la maison et d'un paquet de dollars, je ne vois pas pourquoi ils auraient besoin de trouver son testament.

— J'imagine que tu ne connaissais pas ce Clete ?

— Je ne l'avais jamais rencontré. Grand et large d'épaules, il a le physique d'un homme qui travaille beaucoup dehors. L'idée que ce soit peut-être lui qui t'a attaqué la nuit dernière m'a traversée. Tu disais que ton assaillant était costaud, non ? Dans l'obscurité, je n'ai pas vu si Clete avait des ecchymoses mais en tout cas, j'ai eu l'impression qu'il était bien plus jeune que Dessie. Elle semblait… très éprise.

Le mot fit sourire Adam.

— Très éprise ?

Nikki haussa les épaules.

— Raide amoureuse, si tu préfères. Sous le charme.

— Il ne devrait pas être trop difficile de découvrir qui est ce type, dit Adam. Je vais creuser. Si nous arrivions à le relier au vieux camion de livraison, ce serait génial.

— À ta place, je ne compterais pas trop là-dessus. Il ne paraissait pas du genre à conduire un camion. Je le verrais plutôt au volant d'une voiture de sport. Bien tape-à-l'œil. Mais j'admets que je me fonde sur une brève conversation.

— Parfois, cela suffit. Je me fie à ton instinct.

Elle contemplait l'eau qui miroitait sous la lune. Ce soir, le lac baignait dans une atmosphère magique, presque féerique. Adam regardait Nikki à la dérobée, se demandant comment il avait pu la trouver moins séduisante que son ex-fiancée. Stephanie était aussi chaude et sensuelle qu'une journée d'été mais Nikki Dresden appartenait à la nuit, au clair de lune.

Elle se retourna et le surprit en train de l'observer. Elle soutint son regard un moment avant de reporter son attention sur l'étendue d'eau.

— Je ne suis pas venue uniquement pour te parler de Clete, dit-elle.

Appuyé contre la balustrade, Adam la dévisagea avec curiosité.

— Non ?

Elle s'arrêta comme si quelque chose dans sa voix la perturbait.

— J'ai trouvé quelque chose dans le bureau du Dr Nance, ce soir. Quelque chose de plus important peut-être que son journal intime. Je n'ai pensé à chercher qu'à cause de ce que tu m'avais raconté à propos du bout de papier enroulé dans la reliure du livre. Je me suis souvenue de ce que tu avais dit. Lors de votre dernière conversation, le Dr Nance avait employé à dessein l'expression « se battre contre des moulins à vent » et ensuite, il avait laissé cet exemplaire de *Don Quichotte* en évidence pour que tu tombes dessus. Toi seul pouvais le comprendre. Et tout à l'heure, dans son bureau, j'ai découvert un indice qui m'était forcément destiné parce que là aussi, j'étais la seule à pouvoir le comprendre.

Il se frotta la tête, sa cicatrice se rappelant soudain à son bon souvenir.

— Continue, dit-il.

— Il avait laissé un exemplaire du *Vieil Homme et la Mer* bien en vue sur l'une de ses étagères. Ce livre était important pour nous deux. Il me l'avait offert quand j'étais jeune et nous en avions beaucoup parlé. Or, la dernière fois que je l'ai vu, le Dr Nance m'a proposé d'aller pêcher avec lui dans le golfe. Il m'a dit que nous pourrions aller assez loin pour attraper un marlin. Le marlin est le poisson que…

— Je connais le roman de Hemingway, coupa Adam. Y avait-il quelque chose dissimulé à l'intérieur ?

— Oui. Une note enroulée dans la reliure, exactement comme celle que tu as trouvée. Mais sur celle-ci, il y avait le chiffre 14.

— As-tu ce papier ?

— Pas avec moi, non. Je l'ai remis dans le livre. Il est à présent chez moi, sous clé, dans un tiroir.

— Ce chiffre te dit-il quelque chose ?

Elle secoua la tête avec un soupir d'impuissance.

— Depuis lors, je n'ai pas cessé de me creuser la cervelle. J'ai recensé tous les anniversaires et toutes les dates importantes pour le Dr Nance. Rien. Mais quand ils étaient dans le bureau du docteur, Clete a interrogé Dessie à propos d'un coffre-fort. Elle a dit qu'elle n'en avait jamais vu dans la maison mais sa réflexion m'a poussée à me demander si ces chiffres n'étaient pas une combinaison. Ou un mot de passe, un code d'accès.

— Possible, dit Adam.

— Ce n'est qu'une supposition. Ne nous emballons pas trop vite. Ces chiffres ne sont peut-être qu'une manifestation des délires du Dr Nance. Si ses facultés mentales déclinaient, comme certaines personnes semblent le penser, il a pu imaginer ces « choses sombres » et laisser des indices cryptés qui ne signifient rien en fait, sauf pour lui. En temps normal, il n'était pas du genre à se comporter ainsi, à faire des mystères. Le Dr Nance que j'ai toujours connu serait allé trouver la police s'il pensait que quelque chose n'allait pas.

— À moins de craindre que ce qu'il avait découvert ne tombe entre de mauvaises mains avant qu'il ait eu la possibilité de les vérifier, de prouver le fondement de ses soupçons. Quoi qu'il en soit, il est allé voir la police. Il m'a appelé.

— Je parlais des autorités locales.

— Je sais. Et je comprends tes inquiétudes concernant son état mental, mais il a pu découvrir l'existence d'actes criminels tout en prenant conscience de ses troubles cognitifs. Les deux ne s'excluent pas. Et surtout, je ne souffre ni de sénilité ni de maladie neurodégénérative. Je n'ai donc pas inventé l'homme qui m'a tiré dessus près de la cabane du Dr Nance. Ni le chauffard qui a tenté de m'écraser tout à l'heure. Ces deux événements ne sont pas le fruit de mes délires. Il se passe bien quelque chose à Belle Pointe.

Nikki prit une profonde inspiration.

— Je sais.

— Et il semble que le Dr Nance comptait sur nous deux pour découvrir quoi.

Il la vit frissonner dans le noir.

— Vu le peu d'éléments qu'il nous a laissés, c'est un défi de taille.

— Je n'ai jamais reculé devant un défi. J'ai l'impression que toi non plus.

— En tout cas, ces nombres ne cessent de me tracasser. 47 et 14. Ou 4 714. Il s'agit peut-être des derniers chiffres d'un numéro de téléphone. Ou d'un numéro de sécurité sociale.

— Tout est possible. Sans informations supplémentaires, essayer de décrypter la signification de ces chiffres revient à chercher une aiguille dans une botte de foin. Pour le moment, tentons de retrouver ce camion de livraison et d'identifier ce Clete. L'un et l'autre nous mettront sans doute sur des pistes.

Elle hocha la tête.

— Il s'est passé autre chose, ce soir. Ce n'est probablement pas très important mais l'épisode m'a paru intéressant. Alors que j'étais cachée sous le bureau du Dr Nance, Lila Wilkes est arrivée et a sonné.

— Qui est Lila Wilkes ?

— Une femme de la région que beaucoup de gens considèrent comme un ange ou un cadeau du ciel. Elle consacre l'essentiel de son temps à s'occuper des malades, en particulier ceux qui sont confinés chez eux. C'est une bénédiction pour les personnes âgées. Elle les emmène faire leurs courses, les conduit à leurs rendez-vous chez le médecin et ainsi de suite.

— Si je comprends bien, elle a tout d'une mère Teresa, dit Adam.

— Je ne sais pas si j'irais jusque-là mais elle tient une place importante à Belle Pointe. Je suis sûre que tu l'as déjà croisée. La soixantaine, mince, pas très grande, elle a les cheveux gris coupés en un carré court. Lorsqu'elle est venue me rendre visite hier, elle a fait allusion à toi. Elle t'avait vu en ville. Tu lui avais fait une forte impression.

— Je pense savoir de qui tu parles. Elle pose beaucoup de questions. Et adore pérorer.

— C'est bien Lila. Jusqu'à ce soir, j'avais toujours adhéré à l'image de la sainte femme que tout le monde se fait d'elle.

— Que s'est-il passé, ce soir ?

— Dessie a dit qu'il ne lui semblait pas juste de laisser Lila organiser les funérailles parce que le Dr Nance ne la tenait pas en haute estime.

— Dessie a-t-elle dit pourquoi ?

— Non, mais cela m'a vraiment surprise parce que Lila m'a dit que c'était le Dr Nance qui l'avait persuadée de venir à Belle Pointe, au départ. Bien sûr, c'était il y a longtemps.

— Il y a combien de temps ?

— Plus de trente ans. Lila vit ici depuis si longtemps que les gens ont fini par oublier qu'elle n'y était pas née. Je n'aurais probablement pas accordé beaucoup d'importance à ces commentaires si je n'avais pas vu Lila rôder ensuite à l'extérieur du bureau du Dr Nance.

Ce détail éveilla l'intérêt d'Adam.

— Qu'entends-tu par « rôder » ?

— Je l'ai surprise en train de se faufiler sous son porche et de coller le nez sur les vitres pour regarder dans le bureau. Comme je faisais exactement la même chose, je suis mal placée pour le lui reprocher. Pourtant, son comportement m'a paru étrange. En rentrant chez moi, je me suis souvenue d'une réflexion de ma grand-mère à propos de Lila. « Avec ses airs de sainte-nitouche, on lui donnerait le bon Dieu sans confession. Et on aurait bien tort. » Ma grand-mère n'était pas très gentille mais elle savait sonder les cœurs.

— Tu veux dire que cette Lila Wilkes a peut-être quelque chose à voir avec la mort du Dr Nance ? demanda Adam.

— Cette éventualité semble complètement absurde. Je n'imagine même pas quel serait son mobile. Mais je trouve bizarre que son image ne soit pas aussi nette que je le croyais.

— Beaucoup de choses concernant la mort du Dr Nance – ainsi que toute cette ville, d'ailleurs – sont bizarres, dit Adam.

Le ton de Nikki devint sombre.

— C'est le moins qu'on puisse dire. Alors, que faisons-nous ?

— Nous ne pouvons pas faire grand-chose avant demain matin. Il est un peu tard pour partir à la recherche de ce camion. En revanche, nous pourrions retourner dans la cabane de pêcheur du Dr Nance et examiner les autres livres. Nous y découvrirons peut-être une autre note qui nous éclairera. Qu'en dis-tu ? Es-tu partante ?

— Bien sûr. Je suis prête à faire tout ce qu'il faut.

— Donne-moi un instant pour fermer la maison et prendre des lampes de poche. Cela dit, est-ce vraiment raisonnable ? ajouta-t-il soudain. La dernière fois que je suis allé là-bas, ça a failli très mal finir.

Nikki s'écarta de la balustrade pour le regarder.

— Tu ne penses quand même pas que la personne qui t'a tiré dessus hier va revenir ce soir, n'est-ce pas ?

— Cela semble peu probable. Et en tout cas, cette fois, je serai prêt.

Adam montait déjà les marches quand elle l'appela doucement. Il se retourna.

— Ouais ?

— Je n'arrête pas de penser à la façon dont ça s'est passé. La noyade, je veux dire. À me représenter quelqu'un qui l'aurait fait monter dans le bateau, l'aurait poussé dans l'eau et lui aurait maintenu la tête en dessous... Je n'arrive pas à sortir cette image de mon esprit, ajouta-t-elle en frissonnant.

— Nous découvrirons ce qui s'est passé, dit Adam. Je l'avais promis au Dr Nance et maintenant, je te donne ma parole que j'irai jusqu'au bout. Nous sommes ensemble dans cette histoire, d'accord ?

Nikki considérait le lac d'un air sombre. Une légère brise caressait l'eau, rafraîchissant l'atmosphère. Le chèvrefeuille embaumait. C'était une belle soirée d'été mais sa tête était remplie d'images violentes. Elle ne voulait pas imaginer les derniers moments du Dr Nance, mais comment s'en empêcher ? Son tueur l'avait-il attiré dans le bateau ? Le vieil homme avait-il essayé de résister à son agresseur, de se battre, ou l'attaque l'avait-elle pris par surprise ?

Peut-être sa mort n'avait-elle été qu'un tragique accident. Jusqu'ici, rien ne prouvait le contraire. Mais trop de questions demeuraient sans réponse. Pourquoi avait-il renoncé à son voyage à Houston ? Pourquoi avait-il demandé à Adam Thayer, un inspecteur de police de Dallas, de venir l'aider à comprendre ce qu'il avait découvert ? Et qu'avait-il découvert ?

Mais qui aurait voulu tuer un médecin qui avait consacré sa vie à soigner et à aider les gens ? Et pourquoi ?

L'argent semblait le mobile le plus probable mais envisager un assassinat de sang-froid lui était insupportable.

Que Dessie Dupre puisse être impliquée d'une manière ou d'une autre était encore plus difficile à accepter. Elle avait toujours paru si dévouée au Dr Nance. En retour, il l'avait logée, nourrie et lui avait assuré des revenus pendant la majeure partie de sa vie. Cela dit, l'appât du gain pouvait changer quelqu'un. Comme la mauvaise influence d'un amoureux. Qui était ce Clete ? Quand et comment était-il entré dans la vie de Dessie ? Planifier la mort du Dr Nance avait-il pris des mois ou le meurtre avait-il été perpétré sur une impulsion ?

Malgré la tentation, Nikki se rappela la présomption d'innocence. Hormis sa taille, il n'y avait aucune raison de soupçonner Clete d'être l'homme qui avait tiré sur Adam et tenté de l'écraser. Quant à Dessie, c'était une brave femme, gentille, douce et dévouée. Nikki refusait de croire le contraire, malgré la scène dont elle avait été témoin.

Perdue dans une spirale sans fin de soupçons et de dénis, il lui fallut un moment pour se rendre compte qu'une lumière était apparue dans la cabane de pêcheur. Son cœur s'accéléra dans sa poitrine. Elle ne voyait personne à l'intérieur mais cette lampe ne s'était pas allumée toute seule.

Elle entendit derrière elle Adam qui revenait après avoir fermé sa maison.

— Il y a quelqu'un là-bas, dit-elle quand il s'approcha d'elle.

Il scruta le lac au clair de lune.

— Tu l'as vu sur l'eau ?

— Non. J'aurais entendu un bateau à moteur mais pas forcément le bruit des rames. Je n'ai pas non plus aperçu de phares dans l'allée mais les arbres sont épais, là-bas, j'ai pu les manquer. Tu crois qu'on doit appeler la police ? ajouta-t-elle anxieusement.

— L'intrus sera sans doute parti depuis longtemps quand une voiture de patrouille arrivera. Tenons-nous-en à notre plan initial et allons voir par nous-mêmes.

Un frisson de peur parcourut l'échine de Nikki.

— Tout à l'heure, quand tu disais que cette fois, tu serais prêt, que voulais-tu dire ? Tu es armé ?

— Oui.

— Cela vaut sans doute mieux, dit-elle après un instant d'hésitation. Veux-tu que je conduise le bateau ou préfères-tu que je continue à surveiller les alentours ?

La question parut le surprendre.

— Je te trouve plus enthousiaste que je l'aurais espéré.

— Je ne suis pas enthousiaste, répondit-elle, s'efforçant de rire. Je me sens plutôt nerveuse, si tu veux tout savoir. Mais je suis déterminée à tout faire pour découvrir ce qui est arrivé au Dr Nance.

— Je ne pense pas que nous aurons des ennuis mais au cas où, garde la tête baissée. Ne laisse pas l'adrénaline te pousser à faire quelque chose de stupide.

Nikki sauta dans le bateau, s'assit sur le banc pendant qu'Adam s'installait à l'arrière et prenait la barre. L'embarcation s'éloigna de la rive. Un autre soir, Nikki aurait apprécié cette balade sur le lac mais là, penchée en avant, elle scrutait l'étendue d'eau et la petite cabane de pêcheur, la gorge serrée. La lune était pleine. Ils étaient faciles à repérer et seraient alors des cibles inratables, songeait-elle.

Ils passèrent près du pont où elle avait vu Adam pour la première fois, bien des années auparavant. Plus loin, elle ne distinguait qu'à peine la haute cheminée et les toits délabrés des Ruines. Elle se rappelait y avoir croisé Adam autrefois, se remémorait même quelques mots de leur bref échange. Il avait essayé de la faire sortir du bâtiment mais elle s'était méfiée. Son intérêt pour elle lui avait paru louche et, de toute façon, elle protégeait sa vie privée, son intimité. Elle n'avait pas voulu prendre le risque d'être percée à jour.

Ses souvenirs de lui étaient si vifs qu'elle se demanda pourquoi elle ne l'avait pas reconnu tout de suite. Tous ceux qui avaient vécu la disparition de Riley Cavanaugh, même de loin, seraient toujours liés à cette tragédie.

— Ça va ? demanda Adam à voix basse dans l'obscurité.

Elle jeta un coup d'œil par-dessus son épaule.

— Ça va. Curieusement, je pensais à Riley.

— Et à quoi, à propos d'elle ?

— Je me disais que tu pouvais avoir rencontré quelqu'un et le considérer comme un inconnu, mais que le simple fait d'avoir partagé l'expérience d'un tel drame – la disparition de Riley, en l'occurrence – créait des liens.

— C'est assez profond.

Trop profond pour leur situation actuelle, se dit-elle.

Ne perds pas de vue l'enjeu, Nikki.

Cette phrase la fit penser à Clete. Qui était ce type et qu'avait-il fait de la Dessie qu'elle avait connue pendant la majeure partie de sa vie ?

— Nous y sommes presque, dit Adam. Je couperai le moteur dès que nous arriverons à proximité.

— Je ne vois pas de bateau. Ils sont sans doute venus en voiture.

Adam coupa le moteur et guida l'embarcation vers le rivage. Nikki se baissa pour éviter les tresses de mousse espagnole qui tombaient des arbres. Tous deux descendirent et tirèrent le bateau sur la rive puis Adam lui tendit une lampe de poche.

— Avec le clair de lune, nous ne devrions pas en avoir besoin mais au cas où…

Avec un hochement de tête, Nikki la glissa à la ceinture de son jean. Ils longèrent le lac jusqu'aux marches en bois qu'ils gravirent sans bruit. Dès qu'ils atteignirent la terrasse,

Adam regarda à travers l'une des portes-fenêtres puis fit signe à Nikki de s'avancer pour voir à son tour.

Elle se colla au mur et jeta un coup d'œil à l'intérieur.

Debout devant le bureau du Dr Nance, une femme était en train de fouiller les tiroirs avec frénésie.

9

L'intruse leur tournait le dos mais Nikki reconnut aussitôt sa silhouette élégante et sa coupe de cheveux soignée. En revanche, cette nervosité, cette agitation presque désespérée, ne ressemblait pas au Dr Patience Wingate. Nikki, qui l'avait toujours vue froide, dédaigneuse et parfois même arrogante, en fut stupéfaite.

Elle était tellement décontenancée de trouver la consœur et associée du Dr Nance en train de fouiller son bureau qu'elle sortit de sa cachette sans réfléchir. Adam tenta de la retenir mais il était trop tard. Patience Wingate dut entendre du bruit car elle se retourna. Voir quelqu'un qui l'observait derrière la vitre l'ébranla, manifestement.

Elle jeta un regard méfiant autour d'elle et traversa la pièce à grands pas pour ouvrir la porte-fenêtre.

— Docteur Dresden ! Que faites-vous ici ?

Prise en flagrant délit – ou en tout cas, dans une situation délicate –, elle avait vite recouvré son sang-froid et son masque hautain. Une main sur la porte, l'autre sur sa hanche, elle regardait Nikki d'un air ouvertement soupçonneux.

Nikki sourit et rétorqua avec une touche de curiosité dans le ton :

— Docteur Wingate ! Vous pouvez vous vanter de nous avoir fait peur ! Lorsque nous avons vu de la lumière de l'autre côté du lac, nous avons pensé que quelqu'un était entré par effraction dans la cabane du Dr Nance.

— C'est ridicule. Je n'ai pas l'habitude d'entrer chez les gens par effraction.

Son ton défensif désarçonna Nikki.

— Non, bien sûr que non. Mais nous ne savions pas que c'était vous.

— Et comment êtes-vous entrée, d'ailleurs ? demanda Adam d'un air désinvolte en s'avançant.

Il semblait détendu, adoptant comme elle une attitude de curiosité bienveillante, mais à la façon dont son regard scrutait les lieux, Nikki devinait les tensions qui l'habitaient.

Le Dr Wingate pencha légèrement la tête.

— Pardonnez-moi, mais… qui êtes-vous ?

Nikki s'empressa de faire les présentations.

— Adam Thayer, inspecteur à la Crim de Dallas.

— Vraiment ?

Patience Wingate n'eut pas du tout l'air impressionnée par ses références mais Nikki surprit une lueur de désarroi dans ses yeux gris. Ou de peur ?

— Et que faisiez-vous tous les deux sur le lac en pleine nuit ? ajouta le médecin.

— L'inspecteur Thayer possède la maison d'en face, répondit Nikki avec un geste vers la rive opposée. Elle a grand besoin d'être restaurée et il était venu y travailler. Il a eu la gentillesse d'accepter une mission temporaire auprès du bureau du médecin légiste du comté de Nance.

Nikki sentit le regard surpris d'Adam dans l'obscurité mais elle s'interdit de se tourner vers lui.

— Nous enquêtons sur la mort du Dr Nance, ajouta-t-elle.

— Y a-t-il matière à enquêter ? demanda le Dr Wingate. On m'a dit que son bateau avait chaviré et qu'il s'était noyé. Ai-je été mal informée ?

— Il reste encore beaucoup de zones d'ombre à éclaircir.

— Quelles zones d'ombre ?

— Pour commencer, vous ne nous avez toujours pas dit comment vous étiez entrée ici, intervint Adam. Ni ce que vous étiez venue y chercher, ajouta-t-il en montrant les tiroirs ouverts.

Le Dr Wingate lança un regard irrité à Nikki.

— Docteur Dresden, cet interrogatoire est-il vraiment nécessaire ? J'ai déjà parlé au shérif Brannon.

Nikki s'efforça de répondre d'un ton affable.

— Je sais que c'est pénible, vu les liens étroits que vous aviez noués avec le Dr Nance. C'est difficile pour moi aussi, mais nous apprécierions vraiment que vous nous accordiez un peu de votre temps. Plus nous recueillerons d'informations, plus il nous sera facile de parvenir, mes collègues et moi, à un consensus sur la cause du décès.

Le Dr Wingate poussa un soupir de frustration.

— Vous me faites surtout perdre mon temps, qui est précieux. Mais si vous voulez le savoir, Charles m'avait confié une clé de sa cabane de pêcheur il y a des années pour que je puisse m'y rendre le week-end lorsque nous… lorsque j'avais besoin de m'échapper un peu. Quant à ma visite de ce soir, elle concerne les affaires de la clinique.

— Quel genre d'affaires ? demanda Adam.

— Je suis venue m'assurer que tous les dossiers médicaux que Charles avait pris à la clinique avaient été correctement protégés, conformément au protocole de confidentialité en vigueur.

— Ça ne vous ennuie pas si nous entrons ? s'enquit Adam.

— Pourquoi auriez-vous besoin d'entrer ?

— Cette conversation serait plus facile si nous commencions par nous détendre, tous autant que nous sommes, répondit-il.

— D'accord, mais je n'ai que quelques instants à vous

accorder, dit-elle en reculant. Il se fait tard. J'aimerais terminer ma mission et rentrer chez moi.

— Nous ne vous retiendrons pas longtemps, assura Adam.

Il fit signe à Nikki de passer devant lui et referma la porte.

Le Dr Wingate se retourna, manifestement mécontente de la tournure des événements. Elle parut sur le point de les jeter dehors.

— Sincèrement, je ne vois pas ce que je pourrais vous dire de plus.

— Avez-vous trouvé les dossiers que vous cherchiez ? lança Adam en promenant les yeux autour de lui.

Elle hésita.

— Je n'ai jamais dit que je cherchais des dossiers spécifiques.

— Pour vous donner autant de mal, vous devez avoir des raisons de croire que certains manquaient.

Elle s'appuya sur le bureau, adoptant sciemment une attitude sûre d'elle et à bout de patience. Elle cultivait un style sobre et sophistiqué. Pourtant, un brin de sensualité teintait indéniablement ses gestes quand elle se hissa sur la table de travail et croisa les jambes.

— Désormais, la clinique est entièrement informatisée. Nous ne demandons même plus aux patients de remplir des formulaires papier. Charles a eu un peu de mal à s'adapter au nouveau système. Il préférait la méthode à l'ancienne avec des chemises cartonnées. Il allait parfois jusqu'à demander à son assistante d'imprimer des dossiers pour avoir un exemplaire papier à étudier. Lorsqu'il avait terminé, il le retournait à son assistante qui le détruisait.

— Il lui donnait beaucoup de travail, observa Adam.

— En général, tout ce que Charles Nance voulait, il l'obtenait, dit-elle avec une pointe d'amertume. Après tout, c'était le patron. Quoi qu'il en soit, dès que nous avons appris la nouvelle de sa mort, son assistante est venue me voir. Elle m'a dit qu'il lui avait demandé d'imprimer plusieurs dossiers il y a quelques semaines et qu'il ne les lui avait jamais rendus. Si ces dossiers tombaient entre de mauvaises mains, la clinique pourrait être condamnée à de lourdes amendes, peut-être même faire l'objet de poursuites judiciaires.

— Pourquoi pensez-vous que ces dossiers sont dans cette cabane ? demanda Nikki.

— Parce que Charles était ici avant de mourir. Et parce que nous ne les avons pas trouvés à la clinique ni chez lui. C'est le seul endroit qui reste.

— Combien de dossiers manque-t-il ? s'enquit Adam.

— Une douzaine, dont certains remontent à des années.

— Avez-vous une liste des patients concernés ?

— Oui, mais je ne divulguerai pas ces éléments sans une décision du tribunal. De plus, les noms n'ont pas d'importance. Seul compte le respect de la vie privée des patients.

Adam hocha la tête.

— Savez-vous pourquoi il voulait consulter ces dossiers ?

— Il avait dit à son assistante qu'il travaillait sur un projet. J'ignore de quoi il s'agissait mais ces derniers mois, nous étions tous de plus en plus préoccupés par son comportement.

— Le shérif m'a parlé des problèmes qu'il avait eus à la clinique, dit Nikki. Savez-vous s'il avait passé des tests cognitifs ?

— Pas à ma connaissance. Cependant, il était conscient que quelque chose n'allait pas. Au début, les troubles étaient minimes. Il égarait par exemple ses clés ou son téléphone. Mais très vite, les incidents se sont multipliés et surtout, aggravés. J'ai compris que je devais intervenir. Il en a été dévasté, bien sûr, mais d'une certaine manière, il a peut-être été également soulagé que je mette les pieds dans le plat. Il avait décidé de cesser d'exercer dès son retour de voyage.

— Je me demande pourquoi il ne m'a jamais rien dit au sujet de l'imminence de sa retraite, grommela Nikki.

— Sans doute avait-il du mal à l'accepter lui-même, suggéra le Dr Wingate. Charles était un homme très fier.

— Quand lui avez-vous parlé pour la dernière fois ? demanda Adam.

— La veille de son départ. Il était en forme et avait hâte de revoir d'anciens collègues. Il avait même prévu d'aller pêcher.

— Pourquoi a-t-il changé d'avis, d'après vous ? lança Adam.

— Je n'en ai aucune idée. Peut-être a-t-il perdu pied et eu envie de revenir dans un endroit familier.

— Vous étiez associés à égalité à la clinique ?

— Non. Le Dr Nance détenait cinquante et un pour cent des parts. Il n'était pas du genre à abandonner le contrôle, ajouta-t-elle avec de nouveau un brin d'amertume.

— Qu'était-il prévu, en cas de décès ?

Elle se redressa.

— Je ne vois pas bien en quoi cette question vous concerne.

— C'est une question gênante, je le conçois, répliqua-t-il. Mais comme l'a mentionné le Dr Dresden, plus nous pourrons recueillir d'éléments, plus il nous sera facile de déterminer ce qui s'est passé.

— Charles s'est noyé. Rien de ce que je pourrais vous dire ne changera rien à ce fait tragique.

— Il s'est noyé, c'est vrai, dit Adam. Mais nous ne sommes pas convaincus qu'il s'agissait d'un accident.

Son franc-parler la fit sursauter.

— Vous ne croyez quand même pas que Charles a été assassiné ? s'exclama-t-elle, choquée. Tout le monde l'adorait.

— Peut-être pas tout le monde, répliqua Adam. De plus, il gagnait bien sa vie. Lorsque vous cherchez un mobile, il est toujours utile de déterminer qui a le plus à gagner de sa mort.

L'expression de Patience Wingate se durcit.

— Insinuez-vous que j'avais quelque chose à y gagner ?

— Bien sûr que non, dit rapidement Nikki.

Mais Adam haussa négligemment les épaules.

— Si une clause du contrat de votre partenariat prévoyait que l'associé survivant héritait de la clinique alors oui, vous aviez beaucoup à gagner de la mort de Charles Nance.

— Tu l'as vraiment exaspérée, dit Nikki tandis qu'ils s'en allaient. As-tu vu son visage quand elle nous a fait sortir ?

— Elle semblait passablement énervée, oui.

— Énervée ? Elle avait l'air prête à t'étrangler.

— Ce sont les risques du métier, dit Adam. Pour faire mon travail, je dois parfois mettre les pieds dans le plat et le doigt là où ça fait mal.

— Alors tu excelles dans ton domaine professionnel, répondit Nikki. Cela dit, j'imagine mal Patience Wingate commettre un meurtre. Elle est médecin et c'est même un très bon médecin d'après ce que j'ai entendu dire. Le Dr Nance ne l'aurait pas prise comme associée à la clinique s'il doutait de ses capacités.

— Tu crois que les médecins – y compris les bons – sont incapables de prendre des vies ? Elle m'a paru très tendue.

— Tu trouves ? Elle m'a toujours semblé froide et détachée. Pas du genre à se salir les mains en assassinant quelqu'un.

— Les apparences sont souvent trompeuses, dit Adam.

— C'est ce qu'on dit, oui.

Il s'arrêta et se tourna vers elle. Elle était deux marches au-dessus de lui, de sorte qu'ils se regardaient les yeux dans les yeux. Cette proximité affola le rythme cardiaque de Nikki, pourtant elle s'ordonna de se calmer. S'ils s'associaient pour cette enquête, leur collaboration devait être temporaire et strictement professionnelle. Elle n'avait pas besoin des complications qu'Adam Thayer traînait dans son sillage. Certes, elle ne le connaissait pas bien mais alors qu'il était installé sur les rives du lac Echo depuis quelques jours à peine, il avait été pris pour cible et failli être renversé par un chauffard. Sans parler de la fusillade de Dallas. Manifestement, il attirait les ennuis.

— Qui mieux qu'un médecin pourrait commettre un meurtre parfait ? poursuivit-il. Elle a accès aux médicaments. Elle possède une clé de la cabane du Dr Nance, peut-être aussi de sa maison, elle connaissait son emploi du temps et ses habitudes. Elle avait donc les moyens de le tuer et elle en avait l'occasion. Si elle avait tout à gagner de sa mort, elle avait un mobile. J'ai hâte de connaître les résultats des analyses toxicologiques.

— Après un si long séjour dans l'eau, elles ne donneront sans doute rien, lui rappela Nikki.

— Nous verrons.

Elle se tourna vers la cabane. La lumière s'était éteinte mais elle distinguait toujours la silhouette de Patience Wingate à la fenêtre.

— Elle est encore à l'intérieur. Elle nous regarde.

— Pour s'assurer que nous partons.

Il semblait tendu et pâle sous le clair de lune. *Implacable*, pensa Nikki avec un frisson. À plus d'un titre.

— Peut-être n'a-t-elle rien à voir avec la mort du Dr Nance, mais elle cache quelque chose, ajouta-t-il.

— Comment peux-tu en être si sûr ? Elle s'est expliquée avec franchise sur les raisons de sa présence.

— Avec franchise ? Le penses-tu vraiment ?

— Tu ne crois pas à son histoire de dossiers manquants ?

— Elle cherchait ces documents, j'en suis sûr, mais

peut-être pas pour la raison qu'elle nous a donnée. Connais-tu l'assistante dont elle nous a parlé ?

— Darla ? Elle travaille avec le Dr Nance depuis des années. Elle et moi étions au lycée ensemble. Nous sommes désormais en bons termes mais nous ne sommes pas amies.

— Penses-tu qu'elle accepterait de rendre un petit service à la protégée du Dr Nance ?

— À moi, tu veux dire ? Quel genre de service ?

— Nous devons récupérer la liste de ces patients.

— Pourquoi ? Qu'y a-t-il dans ces dossiers, à ton avis ?

— Je ne sais pas, mais le Dr Wingate ne me semble pas du genre à effectuer les tâches ingrates. Si elle s'inquiétait d'éventuelles violations de vie privée, pourquoi n'a-t-elle pas envoyé l'assistante chercher ces dossiers dans la cabane ? Et pourquoi venir ce soir alors qu'elle a appris leur disparition hier ?

— Je suppose que tu as une petite idée à ce sujet…

Le regard d'Adam se détourna soudain pour scruter les ombres derrière eux et Nikki sentit les poils de sa nuque se hérisser.

— Qu'y a-t-il ? As-tu vu quelque chose ? demanda-t-elle d'un ton anxieux.

— Non, mais nous ne devrions pas rester ici. Nous sommes trop exposés. Retournons au bateau.

Elle descendit rapidement les marches à sa suite.

— D'accord, quelle est ta théorie, alors ?

— Il y a peut-être quelque chose dans ces dossiers médicaux qu'elle ne veut pas que quelqu'un d'autre voie.

— Comme quoi ?

Ils étaient maintenant au bord du lac. L'eau clapotait doucement contre la berge.

— Je ne sais pas. La preuve d'une faute professionnelle, par exemple. Des cadeaux ou de l'argent reçus de laboratoires pharmaceutiques ou de compagnies d'assurances.

Ça peut être n'importe quoi. Lorsque le Dr Nance m'a appelé, il m'a dit qu'il avait sorti des dossiers et pris des notes. Tout était là, noir sur blanc, mais il voulait que je l'aide à en trouver le sens.

— Et tu crois qu'il parlait de ces dossiers médicaux ?

— Cela semble logique.

— Mais il ne t'a jamais rien dit sur le Dr Wingate, n'est-ce pas ? Il n'a même jamais fait allusion à une quelconque activité criminelle. Il a dit qu'il se passait quelque chose d'étrange à Belle Pointe. Quelque chose de sombre. Cela peut signifier tout, n'importe quoi ou rien du tout. Permets-moi de te faire remarquer que tu es en train d'intenter un procès d'intention au Dr Wingate à partir de trois fois rien.

Adam hocha la tête, reconnaissant que le reproche était fondé.

— Tu fais bien de jouer l'avocat du diable. Ça m'oblige à rester impartial. Cela dit, je n'accuse le Dr Wingate de rien. Pas encore, ajouta-t-il en frappant un moustique sur sa nuque. Mais reconnais qu'en tant que suspect, elle coche pas mal de cases. Creuser un peu me semble justifié.

Ils se turent lorsqu'ils entendirent une voiture démarrer. Nikki se retourna.

— On dirait qu'elle part. On devrait peut-être remonter. Nous n'avons pas eu la possibilité d'effectuer nos recherches.

— Laissons tomber pour ce soir. Je reviendrai demain pour jeter un coup d'œil.

Ils poussèrent le bateau à l'eau, s'y installèrent et s'éloignèrent sous le clair de lune. Nikki résista à l'envie de regarder par-dessus son épaule. Peut-être était-elle encore victime de son imagination mais elle sentait des regards sur elle et elle ne pouvait s'empêcher de se demander si quelqu'un les épiait dans l'ombre. Depuis la digue. Ou à travers la lunette de vision nocturne d'un fusil.

Elle poussa un soupir de soulagement quand ils accostèrent. Adam coupa le moteur et ils sautèrent sur le débarcadère. Elle surveilla les alentours pendant qu'il attachait l'embarcation.

— Vois-tu quelque chose ? demanda-t-il.

— Non. Le Dr Wingate est sans doute loin, maintenant. Tout semble assez calme. Mais…

Nikki s'interrompit en frissonnant.

— Qu'est-ce qui ne va pas ?

— J'ai l'impression que quelqu'un nous observe.

Elle regarda le lac, s'efforçant de se calmer.

Les mains sur la rambarde, il examina la rive opposée.

— Quelqu'un pourrait être là-bas. Mais peut-être subis-tu les conséquences d'une poussée d'adrénaline.

— Je connais la différence.

— Alors fais confiance à ton sixième sens, dit-il en se redressant. Comme nous commençons à déranger certaines personnes, la situation pourrait devenir dangereuse. Reste sur tes gardes.

— D'accord. Mais laisse-moi jouer l'avocat du diable une fois de plus et te rappeler que nous ne sommes même pas certains qu'il s'agit d'un meurtre. Nous ne savons encore rien.

— Ce n'est pas vrai. Nous savons que le Dr Nance m'avait demandé de venir ici et de m'intéresser à quelque chose qu'il avait découvert. Nous savons qu'il avait renoncé à son voyage à Houston et laissé des indices dans la reliure de ses livres. Nous savons que vingt-quatre heures après la découverte de son cadavre, quelqu'un m'a tiré dessus devant sa cabane et a tenté de m'écraser dans une rue animée. Certes, rien de tout cela ne prouve qu'il y a eu un meurtre. Pas encore. Mais il nous faut rester vigilants. Jusqu'à ce que nous en apprenions plus, nous devons considérer toute personne liée au Dr Nance comme un suspect, y compris le Dr Wingate et Dessie Dupre.

— C'est tellement déroutant de penser que quelqu'un que j'ai connu toute ma vie pourrait être son assassin, dit Nikki. Je repense à ce que tu disais à propos du mobile. Qui avait à gagner de la mort du Dr Nance ? Je me demande s'il serait possible de connaître les détails de son partenariat avec le Dr Wingate.

— Cela paraît difficile mais vois si l'assistante sait quelque chose lorsque tu lui parleras des dossiers. Sois discrète. Mettre la puce à l'oreille de quelqu'un trop tôt serait contre-productif. Mieux vaut cacher ton jeu. Et il ne faudrait pas être accusés de harcèlement.

— Je ferai de mon mieux.

Adam passa la main dans ses cheveux, un geste qu'il avait quand il était agité ou songeur. C'est drôle comme Nikki commençait à connaître ses petites habitudes ou manies. Elle se demanda ce qu'il avait appris d'elle.

Le clair de lune semblait approfondir son regard.

— Sais-tu qui d'autre que le Dr Wingate serait susceptible d'avoir unc clé de la cabane de pêcheur du Dr Nance ? reprit-il. Hier soir, quand j'étais à l'intérieur, j'ai eu l'impression que l'intrus, quel qu'il soit, connaissait les lieux.

Nikki haussa les épaules.

— Le Dr Nance faisait faire en permanence des travaux dans cette cabane ou dans sa maison de ville. Il adorait améliorer son cadre de vie. Il a pu confier une clé à un artisan quelconque. Le type qui t'a tiré dessus est peut-être le voleur qui a dérobé la montre et l'a cachée dans les Ruines.

— Pourquoi l'aurait-il laissée là pendant toutes ces années ?

— Par peur de se faire pincer. Tous les prêteurs sur gages du comté auraient alerté la police, à l'époque. Peut-être a-t-il préféré attendre que l'émotion autour de ce vol retombe et ensuite, il l'a oubliée. Mais les gens ne changent pas. Quand tu t'es rendu à la cabane, la mort du

Dr Nance alimentait déjà les conversations. Ton agresseur était peut-être allé là-bas pour voir ce qu'il pouvait y voler. Quand il t'a vu, il a paniqué.

— Il ne semblait pas du genre à paniquer, répliqua Adam.

Elle se tourna vers lui.

— As-tu une autre explication pour la montre ?

— Oui, mais je préfère la garder pour moi.

— Pourquoi ? Je croyais que nous étions dans le même bateau.

Il hésita.

— Laisse-moi un jour ou deux. Comme je l'ai dit, j'ai besoin de creuser.

— Tu ne penses quand même pas que le Dr Wingate a pris la montre, n'est-ce pas ?

— Elle cache quelque chose mais je doute que ça ait un rapport avec cette montre.

Nikki redevint silencieuse tandis qu'elle écoutait les bruits de la nuit. Une petite brise agitait les roseaux. Les crapauds et les engoulevents poursuivaient leur sérénade mélancolique. Par une si douce nuit d'été, il lui semblait presque obscène de parler avec désinvolture de l'éventualité que le Dr Nance ait été assassiné. Pire, qu'il l'ait été par un proche, en qui il avait confiance, quelqu'un qu'elle avait peut-être vu la veille.

Adam continuait de la dévisager au clair de lune. Intensément, pensa-t-elle. Elle se demanda s'il ressentait l'attirance qui l'envahissait. Avait-il éprouvé le même trouble qu'elle aux Ruines, lorsqu'ils s'y étaient croisés l'autre soir, après la découverte du cadavre, comme si le destin avait voulu leurs retrouvailles ? Cela dit, peut-être y avait-il une explication plus sombre à cet examen approfondi. Il lui avait dit avoir entendu parler des rumeurs qui couraient autrefois sur les Belle Pointe Five. Il lui avait assuré qu'il n'y avait jamais cru, mais sans doute s'était-il posé des questions. Peut-être que, inconsciemment, il s'interrogeait encore et envisageait la possibilité, aussi absurde qu'elle paraisse, que Nikki ait volé cette montre. Ou pire. Pour lui, toute personne liée au Dr Nance était suspecte. Sans doute l'incluait-il dans cette catégorie. Sinon, pourquoi se montrerait-il aussi évasif maintenant ?

Cette idée la glaça et ébranla sa confiance dans les liens de camaraderie qu'ils commençaient à tisser. Elle tenta de se rassurer en se disant qu'il ne lui aurait pas proposé de travailler avec elle s'il la croyait capable de meurtre. Mais quel meilleur moyen de garder un suspect à l'œil que de faire équipe avec lui ?

En quittant la ville pour entrer à l'université, elle avait tenté de tirer une croix sur son passé, mais soudain, ses vieux doutes et son manque d'assurance resurgissaient pour saper ses défenses, sa confiance en elle. Elle s'efforça de se raisonner, de se rappeler qu'elle n'était plus cette fille. Plus personne ne la regardait de travers ni ne colportait d'horribles rumeurs sur son compte. Pourquoi se mettre martel en tête ?

— Y a-t-il quelqu'un d'autre qui tirerait avantage de la mort du Dr Nance ? demanda Adam.

Elle s'interdit d'imaginer une question piège.

— Pas vraiment. Sa femme est morte depuis des années et ils n'ont pas eu d'enfants. D'après Lila Wilkes, il a un neveu à Atlanta et quelques cousins éloignés, mais il n'était proche d'aucun d'eux.

— Sais-tu s'il a déjà été poursuivi pour faute professionnelle ? Ou menacé de l'être par un patient ou un parent endeuillé ? Quelqu'un qui pourrait vouloir se venger, peut-être.

— Pas que je sache. Belle Pointe est une petite ville. Je suis sûre que j'en aurais entendu parler s'il y avait eu des problèmes de cette nature. Étant donné la position du

Dr Nance dans la communauté, cela aurait provoqué un scandale.

— Qu'en est-il des conflits commerciaux qui auraient pu mal tourner ?

Elle recommença à se détendre. Il posait des questions classiques, logiques. Il ne la soupçonnait de rien.

— Je ne sais rien à ce sujet.

— Des liaisons amoureuses ?

Elle fronça les sourcils.

— Tu es la deuxième personne à y faire allusion. Tom Brannon se demandait si le Dr Nance et Dessie n'auraient pas eu une relation, à une époque. J'ai vraiment du mal à l'imaginer. Je n'ai jamais rien vu d'autre que de l'amitié et du respect entre eux. Et encore maintenant, il m'est difficile de me représenter le Dr Nance dans une relation amoureuse. Ou même un flirt, d'ailleurs. J'ai toujours cru qu'il était encore fou de sa femme.

— C'est un peu naïf, répondit Adam. Je l'ai bien connu avant la mort de ma grand-mère. Il m'avait un peu parlé de son épouse. Il n'avait pas quarante ans quand elle est morte. Je suis sûr qu'il l'a profondément aimée mais il ne m'a jamais donné l'impression d'être prisonnier du passé. Manifestement, il avait tourné la page depuis longtemps. Il m'avait même parlé d'une de ses aventures qui s'était mal terminée.

— *Ses aventures ?* Au pluriel ? balbutia Nikki, abasourdie.

— En tout cas, il était loin de vivre comme un moine.

Elle le dévisagea, en état de choc.

— Insinues-tu que le Dr Nance multipliait les conquêtes ?

Adam sourit.

— Il ne l'a pas dit comme ça. Il m'a parlé d'une femme en particulier qui s'était révélée pénible sur la fin.

— Ne m'en veux pas, marmonna Nikki, mais ce que tu m'apprends me laisse sans voix…

— Pourquoi ? Il n'y a rien de choquant dans son comportement. C'était un homme, non ?

— Ce qui me choque, c'est que j'étais à mille lieues de l'imaginer. T'a-t-il donné un nom ?

— Non. C'était un gentleman.

— T'a-t-il dit pourquoi il regrettait ce qui s'était passé avec elle ?

— Quand il a mis fin à leur relation, elle l'a, paraît-il, harcelé pendant un certain temps. J'ai eu le sentiment qu'elle lui avait un peu pourri la vie.

Nikki le regarda, les yeux écarquillés, alors que quelque chose se mettait en place.

— Attends. Et tu penses que c'est cette femme, quelle qu'elle soit, qui lui a pris sa montre ?

— Je n'en suis pas certain. C'est une hypothèse. Comme je l'ai dit, je dois creuser un peu pour la vérifier.

— Et tu crois aussi qu'elle l'a tué ?

— Attends ! Je n'en suis pas là, non.

Nikki se félicita de l'obscurité qui dissimulait son expression embarrassée. Qu'était-elle allée imaginer ? Adam ne l'avait jamais soupçonnée. Bien sûr que non. Elle avait besoin de se ressaisir.

— Je ne sais pas quoi dire. D'abord, je découvre que Dessie Dupre a un amant secret et maintenant, j'apprends que le Dr Nance…

Elle repoussa ses cheveux en arrière, un geste qu'elle avait lorsqu'elle se sentait désarmée ou un peu perdue.

— Je n'arrive pas croire qu'il t'ait confié tous ces détails intimes sur sa vie. Il ne m'avait même pas dit qu'il songeait à prendre sa retraite.

— Parfois, il est plus facile de parler à un étranger qu'à un proche. Ne le prends pas pour toi.

— Je ne le fais pas.

Pourtant, elle ne pouvait s'empêcher d'éprouver des

remords et peut-être aussi un brin de jalousie. Pourquoi le Dr Nance n'était-il pas venu la voir alors qu'il avait besoin d'aide ? Pourquoi ne lui avait-il pas parlé des problèmes qu'il avait rencontrés à la clinique ? Absorbée par sa propre vie, lui avait-elle donné l'impression qu'elle n'avait pas de temps à lui consacrer ?

Elle secoua la tête.

— Quelqu'un voulait lui nuire, même si je n'en reviens pas. Je me demande ce qu'il ne m'a pas dit d'autre.

— C'était il y a longtemps, dit Adam. Peut-être étais-tu déjà partie à l'université quand il a vécu cette histoire. De plus, tout le monde a des secrets.

Nikki détourna la tête, décontenancée une fois de plus par l'intensité de son regard. Elle avait très envie de l'interroger sur ses secrets à lui mais elle ne voulait pas qu'il s'intéresse aux siens.

— Je dois y aller.

— Rien ne presse.

— Il est tard, la journée a été dure et je suis fatiguée. Je suis sûre que toi aussi.

— Nikki ?

La façon dont il prononça son nom la troubla. Son cœur s'accéléra dans sa poitrine. Quand il planta les yeux dans les siens, un essaim de papillons envahit son ventre.

— Oui ?

Il hésita un long moment.

— Fais attention en rentrant. Peut-être devrais-je t'escorter jusque chez toi.

Était-elle déçue ou soulagée que la soirée se termine ainsi ?

— Merci. Ta sollicitude me touche mais ça ira, ne t'inquiète pas. On se tient au courant, d'accord ? Demain, c'est dimanche. Je serai à la maison toute la journée. Peut-être pourrions-nous nous retrouver quelque part pour convenir des détails de notre collaboration. Si tu veux vraiment que nous enquêtions ensemble.

— Je t'appellerai.

Elle sentait ses yeux sur elle alors qu'elle montait les marches. Elle s'ordonna de continuer sa progression.

Ne te retourne pas. Ne lui montre pas qu'il t'intéresse. Il était bien trop tôt pour baisser sa garde.

Elle attendit d'être en haut de l'escalier pour le regarder par-dessus son épaule.

10

Le lendemain matin, Adam se rendit en ville, un plan en tête. Les rues étaient paisibles et ce calme s'amplifia lorsqu'il quitta le centre-ville pour traverser un quartier résidentiel huppé. Les maisons, anciennes pour la plupart, étaient très différentes les unes des autres. Tous les styles – colonial, victorien, contemporain – y étaient représentés. Il y avait même quelques ranchs immenses. Les propriétés étaient bien entretenues, les pelouses tondues à la perfection.

Il localisa la belle demeure du Dr Patience Wingate et passa deux fois devant pour s'assurer qu'il était à la bonne adresse. Il se gara alors au bout de la rue et baissa sa vitre, laissant la brise douce et parfumée de la matinée envahir l'habitacle.

Dans un quartier aussi tranquille, il se ferait vite repérer s'il restait trop longtemps au même endroit. Ses lunettes de soleil et sa casquette de base-ball n'offraient qu'un camouflage limité. Il ne savait pas très bien ce qu'il espérait en espionnant sa maison. Mais il avait pris l'habitude de se fier à son intuition. La veille au soir, il avait été certain que Patience Wingate cachait quelque chose et cette impression s'était tellement intensifiée dans la nuit qu'il s'était réveillé ce matin en proie à un sentiment d'urgence.

Trouver où elle habitait n'avait pas posé de problème. Il n'avait même pas eu à solliciter l'aide de l'un de ses anciens collègues de la Crim de Dallas. Une simple recherche sur Internet avait suffi. Il avait emporté des boissons dans une petite glacière et maintenant, il grignotait des cacahuètes tout en s'efforçant de ne pas attirer la curiosité du voisinage.

Une heure s'écoula, puis deux. Il fit le tour du pâté de maisons et se gara, cette fois entre deux véhicules dans l'espoir qu'ils le dissimuleraient des regards. Il commençait à faire chaud dans la voiture. Il prit une bouteille d'eau dans la glacière et jeta ses dernières cacahuètes par la vitre ouverte. Une nuée de merles délaissèrent les fils électriques où ils s'étaient regroupés pour venir les picorer.

Vers 10 heures, le Dr Wingate vint ramasser le journal sur le trottoir. Elle inspecta brièvement les alentours avant de regagner la maison. Elle s'installa à l'ombre de son porche pour parcourir les gros titres. Adam l'observa avec ses jumelles. Vêtue d'un élégant pantalon noir et d'un corsage blanc sans manches, chaussée de sandales, elle semblait sur le point de sortir. Sa tenue chic, comme ses bijoux en or, prouvaient un certain train de vie, pensa-t-il. Il tenta de l'imaginer attirant le Dr Nance sur le lac, le poussant du bateau et lui maintenant la tête sous l'eau mais l'image collait mal avec la femme tirée à quatre épingles qu'il était en train d'espionner.

Alors qu'elle se trouvait encore sur sa balancelle, elle reçut un appel sur son portable. La conversation parut la bouleverser. L'appareil collé à l'oreille, elle arpenta le porche, s'arrêtant un instant pour balayer la rue des yeux. Lorsqu'elle se tourna dans sa direction, Adam s'affaissa sur son siège. Le regard du Dr Wingate s'attarda un peu trop longtemps sur lui et elle pivota brusquement sur ses talons pour retourner à l'intérieur, laissant son journal dehors.

Une autre heure passa et, gagné par l'ennui, Adam se rappela à quel point il détestait être en planque. À midi, le quartier s'anima. Les gens se mettaient à jardiner, à promener leurs chiens ou revenaient du marché ou de l'église. Adam s'octroya une petite pause pour aller acheter des plats à emporter. Quand il revint, il prit une autre place de stationnement qui lui offrait un nouvel angle de vue sur la maison. Tout semblait calme.

Il mangea son hamburger et sirota son Coca en se demandant ce qu'il allait faire ensuite. Il avait décidé de faire le guet devant chez elle en sachant qu'il avait peu de chances d'aboutir. Il fallait parfois des jours, voire des semaines ou des mois, pour qu'une surveillance donne des résultats. Si le Dr Wingate cachait vraiment quelque chose de répréhensible, elle veillerait à ne pas dévoiler son jeu trop vite. Pourtant, derrière ses grands airs, Adam avait senti un certain désespoir, la veille au soir. Quoi qu'il y ait dans ces dossiers médicaux, elle semblait avoir hâte de les récupérer et de les passer à la broyeuse pour s'assurer que personne ne les verrait. Voilà pourquoi elle n'attendrait sans doute pas longtemps pour agir.

Il restait assis là à réfléchir lorsque la porte du garage s'ouvrit. Une BMW bleu foncé apparut. Adam fourra rapidement sa canette vide dans le sac plastique, démarra et attendit qu'elle s'éloigne pour la suivre.

Les rues étant quasi désertes, il lui laissa du champ. Elle s'arrêta deux fois dans le centre-ville. D'abord, devant un café qui vendait des boissons à emporter et un peu plus tard, à un distributeur de billets.

La chaleur devenait écrasante. Le soleil brûlant transformait l'habitacle en sauna et Adam poussa le climatiseur à fond. Il fit attention à garder une distance de sécurité. Prendre quelqu'un en filature sans se faire remarquer était plus difficile que les séries policières le laissaient penser, surtout en plein jour un dimanche après-midi, quand la circulation était fluide. Il la laissa le distancer, préférant risquer de la perdre que d'être repéré.

Elle quitta la ville et s'engagea sur la voie express, en direction du lac. Adam crut d'abord qu'elle retournait à la cabane de pêcheur du Dr Nance mais elle n'emprunta pas la sortie Lake Road. Au lieu de cela, elle continua de rouler et prit de la vitesse jusqu'à ce qu'il n'ait d'autre choix que de renoncer à la suivre pour ne pas se faire voir.

Parvenu à une quinzaine de kilomètres de la ville, il fut certain de l'avoir perdue. Il accéléra, doubla un couple de retraités qui se traînait dans une berline et une camionnette qui dégageait une épaisse fumée noire. Il n'avait aucune idée de l'endroit où Patience Wingate avait pu aller. Il n'y avait pas grand-chose par là, mis à part la pinède et les marécages. Ils étaient littéralement au milieu de nulle part. Peut-être avait-elle de la famille dans le coin. Cela semblait peu probable mais Adam doutait qu'elle soit sortie pour une simple balade dominicale.

Il ralentit, se demandant s'il devait faire demi-tour ou continuer à la chercher. Il avait encore du temps devant lui avant de passer chez Nikki. Elle avait occupé ses pensées toute la matinée et il avait hâte de la revoir. Peut-être un peu trop, d'ailleurs.

Son attirance pour le médecin légiste compliquait inutilement la situation. Il n'était pas du genre à enchaîner les histoires d'amour. Avant de tomber amoureux de Stephanie Chambers, il n'aurait jamais imaginé pouvoir s'installer avec une femme, avoir des enfants et une petite maison en banlieue. Des années durant, il avait évité les relations sérieuses. Stephanie avait été l'exception. Il avait estimé à l'époque qu'elle valait la peine de prendre le risque… et voilà où cela l'avait mené.

Il ne se leurrait pas. Il savait qu'il n'était pas remis de leur rupture. Pas complètement. Il éprouvait encore, de temps en temps, des bouffées d'amertume et de regret. De moins en moins souvent, certes, mais il ne se sentait pas prêt à retenter l'aventure avec une autre. Il traînait trop de casseroles derrière lui. Le mieux était de rester tranquille un moment…

Là !

Il aperçut la BMW qui s'éloignait sur un chemin de terre, un nuage de poussière dans son sillage. Il freina et se rabattit sur le bas-côté, attendant qu'elle disparaisse dans un virage pour la suivre.

Des pins longeaient l'étroite route, formant une voûte végétale, des ronces avaient envahi les fossés et Adam eut vite l'impression de rouler dans un tunnel vert. Cinq cents mètres plus loin, il arriva devant une enceinte grillagée. Trois panneaux peints à la main y étaient accrochés. L'un d'eux indiquait :

CASSE AUTOMOBILE.

Sur un autre était écrit :

PROPRIÉTÉ PRIVÉE.
VOUS ENTREZ À VOS RISQUES ET PÉRILS.

Et sur le dernier, il lut :

CHIENS MÉCHANTS.

Il fit marche arrière pour se garer sous les arbres. Après avoir dissimulé son véhicule du mieux possible, il revint à pied jusqu'à la clôture. La porte n'en était pas verrouillée et il pénétra à l'intérieur. Il s'arrêta un instant, tendit l'oreille. L'endroit semblait tranquille. Il entendit des aboiements au loin avant qu'une voix sévère ordonne aux chiens de se taire. Il s'assura que son arme était chargée, la glissa à sa ceinture et remonta prudemment l'allée.

Veillant à rester sur le bas-côté, à l'ombre des pins, il parvint bientôt à une autre grille, derrière laquelle se trouvait la BMW bleue. Il s'éloigna, se cachant dans le sous-bois pour explorer les lieux avant de s'aventurer plus avant.

Des épaves de voitures de toutes marques et de tous modèles, certaines aplaties et empilées en tas précaires, jonchaient le terrain. Sur la droite, un ensemble hétéroclite d'appareils électroménagers rouillés côtoyait de vieilles machines agricoles dézinguées. Deux hangars métalliques se faisaient face, près du grillage. Le plus petit, fermé sur tous les côtés, servait sans doute de bureau. Le grand abritait des outils et du matériel.

À l'arrière, Adam devina le toit d'une maison à moitié enfouie dans la végétation et se demanda si c'était là que se rendait le Dr Wingate. Malgré la présence de sa voiture, il avait du mal à l'imaginer en affaires avec un ferrailleur.

Les chiens avaient repéré son odeur et devenaient enragés. Adam ne pensait pas qu'ils parviendraient à sauter par-dessus la clôture mais, par prudence, il recula de quelques pas. Le concert d'aboiements hargneux monta en un crescendo féroce jusqu'à ce qu'un homme massif sorte pour leur crier un ordre. La meute se calma aussitôt. La taille et la corpulence du type lui firent penser au tireur qui l'avait pris pour cible devant la cabane de pêcheur du Dr Nance. Il se remémora l'impact de ce gros corps lorsqu'il s'était jeté sur lui.

L'homme promena les yeux autour de lui avant de disparaître à l'intérieur.

Comme les chiens ne s'étaient pas précipités sur lui, Adam comprit qu'ils étaient attachés ou parqués dans un chenil. Il s'avança à pas de loup jusqu'à l'enceinte grillagée, vers les hangars. De loin, il aperçut deux silhouettes qui allaient et venaient dans le bureau. Les bergers allemands étaient sans doute bien dressés ou peut-être effrayés parce qu'ils ne se manifestèrent pas. Alors qu'ils avaient forcément senti son odeur.

Adam hésita à en rester là et à s'en aller. Dans l'immédiat, il ne pouvait rien faire de plus. Mais il ne réussissait pas à faire taire la petite voix insistante dans sa tête qui le poussait à se rapprocher. Pourtant, la cicatrice sur son crâne se remettait à piquer comme pour lui lancer un avertissement. Il sortit du couvert des arbres, veillant à rester près du sol, et escalada rapidement la clôture. Quand il tomba avec un bruit sourd de l'autre côté, il entendit des grognements monter du chenil. Sans s'y arrêter, il traversa la cour en courant pour se mettre à l'abri à l'arrière du bâtiment.

Plaqué contre la petite structure métallique, il retint son souffle, attendant de voir si la meute réagirait à sa présence. Rien. Plus d'aboiements. Il n'entendait plus aucun bruit, hormis des voix étouffées à l'intérieur du petit hangar. Il s'approcha à pas de loup de la fenêtre. Deux personnes se trouvaient à l'intérieur. Le Dr Wingate se tenait dos à la porte, permettant à Adam de la voir de profil. Elle semblait se disputer avec l'homme qui était sorti, un instant plus tôt, pour calmer les chiens.

Les mains sur le bureau, celui-ci se pencha vers elle, une expression menaçante sur le visage. Le Dr Wingate résista un moment avant de reculer. L'homme se redressa en ricanant.

Des insultes furent échangées avant que le Dr Wingate tire une épaisse enveloppe de son sac et la lui jette à la figure. Il attrapa le paquet, en vérifia le contenu tout en gardant un œil sur elle. Apparemment satisfait de ce qu'elle lui avait remis, il s'assit sur la chaise et posa les pieds sur le bureau.

Le Dr Wingate se tourna alors vers la porte et Adam s'accroupit avant de se glisser derrière le hangar pour la regarder sortir. Elle descendit l'allée à grands pas, monta dans sa BMW et claqua la portière avec colère avant de démarrer et de s'éloigner sur la route poussiéreuse.

Adam promena les yeux autour de lui. Il s'apprêtait à

s'élancer vers la clôture quand il remarqua sur sa gauche un véhicule qui lui parut familier. Le vieux camion de livraison recouvert d'une bâche était garé derrière les piles d'épaves écrasées. Il s'avançait pour l'examiner lorsqu'il s'arrêta brusquement. Il comprit que, inconsciemment, son cerveau avait enregistré quelque chose et le prévenait d'un danger.

Lentement, il se retourna. Le chenil était vide.

Nikki passa une grande partie de la matinée à désherber son jardin et à tailler les haies mais vers midi, la chaleur l'obligea à se réfugier à l'intérieur. Elle se doucha et se changea puis tourna en rond dans la maison, un peu désœuvrée. Elle hésita à appeler Adam pour lui proposer de la retrouver quelque part mais elle ne voulait pas paraître trop impatiente de le voir. Ce qui, vu le contexte, n'avait vraiment aucun sens. Tous deux étaient professionnels et puisqu'elle avait l'intention de l'embaucher comme enquêteur suppléant au bureau du légiste, ils seraient amenés à rester en contact étroit. Si, chaque fois qu'elle l'appelait, il lui fallait s'inquiéter de ce qu'il risquait de penser, elle ne s'en sortirait pas. De plus et surtout, l'enquête sur la mort du Dr Nance devait être *son unique* sujet de préoccupation, *sa seule* priorité.

Tout cela était bien joli mais Nikki savait qu'en réalité, ses sentiments personnels allaient fatalement compliquer la situation. Son double destructeur, ce côté sombre et maléfique, était toujours tapi au fond de son être. La petite fille qui avait vu sa mère partir et compris alors qu'elle ne comptait pas assez pour la retenir, était toujours là. Depuis cette douloureuse prise de conscience, Nikki avait tout fait pour ne plus jamais être en position de revivre une telle détresse. Au lycée et à l'université, elle avait dressé des barrières autour d'elle et veillé à rester à distance des autres. Maintenant encore, elle avait peu d'amis et ne voyait pas grand monde. Ses relations amoureuses étaient plus rares encore. À l'occasion, elle était sortie avec quelques hommes mais dès que les choses étaient devenues trop sérieuses, elle s'était enfuie pour ne pas risquer de souffrir.

Elle quittait avant d'être larguée.

La veille au soir, quelque chose s'était passé sur le débarcadère avec Adam. Quelque chose qu'elle n'avait pas vu venir ni pu éviter. Bien sûr, elle avait tenté de minimiser ses émotions, de se convaincre que cette petite flamme n'était rien de plus que les retombées d'une décharge d'adrénaline. En réalité, ce n'était pas l'attirance physique qui l'effrayait. Elle avait l'intuition que derrière les brefs sourires et les longs regards se cachait quelque chose de plus profond. Et cela la terrifiait.

Elle ne pouvait s'empêcher de se demander comment Adam était au lit. Et, s'ils couchaient ensemble, s'il lui serait facile de s'en aller ensuite, de le quitter.

Qu'elle se pose une telle question était en soi un avertissement. Fallait-il qu'elle soit masochiste pour s'imaginer avec un homme qui partirait une fois l'enquête terminée ou dès que son ancienne vie lui ferait signe de revenir ?

Pour le moment, ils étaient sur la même longueur d'onde à propos de la mort du Dr Nance. L'absence de preuves et le peu d'indices liaient les mains de Tom Brannon mais Adam n'avait pas à se plier aux règles qui contraignaient l'action d'un shérif. Il était à Belle Pointe temporairement, plus ou moins en franc-tireur, et n'avait pas à se soucier de prendre des gants lorsqu'il interrogeait quelqu'un. Être employé au bureau du médecin légiste lui donnait une certaine légitimité mais Nikki se doutait qu'avec ou sans son aide, il aurait mené l'enquête.

Elle non plus n'était pas du genre à renoncer, surtout

après avoir trouvé un indice dans le bureau du Dr Nance qui ne pouvait que lui être destiné. À eux deux, Adam et elle parviendraient à reconstituer ce qui s'était passé sur le lac, le jour de la mort du Dr Nance. Ils interrogeraient les uns et les autres jusqu'à ce que la vérité éclate.

Dans ce but, Nikki décida de retourner voir Dessie Dupre. Elle ne savait pas si elle arriverait à lui tirer les vers du nez, à la faire parler de sa vie personnelle. Jusqu'ici, la gouvernante du Dr Nance avait réussi avec brio à garder secrète sa relation avec Clete. Pourtant, Dessie avait de l'affection pour elle et Nikki était persuadée qu'avec un peu de doigté, elle pourrait l'amener à se confier. Elle se reprochait de jouer double jeu mais, en tant que médecin légiste et amie du Dr Nance, sa priorité était évidemment la justice.

De plus, rendre visite à Dessie lui donnait une bonne excuse pour sortir de chez elle et cesser de se demander pourquoi Adam Thayer ne l'avait pas appelée.

Tu vois ? C'est la raison pour laquelle tu as intérêt à garder tes distances. L'incertitude est source d'insécurité.

Faisant fi de ses doutes, elle téléphona à Dessie pour s'assurer que cette dernière serait là et disposée à la recevoir. Dessie eut l'air si contente de l'entendre que Nikki culpabilisa tout au long du chemin. Une fois de plus, elle se répéta que, quoi qu'elle ait entendu l'autre soir, Dessie n'aurait jamais fait de mal au Dr Nance. Avoir un petit ami – même du genre faux jeton – ne la rendait coupable de rien, sauf peut-être d'avoir un goût douteux en matière d'hommes.

Quand Nikki arriva, elle aperçut un élégant cabriolet, un modèle de collection datant des années 1950, garé dans l'allée. Rouge et clinquant, il en mettait plein la vue, même de loin. Les voitures de collection n'étaient pas la spécialité de Nikki, loin de là, mais il n'était pas nécessaire d'être expert pour deviner que ce petit bijou avait dû coûter une fortune.

Son propriétaire avait laissé la capote repliée, comptant sans doute sur l'ombre d'un chêne pour protéger le cuir et l'intérieur en marqueterie des méfaits du soleil. Nikki fit le tour du véhicule, caressant l'une des ailes, admirant les finitions. Elle n'avait jamais vu ce cabriolet mais c'était le genre de bijou que l'un des copains de pêche du Dr Nance possédait peut-être. Sans doute appartenait-il à une personne venue présenter ses condoléances. Dans le doute, après avoir jeté un bref coup d'œil à la maison pour s'assurer que personne ne la regardait, elle photographia la plaque d'immatriculation à l'aide de son smartphone.

Elle gravit les marches du porche et sonna. Dès qu'elle ouvrit la porte, Dessie la prit dans ses bras pour l'embrasser avec une chaleur toute maternelle. Les délicieuses odeurs de cannelle et de vanille qui s'échappaient de la cuisine ramenèrent Nikki à son adolescence. Les gâteaux de Dessie l'avaient toujours réconfortée lorsque les réflexions cruelles de sa grand-mère la chassaient de la maison familiale.

Dessie la serra un long moment contre elle puis l'écarta et la tint pour l'examiner.

— Tu as l'air fatiguée, ma chérie. Comment vas-tu ? Tiens-tu le coup ?

— C'est moi qui devrais vous poser cette question.

Dessie soupira.

— Je n'arrive toujours pas à croire qu'il est mort.

— Je sais. Cela a été un choc pour tout le monde. J'aurais dû venir plus tôt, mais je…

— Tu n'as pas à t'excuser. Je sais que tu es très occupée. Tu es médecin légiste, tu ne chômes pas. J'imagine comme il a dû être difficile pour toi de le voir comme ça.

— C'était douloureux, oui.

— Je ne sais pas comment tu pourras t'en remettre, reprit

Dessie. Pourtant, aussi horrible que cela ait été pour toi, savoir que tu étais avec lui m'a réconfortée. Je savais que tu veillerais à ce qu'il soit traité avec le respect qui convient.

Nikki eut du mal à déglutir.

— Bien sûr.

— Je n'en ai jamais douté, pas un instant.

Avant de poursuivre, Nikki choisit ses mots avec soin.

— En fait, je suis passée hier soir pour vous voir. Toutes les lumières étaient éteintes et je me suis demandé si vous n'étiez pas partie quelques jours chez votre sœur.

Une lueur de perplexité brilla dans les yeux de Dessie. Ou de peur ?

— Hier soir, dis-tu ? Vers quelle heure ?

— Après la tombée de la nuit.

— Tu as sonné ?

— Non. Comme les lumières de votre studio étaient éteintes, elles aussi, j'ai pensé que si vous étiez là, vous vous reposiez, et je ne voulais pas vous déranger, mentit Nikki.

Dessie fit mine de réfléchir, de se remémorer sa soirée.

— J'étais peut-être au bord de la piscine. Quand il fait chaud, le soir, je m'assieds parfois avec les pieds dans l'eau pour admirer le ciel étoilé. Et si j'avais allumé la radio, je ne t'ai probablement pas entendue monter. Ce n'est pas grave, de toute façon. Je suis contente que tu sois ici maintenant.

Nikki réussit à sourire. Pourquoi n'interrogeait-elle pas directement Dessie à propos de son compagnon ? Elle ne savait pas très bien d'où venait cette réserve mais, d'instinct, elle préférait faire preuve de prudence. *Du tact et de la finesse, tu te souviens ? Laisse-la parler.*

Manipuler une brave femme qui l'avait toujours traitée avec gentillesse semblait condamnable mais Nikki ne pouvait pas faire comme si elle n'avait rien vu, rien entendu. Le Dr Patience Wingate n'était pas la seule personne proche du Dr Nance à avoir quelque chose à cacher.

Comme si elle devinait le malaise de Nikki, Dessie lui serra la main.

— Nous n'allons pas nous mettre à pleurer, d'accord ? Le Dr Nance aurait détesté nous voir ainsi. Il aurait voulu que nous nous souvenions des moments heureux.

— Je sais. Et j'ai tellement de bons souvenirs de lui, ici.

— Je me rappelais justement la façon dont vous vous asseyiez tous les deux sur la terrasse dès que la nuit tombait pour guetter les éclairs de chaleur. C'était votre rituel. Chaque année, au début de l'été, c'était à qui en verrait un le premier.

— Vous nous apportiez du thé sucré et des cookies au gingembre. Parfois, vous nous faisiez écouter un des disques vinyles de sa collection. Je me souviens encore des notes de musique qui sortaient par les fenêtres ouvertes.

— Après un moment, il se mettait à raconter des histoires de l'époque où il était étudiant en médecine. Certaines te terrifiaient. Comme la fois où quelqu'un avait mis un squelette dans son lit. Je revois ta tête ! dit-elle en riant.

— C'était un grand conteur, dit Nikki. Et un grand bonhomme.

— C'est sûr…

Dessie prit un air songeur, apparemment perdue dans le passé. Nikki en profita pour l'observer discrètement. La gouvernante était habillée d'une robe bleu marine toute simple, cintrée à la taille avec une ceinture blanche, une tenue qu'elle mettait pour se rendre à l'église. Elle s'était légèrement maquillé les yeux et avait planté un peigne en nacre dans ses boucles épaisses. Nikki avait toujours admiré la douce beauté de Dessie. Elle ne faisait pas son âge. Même si elle avait la cinquantaine, sa peau était toujours souple, sa silhouette élancée, et seules quelques mèches argentées prouvaient qu'elle n'était plus de prime jeunesse. Il était difficile de faire concorder la jolie femme sans prétention que Nikki avait connue toute sa vie avec la sirène sensuelle qu'elle avait surprise au bord de la piscine, la veille au soir.

Elle dut l'étudier trop longtemps et avec trop d'attention parce que Dessie porta soudain les mains à sa gorge.

— Mon Dieu, Nikki. Pourquoi me regardes-tu ainsi ? Quelque chose ne va pas ?

Nikki s'efforça de se rattraper.

— Quoi ? Non ! Je suis désolée. Je me disais que vous étiez particulièrement en beauté, aujourd'hui.

Le sourire triste de Dessie revint sur ses lèvres.

— Tu es gentille, tu l'as toujours été. Je n'ai jamais compris comment tes parents avaient pu t'abandonner.

— Apparemment, ils avaient besoin de plus dans la vie pour être heureux. Être mes parents ne leur suffisait pas.

— Ils se sont comportés en imbéciles et en égoïstes. Mais ne gaspillons pas notre salive à parler de ces deux minables. Viens, dit-elle en prenant le bras de Nikki pour l'entraîner. Allons à l'intérieur, là où il fait frais. Nous avons beaucoup à nous dire et j'ai de la limonade au frigo. Et des cookies aussi, si tu as faim. Beaucoup de gens ont débarqué après la messe mais ils sont tous partis, maintenant. Nous avons la maison pour nous seules. Enfin, presque.

— Vous avez sans doute eu votre dose de visites, dit Nikki. Êtes-vous sûre d'avoir envie que je reste ?

— Tu n'es pas en visite. Tu es de la famille.

Dessie poussa la porte, jeta un coup d'œil à l'intérieur puis se tourna vers Nikki.

— Je dois te prévenir que l'avocat du Dr Nance est là. Il est passé apporter des papiers. Rien d'important. Une petite affaire à régler dont il s'occupe pour moi.

Ses doigts glissèrent à nouveau sur son décolleté.

— Nous avons terminé et il s'apprêtait à s'en aller.

— Je ne veux pas vous interrompre, dit Nikki en suivant Dessie à l'intérieur. Je peux revenir plus tard.

— Non, non, il n'en est pas question. Il sera content de te saluer. Le Dr Nance lui a tellement parlé de toi.

— Eh bien, dans ce cas…

Comme toujours, la maison était un havre de fraîcheur qui tranchait avec la chaleur implacable du Texas. Le mobilier était somptueux et de nombreuses œuvres d'art ornaient les murs. Elles allaient des aquarelles d'artistes locaux à des photographies encadrées de la campagne environnante. Les livres étaient soigneusement empilés sur les étagères et sur la table basse. Nikki aurait voulu les examiner de plus près pour voir si l'un des titres se démarquait mais déjà, Dessie l'entraînait vers la cuisine.

— Que de souvenirs, murmura Nikki. J'ai toujours adoré cette demeure. Je l'ai longtemps considérée comme mon petit paradis terrestre.

Dessie lui serra le bras avec émotion.

— Le Dr Nance aurait été si heureux de te l'entendre dire. C'est dommage que lui et Mlle Audrey n'aient jamais pu la remplir d'enfants. Tous les deux rêvaient d'une progéniture mais le destin en a décidé autrement… Et lorsque la malheureuse a été emportée par un cancer alors qu'elle était si jeune, il en a été anéanti. Je n'ai jamais compris pourquoi le sort s'était ainsi acharné sur lui. Pourtant, malgré toutes ces épreuves, je ne l'ai jamais entendu se plaindre. Il était un exemple pour nous tous. « Vis chaque jour comme il vient. Nul ne sait jamais ce que nous réserve l'avenir », c'était sa devise.

— C'est vrai.

Nikki la suivit à travers la salle à manger jusqu'à la grande cuisine qui donnait sur la piscine. Un homme vêtu d'un pantalon anthracite et d'un pull blanc était assis à la table du petit déjeuner, une mallette ouverte devant lui. Alors qu'elles entraient, il en referma le couvercle et se leva.

Nikki se figea et son cœur s'accéléra dans sa poitrine. Elle n'en était pas totalement sûre mais elle crut reconnaître l'homme qu'elle avait vu avec Dessie, la veille au soir.

L'affreux petit ami de Dessie était-il l'avocat du Dr Nance ?

11

Dessie passa un bras autour des épaules de Nikki.

— Maître Darnell, j'aimerais vous présenter le Dr Nikki Dresden. Je suis sûre que vous avez entendu le Dr Nance dire tout le bien qu'il pensait d'elle.

— Oui, en effet, répondit-il d'une voix mielleuse.

Il tendit la main et Nikki fut obligée de lui offrir la sienne.

— Il m'a tant parlé de vous que j'ai l'impression de vous connaître déjà, docteur, ajouta-t-il. Ou puis-je vous appeler Nikki ?

— Si vous voulez, dit-elle avec raideur.

Il lui serra fermement la main.

— Cletus Darnell. Mes amis me surnomment Clete.

Âgé d'une quarantaine d'années, il dégageait un charme trouble avec son sourire facile et son air désinvolte étudié. Ses cheveux noirs gominés en arrière soulignaient des yeux bleus, des lèvres fines et un nez légèrement busqué. Nikki l'aurait sans doute qualifié de bel homme sans la suffisance qui se devinait derrière la bonhomie de façade et sans son regard calculateur.

Au souvenir de la manière dont il avait parlé du Dr Nance, la veille au soir, Nikki retira sa main.

— Dessie me dit que vous êtes l'avocat du Dr Nance, Clete. Je suis surprise de n'avoir jamais entendu parler de vous, ajouta-t-elle froidement. Qu'est-il arrivé à Me Townsend ?

— Il a pris sa retraite, il y a quelques mois, répondit Dessie. Me Darnell a racheté son cabinet à Belle Pointe. Il a également un bureau à Longview.

— Vous devez être très occupé, remarqua Nikki.

— « Le travail éloigne de nous trois grands maux : l'ennui, le vice et le besoin », cita-t-il avec un sourire charmeur tout en cherchant dans sa mallette une carte de visite. Tenez… Si un jour vous avez besoin de mes services.

— Merci, mais j'ai déjà un avocat.

— Gardez-la quand même. On ne sait jamais.

— Vous avez raison, dit-elle en empochant le carton de bristol. Quand avez-vous repris le cabinet de Townsend ?

— Au printemps dernier. En mai, pour être précis.

— C'est drôle, je ne me souviens pas de vous avoir déjà vu en ville. Est-ce votre voiture garée dans l'allée ? Si j'avais croisé un si beau cabriolet, je ne l'aurais certainement pas oublié.

— Ce n'est pas mon véhicule habituel, dit-il. Je le garde pour les grandes occasions.

— Et aujourd'hui est une grande occasion ?

— Bavarder avec deux charmantes jeunes femmes par un beau dimanche en fait un jour exceptionnel, oui, répondit-il.

Se remémorant soudain la raison officielle de sa venue, il prit une mine de circonstances.

— Je vous présente toutes mes condoléances, Nikki. Je sais que le Dr Nance vous considérait comme un membre de sa famille. Dessie aussi.

— Merci, dit Nikki. Nous étions justement en train de nous rappeler à quel point c'était un homme formidable.

— Je ne le connaissais pas bien mais je l'appréciais beaucoup. Il avait toujours de bonnes histoires à raconter.

— Quand l'avez-vous vu pour la dernière fois ? s'enquit-elle.

Clete se tourna vers Dessie avant de revenir vers elle.

— Pardon ?

— Vous avez dit que vous l'appréciez beaucoup. J'imagine donc que vous l'aviez rencontré en plusieurs occasions. Et je vous demandais quand vous l'aviez vu pour la dernière fois.

— Il est venu à plusieurs reprises au cabinet quand j'ai racheté l'étude, dit Clete. J'avais pris la peine de contacter tous les clients de Me Townsend pour les encourager à mettre à jour leur testament, ce genre de choses. Vous seriez surprise du nombre de gens qui négligent de le faire.

— C'est compréhensible, répondit Nikki. Personne n'aime penser à sa future disparition.

— Et pourtant, en tant que médecin légiste, vous êtes confrontée chaque jour aux décès, qu'ils soient le résultat d'accidents, de l'âge ou de la maladie... ou même, de meurtres. J'imagine que vous avez dû vous charger de cas horribles qui vous empêchent de dormir la nuit.

Il dit cela d'un ton désinvolte mais Nikki aurait juré qu'un soupçon de sarcasme teintait sa voix. À moins qu'il ne s'agisse d'une menace à peine voilée ?

Elle se remémora la silhouette qu'elle avait aperçue dans son arrière-cour pendant l'orage, l'autre soir, et le vieux camion qui était passé dans sa rue, peu de temps après. Elle doutait que Clete Darnell ait quoi que ce soit à voir avec l'un ou l'autre mais elle ne parvenait pas à dissiper son malaise. En tant qu'avocat du Dr Nance, il était forcément au courant de sa situation personnelle et financière. Peut-être l'avait-il encouragé à réviser son testament avant de s'introduire, mine de rien, dans la vie de Dessie Dupre.

Nikki soutint son regard.

— Certaines morts m'empêchent de dormir, en particulier celles qui ne s'expliquent pas. Mais de toute façon, j'ai toujours eu le sommeil léger. Le simple bruit d'un vieux camion qui passe dans la rue me réveille... C'est pour vous dire !

Le sourire de Clete vacilla.

— Peut-être devriez-vous déménager pour un quartier plus calme.

Dessie, qui était restée silencieuse, se contentant d'écouter leur échange, intervint soudain et lança avec reproche :

— Seigneur ! Quelle conversation ! Que vous arrive-t-il ?

— Il semble que nous ayons un peu dérivé du sujet initial, reconnut Clete.

L'expression de Dessie semblait tendue.

— Pourquoi ne pas nous asseoir ? proposa-t-elle. Je vais chercher la limonade.

— Pas pour moi, dit-il. Je dois y aller. Je vous laisse bavarder toutes les deux. Je ne veux pas abuser de votre temps.

Il se tourna vers Nikki.

— En principe, je ne travaille pas le dimanche mais j'étais en ville pour d'autres affaires et comme je serai absent du bureau pendant quelques jours, j'ai préféré passer. Pour que Dessie n'ait pas à s'inquiéter.

Il rouvrit sa mallette et en tira une grande enveloppe en papier kraft qu'il posa sur la table pendant que Dessie revenait, chargée d'un plateau.

— Voici les documents demandés. Tout est en règle.

Dans des circonstances normales, Nikki n'aurait probablement jamais remarqué la façon dont ses doigts frôlaient ceux de Dessie, caressant sa main sans en avoir l'air. Ou la hâte avec laquelle Dessie s'écarta. Pourtant, et même sans savoir ce qu'elle savait, Nikki se serait interrogée sur le sourire en coin de Clete Darnell.

— Merci, dit Dessie. Je vais les mettre en lieu sûr.

Elle s'empara du pichet glacé, en remplit deux verres et en tendit à Nikki, gardant la tête baissée comme pour éviter le regard de Clete.

— Êtes-vous sûr de ne pas en vouloir ? lui demanda-t-elle.

— Maintenant, vous me tentez, répondit-il d'un ton

taquin. Comment avez-vous deviné que j'avais un faible pour la limonade faite maison ? Et la vôtre me semble particulièrement appétissante. Un petit verre ne peut pas faire de mal.

Son charme sirupeux exaspéra Nikki qui résista difficilement à l'envie de lever les yeux au ciel. Dessie rougit. Une réaction intéressante.

Nikki reporta son attention sur Clete, agacée de constater qu'il s'était assis à la place habituelle du Dr Nance.

Dessie le servit et prit une chaise. Ils sirotèrent leurs verres en silence, se regardant en chiens de faïence. Nikki ne voulait pas imaginer Dessie et Clete ensemble mais comment l'éviter quand son attention ne cessait de s'égarer vers la piscine ?

Elle se demandait comment un bellâtre comme Clete Darnell avait réussi à affoler une femme aussi raisonnable que Dessie Dupre. Mais peut-être ne connaissait-elle pas Dessie aussi bien qu'elle le croyait.

— Comment vous êtes-vous rencontrés, tous les deux ? demanda-t-elle.

Dessie leva des yeux alarmés.

— Quoi ?

— Vous avez dit que vous aviez chargé Me Darnell – Clete – de s'occuper d'une affaire personnelle. Je suppose que le Dr Nance vous l'avait recommandé ?

— Non. Nous nous sommes rencontrés à la paroisse, dit Clete.

— À la paroisse ?

— C'est vrai, dit Dessie. À l'époque, j'ignorais qu'il avait repris le cabinet de M. Townsend. Je ne savais pas qui il était, en fait. Nous avons fait connaissance au cours d'un repas organisé par la paroisse. Quand j'ai découvert ce qu'il faisait dans la vie, je lui ai demandé si je pouvais lui demander conseil…

Elle lança un regard amoureux à Clete avant de se reprendre. Elle baissa la tête.

— Découvrir qu'il était également l'avocat du Dr Nance n'était qu'une heureuse coïncidence, ajouta-t-elle.

Bien sûr.

Clete se pencha vers Nikki.

— D'ailleurs, c'est une chance pour moi de vous voir aujourd'hui. Vous m'épargnez d'avoir à revenir trop vite, ajouta-t-il en sortant de sa mallette une enveloppe qu'il lui tendit.

— De quoi s'agit-il ?

— D'une convocation à la lecture du testament du Dr Nance. Le tribunal gérera l'homologation, bien entendu, mais le Dr Nance tenait à ce petit cérémonial. J'ai fixé la date à mercredi prochain, 16 heures, à mon cabinet de Belle Pointe.

— Pourquoi souhaitez-vous que j'y sois ? demanda Nikki.

— Allons, ne jouez pas les naïves, répliqua-t-il d'un ton de léger reproche. Vous étiez très proche du Dr Nance. Vous ne serez certainement pas surprise d'apprendre qu'il s'est souvenu de vous dans son testament.

— Vraiment ?

— Ne vous attendez pas non plus à toucher le pactole. Les gens s'imaginent souvent qu'un ami ou un membre de leur famille leur a laissé une grosse somme d'argent et sont déçus en apprenant qu'ils héritent d'un vieil objet dont la valeur est purement sentimentale.

Les larmes aux yeux, Nikki prit l'enveloppe.

— Je ne sais pas quoi dire. Je serais comblée d'avoir un souvenir de lui. Mais tout ceci n'est-il pas un peu précipité ? L'homologation d'un testament prend du temps, en général, non ? Et le Dr Nance n'a pas encore été enterré.

— Comme je l'ai précisé, il s'agit d'une cérémonie

officieuse et, de toute façon, il n'y aura pas d'enterrement, ajouta-t-il. Dessie ne vous l'a pas dit ?

La main de Dessie revint à sa gorge.

— Nous n'avons pas encore eu l'occasion d'en parler.

Clete hocha imperceptiblement la tête alors qu'ils échangeaient un regard pénétrant.

— Le Dr Nance avait exprimé le souhait que son corps soit incinéré et ses cendres dispersées sur le lac Echo. Il ne voulait aucun service religieux.

— Je vois, marmonna Nikki.

— Il a laissé des instructions précises, ajouta l'avocat.

Dessie semblait soudain incapable de le regarder en face.

— Eh bien, si c'est ce qu'il voulait, dit Nikki.

Pourtant, elle ne pouvait s'empêcher de se demander si ses prétendues instructions avaient été fabriquées de toutes pièces pour faciliter un voyage dans les Caraïbes. Ou y avait-il un but plus sombre dans le choix d'une crémation hâtive ?

Clete referma sa mallette et fit claquer les loquets.

— Merci pour la limonade, Dessie. Délicieuse comme toujours. Docteur Dresden, Nikki, j'ai été ravi de vous rencontrer.

— Merci encore d'être venu si vite, dit Dessie. Travailler un dimanche témoigne de votre dévouement.

— J'essaie seulement de rendre service. Je devine que cette période est difficile pour ceux et celles qui ont bien connu le Dr Nance. Si vous avez besoin de quoi que ce soit, n'hésitez pas à faire appel à moi, ajouta-t-il en se mettant sur pied.

Dessie se leva à son tour, lissant les plis de sa robe comme si elle ne savait pas trop quoi faire de ses mains.

— Je vous raccompagne.

— Ce n'est pas nécessaire. Je connais le chemin.

La sonnette retentit à ce moment-là et il sourit.

— Une autre voisine, sans doute.

Dessie prit la grande enveloppe et la glissa dans un tiroir de la cuisine avant de l'escorter jusqu'à la porte. Nikki les entendait chuchoter tandis qu'ils traversaient la maison. Elle se leva et les observa du bout du couloir. Ils se tenaient face à face dans l'entrée. Dessie avait posé la main sur le bras de l'avocat, ses doigts le caressant discrètement alors qu'il se penchait pour lui chuchoter quelque chose à l'oreille. Comme il tournait la tête, il surprit le regard de Nikki une fraction de seconde avant qu'elle recule.

L'expression qui se peignit sur son visage, la lueur de haine qui passa dans ses yeux la glacèrent. Elle devina qu'il suffirait de pas grand-chose pour que sa violence se déchaîne. Mais qui était ce type ?

Le cœur battant, elle resta hors de vue jusqu'à ce qu'elle entende la porte d'entrée s'ouvrir et une autre voix retentir. Elle n'en était pas certaine mais elle eut l'intuition que la visiteuse était Lila Wilkes.

Elle se précipita dans la cuisine et ouvrit doucement le tiroir pour en sortir l'enveloppe en papier kraft. Elle en souleva le rabat, se reprochant d'espionner Dessie Dupre, une femme qu'elle connaissait depuis toujours et qui s'était toujours montrée adorable avec elle. Une femme qui comptait apparemment hériter de la maison du Dr Nance et d'une belle somme d'argent.

Tendant l'oreille pour guetter le retour de Dessie, elle examina en vitesse les documents. Le premier était le testament de Dessie. Le second, une copie d'un contrat de mariage datant d'une dizaine de jours entre Desiree Elizabeth Dupre et Cletus William Darnell. Une photo de Dessie, rayonnante au bras de Clete, y était collée avec un post-it qui disait :

Le plus beau jour de ma vie, ma chérie.

Dessie et Clete s'étaient donc mariés !

Nikki parcourut rapidement le testament de Dessie, notant que sa sœur et ses deux neveux faisaient partie des bénéficiaires. Cependant, la majeure partie de la succession de Dessie – qui inclurait l'héritage du Dr Nance – reviendrait à sa mort à son mari, Cletus William Darnell.

Adam entendit les chiens un quart de seconde avant de les voir surgir à l'angle du bâtiment. Tout se passa si vite qu'il eut à peine le temps d'identifier la menace et de s'élancer à toutes jambes vers la clôture. Il l'escalada en catastrophe et sauta de l'autre côté si vite qu'il se tordit le pied en atterrissant. La meute se pressait contre le grillage en aboyant à qui mieux mieux, les babines retroussées et l'air féroce.

Il courut vers les bois mais se jeta à terre quand une balle siffla au-dessus de lui. Un autre se planta à moins d'un mètre de l'endroit où il était étendu. Il tourna la tête, gardant la joue plaquée contre le sol, pour chercher des yeux le tireur. Après avoir lâché ses chiens, l'homme s'était hissé au sommet d'une des piles d'épaves de voitures. Quand il vit qu'Adam le regardait, il brandit son fusil et tira une nouvelle fois. La balle frôla son crâne. De toute évidence, la pancarte « Propriété privée. Vous entrez à vos risques et périls » n'était pas un avertissement en l'air.

Voilà pourquoi Adam n'essaya pas de riposter. Le ferrailleur avait peut-être l'intention de provoquer un échange de coups de feu pour justifier par la suite l'élimination d'un dangereux intrus sur ses terres. Abattre en plein jour un homme – et un policier, de surcroît – qui n'avait pas fait usage de son arme lui créerait des ennuis, même au Texas.

Profitant du fait qu'il rechargeait, Adam bondit sur ses pieds et fonça se mettre à l'abri sous les arbres. Ce n'est qu'une fois caché à l'ombre de leur feuillage qu'il se risqua à regarder derrière lui. Les chiens avaient disparu mais leur maître se tenait toujours sur la pile de voitures écrabouillées. Alors qu'il se ruait vers les bois, une autre pensée angoissante traversa Adam. Et si le véritable objectif de ce type était de le pousser vers le marais, là où il serait plus facile de se débarrasser d'un cadavre ?

Il continua pourtant de courir, zigzaguant entre les fourrés et les pins jusqu'à ce qu'il soit obligé de s'arrêter pour se repérer. Il se rendit compte alors qu'il se précipitait dans la mauvaise direction, dans le sens opposé à la route. À un moment ou à un autre, il lui faudrait revenir sur ses pas pour récupérer son SUV. Mais pas tout de suite. Dans l'immédiat, mettre le plus de distance possible entre ce fusil et lui était une priorité.

Comme le tireur ne semblait pas le poursuivre, il changea de rythme et adopta une petite foulée. Une légère brise soufflait dans la pinède, chargée de l'odeur saumâtre du marais. Le sol devenait boueux alors qu'au-dessus de sa tête, la canopée s'épaississait. De la mousse espagnole coulait des branches, se balançant comme des cheveux emmêlés par le vent.

Adam ralentit encore alors qu'il s'approchait d'un canal marécageux qui alimentait sans doute le lac. Des nénuphars le tapissaient, lui rappelant l'endroit où il avait découvert le corps du Dr Nance.

Il s'apprêtait à s'écarter de l'eau quand des aboiements se firent entendre, des aboiements lointains mais qui se rapprochaient. Il comprit que les chiens avaient été lâchés dans les bois.

Une déflagration surprit un héron planté au bord de l'eau qui s'envola avec un cri rauque. Cette fois, le coup de fusil ne venait pas de derrière lui mais de sa droite. L'homme était maintenant sur la route, obligeant Adam à s'éloigner davantage encore de son véhicule.

Adam regarda autour de lui. Il hésita à grimper dans un arbre pour échapper aux bergers allemands ou à se rouler dans la vase pour masquer son odeur. Mais un prédateur humain ne se laisserait pas duper si facilement. Peut-être se laissait-il égarer par son imagination mais Adam avait la certitude qu'il n'était pas la première proie humaine du chasseur.

Il se retourna et sprinta dans le bois, s'efforçant de distancer son poursuivant tout en essayant de se repérer. Le canal devait déboucher sur la voie express mais s'il allait aussi loin, il ne parviendrait jamais à retrouver son SUV. Pour espérer le récupérer, il lui fallait couper sur sa droite.

Les aboiements furieux étaient tout près, maintenant. Il allait se faire dévorer. Un bruit de moteur à proximité lui redonna espoir. Il était plus près de la route qu'il ne l'avait pensé. Il ne lui restait plus qu'à rejoindre l'orée des bois pour retrouver sa voiture.

Le véhicule s'arrêta et une portière claqua. Adam distingua des voix et hésita à héler le nouveau venu. En présence d'un témoin, le ferrailleur serait sans doute moins enclin à le prendre pour cible. Il s'immobilisa et tendit l'oreille. La pinède semblait soudain bien silencieuse. La chasse à l'homme était-elle finie ?

Il avait envie de croire que le gars avait laissé tomber l'affaire et était rentré chez lui avec ses chiens. Malheureusement, un ordre crié raviva l'excitation de la meute. De nouveau, une portière claqua. Adam entendit le moteur tourner au ralenti tandis que la voiture longeait la route comme si le conducteur le cherchait à la lisière des bois.

Quelqu'un d'autre s'était-il joint au chasseur pour participer à la battue ? Si oui, quelle stratégie devait-il adopter ? Il était en très mauvaise posture. S'être introduit sur une propriété privée le plaçait dans une situation précaire. Étant très loin de sa juridiction, il ne disposait d'aucune protection et n'était en aucun cas autorisé à agir en tant que policier. Faire valoir un arrangement officieux avec le bureau du médecin légiste ne pèserait sans doute pas lourd.

Jusqu'à présent, le type n'avait tiré que des coups de semonce. Adam devait se montrer prudent. Sa carrière mais surtout sa vie étaient en jeu. Le mieux était d'éviter toute confrontation. Il n'avait plus qu'à faire demi-tour et à suivre le canal jusqu'à la voie express. Il s'arrangerait pour récupérer son SUV plus tard.

La meute se rapprochait dangereusement. Au moment où Adam atteignit la rive en pente, ils étaient presque sur lui. Il n'eut pas le temps de dégainer son arme. Il eut à peine celui de lever un bras pour parer la première attaque. Mais il perdit pied et dévala le talus boueux jusqu'à l'eau.

Les bergers allemands se tenaient à quelques mètres au-dessus de lui, les babines retroussées, les poils hérissés. Pour leur échapper, Adam fut contraint de plonger dans la vase, essayant de ne pas penser aux mocassins d'eau et aux alligators.

Il ne savait pas si les chiens l'avaient suivi. Il s'immergea dans l'eau stagnante et resta au fond, dans la vase. Il attendit aussi longtemps que ses poumons le lui permirent. Quand il dut finalement refaire surface, il aspira avidement une grosse goulée d'air avant de se frotter les yeux.

Il leva alors le regard vers le haut du talus et découvrit les chiens tranquillement assis au pied de leur maître.

L'homme souleva son fusil, le cala sur son épaule, visa et pressa la détente.

12

Assise devant la fenêtre, Nikki regardait la piscine, quand Dessie revint dans la cuisine. Elle avait hésité à se glisser dehors pour téléphoner à Adam mais elle ne voulait pas risquer d'éveiller les soupçons de Dessie. Elle s'était donc contentée de lui envoyer un petit texto, accompagné des photos qu'elle avait prises du testament et du contrat de mariage. Les yeux rivés sur l'écran, elle attendit une réponse. Comme aucune ne venait, elle rangea l'appareil dans son sac et se retourna avec un sourire un peu forcé.

— Tout va bien ? demanda-t-elle à Dessie.

— Oui. Désolée d'avoir été si longue mais tu connais Lila Wilkes. Elle est bavarde comme une pie et elle ne comprend jamais qu'elle dérange.

— Ce n'est pas grave. J'en ai profité pour envoyer un SMS à un ami. Apparemment, elle vous a encore apporté une de ses tartes, ajouta-t-elle en désignant le plat que tenait Dessie.

Dessie retira le papier d'aluminium et huma l'arôme.

— Une aux mûres, cette fois. Lila a beaucoup de défauts mais c'est une cuisinière hors pair.

Une myriade de questions tournait en boucle dans la tête de Nikki qui continuait à sourire.

Interroge-la sur le contrat de mariage. Et sur le testa-

ment. Dis-lui que tu l'as surprise avec l'avocat, hier soir, pour voir sa réaction.

Non, pas tout de suite, décida-t-elle. Mieux valait attendre encore, au cas où Dessie laisserait échapper quelque chose.

Comme ses mains tremblaient, elle les glissa entre ses cuisses.

— Lila venait-elle encore vous harceler à propos des funérailles ?

Dessie fronça les sourcils, l'air perplexe.

— Quand t'ai-je dit qu'elle m'avait parlé de ce qu'elle comptait faire pour les obsèques ?

Trop tard, Nikki se souvint qu'elle n'était pas censée être au courant de la précédente visite de Lila. Découvrir le contenu de l'enveloppe l'avait ébranlée et maintenant c'était elle qui se mettait à gaffer.

— Elle est passée chez moi vendredi soir à ce sujet, répondit Nikki avec un haussement d'épaules. J'étais sûre qu'elle était également venue ici.

— Trois fois déjà. Elle ne me lâche pas.

— Elle est franchement pénible, renchérit Nikki.

— Quoi qu'il en soit, il serait dommage de laisser cette tarte refroidir, dit Dessie. D'autant que j'ai de la glace à la vanille dans le congélateur.

Nikki eut d'abord envie de décliner la proposition. L'idée de s'asseoir à la table du petit déjeuner du Dr Nance pour bavarder avec la femme qui, apparemment, avait le plus à gagner de sa mort, lui était insupportable. Mais elle était venue dans l'espoir de recueillir des informations. Alors autant profiter du fait qu'elle était seule avec Dessie pour tenter de lui tirer les vers du nez.

Montre-toi détendue. Fais comme si tu n'avais jamais vu ce contrat de mariage, comme si tu ignorais que Dessie prépare un voyage de noces aux Caraïbes avec l'avocat du Dr Nance.

Elle s'obligea à sourire.

— Avec plaisir.

— Va chercher la glace pendant que je découpe la tarte, dit Dessie avec un sourire complice. Comme au bon vieux temps.

Elles s'assirent l'une en face de l'autre.

Tout en savourant les mûres tièdes, Nikki gardait un œil sur sa compagne.

— Vous avez raison. Lila est une très bonne cuisinière. Pas aussi talentueuse que vous, cependant.

— N'y fais jamais allusion devant elle, prévint Dessie. Tu la connais. Elle veut être la meilleure dans tout, que ce soit pour cultiver des roses ou pour confectionner des tartes.

— Ou pour organiser des obsèques.

— Aussi.

Nikki attendit un moment pour demander :

— Lui avez-vous dit qu'il n'y aurait pas de funérailles ?

— Bien sûr.

— Comment l'a-t-elle pris ?

— Mal, comme il fallait s'y attendre. Heureusement, Clete… Maître Darnell était là pour me soutenir.

— Oui, c'est une chance.

Dessie releva brusquement la tête comme si elle avait détecté quelque chose de troublant dans le ton de Nikki. Elle fronça un instant les sourcils avant de hausser les épaules.

— Cela dit, cela ne change rien pour Lila. Elle n'en a toujours fait qu'à sa tête. Et elle continue. En partant, elle a marmonné quelque chose à propos d'un service commémoratif…

— Un service commémoratif ne serait peut-être pas une mauvaise idée, dit Nikki. Quelque chose de simple qui permettrait aux gens du comté de se réunir pour rendre un dernier hommage au Dr Nance.

Dessie lui lança un regard étrange.

— Rien n'est jamais simple quand Lila Wilkes s'en mêle. Elle adore être au centre des attentions, même s'il s'agit du service commémoratif de quelqu'un d'autre.

— Vous ne l'aimez pas beaucoup, n'est-ce pas ? demanda Nikki.

La gouvernante hésita.

— Non, pas tellement, c'est vrai. J'aimerais que ça reste entre nous mais elle et moi avons eu des problèmes dans le passé.

— Quel genre de problèmes ?

Dessie prit un air ennuyé.

— Je ne devrais pas dire du mal d'elle. Surtout le jour du Seigneur.

— Vous pouvez m'en parler à moi, ce n'est pas grave, répliqua Nikki d'un ton cajoleur.

Dessie se tamponna les lèvres de sa serviette.

— Ne te méprends pas. Elle fait beaucoup de bonnes choses dans cette ville. C'est une bénédiction pour les personnes âgées. Certaines ne s'en sortiraient pas sans son aide. Mais elle n'a jamais su qu'il y avait des limites à ne pas dépasser.

— Que voulez-vous dire ?

— À une époque, elle était capable d'appeler le Dr Nance au milieu de la nuit ou de débarquer à toute heure pour l'interroger à propos d'un médicament ou d'un traitement pour une personne dont elle s'occupait. La plupart du temps, il n'était même pas le médecin de la personne en question… J'avais finalement dû lui demander de respecter la vie personnelle du docteur. Et de se rendre aux urgences ou de prendre rendez-vous, si elle avait besoin d'un avis médical.

— Comment avait-elle réagi ?

— Elle n'avait pas été contente, bien sûr. Ce n'était pas la première fois qu'il m'avait fallu la recadrer. À son arrivée à Belle Pointe, j'avais déjà été obligée de mettre les points sur les *i*.

Nikki hocha la tête.

— Elle m'a un peu parlé des circonstances de sa venue ici. Le Dr Nance l'avait retrouvée et convaincue de venir ici pour s'occuper de sa tante.

Dessie pinça les lèvres.

— Il l'a retrouvée, oui. Mais je ne crois pas qu'il ait eu à insister beaucoup pour qu'elle vienne.

— En effet, je n'ai pas eu l'impression qu'il avait fallu la supplier longtemps. Vous travailliez déjà pour le Dr Nance, à l'époque ? ajouta Nikki en levant les yeux.

— Je suis entrée à son service à la mort de sa femme. À temps partiel au début, jusqu'à ce que j'emménage dans le studio du garage. Ensuite, j'ai pris de plus en plus de responsabilités. Je me chargeais non seulement de la cuisine et du ménage mais aussi de sa comptabilité, de la surveillance des travaux et des réparations, ce genre de choses. D'accord, j'ai mon franc-parler et j'aurais peut-être dû prendre davantage de gants avec quelqu'un comme Lila. Mais elle était vraiment... insupportable. Le Dr Nance avait vécu une terrible tragédie et il a toujours fait face. Au lieu de se plaindre, il se consacrait à ses malades. C'était un homme admirable et il me fallait le protéger du sans-gêne de Lila.

— Que faisait-elle ?

— En plus des appels téléphoniques incessants et des visites inopinées ? Parfois, elle allait à l'hôpital pour essayer de l'attraper entre ses rondes. Elle estimait sans doute que comme c'était lui qui l'avait poussée à venir à Belle Pointe, elle avait des droits sur lui. J'ai mis le holà à ce moment-là, et plus tard aussi, chaque fois qu'elle recommençait à l'ennuyer.

La franchise de Dessie surprit Nikki, même si elle était

venue chercher des réponses. Elle avait eu la possibilité d'inspecter le contenu de cette enveloppe et maintenant, elle en apprenait beaucoup sur Lila. Pourtant, un étrange malaise atténuait son excitation. Elle songea que Dessie tentait peut-être de l'induire en erreur.

Elle s'efforça de garder un ton neutre.

— Croyez-vous que Lila était amoureuse du Dr Nance ?

Dessie sembla y réfléchir.

— Je me suis parfois posé des questions à ce sujet. Cela expliquerait beaucoup de choses. Pourquoi ? ajouta-t-elle avec curiosité. Elle t'a fait des confidences ?

— Seulement qu'elle avait eu le béguin pour lui à son arrivée à Belle Pointe. Elle était certaine que c'était le cas de tout le monde en ville.

— Tout le monde, je ne sais pas, mais il était considéré comme un bon parti, c'est certain. Un jeune et séduisant médecin, veuf de surcroît… S'il avait eu envie d'une amie, il avait l'embarras du choix et je doute que Lila Wilkes ait été en tête de liste.

Nikki songea à la suggestion de Tom Brannon selon laquelle quelque chose aurait pu se passer entre Dessie et le Dr Nance. Était-ce la raison pour laquelle Dessie avait tellement eu envie de le protéger ? Et la véritable origine de son animosité envers Lila Wilkes ?

— Ma question vous semblera peut-être étrange mais Lila harcelait-elle le Dr Nance ? Vous avez dit qu'elle se présentait à l'hôpital sans rendez-vous, qu'elle s'imposait entre ses rondes pour le voir. C'est un comportement agressif, non ?

— Lila est comme ça avec tout le monde. Quand elle veut quelque chose, c'est un vrai pitbull.

— L'avez-vous déjà surprise en train de fouiller dans ses affaires ?

Dessie parut désarçonnée.

— Fouiller dans ses affaires ? Que racontes-tu ?

— Un jour, quelqu'un est entré dans cette maison et a pris la montre en or du Dr Nance sur la cheminée de son bureau, lui rappela Nikki. Au lieu de la vendre, le voleur l'a cachée sous une latte du plancher aux Ruines. Peut-être ai-je tort mais ce vol me semble personnel. Cette montre comptait beaucoup pour lui.

Dessie écarquilla les yeux.

— Tu crois que c'est Lila Wilkes qui a pris sa montre ?

— Peut-être imaginait-elle ainsi le pousser à rompre ses liens avec sa femme défunte. Ou, si elle se sentait rejetée, peut-être essayait-elle de le faire souffrir à son tour, de se venger. Qui sait ? Ce genre de comportement n'est pas rationnel. Avait-elle accès à la maison ?

— Tu me demandes si elle avait une clé ? Pas que je sache, mais elle n'en aurait pas eu besoin. Le Dr Nance laissait toujours tout ouvert. N'importe qui pouvait entrer.

— À part la montre, d'autres choses ont disparu ?

— Non, mais…

Dessie s'interrompit.

Nikki se pencha anxieusement vers elle.

— Quoi ?

— Ce n'est sans doute rien mais à l'époque où nous avons constaté le vol de la montre, j'ai remarqué que certains objets dans la maison avaient été déplacés. Comme si quelqu'un était volontairement passé de pièce en pièce pour changer la disposition de ses affaires.

— En avez-vous parlé au Dr Nance ?

— Oui et, pendant un certain temps, il a fait des efforts pour fermer à clé, surtout la nuit, mais comme rien d'autre ne se passait, il est finalement retombé dans ses vieilles habitudes. Pourquoi me poses-tu toutes ces questions, Nikki ? Y a-t-il quelque chose que tu ne me dis pas ?

— J'essaie simplement de recueillir des informations.

Dessie eut une moue dubitative.

— Quel genre d'informations ?

— Tout ce qui aidera à établir la cause et les circonstances de la mort du Dr Nance.

Dessie battit des paupières, visiblement confuse.

— Mais le shérif Brannon est venu me dire dans cette cuisine que le Dr Nance s'était noyé dans le lac Echo. Il a dit qu'ils avaient trouvé son bateau de pêche chaviré près du pont.

— C'est vrai, répondit Nikki. Cependant, je ne suis pas encore convaincue que sa noyade était accidentelle.

Dessie laissa échapper sa cuillère qui heurta le bol. Elle essuya nerveusement les éclaboussures avec sa serviette.

— Que racontes-tu ? Tu n'imagines quand même pas que quelqu'un…

Elle ferma un instant les paupières et prit une profonde inspiration.

— Je ne peux même pas me résoudre à penser une chose pareille, encore moins à la formuler.

Nikki opina avec sympathie.

— Je sais. Je ressens la même horreur. C'est une éventualité terrible à envisager. Quelqu'un qu'il connaissait, en qui il avait confiance… et qui lui aurait fait du mal… délibérément.

Dessie balbutia d'une voix altérée :

— Tu es médecin légiste. Peux-tu prouver de telles choses ?

— Je ne sais pas. Après être resté si longtemps dans l'eau, le corps a commencé à se décomposer.

— Non, ne me dis rien ! s'écria Dessie d'un air épouvanté. Je t'en prie, je ne veux pas avoir cette image dans la tête.

— Je suis désolée, dit Nikki en lui prenant la main. Je ne cherchais pas à vous bouleverser. Peut-être sa mort était-elle un accident. Peut-être naviguait-il dans l'obscurité, peut-être a-t-il fait une mauvaise manœuvre et chaviré. Mais cela fait beaucoup de « peut-être » et il reste encore trop de zones d'ombre. Savez-vous pourquoi il a changé d'avis à la dernière minute et renoncé à se rendre à Houston ?

— Non. J'ai été aussi surprise que n'importe qui d'apprendre qu'il était allé au lac et non à ce congrès.

— Vous êtes-vous inquiétée de ne pas recevoir de ses nouvelles ?

— Il appelait rarement quand il était loin, répondit Dessie. Je n'y pensais pas jusqu'à ce que le shérif Brannon sonne à la porte.

— Vous êtes restée ici tout le temps durant son absence ?

— Pas tout le temps, non. J'avais des courses à faire.

— Bien sûr, je voulais dire que vous étiez à Belle Pointe, en ville, clarifia Nikki. Vous n'étiez pas partie en voyage ?

En lune de miel, par exemple ?

Dessie hésita.

— Où serais-je allée, d'après toi ?

— Nulle part, je n'en sais rien. Je pose des questions.

— Oui et tu en poses beaucoup…

— Je suis désolée. J'essaie de faire mon travail, c'est tout. Je le dois au Dr Nance.

Dessie secoua la tête avec tristesse.

— Tu crois vraiment que quelqu'un a pu le tuer ?

— C'est possible, oui.

L'ancienne gouvernante du médecin dévisagea Nikki un long moment. Quelque chose brillait dans ses yeux mais Nikki ne parvint pas à décrypter ce dont il s'agissait. De la peur ? De la culpabilité ? Ou de la colère ?

— Qui aurait pu faire ça, à ton avis ?

— Je ne sais pas, pas encore. Comme je vous l'ai dit, j'essaie déjà de recueillir des informations. La question paraît absurde mais… avait-il des ennemis ?

— Des ennemis ? répéta Dessie, visiblement consternée. Tout le monde l'aimait.

— Avait-il des conflits ou des désaccords avec certaines personnes, même à propos d'un sujet qui vous aurait semblé anodin, à l'époque ? Est-ce que quelque chose vous revient à l'esprit ?

L'expression de Dessie se durcit.

— Tu sais aussi bien que moi que le Dr Nance s'entendait avec tout le monde. Avec un sourire, il pouvait tout obtenir.

— Et à la clinique ou à l'hôpital ?

— Il avait de temps en temps des divergences d'opinion avec les uns ou les autres. Et il n'hésitait jamais à livrer le fond de sa pensée. Mais les gens le respectaient pour cela.

— Et avec le Dr Wingate ? poursuivit Nikki. Leur partenariat n'a jamais posé de problèmes ?

Le regard de Dessie devint perçant.

— Pourquoi ? Qu'as-tu entendu dire ?

— Je n'ai rien entendu, répondit Nikki. Mais j'ai surpris le Dr Wingate dans la cabane du Dr Nance, hier soir.

— Hier soir ? Que faisait-elle là-bas ? Et toi ? ajouta-t-elle en changeant de ton.

— J'étais descendue au lac rendre visite à un ami qui habite en face de la cabane du Dr Nance. Quand nous avons vu de la lumière chez lui, nous avons cru que quelqu'un y était entré par effraction, un cambrioleur peut-être. Apparemment, le Dr Wingate avait une clé qu'il lui avait donnée, il y a longtemps. Elle a expliqué que le Dr Nance avait pris des dossiers médicaux à la clinique quelque temps avant sa mort. Elle tenait à les récupérer et la cabane de pêcheur était le dernier endroit où elle espérait les trouver. J'imagine qu'elle ou quelqu'un d'autre de la clinique était déjà venu ici pour fouiller son bureau.

— Pas que je sache.

Dessie n'avait pas l'air ravie qu'une conversation amicale

se soit transformée en interrogatoire en règle. Nikki pouvait difficilement le lui reprocher.

— Je n'ai eu aucune nouvelle du Dr Wingate depuis que nous avons appris la mort du Dr Nance. Pas un mot.

— Comme je l'ai dit, elle avait une clé de la cabane. Peut-être avait-elle aussi une clé de cette maison. Peut-être est-elle passée pendant que vous étiez sortie.

— Je ne pense pas, mais comme je l'ai dit, si quelqu'un veut vraiment entrer ici, ce n'est pas trop difficile.

Oui, Nikki pouvait en témoigner. Elle s'éclaircit la gorge.

— Selon Patience Wingate, le Dr Nance aurait expliqué à son assistante qu'il avait besoin de ces dossiers médicaux pour un projet mystérieux sur lequel il travaillait. Vous avez raconté au shérif Brannon que lorsqu'il rentrait de la clinique, le Dr Nance s'enfermait dans son bureau pour « travailler sur un puzzle ». Pensez-vous que ces dossiers pouvaient être liés à ce puzzle ?

Dessie haussa les épaules.

— Je l'ignore. Je ne sais rien de ces dossiers.

— Il ne vous a rien dit d'autre sur ce mystérieux projet ? Vous n'avez aucune idée de ce sur quoi il travaillait ?

— Je ne me serais jamais permis de l'interroger.

— Mais vous étiez proches, tous les deux. Peut-être a-t-il laissé quelque chose glisser dans la conversation. Essayez de vous rappeler, Dessie. Cela pourrait être important.

— Nikki, qu'est-ce que tu insinues exactement ?

— Comme je l'ai dit, je ne fais que chercher des informations.

— À propos du Dr Wingate ?

— À propos de toutes les personnes proches du Dr Nance.

— J'imagine que je suis la prochaine sur ta liste, la prochaine sur qui tu vas enquêter. Peut-être l'as-tu déjà fait, d'ailleurs, ajouta-t-elle avec un regard soupçonneux.

Oh ! j'ai des dizaines de questions à vous poser, Dessie.

Vous n'avez pas idée. Depuis combien de temps Clete est-il votre amant ? Qui de vous deux a eu l'idée de se marier si vite et de modifier votre testament ? Pourquoi garder cette union secrète, s'il n'y a pas de combine derrière ?

— Pour le moment, je m'intéresse au Dr Wingate.

Dessie semblait avoir tout compris mais peut-être Nikki était-elle victime de son imagination.

Elle tenta autre chose.

— Je ne peux pas m'empêcher de penser que le Dr Wingate se donne beaucoup de mal pour remettre la main sur ces dossiers. Elle a affirmé qu'elle s'inquiétait du respect de la vie privée des patients, mais je n'en suis pas si sûre… Saviez-vous que le Dr Nance prévoyait de prendre sa retraite à son retour de Houston ? ajouta-t-elle après un moment.

Dessie haussa les sourcils.

— De prendre sa retraite ? Qui t'a dit ça ?

— Le Dr Wingate. D'après elle, il aurait pris cette décision parce qu'il avait des problèmes à la clinique. Il oubliait des rendez-vous et mélangeait des prescriptions… Au point qu'elle a dû intervenir. Toujours selon elle, il a accepté de cesser d'exercer la médecine à son retour de voyage.

Dessie croisa les bras.

— Je n'en crois pas un mot. Il me l'aurait dit s'il avait l'intention de quitter la clinique.

— Mais vous avez confié au shérif Brannon que vous aviez également remarqué un changement dans son comportement.

— Il paraissait préoccupé, c'est vrai. Parfois, il semblait porter tout le poids du monde sur ses épaules. Mais je n'ai jamais parlé de prétendus problèmes de mémoire ni de confusion mentale !

Elle prit un air songeur.

— Maintenant, je m'interroge sur le Dr Wingate.

Crois-tu qu'il y ait dans ces dossiers quelque chose qui soit susceptible de lui faire du tort à elle ?

— C'est ce que j'aimerais découvrir.

— Elle prétend qu'il oubliait des choses, n'est-ce pas ? C'est bien commode ! S'il la soupçonnait de malversation, peut-être essayait-elle de le faire passer pour sénile. Quelle meilleure façon de se disculper que de jeter le discrédit sur le Dr Nance ?

— Vous pensez qu'elle a inventé les incidents à la clinique ?

— Peut-être pas. Nous oublions tous des choses en vieillissant. Je le sais bien. Mais elle aurait pu les exagérer.

— Ce serait une manœuvre plutôt machiavélique, dit Nikki.

— C'est vrai, reconnut Dessie. Et justement je connais le Dr Wingate depuis longtemps. Elle est tout sauf idiote.

Dessie avait donc également eu des problèmes avec Patience Wingate. Nikki commençait à penser qu'elle n'avait jamais connu la vraie Dessie Dupre. Elle l'avait toujours considérée comme une domestique modeste, discrète et dévouée et comme une brave femme empreinte de bonté et qui s'entendait bien avec tout le monde. De toute évidence, ni la vraie Dessie Dupre ni le vrai Dr Nance ne correspondaient aux images d'Épinal que Nikki avait eues d'eux toutes ces années.

Les gens étaient complexes, même s'ils ne le montraient pas. Surtout s'ils ne le montraient pas. À commencer par elle.

Elle se pencha vers l'ancienne gouvernante.

— Dessie, que savez-vous du Dr Wingate que j'ignore ?

Dessie répondit sans hésiter, comme si elle était soudain soulagée que quelqu'un lui permette d'ouvrir les vannes.

— Je ne suis pas du genre à trahir des secrets ni à parler à tort et à travers, je ne te l'apprends pas, mais veiller sur le

Dr Nance a toujours fait partie de mon travail. Je ne vois aucune raison de cesser de le faire, à présent qu'il est mort.

— Continuez.

— Lui et le Dr Wingate ont eu une liaison… qui s'est mal terminée.

— Une liaison ?

Nikki se demanda pourquoi, après toutes les révélations de l'après-midi, celle-ci la surprenait.

Dessie hocha la tête.

— Elle était mariée, à l'époque. Lorsque son mari a découvert qu'elle le trompait, il est parti en emmenant leurs enfants. Le divorce et la bataille pour obtenir la garde des petits lui ont coûté une fortune. Quand sa relation avec le Dr Nance a capoté, elle lui a reproché d'avoir gâché sa vie. La situation était si tendue que le Dr Nance lui a proposé de racheter ses parts. Elle a refusé de vendre, en partie par dépit mais surtout parce que, sans lui, elle n'aurait pas eu beaucoup de patients, c'est évident. Finalement, les choses se sont tassées entre eux mais il a fallu du temps.

Nikki secoua la tête.

— Pourquoi n'ai-je jamais entendu parler de cette relation ? Leur aventure a dû faire du bruit.

— Tu étais partie pour étudier à l'université, à l'époque. Tu ne revenais pas souvent les premières années. Et ils étaient discrets. Très peu de personnes étaient au courant.

— Je n'arrive pas à imaginer comment une telle histoire a pu rester secrète dans une ville comme Belle Pointe.

— Tu serais surprise du nombre de secrets dont le comté regorge…

Dessie s'interrompit pour se tourner vers la fenêtre tandis qu'elle rassemblait ses pensées.

— Si tu cherches pourquoi quelqu'un a volé cette montre, peut-être devrais-tu interroger le Dr Wingate. Elle estimait qu'elle avait tout perdu à cause du Dr Nance. Peut-être a-t-elle voulu lui prendre quelque chose qui comptait beaucoup pour lui. Je n'en serais pas étonnée.

— Restons calmes ! cria Adam en se relevant lentement.

L'œil collé à la lunette de son fusil, l'homme cria :

— Les mains en l'air !

Adam obéit et recula vers la rive opposée. La vase collait à ses vêtements, à ses chaussures, entravant ses mouvements et lui interdisant toute possibilité de s'échapper. Certes, il pouvait dégainer son arme mais où cela le mènerait-il ? Probablement à mourir dans ce marais, le nez dans l'eau saumâtre.

Il plissa les yeux, ébloui par le soleil.

— Je m'appelle Adam Thayer. Je suis inspecteur de police, à la Crim de Dallas.

— Et vous croyez que je ne le sais pas ? Personne n'entre dans ce comté sans que je sois au courant.

Adam garda les mains en l'air et jeta un coup d'œil autour de lui.

— Je ne veux pas de problème.

— Il fallait y penser avant. Vous n'avez pas l'air de mesurer la gravité de votre crime. Ici, au Texas, nous n'aimons pas les intrus ni les fouineurs. Et pour tout dire, nous n'aimons pas beaucoup les flics non plus.

— Laissez-moi m'en aller et restons-en là, dit Adam. Inutile d'en faire tout un foin. Finissons-en avant que quelqu'un soit blessé.

— Je déciderai quand et comment cela se terminera, répliqua le ferrailleur. Vous feriez mieux de bien réfléchir avant de répondre à cette question : que faites-vous à Belle Pointe ?

— J'ai été temporairement affecté au bureau du médecin

légiste du comté de Nance. Pour enquêter sur une mort suspecte.

Le type leva le nez avant de recaler son fusil contre son épaule.

— Le bureau du médecin légiste ? Vous travaillez pour cette bonne femme ? Pour Dresden ?

— Vous connaissez le Dr Dresden ? Laissez-moi l'appeler. Elle vous confirmera mes dires.

— Vous n'appellerez personne et votre association avec Nikki Dresden me donne une raison suffisante pour vous abattre sur-le-champ. J'ignore si vous faites partie de sa bande de tarés ou pas, mais dans le doute, je n'ai sûrement pas intérêt à prendre le moindre risque.

— Je ne comprends pas de quoi vous parlez.

— Je parle des adorateurs du diable. Des satanistes. Appelez-les comme vous voulez mais cette Dresden était leur chef de file, autrefois. Peut-être continue-t-elle à célébrer des messes noires, pour ce que j'en sais.

— Ces vieilles rumeurs n'étaient fondées sur rien, dit Adam.

L'homme releva brusquement la tête.

— Fondées sur rien ? Qui êtes-vous pour le prétendre ? Ni moi ni personne de ma connaissance n'en doute. Renseignez-vous, demandez autour de vous et vous découvrirez vite qu'il ne s'agit pas de ragots. Il y a quinze ans, Dresden et ses copains gothiques ont tué une jeune fille. Ils l'ont attirée aux Ruines, lui ont arraché le cœur pour l'un de leurs rituels sataniques avant d'enterrer son corps là où personne ne le retrouvera jamais.

Adam se demandait si le gars croyait ou non à ces salades. Personne de sensé ne pouvait adhérer à une histoire pareille. Mais il mesura ce que Nikki avait dû endurer toutes ces années.

Il tenta de le contrer en faisant appel à la logique.

— S'ils ont enterré son corps là où personne ne pouvait le retrouver, comment savez-vous ce qu'ils lui ont fait ?

— C'est l'évidence. Tout le monde est au courant.

Il fit un geste avec le canon du fusil.

— Assez de bavardages. Vous m'avez dit pourquoi vous étiez venu à Belle Pointe. Maintenant, dites-moi ce que vous faites sur mes terres.

— J'avais des questions à vous poser.

— Si vous avez une question à poser à quelqu'un, vous lui passez un coup de fil. Vous ne vous introduisez pas sans autorisation sur une propriété privée, sauf si vous êtes suicidaire. Ou stupide. J'ai le droit de vous loger une balle dans la poitrine. Cela dit, j'ai toujours préféré viser la tête.

— Vous ne pouvez pas abattre un intrus en plein jour et espérer vous en tirer, répliqua Adam. Vous aurez du mal à prouver que vous étiez en état de légitime défense alors que je ne suis pas armé, contrairement à vous.

— Depuis quand un flic se promène-t-il sans flingue ? rétorqua l'homme en baissant son fusil. De plus, rien ne m'oblige à vous descendre. Il me suffit de lâcher mes chiens sur vous. Pas vrai, les gars ?

L'un des chiens s'approcha du bord et grogna en guise d'avertissement. Adam resta figé, les mains en l'air.

— Ou nous pourrions simplement laisser les alligators vous dévorer.

— Quand un flic disparaît, ses collègues le cherchent, en général, dit Adam.

— Ils pourront chercher. Je leur souhaite bonne chance. Un cadavre ne fait pas long feu dans le marais. Mon cousin s'est fait mordre par un alligator, un jour. Il l'a senti passer, croyez-moi. Pire, il a failli perdre sa jambe. Heureusement, il a été conduit à l'hosto très vite. Mais imaginez que la même chose vous arrive. Sans aide, sans bagnole, vous n'atteindrez sans doute pas la voie express. Voilà ce qu'il en coûte de mettre le nez là où il ne faut pas.

— Comme dans la cabane de pêcheur du Dr Nance ? C'était vous, l'autre soir, n'est-ce pas ? lança Adam qui commençait à se lasser des menaces du ferrailleur. Alors, maintenant, expliquez-vous. Que faisiez-vous à fouiner dans la propriété privée du vieux médecin ?

— Vous posez la mauvaise question, mon pote. Peut-être auriez-vous mieux fait de rester à Dallas.

Adam promena les yeux autour de lui. Il n'avait aucune possibilité de s'enfuir. Il était trop loin de l'une ou de l'autre rive. Il tenta de calculer les chances qu'il avait de sortir son arme et de tirer avant que l'homme l'abatte avec son fusil.

Proches de zéro, conclut-il.

— Vous me laissez partir maintenant et vous n'aurez pas d'ennuis, dit Adam. Vous n'avez encore enfreint aucune loi. En tout cas, aucune pour laquelle vous puissiez vous faire arrêter. Même si je racontais cette histoire au shérif, il vous féliciterait sans doute pour votre sang-froid.

— Je vais vous dire ce que je vais faire.

Il s'accroupit au milieu de ses chiens.

— Je vais vous donner une longueur d'avance. Si vous atteignez la rive opposée avant que j'aie compté jusqu'à vingt, je vous laisserai le même temps pour atteindre les bois. Et après… tous les paris sont ouverts.

— Ou je pourrais simplement vous tirer dessus, dit Adam.

— Si vous prenez cette option, vous avez intérêt à être rapide parce que je dégaine plus vite que mon ombre. Sinon, il est temps de vous mettre à courir.

Il souleva le fusil.

— Un… deux… trois…

13

Dans la soirée, Nikki s'assit sur les marches à l'arrière de la maison pour admirer le coucher de soleil. Malgré le calme qui régnait dans son jardin, elle ne parvenait pas à se détendre. Elle en savait trop maintenant. Ses échanges avec Dessie avaient ouvert une boîte de Pandore mais au lieu d'apporter des réponses à toutes ses questions, ces révélations n'avaient fait qu'aggraver ses soupçons. Tout le monde à Belle Pointe avait des secrets, semblait-il.

Elle ne faisait pas exception. Adam non plus, sans doute.

Où était-il ? Elle n'avait eu aucune nouvelle de lui de toute la journée. Quand elle était rentrée chez elle après avoir quitté Dessie, elle avait tenté de le joindre mais était tombée directement sur sa boîte vocale. Elle avait laissé un message lui demandant de la rappeler au plus vite. Ils avaient besoin de discuter des photos qu'elle lui avait envoyées par texto. Elle ne voulait pas lui faire part de ses découvertes par téléphone. Elle préférait lui en parler en personne.

Une heure passa, puis deux. Comme le soleil disparaissait à l'horizon, le vent se leva. Elle laissa un autre message, hésitant à se rendre chez lui, dans sa maison du lac. Peut-être était-il seulement occupé. Ou peut-être n'était-il pas seul. Ou peut-être avait-il simplement plié bagage pour retourner à Dallas.

Et peut-être es-tu ridicule…

Pourtant, elle n'arrivait pas à se débarrasser de l'idée que quelque chose n'allait pas. Un profond malaise l'envahissait alors qu'elle scrutait les ombres alentour. *Où es-tu ?*

Il lui avait dit qu'il appellerait aujourd'hui. Pourquoi ne l'avait-il pas fait ?

Elle prit son téléphone et lui envoya un autre message. Et n'obtint aucune réponse.

Elle s'apprêtait à retourner à l'intérieur pour y chercher son sac lorsqu'elle entendit une voiture remonter l'allée. Elle dégringola les marches en courant et arriva au portail au moment où Adam sortait de son SUV. Malgré la pénombre, elle vit que son pare-brise était fendu et son capot cabossé au centre comme si quelqu'un l'avait frappé à l'aide d'une batte de base-ball.

Elle se précipita vers lui, résistant à l'envie de se jeter dans ses bras.

— Que s'est-il passé ? demanda-t-elle, le souffle court. Tu as eu un accident ? Ça va ?

— Je vais bien. Je ne peux pas en dire autant de ma voiture.

Elle examina de nouveau la carrosserie, mesurant l'étendue des dégâts.

— Comment est-ce arrivé ?

— Une barre de fer. Un cric, à mon avis.

— Quand ? Où ?

— Je me suis fait surprendre alors que je me trouvais quelque part où je n'aurais pas dû être. Quand j'ai finalement réussi à regagner mon véhicule, je l'ai trouvé dans cet état.

Nikki s'efforça de calmer les battements précipités de son cœur.

— C'est bizarre. Tu as porté plainte auprès de la police ?

— Pas encore. Je voulais d'abord faire le point avec toi, m'assurer que tout allait bien de ton côté.

— Moi, ça va, répondit-elle fébrilement. Mais je sentais que quelque chose n'allait pas. Je t'ai envoyé des messages tout l'après-midi. Comme tu ne répondais ni à mes appels ni à mes textos, je craignais qu'il te soit arrivé malheur.

L'expression d'Adam s'adoucit.

— Je suis désolé. Je ne voulais pas t'inquiéter. Mon smartphone est tombé dans l'eau et il n'y a plus de ligne fixe chez ma grand-mère.

Il se retourna et elle vit soudain la balafre sur sa joue.

— Adam, s'écria-t-elle avec angoisse. Qu'est-il arrivé à ton visage ?

Il passa la main sur sa plaie.

— Ce n'est rien, une simple égratignure. Je ne sais même pas comment je me suis fait ça. J'ai dû me griffer à une branche alors que je tentais d'échapper aux chiens.

— Quoi ?

— L'après-midi a été mouvementé, répondit-il sobrement.

— Et de mon côté, j'ai du nouveau. Si ton smartphone était hors d'usage, tu n'as pas vu les photos que je t'ai envoyées.

Elle prit le menton d'Adam entre ses doigts et tourna son visage vers la lumière pour examiner la plaie avec attention.

— Allons à l'intérieur. Je vais désinfecter ça.

— Cela peut attendre. De quelles photos parles-tu ?

— Je vais tout te raconter mais laisse-moi d'abord te soigner.

— Nikki…

— Chaque chose en son temps, insista-t-elle. Nous nous occupons de toi et ensuite, du dîner. As-tu faim ? Nous pourrions commander des plats à emporter.

— Peut-être plus tard. Je me suis préparé un sandwich vite fait quand je suis passé chez moi pour me doucher et me changer. Je ne voulais pas venir ici en sentant la vase.

— Ta journée a été difficile, si je comprends bien.

— La tienne aussi, je crois. Je n'ai pas faim mais je prendrais bien un verre. Quelque chose de plus fort que le thé, si possible.

— Je vais voir ce que j'ai.

Elle se dirigea vers la maison et lança par-dessus son épaule :

— Les ennuis semblent te suivre à la trace, non ?

— Il se passe des choses sombres dans cette ville, Nikki. Le Dr Nance avait raison. Il avait vraiment mis le doigt sur quelque chose. Ce qu'il a découvert est peut-être lié au Dr Wingate et au type qui possède une casse automobile à l'extérieur de la ville.

Nikki ouvrit des yeux ronds.

— Eddie Bowman ? C'est lui qui a vandalisé ta voiture ? Et ce sont ses chiens qui t'ont coursé ?

— Apparemment, il n'aime pas trop les intrus.

— Tu n'aurais pas dû y aller seul, lui reprocha-t-elle. Et pour commencer, pourquoi t'es-tu rendu là-bas ? Et pourquoi ne m'en as-tu pas parlé ? Je t'aurais mis en garde contre Bowman.

— Je n'ai pas eu le temps de te prévenir. J'ai pris le Dr Wingate en filature et je l'ai suivie jusque là-bas.

— Pourquoi suivais-tu le Dr Wingate ?

— J'avais l'intuition qu'elle cachait quelque chose. J'ignore encore de quoi il s'agit mais Eddie Bowman y est mêlé.

— Eddie Bowman est une racaille. D'après ce que j'ai entendu, il ne vend pas que des pièces détachées ou des pneus.

— De la drogue, aussi ?

— De la drogue, des armes, tout ce qui se trafique…

Adam acquiesça d'un air songeur.

— Cela expliquerait certaines choses.

— Je ne plaisante pas, Adam. Méfie-toi de lui. C'est un sale type. Tout le monde le sait par ici.

— J'ai connu bon nombre de gars comme lui, à une époque.

La nuit était tombée mais malgré la pénombre, Nikki voyait la lueur qui brillait dans ses yeux et le sourire sur ses lèvres tandis qu'il la regardait. Sans prévenir, il tendit la main pour repousser tendrement une mèche de ses cheveux derrière son oreille.

— J'apprécie ta sollicitude, en tout cas, ajouta-t-il.

Nikki ferma les paupières pour savourer le geste. Il se passait quelque chose entre eux. Elle pouvait continuer à le nier mais les battements affolés de son cœur ne mentaient pas.

— Entre, dit-elle en frissonnant. Je vais te parler de ce que j'ai découvert.

Adam s'assit sur le bord de la baignoire pour permettre à Nikki de désinfecter sa plaie. Quelques instants plus tôt, elle avait sorti une bouteille de whisky d'un placard de la cuisine et lui en avait versé une rasade. Il la but d'un trait avant de la suivre dans la salle de bains. Voilà des mois qu'il n'avait pas bu d'alcool et cela lui fit l'effet d'un coup de fouet. La chaleur que le breuvage répandit dans son corps lui fit du bien.

Il appréciait également la proximité de Nikki, surtout quand elle se penchait vers lui. Un parfum de rose lui chatouillait les narines mais il n'était pas capable de dire s'il émanait de ses cheveux ou des rosiers qui recouvraient la balustrade de sa terrasse. Ses mains étaient douces et adroites. Après avoir appliqué un antiseptique, elle entreprit de tout ranger.

Tout en s'activant, elle lui donna un compte rendu détaillé de son après-midi avec Dessie Dupre. Quand elle en arriva à la partie concernant le contrat de mariage et le testament, il émit un long sifflement.

— On peut dire que Clete Darnell n'a pas traîné. Il a repris l'étude en mai, convaincu le Dr Nance de revoir son testament, puis séduit Dessie avant de l'épouser et de l'encourager à rédiger un testament en sa faveur en l'espace de quoi… trois mois ?

Nikki se lava les mains au lavabo et les sécha.

— Et ce n'est peut-être pas tout. J'ai réfléchi à la conversation que j'ai surprise dans le bureau, hier soir. Ils cherchaient quelque chose. Et je me demande si le Dr Nance a réellement modifié son testament. Ou si Clete Darnell n'en a pas rédigé un nouveau qui laisse tout à Dessie, en imitant la signature du médecin. Reprendre le cabinet de l'ancien avocat lui a donné la possibilité de détruire le testament d'origine mais il tient à s'assurer qu'il n'y a pas de copies, au cas où quelqu'un contesterait l'héritage de Dessie.

— Tu connais Dessie depuis longtemps. Tu la crois capable de ce genre d'arnaque, sans parler de meurtre ?

Nikki fit la grimace d'un air las.

— Je n'ai aucune envie de le croire. J'aimerais me convaincre qu'elle est la brave femme que j'ai toujours pensé qu'elle était. Mais cette Dessie-là ne se serait jamais laissé manipuler par quelqu'un comme Clete Darnell. Je n'imagine vraiment pas la gouvernante dévouée qui a pris soin du Dr Nance pendant trente ans en train de se prélasser sur une plage des Caraïbes, quelques heures après la découverte de son cadavre. J'ai l'impression que personne dans cette ville n'est celui qu'il prétend être.

— Nous avons tous un côté sombre, dit Adam. Un double diabolique qui nous murmure des horreurs à l'oreille.

— Super.

Avec un gros soupir, elle se tourna vers la porte.

— Allons nous asseoir sur les marches du porche, proposa-t-elle. Un peu de fraîcheur me fera du bien.

— J'arrive. Laisse-moi prendre la bouteille de whisky.

Il attrapa un autre verre et emporta le tout à l'extérieur.

— Il fait plus frais, ce soir, dit-il. Après la canicule de la journée, c'est agréable.

Nikki enroula les bras autour de ses jambes repliées.

— La fin de l'été me rend toujours nostalgique.

— Pourquoi ?

— Je ne sais pas. Je ne regrette pas mon enfance, pourtant. Et encore moins mon adolescence, mes années de lycée.

Il s'assit à côté d'elle et leur servit un verre de whisky.

— Personne ne regrette ses années de lycée.

— Sauf si tu fais partie du gratin de la société, dit-elle.

— Du quoi ?

— Tu sais bien. Les gens qui sont nés avec une cuillère en argent dans la bouche, à qui tout réussit, qui sont des leaders nés. Et populaires. Les gens comme toi, j'imagine.

— Qu'est-ce qui te fait croire que j'étais populaire ?

— Je l'ai compris au premier regard. Tu dégageais une incroyable assurance. Tu te démarquais des autres et tu n'en étais même pas conscient.

— Vraiment ?

— Oui.

Elle leva son verre. Quand leurs regards se croisèrent, elle détourna la tête.

— Cela me semble un peu rapide comme jugement, dit-il.

— Je ne juge pas. Je constate, c'est tout.

Il y avait pourtant un certain reproche dans son ton. Adam se rendit compte qu'elle prenait ses distances, installait ses défenses. Tout en sirotant son whisky, il regarda les expressions qui passaient sur son visage.

— Tu ne m'as toujours pas dit ce qui t'était arrivé, dit-elle. Comment t'es-tu retrouvé aux prises avec Eddie Bowman ?

Il la laissa changer de sujet sans faire de commentaires.

— Disons simplement qu'il y avait un fusil, des bergers allemands et des marécages infestés de serpents.

— Je n'en reviens pas que tu aies survécu et que tu puisses raconter cette histoire, dit-elle, les yeux écarquillés.

— Aurais-tu une idée de la raison pour laquelle le Dr Wingate se serait acoquinée avec un type comme Bowman ?

Nikki haussa les épaules.

— Pas vraiment. Mais Dessie m'a dit que le Dr Wingate et le Dr Nance avaient eu une liaison, il y a quelques années. Elle était mariée, à l'époque. Le divorce a été houleux et coûteux. Et lorsque sa relation avec le Dr Nance a pris fin, elle l'a rendu responsable de tous ses malheurs.

— Pourtant, ils ont continué à diriger ensemble la clinique, non ? Cela n'a pas dû être simple.

Stephanie travaillait au bureau du procureur, à Dallas, et depuis leur rupture, cette proximité le gênait beaucoup.

— D'après Dessie, il a proposé de lui racheter ses parts mais elle a refusé de les vendre. La clinique a toujours été une mine d'or et j'imagine qu'elle avait besoin de cet argent.

— Et Bowman ?

— Ce n'est qu'une supposition, mais après avoir quitté Dessie, j'ai repensé à l'une de mes premières autopsies en tant que médecin légiste. Il s'agissait d'une overdose. La veuve du défunt m'a expliqué que son mari n'avait eu aucune difficulté à se procurer d'importantes doses d'héroïne parce qu'il connaissait un type qui tenait un médecin sous sa coupe.

— Le type en question, c'était Eddie Bowman ?

— Elle l'appelait « Le gars des épaves ». Mais à l'époque, je pensais qu'elle faisait allusion aux épaves que sont les camés, les junkies. Il ne m'est pas venu à l'esprit qu'elle parlait d'épaves automobiles, donc de Bowman. Et j'étais encore plus loin d'imaginer que le médecin en question puisse être le Dr Wingate. Mais si le divorce l'avait ruinée, il est possible qu'elle ait cherché ainsi à arrondir ses fins de mois. Elle ne semble pas manquer d'argent, actuellement. Cela expliquerait aussi pourquoi elle tient tant à remettre au plus vite la main sur ces dossiers médicaux. Le Dr Nance avait peut-être trouvé quelque chose qui risquait de l'incriminer.

— Elle se disputait avec Bowman quand je les ai surpris chez lui, cet après-midi. Elle a fini par lui lancer une enveloppe. Je n'ai pas vu son contenu mais sans doute s'agissait-il d'une sorte de rétribution.

— Je me demande en contrepartie de quoi elle le payait.

— C'est toute la question. Peut-être la fait-il chanter. Ou pire. Si ce type est aussi pourri que tu le dis, peut-être a-t-il joué les tueurs à gages et assassiné le Dr Nance contre rémunération.

— Tu crois qu'elle l'aurait engagé pour tuer le Dr Nance ?

— C'est une hypothèse. Grand et baraqué comme est ce Bowman, il peut sans problème avoir poussé le Dr Nance hors de son bateau et lui avoir maintenu la tête sous l'eau, surtout s'il l'a drogué.

— Nous n'avons aucune preuve de tout cela, dit Nikki.

— Pas encore, c'est vrai, reconnut Adam. Ce qui m'ennuie, c'est qu'il a prétendu savoir que j'étais flic. Il m'a dit qu'il savait tout ce qui se passait dans cette ville. Peut-être exagérait-il mais ça m'a fait réfléchir. Je me demande si quelqu'un a découvert que le Dr Nance m'avait contacté et demandé de venir ici pour enquêter. Peut-être cette personne a-t-elle chargé Bowman de me neutraliser.

— Tu penses au Dr Wingate ?

— Elle peut tout à fait avoir surpris l'échange téléphonique entre Nance et moi. J'aimerais vraiment jeter un œil à l'intérieur du bureau de Bowman. Et voir ce qu'il y avait dans cette enveloppe. S'il s'agit bien d'argent, nous aurons la preuve qu'il fricote quelque chose avec le Dr Wingate.

Nikki le regarda dans la pénombre.

— Tu n'envisages pas sérieusement d'y aller seul, j'espère. Je vais te le répéter parce que j'ai l'impression que tu n'as pas entendu ce que j'ai dit. Eddie Bowman est un sale type, il est dangereux. Il a toujours été une source de problèmes. Il bricole en ville. Il était capable de tout réparer, à une époque. Il avait la réputation d'être le meilleur menuisier du comté mais ma grand-mère ne l'a jamais laissé entrer chez elle. Comme je l'ai dit, elle n'était pas du genre aimable mais elle savait sonder les gens.

— Apparemment, c'était une femme intéressante, dit Adam.

— Oui, sans doute, dit Nikki, songeuse.

— Vous ne vous entendiez pas bien ?

— Nous ne nous entendions pas du tout. Nous restions à distance l'une de l'autre, nous ne nous adressions presque jamais la parole. Elle ne m'aimait pas. Mais ce n'était pas sa faute. Elle avait été obligée de s'occuper de moi quand mes parents m'avaient larguée pour refaire leur vie ailleurs sans moi. D'abord mon père, puis ma mère.

— Sont-ils toujours vivants ?

— Je n'en ai aucune idée. Je n'ai pas envie de parler d'eux. Je préférerais en savoir plus sur Eddie Bowman.

Adam doutait que le ferrailleur soit un sujet passionnant mais il devina que Nikki cherchait surtout à le garder à distance.

— Tu crois que c'est lui qui t'a agressé à la cabane du Dr Nance, l'autre soir ? poursuivit-elle.

— Je n'en serais pas surpris, dit Adam en hochant la tête.

— Et pourtant, tu as l'intention de retourner dans cette casse automobile et d'y fouiner. Tu sais ce que je crois ? ajouta-t-elle d'un ton accusateur. Tu aimes vivre dangereusement. Pas moi.

Il lui lança un regard amusé.

— Vraiment ? Pourtant, prendre ces photos cet après-midi était risqué. Mais je suis d'accord, le calme est agréable. Ici, tout est paisible, ajouta-t-il en désignant le jardin. Et parfumé, avec toutes ces roses. Tu as la main verte, apparemment.

— Je n'ai rien planté. Je suis même surprise d'avoir réussi à garder ces fleurs en vie. La mort est mon univers.

— Pourquoi avoir choisi d'être médecin légiste ? La gloire du chirurgien ne t'attirait pas ?

— Je suis comme toi, j'aime résoudre les mystères, chercher des indices que personne n'a vus. Il est très satisfaisant de rassembler toutes les pièces, de reconstituer le puzzle.

Elle était passionnée par son métier. Il l'entendait dans sa voix.

— Et pourquoi ici, dans le comté où tu as grandi ?

— Oh ! Il s'agit d'un concours de circonstances. Le poste était vacant. Tom Brannon et le Dr Nance ont persuadé un juge de m'y nommer. C'était il y a près de deux ans.

Adam lança avec désinvolture :

— Tom Brannon et toi semblez proches.

Elle fronça les sourcils.

— Je n'irais pas jusque-là. Nous nous connaissons bien, nous travaillons en bonne intelligence. Au-delà de ça…

Elle haussa de nouveau les épaules.

— C'est un type bien. Et il est fiancé à la sœur de Riley Cavanaugh.

— Le monde est petit.

— La ville, surtout.

Elle prit une autre gorgée de whisky.

— À mon tour de t'interroger.

— Vas-y.

Elle lui décocha un sourire espiègle.

— Tu es flic, tu as la trentaine, plutôt séduisant dans ton genre. Il doit y avoir au moins une ex-femme dans ton passé.

— La rumeur qui prétend que le taux de divorce au sein de la police est supérieur à la moyenne nationale est un mythe.

— Alors… pas d'ex-femme ?

— Mais une ex-fiancée, concéda-t-il. Elle a rompu nos fiançailles il y a quelques mois.

— *Elle* a rompu ? Que s'est-il passé ?

Adam eut d'abord envie de botter en touche, comme Nikki l'avait fait à propos de ses parents, mais il changea d'avis. Il n'avait parlé de cette rupture à personne, pas même à sa psy. Crever l'abcès lui ferait peut-être du bien.

— La fusillade a bousillé notre relation. Les opérations chirurgicales, la longue convalescence, les mois de rééducation. C'était éprouvant, éreintant. Et Steph n'a jamais été du genre patient. Jouer les infirmières n'était pas son truc.

Nikki eut l'air consternée.

— Elle t'a quitté parce que tu étais blessé ?

— Avec le recul, j'ai pris conscience que la rupture couvait depuis longtemps. Mes blessures et la longue convalescence ont eu l'effet d'un catalyseur. Pas d'un déclencheur.

Curieux comme il réussissait à en parler maintenant, comme si l'histoire était arrivée à quelqu'un d'autre. Il éprouvait un détachement intéressant.

— L'enquête sur la fusillade a été mise sous le tapis parce que le rejeton d'un homme politique était impliqué et qu'il ne fallait surtout pas faire de vagues. Des personnes puissantes tiraient les ficelles. Cela ne m'a pas plu et je l'ai dit. Haut et fort. Les pouvoirs en place ont décidé de différer ma réintégration jusqu'à ce que je change d'attitude. À cause de moi, Stephanie a pris un blâme du bureau du procureur. C'est la goutte d'eau qui a fait déborder le vase.

Nikki ne répondit pas mais son regard en disait long. Imaginait-il ces éclairs de colère dans ses yeux ? Peut-être y voyait-il ce qu'il avait envie d'y voir. C'était grisant d'avoir quelqu'un de son côté, pour changer. Quelqu'un en qui il avait confiance et qu'il admirait. Quelqu'un dont il était peut-être tombé un peu amoureux.

— Je suis désolée, dit-elle après un moment. Tu en as sûrement bavé. Mais souvent, les choses s'arrangent. Et les épreuves de la vie sont parfois une chance.

Il la regarda.

— Parfois, oui, c'est vrai.

La lune se levait au-dessus de la cime des arbres. Nikki ferma les yeux et inclina son visage vers la lumière pâle.

— J'ai un aveu à te faire.

— Je suis tout ouïe.

— Je ne t'en ai pas parlé mais je me souviens de toi maintenant. De toi, cet été-là, je veux dire.

— Il était temps !

Elle se mit à rire, d'un rire léger et cristallin, étonnant chez une femme aussi profonde.

À cet instant précis, Adam décida qu'il allait l'embrasser. Il aurait pu se lever, la saluer et partir. Et estimer que la soirée s'était agréablement terminée. Mais elle se pencha vers lui. Et posa, mine de rien, la main sur son genou. Il n'avait pas besoin d'encouragement supplémentaire. Il allait l'embrasser.

Il se détendit et savoura cette attente chargée de promesses. Il entendait les stridulations des grillons, s'enivrait des senteurs des roses et du chèvrefeuille qui embaumaient l'air du soir.

— Tu m'as dit que nous nous étions croisés la première fois aux Ruines, dit Nikki. Mais ce n'est pas vrai. Je t'ai vu pour la première fois sur le pont. Tu effectuais un salto arrière dans le lac.

Il lui donna un coup de coude complice.

— Avoue que tu as été impressionnée !

— Très impressionnée, répondit-elle sincèrement. Tu avais les cheveux longs, à l'époque. Et tu étais bronzé. Très séduisant… Je crois que j'ai un peu trop bu, ajouta-t-elle pour tenter de se rattraper.

Il sourit et remplit son verre.

— Continue.

— Après cela, je t'ai revu aux Ruines. Tu as essayé de me parler, tu voulais que je descende discuter avec toi mais…

— Mais tu as refusé, tu m'as envoyé balader.

— J'étais timide et peu sûre de moi. J'étais sur mes gardes.

— Tu l'es toujours, dit-il.

— Peut-être, oui, mais je ne suis plus la même. La fille que tu as croisée aux Ruines a disparu pour toujours.

— J'espère que non. Elle était fascinante.

— La plupart des gens me trouvaient surtout bizarre.

— La plupart des gens ont peur de leur ombre. Ils ne savent pas comment réagir face à quelqu'un qui marche à son propre tempo. Cette fille que tu étais est toujours là quelque part. J'en suis sûr.

— Adam…

— Oui ?

Elle se tourna vers lui.

— Que sommes-nous en train de faire ?

— De bavarder.

— Tu sais ce que je veux dire. Ce… flirt. Ce n'est pas la vraie vie. C'est le whisky et peut-être un peu d'adrénaline.

— Et alors ?

— Tu ne crois pas qu'on devrait en rester là ?

— C'est ce que tu veux ?

— Non, reconnut-elle. Et cela m'ennuie.

— Détends-toi. Rien ne se passera à moins que tu n'en aies envie.

— C'est bien le problème…

De nouveau, elle se tourna vers lui, les lèvres entrouvertes, et il vit le clair de lune briller dans ses yeux.

Ils se regardèrent et soudain, sans savoir comment, elle se retrouva à califourchon sur lui, en train de l'embrasser à pleine bouche en déchirant sa chemise d'une main fébrile.

14

Soudés l'un à l'autre, ils rentrèrent dans la maison, trébuchant sur les marches, s'écrasant contre les murs. Ils firent halte dans la cuisine pour un autre baiser passionné qui dégénéra. Très vite, Nikki se retrouva allongée sur la table, les bras au-dessus de la tête alors qu'Adam lui retirait son débardeur. Lui-même avait la chemise ouverte. Elle la fit glisser le long de ses bras et la jeta de côté.

Impatient et affamé, il lui dévorait la gorge, les seins. Tandis qu'il tirait sur son jean, elle lui défit son ceinturon et descendit sa fermeture Éclair.

Leur corps-à-corps amoureux était sauvage, ardent, grisant. Totalement hors de contrôle. Voilà trop longtemps qu'elle n'avait pas fait l'amour, pensa Nikki.

Ils se laissèrent tomber par terre et roulèrent sur le sol en riant avant de s'embrasser encore et encore. Emportée dans un tourbillon de folie, elle le chevaucha pour s'empaler sur lui.

— Putain, Nikki ! s'exclama Adam.

— Je sais.

Le souffle court, ils s'enlacèrent sur le carrelage.

— Je ne m'attendais vraiment pas à ce que la soirée se termine ainsi, dit-elle.

— C'est ce qui s'appelle finir la journée en beauté.

Étendus sur le dos, ils attendirent que leur rythme cardiaque se calme. Après un moment, Nikki récupéra son jean et l'enfila. Adam l'imita puis ils se rallongèrent sur le sol, pas trop à l'aise l'un avec l'autre mais pas gênés non plus. Nikki se sentait sonnée. Elle se demanda ce qui, du whisky ou du sexe, la plongeait dans cette douce euphorie.

— À quoi penses-tu ? demanda finalement Adam.

— En vrai ? Je crois que je ne pourrai plus jamais m'asseoir devant cette table sans penser à toi avec ton pantalon sur les chevilles.

Elle se mit à rire et fut incapable de s'arrêter.

— Je crois que je suis un peu soûle, ajouta-t-elle.

— Après quelques gorgées de whisky ?

— Comment expliquer autrement ce coup de folie ?

— De quelle folie parles-tu ? De ton fou rire incontrôlable ou de notre frénésie érotique sur la table de la cuisine ?

— Les deux. Normalement, je suis du genre sérieux.

Roulant sur le côté, il appuya la tête sur son bras replié.

— Tu exerces un métier sérieux. Mais il n'y a pas de mal à s'amuser de temps en temps.

— Ce n'est pas tout à fait vrai, dit Nikki en se frottant le coude. Nous aurions pu nous casser quelque chose.

— N'exagérons pas ! Nous ne sommes pas si âgés.

Elle s'assit et s'étira, puis enfila son débardeur.

— On pourrait au moins migrer dans un endroit plus confortable que ce carrelage, dit-elle. Ou bien en rester là, ajouta-t-elle après un moment.

— Tu es en train de me mettre à la porte ? demanda-t-il d'un ton nonchalant.

— Non. Je t'offre une sortie facile.

— Peut-être que je n'ai pas envie de m'en aller.

Il finit de s'habiller puis aida Nikki à se lever.

— Viens. Nous avons laissé le whisky dehors.

— Je préfère vraiment arrêter de boire, dit-elle. Je travaille demain.

— Un dernier verre et je m'en vais.

Ils s'assirent sur les marches du porche. Une brise chaude et parfumée flottait dans le jardin.

Ils restèrent un moment silencieux avant qu'Adam dise enfin :

— J'ai un aveu à te faire, moi aussi…

Nikki le dévisagea d'un air menaçant.

— Si tu t'apprêtes à m'annoncer que tu es marié, je t'abats avec ton arme de service.

Il montra son annulaire nu.

— Je n'ai jamais été marié. Seulement fiancé quelques mois, tu t'en souviens ?

Elle poussa un soupir exagérément soulagé.

— Alors, que veux-tu m'avouer ?

— Je n'ai pas été vraiment surpris, l'autre soir aux Ruines, lorsque tu as trouvé cette montre.

— Quoi ? Tu savais que la montre était là ?

— Laisse-moi t'expliquer. La montre m'a surpris mais pas la cachette. Je la connaissais.

Le cœur de Nikki s'accéléra dans sa poitrine alors qu'il se penchait vers elle pour planter ses yeux dans les siens.

— J'étais tombé sur cette cache, cet été-là, en cherchant des indices. Il y avait un cahier à l'intérieur. Un journal intime.

Elle ferma un bref instant les paupières.

— J'aurais dû m'en douter. Tu l'as lu ?

— Oui.

— Entièrement ?

— Mets-toi à ma place. J'avais découvert un journal manuscrit caché sous le plancher d'un hôpital psychiatrique désaffecté. À ton avis ?

Elle soutint son regard.

— Tu ne m'as rien dit, cet été-là. Pourquoi m'en parler maintenant ?

— Parce que je n'aime pas les secrets.

Elle promena les yeux sur le jardin où les ombres dansaient lentement contre la clôture.

— Tu as donc toujours su ce que j'avais fait.

— J'ai toujours su que tu avais parlé à Riley Cavanaugh, le soir de sa disparition. Tu as sans doute été l'une des dernières personnes à la voir vivante et pourtant, tu n'es jamais allée le raconter aux flics. Oui, je sais tout ça. Mais pour moi, tu n'as rien fait de mal.

Il chercha son regard au clair de lune mais elle l'évita et continua de s'absorber dans la contemplation des ombres.

— Je sais que je n'ai rien fait de mal, mais je n'ai rien fait de bien non plus. Elle est venue me voir, ce soir-là. *Moi*. Parce que j'étais la seule à pouvoir l'aider. Du moins le pensait-elle. Elle et ses amies avaient été mises au défi de s'aventurer dans les Ruines en pleine nuit et elle voulait s'assurer qu'elle ne risquait rien. Elle avait entendu dire que j'y allais souvent. Elle m'a demandé si j'avais déjà vu le Prédicateur là-bas. Mais ce n'était pas la véritable raison pour laquelle elle était venue me trouver. Elle ne voulait pas être rassurée. C'était un moyen de se défiler. Elle avait peur et elle espérait que je lui déconseillerais d'y aller, que je lui fournirais ainsi un prétexte pour renoncer sans perdre la face vis-à-vis de ses copines. Mais au lieu de ça, je lui ai dit qu'elle devait relever le défi, qu'il n'y avait rien à craindre. Que les Ruines étaient magnifiques au clair de lune.

Adam posa la main sur son genou et le pressa légèrement. Le geste était intime et réconfortant.

— Tu ne pouvais pas deviner ce qui allait se passer.

Nikki hocha la tête avec un gros soupir.

— Je sais. Rationnellement, je sais que si elle a été

enlevée, ce n'était pas ma faute. Mais je sais aussi que si je lui avais dit de ne pas y aller, elle serait probablement toujours en vie. Mariée et mère de famille, peut-être. Menant une carrière intéressante. Et Jenna Malloy n'aurait pas passé les quinze dernières années allongée sur le divan des psychiatres.

— Tu n'as pas poussé ces gamines à se rendre aux Ruines, Nikki. C'était une sorte de rite de passage, à l'époque. Elles y seraient sans doute allées quoi que tu leur dises.

— Nous ne le saurons jamais. Mais ce n'est pas uniquement ma culpabilité qui m'a poussée à garder le silence. Le père de Tom Brannon était shérif au moment du drame. Il me considérait comme suspecte dans cette affaire. Les gens racontaient déjà que les Belle Pointe Five avaient attiré ces pauvres filles aux Ruines par une nuit de lune de sang pour les offrir en sacrifice au diable. J'ai eu peur de ce qui se passerait si quelqu'un apprenait que j'avais parlé à Riley avant qu'elle disparaisse, et pire, que je l'avais encouragée à relever ce défi.

— Tu as donc écrit tes aveux dans ton journal pour décharger ta conscience sans avoir à t'exposer à la vindicte populaire.

— Je me suis comportée en lâche, reconnut-elle. La rétention délibérée d'informations dans le cadre d'une enquête de police est illégale. Si quelqu'un l'avait su, mes bourses universitaires m'auraient été retirées, je n'aurais pas pu poursuivre mes études de médecine, réaliser mon rêve. Alors, j'ai gardé le silence.

— Qu'est-il arrivé à ton journal, à ton avis ? Je suppose que tu t'es rendue aux Ruines, l'autre soir, dans l'espoir de le récupérer.

— Celui ou celle qui a mis la montre du Dr Nance sous le plancher l'a sans doute pris. Et lu.

— Oui, et si cette personne avait voulu l'utiliser contre toi, elle l'aurait déjà fait.

— À moins qu'elle ne l'ait conservé pour une tout autre raison.

— Et laquelle ?

Nikki frissonna.

— Je ne sais pas. Mais je suis en proie à un mauvais pressentiment. Ce journal était une erreur qui va me revenir en pleine figure comme un boomerang, j'en suis sûre.

15

Le lendemain matin, Nikki arriva tôt à l'institut médico-légal. Elle enchaîna les autopsies et la paperasse administrative pour garder les mains et l'esprit occupés. Elle n'eut aucune nouvelle d'Adam de la journée. Sans doute était-il en train de remplacer son téléphone. Elle espérait qu'il aurait assez de bon sens pour ne pas retourner rôder près de la casse automobile. Cela dit, il était majeur et vacciné. Elle ne pouvait pas s'inquiéter de ses faits et gestes, elle avait ses propres soucis. Pourtant, son silence la tracassait.

Les heures défilèrent et vers 16 heures, elle avait abattu tant de travail qu'elle hésita à partir plus tôt. Mais à ce moment, Tom Brannon l'appela. Voir son nom apparaître sur l'écran de son smartphone n'était jamais bon signe.

— Bonjour, Tom. Que se passe-t-il ?

— Nous avons un autre cadavre, Nikki. Combien de temps vous faut-il pour venir ici ?

— Où êtes-vous ?

— À une vingtaine de kilomètres à l'est de la ville. Je vous envoie l'adresse par texto.

— J'y serai dans une petite demi-heure. Avez-vous identifié la victime ?

— Oui, répondit-il sombrement. C'est Eddie Bowman.

— Eddie Bowman, le ferrailleur ? s'exclama-t-elle.

— Je ne peux pas dire que je suis surpris. Il cherche les ennuis depuis des années.

Nikki agrippa son téléphone.

— Qu'est-il arrivé ?

— Apparemment, quelqu'un lui a tiré dessus à bout portant. Nous sécurisons l'endroit en vous attendant.

Nikki raccrocha et s'assura qu'elle emportait tout ce dont elle aurait besoin là-bas avant de prendre le volant.

La circulation était fluide et elle roula vite. Lorsqu'elle parvint à destination, un adjoint du shérif la laissa franchir la première grille. Comme elle sortait de sa voiture, le shérif Brannon vint à sa rencontre. Il lui résuma ce qu'il savait tandis qu'elle enfilait une combinaison et attrapait sa trousse d'instruments. Ils mirent des gants et des chaussons de protection puis il l'entraîna dans le petit bureau.

Le cadavre gisait sur le dos. Le sang avait trempé ses vêtements et coulé sur le lino. Nikki s'agenouilla et commença l'examen préliminaire. Tout d'abord, elle regarda si Bowman portait une montre. Si celle-ci s'était cassée lors de la chute, ils auraient l'heure précise du décès. Malheureusement, elle fonctionnait toujours et Nikki passa alors à l'étape suivante. Elle dressa méthodiquement la liste des blessures, les mesura, indiquant à Billy Navarro où et comment les photographier.

— On dirait un 9 mm, dit-elle. La balle a en effet été tirée à bout portant en pleine poitrine. Aucune trace de lutte, ajouta-t-elle en promenant les yeux autour d'elle. Il a vu son assassin. Sans doute le connaissait-il. Qui vous a prévenu ?

— Un type qui venait lui acheter des carburateurs d'occasion. Ils avaient rendez-vous. Quand il est arrivé, les chiens hurlaient à la mort mais ils étaient dans le chenil et il n'a donc pas prêté attention à leur raffut. Comme

Bowman ne sortait pas, il est allé frapper au bureau. C'est là qu'il a vu le corps.

— Quelle heure était-il ?

— 14 heures environ.

— D'accord. En me fondant sur la température corporelle, je dirais qu'il a été abattu tôt ce matin, mais je vous donnerai une estimation plus précise après l'autopsie.

Elle jeta un coup d'œil dans le bureau mal rangé et, pendant une fraction de seconde, elle s'autorisa à imaginer l'impensable. Où était Adam ? Était-il revenu ici dans l'espoir de retrouver l'enveloppe remise par le Dr Wingate ? La police trouverait-elle ses empreintes partout, y compris sur le cadavre ?

Elle était folle d'avoir de telles pensées. Secouant la tête, elle se ressaisit et se remit à collecter des indices.

Pendant ce temps, Tom Brannon ouvrait les tiroirs du bureau.

— Regardez ça.

Nikki ne savait pas s'il s'adressait à elle, à Billy Navarro ou aux techniciens de la scène du crime. En tout cas, elle se leva pour aller voir. Plusieurs enveloppes se trouvaient à l'intérieur, toutes remplies de billets de banque.

— Apparemment, le vol n'était pas le mobile du crime. Peut-être s'agit-il d'une vente de drogue qui a mal tourné.

— Ou peut-être faisait-il chanter quelqu'un, dit Nikki.

Tom leva les yeux.

— Savez-vous quelque chose que j'ignore ?

— Oui et ça ne va pas vous plaire…

Adam rentrait de Dallas quand il reçut le coup de fil de Nikki sur son nouveau smartphone. Il quitta la voie express et la rappela. Elle avait l'air bouleversée.

— Où étais-tu ? lança-t-elle. J'essaie de te joindre depuis des heures.

— J'avais des affaires à régler à Dallas.

Il était passé prendre son courrier chez lui, avait fait le point avec son chef. Il avait même appelé le Dr Cassidy pour planifier une séance. Il était temps de remettre de l'ordre dans sa vie.

— Je rentre à Belle Pointe, maintenant.

— Que faisais-tu à Dallas ? Peu importe, laisse tomber. Cela ne me regarde pas et nous avons un problème plus urgent sur les bras.

Elle s'interrompit pour reprendre son souffle.

— Je reviens de la casse automobile. Eddie Bowman a été retrouvé mort, cet après-midi.

Adam fut content de s'être arrêté.

— Que s'est-il passé ?

— Il a reçu deux balles en pleine poitrine, à bout portant. Je retourne à l'institut médico-légal. Je vais me charger de l'autopsie. J'en ai pour plusieurs heures.

— Y a-t-il des suspects ?

Elle hésita.

— J'ai parlé à Tom Brannon de ta petite mésaventure d'hier avec Bowman. J'étais obligée de le faire. Je lui ai également raconté tout ce que nous avons découvert, par ailleurs. Certes, à ce stade, il ne s'agit que d'hypothèses mais il devait être mis au courant.

— Bien sûr. Tu as bien fait. Appelle-moi en quittant l'institut médico-légal, d'accord ? Nous nous retrouverons quelque part pour décider de la suite.

— Tom voudra t'interroger.

— J'irai directement au bureau du shérif en arrivant. Nikki ? ajouta-t-il soudain. Fais attention à toi. Quelqu'un est peut-être en train de faire le ménage, d'éliminer un à un ceux qui risquent de le démasquer. Nous devons aboutir avant que les cadavres se multiplient à Belle Pointe.

Quand Adam serra la main de Tom Brannon et quitta le bureau du shérif, la nuit tombait. Il appela Nikki. Elle était toujours à l'institut médico-légal et y serait encore une bonne heure. Il retourna dans la maison de sa grand-mère et s'assit à la table de la cuisine pour parcourir son courrier.

Il écarta rapidement les prospectus publicitaires ainsi que les factures habituelles et s'empara d'une grande enveloppe sur laquelle était écrit « Personnel et confidentiel ». À en croire le cachet de la poste, elle lui avait été envoyée une semaine plus tôt. À l'aide de son canif, il l'ouvrit et en tira un livre. Il s'agissait d'une vieille édition de *The Talented Mr Ripley*. Adam ne connaissait pas ce titre mais il fut certain que l'ouvrage lui avait été adressé par le Dr Nance.

Il feuilleta les pages puis examina attentivement la reliure. Comme il fallait s'y attendre, il découvrit un minuscule billet roulé dans la tranche du livre. Il déroula le papier qui contenait deux mots :

Oak Lane.

Il faisait nuit noire lorsque Nikki quitta l'institut médico-légal. Elle était épuisée et n'aspirait qu'à rentrer chez elle, à se glisser entre ses draps et à dormir jusqu'au lever du soleil. Elle hésita à passer un coup de fil à Adam pour lui dire qu'elle était en route mais elle décida d'attendre et de lui téléphoner de chez elle. La circulation était encore chargée par endroits et elle avait besoin de rester concentrée.

À quelques kilomètres de Belle Pointe, elle commença à suspecter que quelqu'un la suivait. Le véhicule qu'elle avait repéré était resté à distance depuis qu'elle était sortie du parking. Au départ, elle n'y avait pas prêté beaucoup d'attention mais maintenant, il n'y avait plus qu'eux deux sur la route.

Elle accéléra mais dut ralentir un peu plus loin pour négocier un virage en épingle à cheveux. Elle roulait si vite qu'elle faillit déraper et perdre le contrôle de sa voiture. Quand elle se retrouva sur une ligne droite, elle jeta un coup d'œil dans son rétroviseur. Derrière elle, son poursuivant se rapprochait. Elle voyait maintenant qu'il s'agissait d'un camion. Elle ne distinguait ni la marque ni le modèle mais l'image d'un vieux camion de livraison recouvert d'une bâche s'imposa à sa mémoire.

Elle se servit de son kit mains libres pour appeler Adam. Il répondit à la première sonnerie.

— Quelqu'un me suit, dit-elle.

— Où es-tu ?

Elle lui donna sa localisation approximative. La gorge serrée, elle surveillait d'un œil le véhicule à ses trousses, de l'autre, la route devant elle.

— Je pars tout de suite pour te rejoindre, dit-il. Ne t'arrête sous aucun prétexte. Quoi qu'il advienne, continue de rouler. J'arrive.

Quand le camion la heurta avec force, Nikki poussa un cri. Adam l'entendit.

— Nikki ? Que se passe-t-il ? Tu es toujours là ?

— Il vient de percuter mon pare-chocs.

— Accélère. Essaie de le distancer. Tiens bon…

Nikki écrasa la pédale d'accélérateur. Tant que la voie resterait droite, tout irait bien. Son SUV était plus rapide que le vieux camion. Mais la route devenait sinueuse. Elle ne pouvait continuer de rouler à cette vitesse. Il lui fallait ralentir…

Le camion frappa de nouveau l'arrière de son véhicule et Nikki perdit le contrôle un instant. Alors qu'elle s'efforçait de négocier un virage, son poursuivant se rapprocha d'elle, la colla pour la forcer à quitter la route. Elle lutta, s'accrocha à son volant avec l'énergie du désespoir. Mais soudain, elle dérapa. Sa voiture faucha un panneau, chevaucha le remblai et dévala la pente avant de finir sa course contre un arbre.

Quand Nikki reprit conscience, elle était allongée sur le sol. Elle pensa d'abord que quelqu'un l'avait tirée hors de son SUV accidenté et abandonnée dans les bois. Mais elle se rendit vite compte qu'elle n'était pas seule. Elle distinguait derrière elle un bruit étrange et rythmé. Comme elle essayait de frotter ses tempes douloureuses, elle s'aperçut que ses mains et ses chevilles étaient ligotées. Et un bâillon la réduisait au silence. Plus terrifiant encore, elle comprit qu'elle n'était pas du tout sur le bord de la route mais dans son propre jardin. Elle reconnaissait l'odeur des roses. Était-elle victime d'hallucinations ? En train de délirer ?

Elle tendit l'oreille, s'efforçant d'identifier ce qu'elle entendait : un coup métallique suivi d'un bruit sourd. Et entre les deux, un ahanement laborieux.

Quelqu'un creusait la terre. En pleine nuit ?

Avec effort, elle se redressa et promena les yeux autour d'elle pour tenter de se repérer. Rien ne lui semblait familier. Elle n'était pas dans son jardin, en fait.

Où suis-je ?

Un cri d'angoisse lui monta à la gorge, étouffé par le bâillon. En proie à une crise de panique, elle retomba sur le sol. Là, elle se força à inspirer profondément puis à expirer lentement, pour recouvrer son calme. Dès qu'elle reprit ses esprits, elle mesura la gravité de sa situation. Un chauffard au volant d'un camion l'avait envoyée dans le décor, sa voiture avait heurté un arbre et, sous la violence du choc, elle avait perdu connaissance. Puis elle avait été enlevée. Tout comme Riley Cavanaugh, quinze ans plus tôt. Enlevée par un inconnu qui creusait maintenant sa tombe !

Terrifiée, elle s'efforça de se raisonner. Les secours n'allaient plus tarder. Adam connaissait l'emplacement approximatif où elle se trouvait quand elle l'avait appelé. Il était déjà en train de la chercher. Il trouverait son SUV et comprendrait qu'elle était en difficulté. Il découvrirait sa position actuelle grâce au GPS de son smartphone mais… où était passé son téléphone ? Était-il resté dans sa voiture ?

Réfléchis, Nikki ! Tu peux t'en tirer.

Elle s'était toujours débrouillée seule dans la vie, ne comptant que sur elle-même. Elle allait s'en sortir. Il le fallait.

Elle resta allongée un moment, s'efforçant de dénouer la corde qui liait ses poignets. *Dépêche-toi, le temps presse.*

La pelle heurta le sol devant elle. Comme elle levait le nez, elle reconnut les yeux bleus et froids qui la fixaient.

Lila Wilkes s'accroupit près d'elle et lui repoussa les cheveux en arrière. Nikki détourna la tête, essayant de s'écarter, mais Lila lui saisit le menton.

— Ne bougez pas. Vous avez de la terre sur la joue, dit-elle en s'humectant les doigts avant de frotter la tache.

Sentant la nausée la gagner, Nikki recula.

— Vous devez vous demander ce que vous faites ici, dit Lila sur le ton de la conversation. À moins que vous n'ayez déjà tout compris. Je savais que vous alliez me démasquer, ce n'était plus qu'une question d'heures. Dès que vous auriez découvert les indices que le pauvre Charles vous avait laissés, vous n'auriez plus qu'à reconstituer le puzzle. Vous avez toujours été intelligente, n'est-ce pas ? Voulez-vous pourtant que je vous aide à assembler les morceaux ?

Nikki essaya de rouler hors de sa portée.

— J'ai trouvé son journal. Le vôtre aussi, en fait, mais nous y reviendrons. Parlons d'abord de Charles. Il avait tout noté. Il s'exprimait de façon énigmatique, codée, mais quand vous connaissez quelqu'un depuis longtemps – et je connaissais Charles Nance depuis trente ans –, vous savez comment fonctionne son esprit. Certes, il commençait à perdre les pédales, à dérailler un peu, mais les premières manifestations de son Alzheimer ne m'empêchaient pas de décrypter ses notes. L'ensemble était un peu flou, un peu embrouillé, voilà tout. Voyez-vous ce que je veux dire ?

Nikki la regarda avec horreur sans cesser de tirer sur la corde qui l'entravait.

— Vous vous posez sans doute beaucoup de questions. Je vais tout vous expliquer avant de vous dire adieu, poursuivit Lila. Vous le méritez et j'ai toujours été une bonne conteuse. Une bonne actrice aussi. Personne n'a jamais mesuré l'étendue de mes talents. Personne qui soit encore en vie, du moins. Vous êtes dans une position unique, Nikki. Les autres étaient trop vieux, trop malades ou trop bêtes pour apprécier ma supériorité. Mais vous êtes différente. Encore jeune, saine de corps et d'esprit. Et vous aussi, vous avez vécu un sombre passé. Nous portons toutes les deux cette part d'ombre. Si j'avais eu une fille, j'aurais aimé qu'elle soit comme vous.

Nikki secoua la tête avec véhémence, refusant tout lien de parenté, toute similitude avec cette folle.

Lila s'assit par terre et continua :

— Je vous ai raconté que Charles m'avait convaincue de venir ici pour soigner ma tante malade. Mais j'ai omis une partie de l'histoire. En réalité, j'avais pris un bus reliant Bâton Rouge à Belle Pointe et, au cours du voyage, j'avais fait la connaissance d'une jeune veuve, timide et triste, qui se rendait dans une petite ville à l'est du Texas pour s'occuper de sa tante malade. Elle s'appelait Lila Wilkes. Vous devinez la suite…

Le visage en sueur, Nikki s'efforçait toujours de se libérer.

— Ma véritable identité n'a pas beaucoup d'intérêt. Il

vous suffit de savoir que j'étais en cavale. J'avais besoin de me cacher quelque part, de me faire oublier, de me reposer, de me forger une nouvelle identité, de trouver de l'argent. Quand j'ai suivi Lila hors du bus, je ne pensais pas m'éterniser à Belle Pointe. Mais ensuite, j'ai pris conscience que personne ne savait à quoi elle ressemblait. Nous avions à peu près le même âge, la même corpulence. J'allais me faire passer pour elle… Même sa tante Mary ne s'est doutée de rien. Pas au début, du moins. J'ai enterré Lila sous le rosier préféré de Mary. Sous le *Twilight Mist*. J'avais l'habitude d'en faire des bouquets que je mettais dans sa chambre. Après quelque temps, elle a commencé à me regarder différemment et j'ai su qu'elle soupçonnait la vérité. Cela n'avait aucune importance, bien sûr. La pauvre ne risquait pas d'en parler à qui que ce soit. Elle était incapable de prononcer un mot ou d'écrire. Muette et impotente, elle ne pouvait que rester allongée à me suivre des yeux. Un jour, j'ai remarqué quelque chose d'étrange. L'horreur qui brillait dans son regard s'était transformée en admiration et, oserais-je dire, en affection. Elle avait besoin de moi et j'avais besoin d'elle. L'arrangement nous convenait à toutes les deux. Honnêtement, j'ai éprouvé une réelle tristesse quand elle est morte. Je l'aimais beaucoup.

Une voiture passa dans la rue. Lila se redressa, alarmée, puis se recroquevilla au passage du véhicule.

— Fausse alerte, dit-elle. Personne ne pensera à vous chercher chez moi, dans mon jardin. Pourquoi me suspecterait-on ? Je suis l'ange de cette ville.

Nikki mesurait pleinement l'horreur de la situation et l'étendue de son impuissance. Lila avait raison. Qui aurait l'idée de venir ici ? Qui songerait à incriminer Lila Wilkes ?

— J'ai été surprise de constater à quel point je m'étais attachée à Belle Pointe. Une petite ville bien tranquille, loin de tout. L'endroit parfait pour mettre une croix sur mon passé. Je n'étais plus la fille qui avait poignardé son copain avec un pic à glace. J'étais devenue un ange de miséricorde. J'offrais aux malades et aux infirmes une mort douce, suivie d'un bel adieu…

Elle joignit les mains.

— Seules deux personnes se sont doutées de quelque chose. Il a fallu des années à Charles Nance pour tout comprendre mais votre grand-mère m'avait démasquée au premier regard.

Nikki se figea. Elle écarquilla les yeux.

Lila rit doucement.

— C'était quelqu'un, votre grand-mère. Une dure à cuire dotée d'une langue de vipère, mais elle me plaisait. Elle me méprisait, bien sûr, mais je la respectais. Elle a toujours senti qu'il y avait anguille sous roche mais elle n'a pleinement pris conscience de mon génie qu'à la mort de sa voisine. Je soignais la pauvre Mme McHenry depuis des mois. Comme ma tante, un accident vasculaire cérébral l'avait terriblement diminuée. Sa vie n'en était plus une, vous en conviendrez, et je l'ai aidée à l'abréger en plaquant un oreiller sur son visage. Votre grand-mère m'a prise sur le fait. Nous avons eu une explication désagréable. Vous étiez à l'université, à l'époque, et elle était seule dans la maison. Il m'aurait été facile de la faire taire pour de bon mais si peu de temps après la mort de sa voisine, je risquais d'éveiller les soupçons. J'ai donc volé cette montre chez Charles et l'ai cachée sous le plancher des Ruines.

Nikki sursauta à cette révélation.

Lila vit sa réaction et hocha la tête.

— Oui, j'avais découvert votre petite cachette depuis belle lurette. Je sais tout ce qui se passe dans cette ville. J'ai donc dit à votre grand-mère que si elle me cherchait des ennuis, je veillerais à ce que vous soyez accusée du vol de cette montre. Et que je montrerais votre journal au shérif. Vous savez, le passage où vous étiez avec Riley Cavanaugh, la nuit où elle a disparu ? Même si vous n'auriez sans doute pas fait de prison, vous auriez perdu votre bourse universitaire. Vous auriez dû abandonner vos études et vous auriez fini comme votre mère, comme une traînée. Alors votre grand-mère a gardé le silence. Jusqu'au bout. Elle a emporté le secret dans sa tombe pour vous protéger, Nikki. Vous pouvez être fière d'elle.

Les larmes brûlèrent les paupières de Nikki. Elle eut l'idée d'appeler l'esprit de sa grand-mère à sa rescousse. C'était une battante. Qu'aurait-elle fait à la place de Nikki ?

Cesse de tirer sur cette corde, ma pauvre fille. Tu ne fais que resserrer les nœuds. Prends le temps de réfléchir. Sers-toi de tes neurones pour une fois.

Nikki se calma et s'activa méthodiquement sur les nœuds. Peut-être se faisait-elle des idées mais les liens semblaient plus lâches autour de ses poignets.

Lila lui sourit au clair de lune.

— Voilà toute l'histoire ! J'ai répondu à vos questions et vous ai montré l'amour que votre grand-mère avait pour vous. Vous voyez, je suis vraiment un ange. Et maintenant, il est temps pour vous de rejoindre votre aïeule…

Nikki secoua la tête, la suppliant des yeux.

— Ne vous inquiétez pas, dit Lila. Vous ne souffrirez pas. J'aurais pu vous assommer d'un coup de pelle sur le crâne, vous jeter dans la tombe et vous enterrer vivante comme je l'ai fait pour la pauvre Lila. Mais avec l'âge, je suis devenue plus tendre.

Elle sortit un pistolet de la poche de son jean.

— Il est équipé d'un silencieux. Une balle en pleine tête et tout sera fini. Vous ne sentirez rien. Eddie Bowman m'a procuré cette arme. Il a dû le regretter quand il m'a vue m'en servir pour le descendre. Ce minus m'était utile jusqu'à un certain point mais sa stupidité et sa cupidité finissaient par devenir gênantes. Il était prêt à tout pour empocher de l'argent, y compris à retourner sa veste et à vous faire chanter. Le Dr Wingate en sait quelque chose. En engageant Eddie pour m'aider à me débarrasser du Dr Nance, je savais que tôt ou tard, je devrais le tuer, lui aussi. J'ai fait attention à ne pas laisser mes empreintes dans son bureau mais je n'en dirais pas autant du Dr Wingate. Elle va sans doute connaître des temps difficiles, surtout si je décide de dissimuler cette arme chez elle. Mais occupons-nous d'abord de vous, d'accord ?

Elle remit le pistolet dans son étui.

— Je vais vous mettre dans le trou avant de vous loger une balle dans le crâne. Ce sera plus propre.

Elle était forte pour son âge. Elle souleva les pieds liés de Nikki et la traîna sans difficulté vers la fosse. Nikki se laissa faire jusqu'à ce que Lila arrive près du bord. C'est alors qu'elle lui fit un croc-en-jambe. L'attaque surprit Lila, sans doute habituée à des victimes plus dociles. Elle agita les bras pour tenter de recouvrer son équilibre puis bascula dans la tombe.

Nikki retira rapidement la corde qui entravait ses mains, arracha son bâillon et se mit à dénouer ses chevilles. Mais avant de réussir à se libérer complètement, elle vit Lila se hisser hors de la fosse. La quinquagénaire se redressa, tenant son arme à deux mains. Sous le clair de lune, elle avait l'air d'une démente. Nikki roula sur elle-même pour tenter de se mettre hors d'atteinte.

Adam apparut alors, semblant sortir de nulle part. Il saisit la pelle et frappa Lila Wilkes à l'arrière de la tête. Elle s'effondra sur le sol avec un cri.

En un éclair, il fut à côté de Nikki. Il l'étreignit et prit son visage entre les mains.

— Ça va ?

— Maintenant, oui, dit-elle. Comment as-tu su où j'étais ?

— Le Dr Nance nous avait laissé l'adresse.

— Quoi ?

— 1447, Oak Lane. Il m'a conduit directement chez son assassin.

16

Nikki passa vingt-quatre heures à l'hôpital pour y subir une batterie d'examens destinés à s'assurer qu'elle n'avait gardé aucune lésion interne de son accident de voiture. Adam resta avec elle tout le temps.

Quand il la reconduisit chez elle, ils s'installèrent sur les marches du porche arrière pour profiter de la douceur du soir. Là, ils contemplèrent le coucher de soleil tout en s'enivrant du parfum des roses. Pourtant, au bout d'un moment, ils revinrent sur ce qui s'était passé.

— Il s'avère que Lila Wilkes, alias Sally Johnston, a été internée dans un asile psychiatrique lorsqu'elle était adolescente, dit Adam. Voilà sans doute pourquoi elle était autant fascinée par les Ruines.

— J'y passais l'essentiel de mon temps quand j'étais jeune, je ne l'y ai jamais croisée, dit Nikki.

— Elle était prudente. C'est pour ça également que Dessie ne s'est jamais rendu compte qu'elle venait sans cesse fouiner dans la maison du Dr Nance. Lila a dû se rendre en cachette chez beaucoup d'autres gens. Elle savait tout sur tout le monde. Tom Brannon m'a montré les articles de journaux découverts chez elle, détaillant ses crimes. Elle en était très fière, manifestement.

Nikki frissonna.

— C'est effrayant de penser qu'elle nous a espionnés

pendant des années. Et surtout qu'elle a assassiné tant d'innocents sans jamais être inquiétée. Pendant trente ans ! Personne ne se doutait de rien. Au contraire, tout le monde la considérait comme un ange. Pourquoi faisait-elle ça, à ton avis ?

— Elle était folle, folle à lier, voilà pourquoi. Et je pense qu'elle était heureuse de passer pour un ange, pour une mère Teresa, pour une sainte. Elle s'était donné le beau rôle. Elle se sentait valorisée. D'une certaine façon, elle avait trouvé un équilibre, une place.

Nikki lui lança un regard effaré.

— Tu plaisantes ! C'était une tueuse de sang-froid. Elle avait assassiné son petit ami avec un pic à glace.

— Je n'excuse pas ses crimes, dit Adam. Loin de là.

Ils étaient assis tout près l'un de l'autre et Adam avait mis une main sur son genou. Elle nicha la tête au creux de son épaule.

— Cette ville a vécu beaucoup d'horreurs au cours des quinze dernières années, poursuivit-elle. Nous ne nous sommes jamais remis de la disparition de Riley et maintenant, nous découvrons que l'ange de la ville est en réalité un démon qui a assassiné l'homme que Belle Pointe aimait plus que tout. Cette femme nous a bien dupés. Seule ma grand-mère l'avait démasquée mais elle n'en avait rien dit.

— Elle avait des soupçons mais pas de preuves. Et elle a gardé le silence pour te protéger.

— J'ai toujours été persuadée que je n'étais qu'un poids pour elle, murmura Nikki. Je me suis totalement trompée...

— Elle t'aimait.

Nikki refoula les larmes qui brûlaient ses paupières.

— Je regrette de ne pas l'avoir compris plus tôt.

— Tu ne peux pas revenir en arrière, Nikki.

Elle soupira.

— Que va-t-il se passer maintenant ?

— Les choses finiront par se tasser. Le Dr Wingate fera probablement l'objet d'une enquête. Quant à Dessie et Clete…

Il haussa les épaules.

— Il semble qu'ils vont aboutir à leurs fins. Le testament du Dr Nance a été authentifié. Dessie va donc hériter de la maison et d'un paquet d'argent. De quoi vivre confortablement. Le testament prévoit le remboursement de tes prêts étudiants. Le reste ira à la recherche. Le Dr Nance était un homme bien.

— Le meilleur.

Elle se tourna vers Adam.

— Mais je voulais dire : que va-t-il advenir de nous deux ? Rien ne te retient plus ici maintenant que tu as résolu le mystère du Dr Nance.

— Je ne dirais pas « rien », répliqua-t-il en lui caressant la joue.

— Tu vas sans doute retourner à Dallas dans quelques jours. Tu retrouveras ton emploi à la Crim et ta vie redeviendra normale.

— J'ai l'impression que, selon toi, la normalité devrait être l'aboutissement de tout, dit-il. Dallas est à deux heures de route de Belle Pointe. Ce n'est pas la mer à boire. On pourra continuer à se voir… si et quand nous en aurons envie. Pour passer du temps ensemble, dîner, aller au cinéma, assister à des matchs de base-ball, et plus si affinités… Tu vois le genre ?

Il haussa de nouveau les épaules.

— Et nous verrons bien où cela nous mène, ajouta-t-il.

Nikki réfléchit à sa suggestion. Elle n'avait jamais vécu avec un homme. En fait, elle n'avait jamais eu de véritable vie amoureuse ni même de vie sociale. Elle s'était consacrée à ses études puis à sa carrière.

Elle s'imagina en train de travailler toute la journée à

l'institut médico-légal avant de prendre le volant pour aller retrouver Adam quelque part et partager un petit repas ou un bon film avec lui. Ou pour une soirée tranquille dans son jardin… Elle se surprit à penser que ce programme lui convenait très bien. Il lui semblait même idyllique.

La tête toujours blottie contre son épaule, elle acquiesça.

— Oui, dit-elle. Et nous verrons bien où cela nous mène.

Vous avez aimé *Obscurs pressentiments* ?
Découvrez la suite et fin de votre série
« Les disparues du Lac Echo » dès le mois prochain,
dans votre collection Black Rose.

BARB HAN

Réunis dans la tourmente

Traduction française de
ISABEL WOLFF-PERRY

BLACK ROSE

HARLEQUIN

Titre original :
WHAT SHE DID

1

Chelsea McGregor se posta au bas de l'escalier et appela sa fille. Silencieuse, elle guetta le bruit des petits pieds nus de l'enfant trottant sur le parquet grinçant de la maison ancienne dans laquelle elles venaient de s'installer, à Jacobstown.

Surprise de ne pas entendre Skylar qui, en temps normal, débordait d'énergie à cette heure matinale, elle l'appela de nouveau.

Leur première nuit dans cette maison avait été calme, ce dont elle se réjouit. Cet emménagement dans une bourgade isolée du Texas allait leur permettre de repartir de zéro et constituait une lueur d'espoir dans sa vie. La première, depuis que, quatre ans plus tôt, elle avait regardé son bébé dans les yeux. À cet instant de pur bonheur, elle n'avait bien sûr aucune idée de ce qui se passait chez elle. Or, c'est ce moment que son mari – cet homme qui avait promis de la chérir et de la protéger - avait choisi pour délester leur intérieur de tous les objets de valeur qui s'y trouvaient. Sans omettre qui plus est de vider les comptes du ménage et ceux de l'entreprise de Chelsea.

En d'autres termes, Travis Zucker l'avait soulagée de tous ses biens, de son gagne-pain et, elle devait bien le reconnaître, de sa dignité.

Ce malheureux épisode avait été un moment décisif dans son existence.

Travis ne répondant pas aux messages par lesquels elle lui annonçait qu'elle était sur le point d'accoucher, elle avait d'abord craint qu'il ait eu un accident de voiture. Puis, sans nouvelles de lui, elle avait enduré dix-sept longues heures de travail avec sa mère pour seul soutien. Au choc et à la tristesse avait succédé le désespoir, lorsqu'elle s'était rendu compte qu'elle avait désormais la responsabilité d'un nouveau-né et plus un sou vaillant pour l'élever.

Skylar et elle s'étaient donc provisoirement installées chez la mère de Chelsea, dont la santé se dégradait depuis des années : Linda McGregor souffrait d'hypertension, de diabète, d'un excès de cholestérol et d'arthrose, entre autres. La maintenir dans une forme relative grâce aux meilleurs médicaments avait constitué un nouveau défi financier.

— Maman ? cria Chelsea, sachant que Linda aidait Skylar à se préparer pour l'école. Comment ça se passe, là-haut ?

Sa mère se pencha par-dessus la rambarde en bois pour répondre :

— La petite est prête. Je te l'ai envoyée il y a cinq bonnes minutes.

— Ah ? s'étonna Chelsea. C'est bizarre, je ne l'ai pas entendue descendre.

Elle pivota sur elle-même pour examiner le couloir, encombré de cartons empilés à la va-vite contre le mur.

Connaissant le goût de sa fille pour les parties de cache-cache, elle ouvrit ensuite la porte de la salle de bains du rez-de-chaussée, sans succès. Skylar essayait-elle d'échapper à sa rentrée dans une nouvelle école ?

Non. Elle devait être à l'étage, mais la maison ne comportait qu'un escalier qui grinçait, même sous le poids d'une enfant. Chelsea avait déjà repéré deux clous potentiellement dangereux qu'elle devrait extraire de la rampe dès que possible.

La liste de menues réparations de ce genre s'allongeait de jour en jour, la maison n'ayant pas été entretenue pendant trop longtemps. Cela n'avait aucune importance, d'ailleurs : ce legs constituait un cadeau infiniment précieux.

— Où es-tu, petit bout ? chantonna Chelsea, tentant de juguler son angoisse, pour se raisonner aussitôt : en aucun cas l'homme qui lui avait tout pris ne tenterait de lui enlever leur fille, sa peur était donc infondée.

Se forçant à respirer normalement, elle entreprit de regarder derrière les cartons malgré le courant d'air glacial qui traversait le couloir. Il y avait un cagibi, sous la cage d'escalier. Peut-être Skylar était-elle descendue à pas feutrés pour s'y cacher ? Après tout, Chelsea avait été occupée à préparer le déjeuner de sa fille pour son arrivée dans cette nouvelle école, et elle n'avait pas prêté attention à ce qui se passait autour d'elle.

Nouveau mois, nouvelle maison, nouveau départ…

Oui, elles allaient repartir du bon pied, toutes les trois !

Chelsea avait réussi à convaincre sa mère de quitter Houston pour s'installer avec elle et sa fille à Jacobstown, prétextant qu'elle avait besoin d'elle pour s'occuper de la petite. La réalité était un peu différente : en fait, Chelsea se faisait un sang d'encre pour Linda et, les médecins lui ayant donné leur accord, elle venait d'emménager avec sa mère et sa fille.

Un front froid s'était installé pendant la nuit, et la température ne dépassait pas les quinze degrés.

Chelsea se frotta les bras pour se réchauffer, et appela sa fille pour la troisième fois.

En vain. Affolée, elle accéléra le pas tout en gardant un œil sur la porte du cagibi.

— Hé, ma jolie, tu es là ? demanda-t-elle d'un ton aussi calme que possible en ouvrant la porte et en tentant de contenir les battements fous de son cœur.

Toujours aucun signe de Sky…

Au pas de course, elle inspecta chaque pièce et, n'y trouvant pas sa fille, elle retourna au bas de l'escalier.

— Je ne la vois nulle part, maman, cria-t-elle. Tu es sûre qu'elle n'est pas là-haut ?

— Je vais retourner voir dans sa chambre, mais…

Linda ne termina pas sa phrase. De toute évidence, elle commençait à être inquiète, elle aussi.

Chelsea courut jusqu'à la cuisine. S'il s'agissait d'une farce façon Skylar, la plaisanterie avait assez duré.

— Allez, sors de ta cachette, ordonna Chelsea d'un ton ferme.

De nouveau, elle tendit l'oreille, en vain. Prise de panique, elle se précipita à l'étage, monta les marches deux à deux et ouvrit la porte de la chambre de la fillette.

— Skylar ! cria-t-elle, d'une voix si forte que Linda ressortit de sa chambre pour prendre appui sur la balustrade.

— Je ne la trouve pas, murmura-t-elle en portant une main à son cœur.

Chelsea connaissait bien cette posture : c'était généralement celle que sa mère adoptait lorsqu'elle se trouvait à court d'idées ; celle qu'elle avait, autrefois, lorsque Chelsea lui posait des questions sur son père.

Comme elle avait très vite compris que le sujet renvoyait sa mère à de pénibles souvenirs, elle avait appris à museler sa curiosité.

Un jour, par le plus grand des hasards, elle était tombée sur une photo de Linda, jeune. Bien qu'elle ait peiné à reconnaître sa mère, si jolie, si insouciante, elle avait pris le temps de caresser son visage souriant du bout de l'index.

Linda n'avait pas eu une existence facile : subsistant difficilement grâce à de petits boulots, elle avait renoncé à ses études pour subvenir aux besoins du père de Chelsea, qui se prétendait photographe et avait probablement pris cette photo de sa femme.

Linda avait toujours été pauvre, et Chelsea ne comptait plus les fois où sa mère et elle avaient dû partir en pleine nuit, abandonnant le peu qu'elles avaient pour ne pas être expulsées d'un appartement dont le loyer était resté trop longtemps impayé.

Elles avaient souvent trouvé refuge chez de vagues parents où, en écoutant les conversations des adultes, Chelsea avait appris que son père était parti acheter du lait un beau matin et n'était jamais revenu.

Au cours de ces deux premières années d'absence paternelle, Chelsea avait compris que sa mère, sans doute pour se protéger, pensait que son père était dans l'impossibilité de rentrer chez lui. Avec le temps, cependant, Linda avait semblé accepter l'idée que son mari avait choisi de la quitter.

Sans explications, sans se retourner.

L'histoire s'était répétée avec Travis, à la différence que Chelsea ne s'était bercée d'aucune illusion : il ne reviendrait pas, lui non plus.

Jugeant que le destin en avait décidé ainsi, elle avait préféré aller de l'avant.

Car le pire, dans son enfance, avait été de voir une lueur d'espoir dans les yeux de Linda, lorsqu'elles prenaient la route pour de brèves escapades qui, elle l'avait compris plus tard, n'étaient en fait que prétextes à essayer de retrouver la trace de ce père absent. Linda reprenait goût à la vie pendant quelques jours, veillait tard et monologuait jusqu'à ce que Chelsea tombe de sommeil. De temps à autre, sa mère faisait une folie et l'emmenait dans un restaurant – sans doute un simple routier, ce qui représentait un véritable luxe pour l'enfant qu'elle était alors.

Le soir venu, Linda tirait de son sac une barre de chocolat, que toutes deux partageaient dans le lit d'un motel quelconque. Avec le recul, Chelsea s'était aperçue que chacune de ces escapades se terminait par la visite d'une exposition de photos.

À l'âge de dix-neuf ans, Chelsea avait ouvert son premier camion de restauration, et les affaires avaient si bien marché que, deux années plus tard, elle en gérait trois. Comme elle avait été fière de sa petite entreprise, à l'époque, fière aussi de pouvoir entretenir la mère qui avait tout sacrifié pour s'occuper d'elle !

Un peu plus tard, elle avait rencontré Travis qu'elle avait épousé très vite – trop vite, sans doute – parce qu'elle était enceinte.

Travis Zucker. L'erreur de sa vie.

Qu'il lui ait soustrait le fruit de ses efforts continuait à la mettre hors d'elle.

La pensée qu'il puisse arriver malheur à sa fille était franchement insupportable.

— Où est-elle passée ? se lamenta Linda, une note de désespoir dans la voix.

— Attends, lui répondit Chelsea, refusant d'envisager le pire. Si ça se trouve, elle a réussi à sortir de la maison et elle m'attend dans la voiture.

Encouragée par cette idée, elle courut jusqu'à une fenêtre, d'où elle pouvait voir le vieux pick-up qu'elle avait pu acheter avec une partie de son héritage. Après sa faillite, elle avait travaillé, faute de mieux, comme adjointe du chef cuisinier Renaldo Vinchesa, séducteur invétéré, marié et père de famille, dont elle avait dû repousser les avances à plusieurs reprises. Malheureusement, cela n'avait fait qu'aiguillonner le cuisinier, qui était allé jusqu'à lui promettre qu'il quitterait sa femme si elle acceptait de sortir avec lui.

Une proposition qui avait écœuré Chelsea.

La femme de Vinchesa était alors partie, et ce dernier

avait menacé Chelsea de ternir sa réputation dans les milieux de la restauration au Texas.

Vinchesa étant un personnage influent de la scène culinaire de Houston, il pouvait facilement faire en sorte que Chelsea ne trouve plus jamais d'emploi dans son domaine.

Il avait encore tenté de la forcer à rester, jusqu'à ce que, libérée par l'héritage de sa tante, elle puisse enfin lui présenter sa démission. C'est pourquoi, aujourd'hui, elle s'estimait heureuse. Tant pis si la maison craquait sous le poids des années. En plus de lui appartenir en propre, elle constituait un endroit stable où Skylar pourrait grandir en toute sécurité. Chelsea se moquait de l'état des lieux, bien que le chauffage se soit arrêté sans raison, au milieu de la nuit.

Ce qui lui importait, en revanche, était que sa fille ne se trouve pas non plus à l'intérieur du vieux pick-up.

— Où est passé mon téléphone ? marmonna-t-elle après avoir fouillé ses poches vides.

— Je vais encore regarder ici, lui annonça Linda depuis l'étage. Refais le tour du rez-de-chaussée. On ne sait jamais !

Chelsea se dirigea vers la cuisine, tandis que sa mère recommençait à fouiller les placards et ramassait des cartons vides qu'elle secouait comme si la fillette était susceptible d'en surgir.

Au terme d'un bref moment de découragement, Chelsea, résolue à conserver son sang-froid, se précipita au bas de l'escalier.

Au moment où elle passait devant la porte d'entrée, une silhouette masculine lui apparut à travers la grille de la porte.

Le cœur battant, elle se figea sur place.

Trois coups rapides furent frappés contre la grille, presque aussitôt suivis par une voix dont le timbre la réchauffa, malgré la température glaciale.

Deux pensées lui traversèrent alors l'esprit. Elle repoussa

presque aussitôt la première : ce n'était pas la voix de Renaldo. La deuxième était liée à l'absence de Skylar. Où était-elle donc, cette chipie ?

Sa priorité étant de retrouver l'enfant, elle déverrouilla la porte avant de l'ouvrir complètement.

Devant elle se tenait un géant coiffé d'un stetson gris, et âgé d'une trentaine d'années. Ses yeux avaient la couleur de l'acier, et de puissants pectoraux sous-tendaient l'étoffe de son sweat-shirt.

Une nouvelle rafale faillit faire lâcher la porte à Chelsea qui la retint pourtant d'une poigne ferme.

— Bonjour, je m'appelle Nathan Kent, et l'un des occupants de cette maison nous a appelés pour nous signaler un début d'incendie.

Après avoir brièvement examiné Chelsea, il regarda derrière elle. Sa voix était d'une sensualité incroyable.

— Un *quoi* ? demanda-t-elle, tentant de passer outre le trouble qui s'était emparé d'elle à la vue de ce magnifique spécimen de cow-boy.

Qui avait bien pu crier au feu à son insu ?

Chelsea ne savait toujours pas où était son téléphone, et en aucun cas sa mère n'avait pu passer ce coup de fil. Donc…

La réponse lui apparut en un éclair.

— Maman ? cria-t-elle. Ne t'inquiète pas, tout va bien.

Puis, se tournant vers son visiteur, elle demanda :

— Je peux savoir qui vous a appelé, au juste ?

— Il s'agissait d'une petite fille répondant au prénom de Skylar. C'est tout ce que la standardiste a réussi à savoir avant de me donner votre adresse. J'étais près du standard quand l'appel nous est parvenu.

— Je suis navrée, murmura Chelsea, pivotant sur elle-même pour s'assurer que la jeune coupable ne se tenait pas derrière elle, tout simplement.

Skylar était une enfant facile mais craintive, et elle avait appris à composer le numéro d'urgence, dans son ancienne école, lors de l'intervention d'un corps de pompiers.

— Nous venons d'emménager et, comme vous pouvez le constater, la maison n'est pas en feu. Je suis désolée que Skylar vous ait fait perdre un temps sans doute précieux.

Nathan Kent passa un rapide coup de fil au central de la caserne, expliqua qu'il s'agissait d'une fausse alerte, puis rangea calmement son portable dans sa poche avant.

Chelsea le regarda faire, convaincue qu'il allait la verbaliser.

Au lieu de quoi, à sa grande surprise, il se radoucit avant de lui demander :

— Cela vous ennuierait que je parle à votre fille avant de partir ?

— À condition qu'elle accepte de se montrer. Elle sait qu'elle a fait une bêtise et qu'elle va se faire gronder, répondit Chelsea, d'une voix suffisamment forte pour que Skylar l'entende, où qu'elle se trouve.

Bien que le moment soit mal choisi, Chelsea se reprocha de ne pas avoir pris le temps de s'apprêter un peu et de se montrer ainsi vêtue d'un pantalon de jogging et d'un T-shirt passé qu'elle avait acheté, comme d'habitude, au plus bas prix.

Quelles que soient les circonstances, elle se refusait à envisager que l'histoire se répète sur le plan financier. Dès le départ, elle s'était juré que sa fille ne connaîtrait pas les affres de la pauvreté et, jusqu'à présent, elle avait réussi à honorer sa promesse… ou presque.

— Vous voulez peut-être entrer, Nathan, proposa-t-elle, de plus en plus gênée, à la fois par sa tenue négligée et par les circonstances de leur rencontre.

Pourvu que ce cow-boy/pompier prenne le rouge qui lui était monté aux joues pour une réaction à la petite farce de sa fille plutôt qu'à l'attirance qu'elle éprouvait déjà pour lui !

— Nate, corrigea-t-il. Appelez-moi Nate.

Chelsea mit son trouble sur le compte du fait qu'entre sa mère malade, ses responsabilités envers Skylar et son nouveau projet, elle n'avait ni le temps ni l'occasion de chercher à combler le vide qu'était devenue sa vie sentimentale.

Soulagée de savoir sa fille quelque part dans la maison, elle la rappela d'une voix plus douce.

— Skylar, ma chérie ? Nous avons la visite d'un pompier. Je sais que c'est toi qui l'as appelé, et je voudrais que tu sortes de ta cachette, maintenant. Parce que ce monsieur a sûrement mieux à faire que de jouer à cache-cache.

Après avoir refermé la porte pour se protéger du vent, elle se tourna vers Nate Kent qui attendait patiemment dans le corridor.

— Je peux vous offrir un café ou autre chose ? proposa-t-elle, s'apercevant que son visiteur était beaucoup trop légèrement vêtu - quelle idée, de sortir en sweat-shirt par un temps pareil !

— Je veux bien un café, si ça ne vous dérange pas.

— Suivez-moi, dit Chelsea, l'entraînant dans la cuisine, l'esprit en ébullition. Le pire, c'est que je saurais exactement où ma fille se cache si nous étions dans notre ancien appartement.

Le cow-boy prit appui contre le comptoir, et le cœur de Chelsea s'affola. Tant de sensualité et des traits si fins, c'était rare, chez un colosse pareil !

Et quelle aisance ! songea-t-elle lorsqu'il tira son téléphone de sa poche.

L'instant d'après, elle se réprimanda intérieurement : il aurait sûrement éclaté de rire s'il avait pu deviner ses pensées.

Elle remplit deux tasses du café qu'elle venait de préparer, et en tendit une à Nate.

— Quel est votre numéro de téléphone ? demanda-t-il à brûle-pourpoint.

Aussitôt, elle se tendit.

Sans doute surpris par sa réaction, il la considéra un instant en silence. Puis il dut comprendre les raisons de sa réserve car il enchaîna, presque à mi-voix :

— On l'entendrait sonner, vous comprenez ? Cela dit, si cela vous ennuie…

— Pensez-vous, s'empressa-t-elle de dire avant de lui donner le numéro, presque dans un murmure.

Décidément, la journée s'annonçait mouvementée, et Chelsea n'avait même pas encore bu son premier café.

— Ma mère est à l'étage. Je m'étonne qu'elle ne soit pas descendue voir ce qui se passait. J'espère qu'elle nous a entendus, sans quoi elle est toujours à la recherche de Skylar.

En même temps, la maison n'était pas bien grande, et Chelsea craignit soudain que sa mère ait fait une nouvelle crise. C'était peu probable : Linda aurait appelé si elle avait eu besoin d'elle. Néanmoins…

Elle s'excusa et retourna au bas de l'escalier pour demander :

— Maman ? Mon téléphone va sonner. Tu peux tendre l'oreille, s'il te plaît ?

— Il y avait quelqu'un à la porte, non ? Qui était-ce ? s'enquit tranquillement Linda depuis son perchoir.

— Un pompier, répondit Chelsea, avant de préciser : Rien de grave, rassure-toi.

— D'accord. Je tends l'oreille, dit Linda, levant un pouce d'un air entendu.

Chelsea espéra que le geste de sa mère était dû au fait qu'elle avait compris le but de la manœuvre, plutôt que destiné à l'encourager à flirter avec leur visiteur.

Car, hyper-sexy ou pas, elle n'avait pas le temps de s'émouvoir. Elle s'était lancée dans la création d'une nouvelle entreprise, elle était surchargée de travail et devait assurer la survie de sa petite famille.

L'essentiel, dans l'immédiat, était de retrouver Skylar.

Nate Kent s'engagea dans le corridor, et Chelsea sentit distinctement sa présence virile derrière elle. Se tournant vers lui, elle reproduisit un peu gauchement le geste de sa mère.

Lorsqu'elle referma le poing, Nate comprit le signal et appuya sur la touche de son téléphone.

Un silence inquiétant sembla tomber sur la maison. Même le vent s'était calmé, au-dehors.

Rien ne se produisit.

Chelsea alla de pièce en pièce, dans l'espoir d'entendre la sonnerie, et sentit son cœur se serrer. Skylar était trop petite pour changer la configuration du téléphone, même si elle savait composer le 911 pour demander de l'aide.

Le cow-boy suivit Chelsea jusqu'à ce qu'ils se retrouvent à leur point de départ, dans la cuisine.

— Je tombe immanquablement sur votre messagerie, lui annonça-t-il avec calme.

2

La terreur qu'il lut dans les yeux noisette de la jeune mère atteignit Nate de plein fouet. Une véritable beauté, cette femme, avec ses cheveux blonds, ses lèvres charnues, son teint de porcelaine et sa silhouette parfaite.

— Skylar répondrait si elle le pouvait, dit-elle en se tordant les mains, comme pour ramener Nate à la réalité du moment.

Une femme d'un certain âge, vêtue d'une robe très simple, pénétra à son tour dans la cuisine.

— Alors ? demanda-t-elle. Toujours pas de Skylar ?

— Non, balbutia Chelsea qui partit faire à nouveau le tour de la maison sans cesser d'appeler sa fille.

— Je m'appelle Linda, annonça la nouvelle venue à Nate.

De taille moyenne, elle aussi, elle avait le front barré de rides soucieuses et un regard curieusement dénué d'expression. Son sourire semblait combler un vide intérieur. On sentait néanmoins une certaine chaleur chez elle, chaleur dont sa fille avait hérité, apparemment.

— Nate Kent. Ravi de faire votre connaissance, madame, répondit-il en s'avançant vers elle.

Elle serra la main qu'il lui tendait avec une vigueur étonnante pour une femme qui, par ailleurs, peinait à se mouvoir.

Sentant son téléphone vibrer, Nate s'excusa auprès de son hôtesse et consulta l'écran. L'appel provenait du central.

— Nate, vous êtes toujours chez les McGregor ? lui demanda Patty Smart.

— Oui, madame.

— Tant mieux, car j'ai une petite fille en ligne, et il semble qu'elle se soit mise en difficulté.

La voix posée et bienveillante de Patty acheva de rassurer Nate.

Il jeta un regard à Chelsea, pensa brièvement que, même dans ce pantalon de jogging et ce T-shirt trop grand pour elle, la jeune femme était un régal pour les yeux. Une pensée déplacée, et qui n'aurait pas dû lui venir à l'esprit, surtout en ce moment.

— La petite est à l'intérieur de la maison ? demanda-t-il à Patty.

— Oui. Dans un cagibi, sous l'escalier.

— Pourtant, on a regardé partout ! répondit-il en se dirigeant vers le couloir, Chelsea sur les talons.

— Restez en ligne, Nate, si vous le voulez bien. Je…

— Oui. Attendez une seconde, l'interrompit Nate, avant de se tourner vers Chelsea et de murmurer : Votre fille est en ligne avec la plus compétente des opératrices du 911. Elle est coincée quelque part dans la maison, et il y a plus de peur que de mal, d'après ce que j'ai compris.

Nate était ravi d'avoir une bonne nouvelle à annoncer. En sa qualité de pompier volontaire, il n'en avait que trop rarement l'occasion.

— Merci, souffla Chelsea.

Elle ferma les yeux, le temps de se ressaisir, puis son joli visage s'apaisa.

— Où exactement ? demanda-t-elle.

Nate désigna le cagibi d'un geste du menton, puis reprit sa conversation avec Patty.

Chelsea fronça les sourcils d'un air dubitatif. Pourtant, il devait y avoir un endroit où un enfant pouvait se nicher, dans ce cagibi. Nate avait visité suffisamment de vieilles demeures pour savoir qu'elles recelaient parfois des cachettes totalement invraisemblables. Leurs occupants avaient fait creuser de petits passages dans les endroits les plus incongrus, pour y dissimuler leur argent, voire du whisky de contrebande.

— Je mets le haut-parleur, annonça Nate à Patty.

— Skylar craint que sa maman ne la dispute. Elle ne voulait pas entrer dans sa nouvelle école, expliqua la vieille dame d'une voix pleine de mansuétude.

— Elle est saine et sauve, c'est la seule chose qui m'importe, déclara Chelsea.

— Désolée de ne pas vous avoir prévenue immédiatement, madame, reprit Patty. Je ne comprenais pas ce que votre fille me disait, et j'ai mis quelques minutes à la calmer. Vous avez dû vous faire un sang d'encre !

Chelsea ne l'écoutait plus. Elle était déjà à l'intérieur du minuscule cagibi au toit pentu.

Nate passa la tête à l'intérieur pour jeter un coup d'œil, lui aussi.

— Elle n'est pas là, gémit Chelsea, avant de se mettre à quatre pattes et de tâtonner le sol, autour d'elle.

— Et aucune de ces maisons n'a de cave, l'informa Nate.

Il se demanda brièvement d'où venait la jolie blonde. À sa connaissance, cette demeure avait appartenu à Maddie Barstok, une vieille dame appréciée de l'ensemble de la communauté, de son vivant.

Chelsea passa une main sur les parois du cagibi.

— Non ! s'exclama-t-elle, au désespoir. Il n'y a personne ici !

— Et si vous lui demandiez de crier ou de frapper contre le mur ? lui suggéra Nate, s'accroupissant à son tour, avant de se mettre à cogner contre les parois pour en évaluer l'épaisseur.

Il ne tarda pas à trouver la faille, sous la forme d'une fine crête, qui bordait un panneau carré, apparemment non cimenté.

— Attendez, dit-il. Je crois avoir trouvé quelque chose.

Il fit courir ses doigts le long de l'arête, tandis que Chelsea se rapprochait de lui.

La douce odeur d'agrume qui lui chatouilla le nez faillit le distraire de sa tâche.

Il se redressa, appuya sur le panneau, ce qui le fit légèrement bouger. Lorsqu'il eut compris qu'il aurait besoin de ses deux mains pour accéder à l'intérieur de la paroi, il décida d'avoir recours à la force. Le panneau céda et, instantanément, de timides reniflements se firent entendre.

— Skylar, ma chérie ? Tu es là ? demanda Chelsea avec un calme démenti par l'affolement que Nate lut dans ses yeux.

— Maman ? gémit une petite voix. Un sanglot s'ensuivit, et le visage angélique d'une petite fille apparut dans l'ouverture.

Ses yeux gonflés déversèrent un torrent de larmes à la vue de Chelsea.

Nate s'empressa de ressortir du cagibi, d'une part pour annoncer la bonne nouvelle à Patty, de l'autre pour laisser à sa charmante hôtesse et à sa fille le temps de se remettre de leur frayeur.

Linda arriva sur ces entrefaites.

— C'est la voix de Skylar que j'ai entendue ?

— Oui. Tout va bien, maman.

Cette dernière porta une main à son cœur et, croyant qu'elle allait défaillir, Nate se précipita vers elle.

— Venez vous asseoir, dit-il en l'entraînant dans la cuisine.

Linda se laissa tomber sur une chaise et se confondit en excuses.

— Ne vous inquiétez pas pour ça, lui dit Nate. Ça arrive fréquemment.

Ce n'était pas vrai, mais il tenait à rassurer la mère de Chelsea. Les McGregor avaient eu un début de journée trop pénible pour qu'il en rajoute une dose.

S'il n'avait pas d'enfants lui-même, certains de ses frères étaient déjà pères, et il imaginait sans peine la terreur qu'il aurait éprouvée si un de ses neveux ou nièces avait disparu, ne serait-ce que l'espace de quelques minutes.

Les épreuves avaient encore rapproché sa fratrie pourtant déjà très soudée. Après le décès de leurs parents, à quelques mois d'intervalle, ses quatre frères, sa sœur et lui-même avaient dû gérer seuls le ranch familial – le Ranch Kent, l'un des plus prospères du Texas. En plus de leur bétail, les Kent possédaient du terrain dans tout l'État, ainsi qu'en Idaho et dans le Wyoming.

Seulement voilà : depuis quelques années, un individu mutilait les génisses des exploitations de la région, celle des Kent comprise.

Les Kent ne toléraient pas la cruauté envers les animaux, et Nate ne faisait pas exception à la règle. Ses frères et lui travaillaient donc en étroite collaboration avec le shérif, Zach McWilliams – un de leurs cousins –, dans l'espoir de trouver le coupable. Zach, Nate et sa sœur Amy étaient proches depuis l'enfance.

Bien que tout le monde soit sur le pied de guerre, Zach n'avait encore aucune piste sérieuse, et les patrouilles ne parvenaient pas à mettre le sadique hors d'état de nuire, tant ses actes étaient imprévisibles.

— Je ne veux pas être une charge, dit Linda en s'asseyant.

— Je suis certain que ce n'est pas le cas, lui répondit

Nate, dont les connaissances médicales se limitaient aux gestes de première urgence.

Il examina Linda et, confronté à sa pâleur et à la dilatation de ses pupilles, crut bon de demander :

— Vous prenez des médicaments ?

Elle baissa la tête d'un air contrit.

— En temps normal, oui. Seulement, avec tout ça, j'ai complètement oublié de les prendre ce matin.

Chelsea revint sur ces entrefaites. La fillette qu'elle serrait dans ses bras était une version miniature d'elle-même, si on exceptait ses cheveux, sombres et bouclés. Nate sentit son cœur se serrer devant le spectacle de Chelsea et de sa petite Skylar qui continuait à gémir doucement, le visage enfoui dans la longue chevelure maternelle.

Voyant sa fille changer d'expression, Linda s'empressa de la rassurer :

— J'ai eu un petit étourdissement. Rien de grave, ma grande. C'est ma faute, je n'ai pas pensé à prendre mes cachets, ce matin.

— Je vais te les chercher.

Aussitôt, Nate proposa d'y aller lui-même.

— Je les range dans le petit cabinet, au-dessus de l'évier, lui expliqua Linda. Vous allez peut-être avoir du mal à ouvrir le placard.

Nate ayant l'habitude de ces armoires à pharmacie, il n'eut aucun mal à ouvrir celle-là. Après s'être emparé de trois flacons étiquetés au nom de la malade, il les lui apporta avec un verre d'eau.

Elle le remercia, ouvrit les flacons et avala ses comprimés.

— Voilà ! s'exclama-t-elle avec assurance. Dans deux minutes, il n'y paraîtra plus.

Nate remarqua que le visage de Chelsea s'était assombri. Elle avait décidément son compte de problèmes.

Tout comme lui, d'ailleurs.

— Merci infiniment d'être venu, lui dit Chelsea.

Elle avait mille choses à faire, et elle n'avait pas prévu que Skylar passerait la journée à la maison, ce qui allait lui compliquer encore la tâche.

Skylar s'était fait une telle frayeur qu'elle continuait à s'accrocher à Chelsea. Celle-ci savait déjà que rien ne lui ferait lâcher prise. Aussi, au risque de faire preuve de faiblesse, tenait-elle à veiller sur la fillette jusqu'à ce qu'elle soit entièrement remise de ses émotions.

Secouée comme elle l'était elle-même par les événements de la matinée, elle pouvait avoir une réaction excessive, bien sûr. D'un autre côté, elle avait conscience d'avoir arraché Skylar à son environnement familier, ce qui ne pouvait qu'entraîner quelques petits désagréments.

Comme l'incident de la matinée, par exemple.

Nate termina son café, posa la tasse sur le comptoir et pivota vers le couloir.

— Tu ne vas tout de même pas le laisser repartir comme ça, ce pauvre garçon ! s'exclama Linda, accompagnant le reproche d'un clin d'œil qui fit rougir Chelsea jusqu'aux oreilles, et provoqua l'hilarité du « pauvre garçon » en question.

— Je vous raccompagne à la porte, dit Chelsea, terriblement embarrassée.

— Bien ! dit Nate en se tournant vers Linda. Je vous laisse, chère madame. En espérant que ces cachets fassent rapidement effet, bien sûr.

— Repassez nous voir un peu plus tard, si vous voulez. Vous serez toujours le bienvenu.

— Maman, grommela Chelsea, exaspérée, avant d'entraîner Nate vers la porte, Skylar toujours dans les bras.

Elle prit bien garde à ne pas se retourner, tant elle craignait que sa gestuelle ne trahisse son attirance pour le beau cow-boy. En outre, sans doute à cause de ce qui venait de se passer, elle ne parvenait pas à se débarrasser du sentiment de malaise qu'elle éprouvait depuis son réveil.

Une prémonition ? Non. Chelsea n'avait jamais cru à ce genre de choses.

S'arrêtant devant la porte, elle fit remonter Skylar sur sa hanche, puis se tourna vers Nate.

— Désolée pour l'attitude de ma mère, dit-elle.

— Il n'y a pas de quoi. Elle avait envie de s'amuser un peu, voilà tout ! répondit-il au grand soulagement de Chelsea.

Elle se réjouissait de sa délicatesse lorsqu'il ajouta :

— Sans vouloir vous déranger plus longtemps, je crois que je ferais bien de retourner jeter un coup d'œil à ce panneau, avant de partir.

Skylar leva la tête vers lui. D'un naturel farouche, elle évitait généralement de regarder les gens dans les yeux.

— Ça faisait drôlement peur, dit-elle, les yeux pleins de larmes.

L'une d'entre elles s'échappa et roula le long de sa joue. Skylar l'essuya de sa petite main.

Chelsea fut prise au dépourvu. Sa fille ne parlait que très rarement à des inconnus, encore moins lorsqu'il s'agissait d'hommes.

Quoi qu'il en soit, en allant examiner ce fichu panneau, Nate lui rendrait service. Elle en conçut une légère contrariété, car elle n'acceptait que très rarement l'aide d'autrui, afin de ne rien perdre de son indépendance. En même temps, elle savait déjà qu'elle ne dormirait pas tranquille tant que le panneau resterait ouvert.

— C'est très aimable à vous, dit-elle, pressée de retourner auprès de sa mère. Pendant que vous y serez, et si ce n'est pas trop vous demander, pourriez-vous le condamner définitivement ? J'ai un marteau, des clous et je crois pouvoir trouver une ou deux planches quelque part.

— J'allais vous le proposer. Je voulais simplement

m'assurer qu'il n'y avait rien d'autre à l'intérieur de ce passage.

Chelsea dut se crisper, car le cow-boy s'empressa d'expliquer :

— De petits rongeurs, par exemple. Ils accepteront peut-être de sortir avant que je les expose à une mort certaine.

Chelsea n'était pas emballée non plus par l'idée de rongeurs dans les profondeurs de sa nouvelle demeure, cependant, l'argumentation de Nate lui parut des plus touchante.

— Waouh ! Vous devez adorer les animaux !

Il hocha la tête en souriant.

Chelsea grimaça intérieurement : elle était sous le charme des yeux gris de son visiteur.

Pourtant, ce n'était qu'un homme parmi d'autres, non ?

Non.

Si elle voulait être honnête avec elle-même et juste envers le cow-boy, elle devait avouer qu'il était bien plus que ça.

Du moins sur le plan physique.

— On pourrait aller jusqu'à dire que m'occuper des animaux est une seconde nature chez moi, expliqua-t-il.

— Tu en as, des animaux, monsieur ? demanda Skylar, avec un intérêt marqué.

— Je vis dans un ranch avec du bétail, des chevaux et à peu près toutes les bêtes sauvages que compte la région, répondit-il.

Skylar aurait dû être intimidée par un homme de sa taille et de sa carrure. La douceur avec laquelle il s'adressait à elle expliquait néanmoins l'intérêt que la fillette lui portait.

Chelsea jeta un regard furtif à l'annulaire gauche de leur visiteur et fut ravie de ne pas y voir d'alliance.

Elle se rappela aussitôt à l'ordre : ça ne la regardait pas, bon sang !

Skylar avait écouté la réponse de Nate avec attention, son petit visage s'illuminant au fur et à mesure qu'il parlait.

Soudain, elle détacha ses bras du cou de Chelsea, et se mit à gigoter pour lui faire comprendre qu'elle voulait descendre. Chelsea la reposa à terre, sidérée par la vitesse à laquelle sa fille avait récupéré.

— Tu as aussi un poney ? demanda Skylar à leur visiteur.

— Nous en avons même trois. Peter, Polka et Dot, énuméra-t-il pour le plus grand bonheur de la fillette. Peter a une fâcheuse tendance à mordre, alors il faudra te méfier, quand tu viendras nous voir.

— Je peux venir maintenant ?

Chelsea comprit qu'il était temps d'intervenir. Elle était rassurée à présent sur l'état de sa fille, elle se demandait si elle n'aurait pas mieux fait de l'envoyer à l'école, en fin de compte. Peut-être même tenterait-elle de l'y conduire, un peu plus tard dans l'après-midi. Cela lui permettrait de se concentrer sur l'ouverture de son restaurant, prévue dans six petites semaines.

Six semaines, seulement ? Rien que d'y penser, elle se sentait oppressée.

— Non, ma chérie, M. Kent a du travail. Quant à toi, je te rappelle que tu aurais dû faire ta rentrée dans ta nouvelle école, ce matin.

Nate s'accroupit, de façon à pouvoir regarder la petite dans les yeux, puis lui demanda :

— Et comment elle s'appelle, ta nouvelle école ?

Skylar leva brièvement la tête vers Chelsea pour l'interroger du regard.

— En fait, c'est plutôt une garderie, répondit celle-ci. Il s'agit du centre préscolaire Clemens. Ça vous dit quelque chose ?

Le centre, destiné aux enfants en bas âge, visait surtout à améliorer leur développement intellectuel ; l'enseignement en lui-même y était réduit à peau de chagrin, de sorte que les frais d'inscription étaient abordables pour Chelsea dont le restaurant n'était pas encore ouvert.

— Je connais quelques-uns des enseignants, dit Nate. Mme Eaton…

Skylar se mit à sautiller en applaudissant, ce qui était un exploit en soi, dans la mesure où Chelsea ne l'avait encore jamais vue faire les deux en même temps.

— C'est le nom de ma nouvelle maîtresse, dit-elle, les joues roses d'excitation.

Chelsea faillit reculer d'un pas. Encore une fois, la réaction de Skylar l'avait prise de court : Skylar ne connaissait pas son père – même de vue – et aucune figure masculine n'était encore venue combler ce vide.

Soucieuse de l'habituer au contact des hommes, Chelsea avait tenté de l'inscrire dans un club de football, sans grand succès. À sa décharge, la carrure de rugbyman et la voix de stentor du coach, père de sept garçons, l'avaient terrorisée.

— Dans ce cas, reprit Nate, je peux t'annoncer que ta maîtresse a un invité, chaque année à cette époque-ci. Une grenouille mâle, appelée Henry.

— C'est vrai ? demanda Skylar, les yeux ronds.

Et si elle était captivée, Chelsea, de son côté, devait bien avouer qu'elle était subjuguée par le beau cow-boy, elle aussi.

Il devait avoir une petite amie ou une fiancée.

En aucun cas, un tel homme ne pouvait être libre. Et dans l'éventualité où il aurait été célibataire, Chelsea ne se sentait plus prête à tenter l'aventure, après la manière dont son ex-mari l'avait traitée.

Par ailleurs, une fois Nate Kent reparti, Chelsea aurait une sérieuse conversation avec sa fille, sur le bon usage du 911. Et cela même si Skylar s'était retrouvée coincée et si Chelsea frissonnait encore à l'idée de ce qui se serait passé si elle ne lui avait pas chipé son portable.

Elle fut parcourue d'une sueur froide. Elle était à cran

depuis plusieurs jours, probablement à cause des circonstances dans lesquelles elle avait quitté son dernier emploi.

Renaldo Vinchesa avait proféré un certain nombre de menaces avant d'accepter sa démission : à l'entendre, elle le regretterait toute sa vie, d'autant que – bien sûr – il s'était refusé à lui donner une lettre de recommandation.

Chelsea savait pertinemment qu'elle aurait dû partir dès le jour où Renaldo avait commencé à lui faire des avances. Malheureusement, elle avait cru qu'il trouverait une autre proie et finirait par se lasser.

Bref, un homme d'âge moyen, qui se conduisait comme un enfant gâté, habitué à obtenir ce qu'il voulait… Un véritable « tue-l'amour », à l'ego surdimensionné.

Maintenant, savoir s'il représentait un danger pour elle… c'était une autre question.

3

Nate était devenu ami avec l'adorable fillette aux grands yeux bruns et au sourire timide. Il avait été au contact de suffisamment d'enfants, ces derniers temps, pour faire un oncle acceptable, quelques-uns de ses frères ayant trouvé la félicité en se mariant et en fondant une famille. Cependant, même s'il n'avait rien contre le bonheur, il restait convaincu que le mariage ne convenait qu'à une certaine catégorie de personnes et il n'avait aucune intention de s'engager de manière aussi définitive.

Il avait fréquenté Mia Chase pendant six mois, puis elle avait été mutée à Boulder. Après lui avoir dit qu'elle tenait trop à lui pour accepter que leur relation prenne fin, elle lui avait donné un ultimatum : soit ils passaient à l'étape suivante, soit tout était terminé entre eux.

Ne se sentant pas prêt, Nate avait expliqué à sa petite amie que, s'il hésitait encore, ce ne serait pas forcément toujours le cas. Mia s'était alors dérobée et il avait fini par comprendre qu'elle avait attendu une autre réaction de sa part.

Deux semaines après qu'elle fut partie pour Boulder, il avait appris que Mia aurait pu choisir de rester au Texas. En d'autres termes, elle voulait se faire épouser. Et si Nate ne comprenait toujours pas très bien qu'elle lui ait menti de manière aussi grossière, il avait le sentiment d'avoir évité le pire.

De plus, il s'était ennuyé pendant les deux derniers mois de sa relation avec Mia, sans pouvoir se résoudre pour autant à mettre un terme à leur idylle. Et puis, il y avait eu un autre mensonge : Mia avait toujours prétendu ne s'être jamais remise de la mort de sa sœur… qui, il l'avait découvert plus tard, se portait comme un charme.

Après un ultime coup de marteau sur le dernier clou du panneau, il recula d'un pas et dit en s'époussetant les mains :

— Ça devrait faire l'affaire.

Chelsea, qui avait momentanément éloigné sa fille, se tenait à côté de lui. Elle avait changé de tenue et portait un jean moulant, un chemisier et des bottines. Ses cheveux blonds étaient attachés en queue-de-cheval.

Elle examina Nate avec attention, avant de murmurer :

— Skylar a l'air de vous adorer. Comment avez-vous fait pour l'amadouer ainsi ?

La fillette était en train de manger dans la cuisine avec sa grand-mère. Nate et Chelsea l'entendaient parler avec excitation du bon après-midi qu'elle allait passer dans sa nouvelle école.

— C'est merveilleux ! s'exclama Chelsea, manifestement ravie.

Nate hocha la tête. Il avait terminé son travail, il était donc temps pour lui de prendre congé. Il remit son chapeau et se tourna vers son hôtesse.

Elle était si belle que, dans d'autres circonstances, il aurait tenté de mieux la connaître. Malheureusement, il doutait qu'une femme comme elle se contente de ce qu'il avait à lui offrir – un bon moment sous la couette, rien d'autre. Sa dernière aventure l'avait rendu trop amer pour qu'il renouvelle l'expérience avant longtemps.

— Vous avez sans doute compris que nous venions d'arriver dans votre petite ville, reprit Chelsea. Ah, on ne peut pas dire que notre première matinée sous notre nouveau toit a été une réussite !

Nate savait déjà par Linda que Chelsea était célibataire. Un fait qui le réjouissait malgré lui.

— Jacobstown est l'endroit idéal pour élever des enfants. Il y règne l'atmosphère familiale qu'on ne trouve que dans des bourgades de cette taille, je pense, répondit-il.

Puis, trouvant soudain important d'informer Chelsea des méfaits d'un détraqué sur les génisses de la région, il ajouta :

— En fait, jusqu'à ce qu'un inconnu s'en prenne à nos animaux, nous ignorions le sens du mot « délit ».

— Que se passe-t-il ? s'enquit Chelsea, les yeux ronds.

— Comme je viens de vous le dire, une menace pèse sur notre cheptel. Quelques-unes de nos génisses ont été mutilées par un individu qui leur a tranché un ou plusieurs sabots. On le surnomme « le boucher de Jacobstown ». Vous entendrez probablement parler de lui.

— Je vois, murmura Chelsea, d'un ton à la fois dégoûté et triste. Vous êtes confrontés à un grand malade. Comment peut-on éprouver du plaisir à blesser des bêtes qui n'ont jamais fait de mal à personne ?

Nate, qui était tout à fait d'accord avec elle, renchérit :

— Il faut être sacrément tordu. Vous n'avez pas d'animaux de compagnie ?

— J'ai promis un chiot à Skylar, une fois que nous serions vraiment installées.

— À votre place, je veillerais à ce qu'il ne passe pas trop de temps hors de la maison. Il fait une chaleur infernale ici en été, et les alentours grouillent de prédateurs en tous genres.

— J'y avais pensé, dit-elle, sans toutefois préciser de quel État elle était originaire.

— Il n'est pas rare que des citadins viennent jusque dans nos contrées pour abandonner les chiens dont ils ne veulent plus. Si vous n'êtes pas fixée sur une race particulière, vous ferez des économies en adoptant le premier chiot qu'on vous proposera.

Nate n'était pas parvenu à dissimuler son indignation. Comment pouvait-on abandonner ainsi un ancien compagnon ? Un chien de ville était complètement démuni face à un lynx, et c'était sans parler des chiots qui, en aucun cas, ne pouvaient échapper à une meute de bêtes sauvages.

— C'est… ignoble, commenta Chelsea, les sourcils froncés.

Une fois de plus, le regard de Nate s'attarda sur la bouche de la jeune femme, ce qui lui permit de remarquer les taches de rousseur qui bordaient sa lèvre supérieure.

Cela devait cesser !

— Si jamais on vous propose trop de chiens et que vous vous sentez débordée, enchaîna-t-il afin de penser à autre chose, n'hésitez pas à m'appeler. Les granges du ranch sont climatisées et assez spacieuses pour accueillir de pauvres bêtes errantes. Voici mon numéro personnel, pour le cas où.

— Merci, c'est très gentil.

Nate aurait précisé que Chelsea pouvait l'appeler sous n'importe quel prétexte, s'il n'avait pas été échaudé par sa dernière idylle.

Bien que Chelsea lui semble être totalement différente de Mia, les apparences étaient parfois trompeuses, il l'avait appris à ses dépens.

Encore mal remis de sa précédente rupture, il n'était pas prêt à remettre le pied à l'étrier, en matière d'aventures amoureuses. Et tant pis s'il était émoustillé par le contact de la nouvelle habitante de Jacobstown. Des ébats sans lendemain, d'accord, même si cela ne présentait pas grand intérêt. Les deux partenaires s'étreignaient, puis chacun retournait à ses occupations, et la roue de la vie continuait à tourner.

— Il est charmant, ce jeune homme, commenta Linda, accompagnant sa déclaration d'un clin d'œil complice.

— Ne commence pas à te mettre des idées en tête, répliqua Chelsea, prenant sa fille par la main et tentant de passer outre la déception qu'elle avait éprouvée en voyant le beau cow-boy tourner les talons.

Elle n'avait pas le temps de se laisser distraire par une simple attirance, surchargée de travail comme elle l'était. Même si, pour la première fois en quatre ans, elle se sentait vaguement excitée et débordante d'énergie.

— Tu… es rayonnante, ma grande, ajouta Linda.

— Tante Maddie nous a rendu un fier service en me léguant ses biens. J'ai assez d'argent pour démarrer mon affaire, et la somme de travail que mon entreprise représente ne me fait pas peur.

Oui, Chelsea avait toutes les raisons d'être optimiste.

À condition de continuer à vivre chichement, et en espérant que le malaise de sa mère, un peu plus tôt dans la matinée, ne soit pas dû à une aggravation de la maladie, tout irait bien.

Elle avait surmonté suffisamment d'épreuves pour aspirer à une route sans embûches. Son entreprise finirait par être rentable, même si cela devait prendre un certain temps. Encore une promesse qu'elle s'était faite.

Zut ! Elle n'avait pas pensé à parler de son projet au cow-boy. Il semblait connaître beaucoup de monde, et il était sans doute temps que les habitants de Jacobstown apprennent qu'une nouvelle pizzeria serait prête à les accueillir d'ici un mois et demi.

Cela lui rappela qu'on devait venir lui installer son four, et qu'il était temps pour elle de se mettre en route.

Elle jeta un coup d'œil à son portable pour s'assurer qu'on n'avait pas tenté de la joindre. Au lieu de voir le numéro de Nate Kent s'afficher, comme elle l'avait vaguement espéré, elle fut confrontée à un nouveau SMS de Renaldo qui lui demandait, presque avec humilité, s'il pouvait venir visiter sa nouvelle demeure.

Elle secoua la tête avec agacement, puis se baissa vers sa fille.

— Sky ? Tu es prête ?

L'enfant acquiesça avec énergie et demanda :

— On va le chercher ?

— Oh ! non ma chérie. M. Kent est très occupé, il n'a pas de temps à perdre.

Devant la mine perplexe de Skylar et l'amusement manifeste de Linda, Chelsea comprit son erreur.

— Ah ! Tu parles du petit chien que je t'ai promis ?

— Bah oui ! répondit Skylar, comme si c'était l'évidence même.

Chelsea entendit Linda glousser et releva le menton. Il était hors de question qu'elle montre son embarras à sa mère qui, malgré sa maladie, avait parfois des idées un peu trop farfelues à son goût.

— Allez, viens que je t'habille, dit-elle à Skylar. Et dépêchons-nous parce que je ne voudrais pas être en retard. J'ai du travail, ma chérie, et ce que j'ai à faire aujourd'hui est très important.

C'était la vérité, et Chelsea contenait mal sa fierté. Renaldo ne parviendrait pas à ses fins : qu'importe qu'il mette ses menaces à exécution, jamais plus elle ne travaillerait dans un grand restaurant.

Grâce à son héritage, et à son propre labeur, elle ne dépendrait pas du bon vouloir d'un employeur.

Elle avait beaucoup à faire, et largement de quoi s'inquiéter. Pourtant, pour la première fois depuis ce qui lui paraissait une éternité, elle se sentait légère et, comme elle venait de le dire à Linda, optimiste.

Lorsqu'elle avait promis à son nouveau-né qu'elle

trouverait un moyen de remonter la pente pour arriver au sommet, quatre ans plus tôt, Chelsea ne savait pas encore que son périple ne faisait que commencer. Elle était arrivée jusque-là, et plutôt que de se lamenter sur ce qu'elle n'avait pas, elle préférait se concentrer sur ce que la vie lui apportait de bon.

En allant chercher le manteau de sa fille dans le cagibi qui avait lui causé tant de tracas, elle fut parcourue d'un frisson d'angoisse. Elle tenta de s'en débarrasser, en vain : ce panneau lui donnait la chair de poule ; sans doute le ferait-elle cimenter.

— Tu es prête, Sky ? demanda-t-elle en se retournant.

La fillette accourut aussitôt, un sourire lumineux aux lèvres.

Chelsea sentit son cœur s'emballer. Ah, si seulement elle pouvait redevenir enfant et, comme sa fille, oublier les aléas de la vie à la vitesse grand V !

— On peut aller chez le monsieur ? lui demanda celle-ci, tandis qu'elle boutonnait son manteau.

— D'abord, on t'emmène à l'école, et ensuite on verra.

La rentrée de Skylar se passa sans heurts et la fillette salua sa maîtresse avec gentillesse avant de la suivre à l'intérieur de l'établissement, sans doute dans l'espoir d'y voir Henry-le monsieur-grenouille.

Chelsea était à peine arrivée devant son restaurant qu'un camion de livraison se gara le long du trottoir. Elle examina avec satisfaction ce qui n'était encore qu'un chantier. Les locaux, qui seraient rénovés dans les semaines à venir, étaient situés sur la grand-rue, un emplacement idéal pour le commerce.

Les ouvriers devaient venir le lendemain pour abattre une cloison extérieure, afin que les clients puissent dîner sur la terrasse tout en ayant vue sur l'intérieur du restaurant.

Trois heures plus tard, une fois le four installé, Chelsea avait débarrassé et nettoyé le coin qui lui servirait de bureau, à l'arrière du local. Elle avait l'intention d'y faire poser une vitre qui lui permettrait de surveiller la cuisine.

Il lui restait trois bons quarts d'heure avant d'aller chercher Skylar.

Elle jeta un coup d'œil autour d'elle et ne put s'empêcher de sourire. Elle était couverte de poussière, mais les choses avançaient.

Un dernier coup de balai, et elle se mettrait en route.

La journée qui avait si mal commencé s'était révélée plutôt satisfaisante, en fin de compte.

Chelsea posa le balai contre un mur puis consulta son téléphone.

Encore un message de Renaldo… S'il pensait obtenir une réponse en la harcelant ainsi, il allait être déçu. Chelsea envisagea de changer de numéro, ce qui constituerait une corvée supplémentaire.

En même temps, si son ancien patron insistait, elle n'aurait pas le choix. Enfin… Elle verrait bien comment les choses évolueraient. Au pire, il serait toujours temps de prendre des mesures.

D'un pas léger, elle alla chercher son sac et y plongea la main pour prendre ses clés.

15 h 25. Dans deux heures, il ferait nuit, et Chelsea se prit à espérer que Skylar soit assez épuisée par cette première journée d'école pour accepter de dîner tôt et d'aller se coucher après un bon bain.

D'un autre côté, il ne fallait pas rêver… Toute cette excitation avait sans doute eu l'effet inverse.

Le simple fait de fermer la porte du restaurant lui fit monter des larmes de joie aux yeux.

Son restaurant, enfin

Elle pivota vers son pick-up, étouffa un cri et recula d'un pas.

Son ex-mari l'attendait sur le trottoir, un sourire ironique aux lèvres.

— J'ai eu un mal de chien à retrouver ta trace, bébé, dit-il simplement.

4

— J'ignore ce que tu as fait pendant tout ce temps, et je ne veux pas le savoir, dit Chelsea. J'ai un document juridique attestant que nous ne sommes plus liés.

Quatre années de colère et de ressentiment remontèrent à la surface, menaçant d'exploser.

Elle serra les poings, prête à le frapper s'il faisait un seul pas vers elle.

Il lui parut plus petit que dans son souvenir, sans doute parce que son regard sur lui avait changé. Bien que de taille et de carrure acceptables, Travis semblait maigrichon, comparé à Nate Kent. Pourtant, avec ses cheveux de la couleur du sable et ses yeux bruns, certaines devaient le trouver séduisant.

Pas Chelsea en tout cas : Travis Zucker avait perdu tout attrait à ses yeux dès qu'elle avait compris qui il était vraiment.

— Depuis quand un homme n'a plus le droit de voir sa femme et son enfant ? demanda-t-il avec flegme.

— Ex-femme, rectifia sèchement Chelsea. Et *ton* enfant, comme tu dis, est devenue *mon* bébé, le jour où tu as disparu dans la nature avec tous nos biens, et où tu m'as laissée sans un centime pour l'élever.

— L'erreur est humaine, rétorqua-t-il avec un de ces sourires flegmatiques qui autrefois l'électrisaient.

Autrefois… Car à le regarder maintenant, elle se demandait ce qu'elle avait bien pu lui trouver.

— Écoute, bébé…

Elle ne le laissa pas terminer sa phrase : il était hors de question pour elle de le laisser s'en tirer par de belles paroles.

En outre, elle n'avait jamais aimé qu'il la surnomme ainsi. Si on pouvait facilement manipuler un bébé, il en allait différemment d'une adulte, en l'occurrence d'une ex-épouse qui portait en elle les marques de sa trahison. Tous les Travis de ce monde ne l'abuseraient plus de la sorte, c'était certain.

— Cesse de m'appeler comme ça, dit-elle d'un ton cassant. J'ai un prénom. Chelsea, ça te dit quelque chose ? J'ai même un nom de famille, si tu veux. Il faut que je te le rappelle ?

Travis la dévisagea assez longuement pour l'alarmer, avant de faire mine de jeter un coup d'œil autour de lui.

— Où est le petit bout ? finit-il par demander.

Pour le coup, Chelsea vit rouge. Apparemment, ce fumier ne connaissait même pas le sexe de son enfant. Existait-il un père plus indigne ?

— Tu le saurais si tu avais daigné te présenter à la maternité. Bien ! À présent, écarte-toi de mon chemin, j'ai à faire.

L'expression de Travis changea du tout au tout lorsqu'elle tenta de passer devant lui.

— D'accord, susurra-t-il d'un ton menaçant. Tu es furieuse après moi. N'oublie pas pour autant ce qui nous lie, bé…

Elle lui jeta un regard si agressif qu'il s'interrompit au milieu du mot.

— Chelsea, rectifia-t-il. Je veux bien admettre que je me suis mal conduit envers toi, mais il n'est pas trop tard pour ressouder notre petite famille. Notre enfant a besoin d'un père.

— C'est ce qu'on verra, lui répondit-elle, faute de mieux.

Elle n'avait pas exigé de pension alimentaire au moment du divorce, et elle doutait même qu'il ait reçu les papiers concernant leur séparation officielle.

Soudain, elle fut prise de panique : si Travis s'acharnait sur elle, il s'ensuivrait fatalement une bataille juridique qui l'obligerait à prendre un avocat.

Il avait un certain culot de parler de Skylar comme de *son* enfant : lorsqu'elle lui avait annoncé qu'elle était enceinte, il l'avait accusée de l'avoir trompé avec un de ses employés.

— Aucun juge de l'État ne me refusera le droit de visite. Alors, autant t'habituer à l'idée que je suis dans les parages parce que j'ai la ferme intention de faire partie de vos vies.

Sur ces mots, il tenta de caresser le visage de Chelsea qui le repoussa d'un geste brusque.

— Ne me touche pas, Travis, dit-elle aussi calmement qu'elle le put.

Préoccupée, elle songea qu'elle allait devoir contacter un juriste pour connaître sa situation légale.

— Qu'est-ce qui te donne le droit de revenir dans nos vies ? Et où étais-tu, d'abord ?

— En Alaska. J'ai travaillé sur un pipeline pour pouvoir mettre de côté de quoi te rembourser. L'idée était de voir si tu me donnerais une seconde chance.

Chelsea se crispa encore davantage.

Manifestement, il était en plein délire.

S'il parvenait à prouver qu'il était vraiment allé en Alaska, peut-être serait-elle obligée d'organiser un planning de visites – sous contrôle, bien entendu. En même temps, elle avait trop souvent bercé Skylar en regrettant que la fillette n'ait pas de père pour s'opposer d'emblée à ce qu'il la rencontre.

Avant cela, toutefois, elle voulait être sûre que Travis ne disparaîtrait pas une nouvelle fois. Sa fille adorée méritait la stabilité, et elle se refusait à la soumettre aux caprices et au bon vouloir d'un père épisodique.

Ce retour, au moment précis où Chelsea s'apprêtait à ouvrir un restaurant, était suspect.

Comme tout le reste d'ailleurs, à bien y réfléchir. Il lui faudrait vérifier les dires de Travis – une simple recherche sur Internet et quelques coups de fil devraient suffire. Elle n'avait pas porté plainte contre son ex-mari lorsqu'il avait vidé leurs comptes : en théorie, l'argent volé lui appartenait autant qu'à elle, vu qu'elle avait fait la bêtise d'opter pour un compte joint, à une époque où Travis semblait s'intéresser à son entreprise.

— Je te suggère de commencer par rembourser à *ton enfant*, comme tu l'appelles, l'argent que tu nous as volé. N'essaie pas de me reconquérir, c'est perdu d'avance. De mon côté, je préfère attendre de voir si tu restes effectivement dans la région. Quand j'aurai la preuve que tu veux assumer ta paternité, on verra. En attendant…

Le rictus de Travis s'intensifia. Il s'avança vers Chelsea d'un air menaçant et s'arrêta si près d'elle qu'elle sentit l'odeur désagréable de l'après-rasage bon marché dont il s'était aspergé.

Instinctivement, elle détourna la tête et fit la grimace.

S'apercevant qu'elle se mettait en état de faiblesse, elle se rappela à l'ordre : la meilleure défense, face à une brute, restait l'attaque.

Elle se força à le regarder en face et, posant la main sur son torse, le repoussa de toutes ses forces.

Bien qu'elle ait réussi à le faire reculer d'un pas, Travis revint vers elle et fut accueilli cette fois par un coup de genou bien placé.

Le choc fut si violent qu'il dut se retenir à la porte du restaurant pour ne pas s'affaler comme une chiffe.

Il tenta de reprendre son souffle tandis qu'elle essayait de se faufiler sous son bras.

Elle était presque parvenue à lui échapper quand, faisant volte-face, il referma une poigne de fer sur son avant-bras.

— Tu me fais mal, dit-elle, la mâchoire crispée, avant de se laisser tomber sur les genoux pour se dégager de son emprise.

— Tu es devenue une sacrée bourrique, hein ? persifla-t-il, tandis qu'elle se relevait dans l'intention de s'éloigner.

— Fiche le camp, Travis.

— Je ne repartirai pas sans avoir vu mon enfant, rétorqua-t-il.

Décidément, il connaissait les points faibles de Chelsea : quatre ans plus tôt, il s'en était pris à sa sécurité financière, ce qui à présent lui paraissait dérisoire, comparé à la nécessité de protéger leur fille.

Le doute n'était plus permis : Chelsea allait devoir consulter un juriste pour savoir où elle en était exactement.

Elle se dirigea vers son pick-up, garé dans la rue, en s'attendant à moitié à ce que Travis revienne à la charge.

L'incident lui avait fait perdre un temps précieux.

Après s'être assurée à plusieurs reprises que son ex ne l'avait pas suivie, elle s'arrêta, le temps d'appeler l'école et d'informer la directrice de son retard.

Dix minutes après, sur le parking de l'établissement, elle fut prise d'un soudain accès de désespoir.

L'arrivée de Travis dans la vie de leur fille aurait dû constituer une bonne nouvelle, mais elle savait ce dont son ex était capable, et l'idée de se trouver dans l'obligation de lui confier Skylar la révoltait.

Une autre voiture s'engagea sous le portique du parking et elle sentit l'inquiétude la gagner.

Elle n'avait pas fait attention au type de véhicule que

conduisait Travis et ne se détendit qu'en voyant une femme descendre du sien.

Elle se précipita vers l'entrée de l'école. À son grand soulagement, elle n'était pas la dernière : Skylar l'attendait en compagnie de deux autres bambins.

— Votre fille s'est bien amusée, l'informa Mme Bartels, la directrice. Elle était un peu intimidée au début mais elle s'est vite fait des petits camarades.

— Vous m'en voyez ravie, murmura vaguement Chelsea qui en temps normal aurait été enthousiasmée par cette nouvelle.

— Voulez-vous visiter la classe de Skylar ? lui proposa Mme Bartels.

La femme que Chelsea avait repérée quelques minutes plus tôt entra à son tour d'un pas vif.

— Bonjour, madame Stanley, lui lança la directrice.

— Bonjour, Elaine, répondit la nouvelle venue. Ça s'est bien passé aujourd'hui ?

Chelsea en profita pour s'excuser. Skylar avait passé un après-midi serein, c'était l'essentiel. Pourtant, elle n'avait aucune raison d'en douter : en cas de problème, Mme Bartels l'aurait contactée.

Plus rassurant encore, Travis ignorait tout de *son* enfant.

— Maman ! s'exclama la fillette, ravie de la revoir.

Chelsea consulta du regard l'institutrice qui hocha la tête avec indulgence.

S'agenouillant devant sa fille, elle lui ouvrit les bras. La spontanéité avec laquelle Skylar se précipita vers elle l'émut aux larmes.

— Je suis contente de te voir, ma chérie, dit-elle en resserrant encore son emprise.

— Moi aussi. C'était drôlement bien. J'ai colorié un éléphant et je suis montée sur un vrai vélo.

— Waouh ! Tu as été très occupée, on dirait !

Elle recula légèrement pour pouvoir regarder Skylar dans les yeux et ajouta :

— Et la bonne nouvelle, c'est que tu reviens demain.

Un grand sourire aux lèvres, Skylar demanda :

— Tu crois qu'il sera là ?

— Qui ? lui demanda Chelsea, affolée.

— Tu sais bien, lui dit Skylar, comme si elle ne faisait que souligner une évidence. Le pompier !

— Cela m'étonnerait, ma chérie. Il a passé l'âge d'aller à l'école et, comme je te l'ai expliqué, il est très occupé. En revanche, tu retrouveras tous tes petits camarades. Allez, va chercher ton manteau.

Skylar se leva, puis revint sur ses pas pour annoncer :

— C'est vrai, ce qu'il m'a dit hier, tu sais. Ma maîtresse a une grenouille qui s'appelle Henry.

Mme Stanley réapparut, et le petit garçon qui était assis près de Skylar sourit à son tour.

— Bonjour, mon grand, lui dit sa mère. Tu es prêt ?

Aussitôt, il se leva pour gagner son casier et rassembler ses affaires. Skylar eut un peu plus de mal avec les siennes.

Chelsea s'avançait vers elle pour l'aider à s'habiller lorsqu'une voix masculine retentit derrière elle, la faisant sursauter.

Mme Eaton la dévisagea avec surprise. Un homme en bleu de travail salua l'assemblée d'un signe de tête, puis entreprit de vider les corbeilles à papier.

— Désolée, murmura Chelsea en entraînant sa fille vers la sortie.

La nuit était tombée et elle se tint sur ses gardes tout le temps qu'il lui fallut pour installer Skylar dans son siège auto.

En s'engageant dans son allée, Chelsea sentit son angoisse remonter en flèche : une fourgonnette inconnue était garée sur l'aile gauche de la maison. Une nouvelle crise de panique s'ensuivit. Elle leva les yeux vers le rétroviseur pour jeter un coup d'œil à sa fille, attachée à l'arrière.

Et si Travis savait où elles vivaient, en fin de compte ?

Non ! Elle ne se sentait pas la force de le confronter pour la seconde fois de la journée.

Elle ne pouvait pas laisser Skylar seule dans le pick-up et n'avait plus envie de rentrer chez elle.

Elle referma la main sur le levier de vitesse afin de pouvoir faire marche arrière très vite s'il le fallait.

— On y va, maman ? lui demanda Skylar.

— Dans un instant, ma chérie. Mais d'abord, j'aimerais bien savoir à qui appartient cette fourgonnette.

— Et si mamie est malade ?

Perturbée par tout ce qui s'était passé dans la journée, Chelsea avait complètement oublié le malaise de Linda. La remarque de sa fille l'inquiéta suffisamment pour qu'elle lui réponde :

— Tu as raison. Rentrons ! Mais tu me donnes la main et tu restes derrière moi jusqu'à ce que je te dise que tout va bien.

Après avoir déposé la fillette sur la terre ferme, Chelsea s'avança vers l'entrée, puis grimpa sur le porche, le cœur battant. Elle serra un peu plus fort la main de Skylar, mais ne put se résoudre à glisser la clé dans la serrure.

— Tu veux que je t'aide à ouvrir la porte, maman ?

C'était un rituel. Skylar adorait se rendre utile et, d'ordinaire, Chelsea acceptait de lui passer le relais

La clé était un vieux modèle, sûrement d'origine, de même que la serrure. Encore une chose qui allait devoir changer : pour l'instant, cette maison était le petit coin de paradis de Chelsea, et l'idée que Travis puisse envahir son territoire la rendait malade. Il lui avait déjà tant pris !

Prenant son courage à deux mains, elle déverrouilla la porte et se prépara à affronter son visiteur.

Un rire sonore retentit dans les profondeurs de la maison. Un rire masculin, dont le son déjà familier fit frissonner Chelsea.

Celui de Nate Kent.

Auquel celui de Linda fit aussitôt écho.

Chelsea s'engagea dans le couloir qu'elle trouva glacial. Pourvu que le système de chauffage soit réparable ! Il avait tendance à s'arrêter au plus mauvais moment, et le mois de janvier au Texas pouvait être une longue succession de vagues de froid.

Malgré sa nervosité, Chelsea sentit quelque chose se détendre en elle à la vue de Nate, assis à la table de sa cuisine. Face à lui, Linda bavardait sans retenue, et Chelsea s'interdit de repenser à l'épisode du matin. La journée avait été suffisamment éprouvante comme ça.

— Tout va bien ? demanda-t-elle à celui qui, somme toute, n'était qu'un étranger.

Nate se tourna vers elle et la regarda suffisamment longtemps pour qu'elle en soit troublée.

Dans des circonstances normales, elle aurait cherché à mieux connaître Nate Kent. Malheureusement, il y avait bien longtemps que plus rien n'était normal dans son petit univers. Et même si elle l'avait pris pour un être d'exception, de prime abord, elle était bien décidée à ne plus jamais accorder sa confiance à un homme, aussi charmant qu'il soit.

Travis avait décidément fait du beau travail, et elle se rendait compte que si elle restait sur sa triste expérience conjugale pour le restant de ses jours, elle le laisserait gagner, en quelque sorte.

— Coucou, monsieur ! lança Skylar d'un ton joyeux, avant de contourner Chelsea pour courir vers Nate.

Encore un miracle. Chelsea n'avait jamais vu sa fille

accueillir un quasi-inconnu avec tant d'enthousiasme. À se demander si sa spontanéité n'était pas simplement due au fait que Nate était un homme. Se pouvait-il qu'une présence masculine lui manque à ce point ?

Chelsea était reconnaissante à sa mère de tout ce qu'elle faisait pour Skylar. Malgré sa santé délicate, Linda avait fait montre d'un soutien infaillible pendant la période de désarroi qui avait suivi le départ de Travis. Elle s'était pleinement consacrée à sa petite-fille dès que celle-ci était venue au monde et, par son soutien, elle avait aidé Chelsea à remonter la pente.

Bien sûr, les choses avaient été facilitées par le fait que Chelsea travaillait de nuit, à l'époque. Elle partait à 16 heures, un peu avant le dîner de Skylar qui était couchée dès 19 heures. Linda avait toujours été très matinale, et Chelsea la soupçonnait de ne pas avoir dormi du sommeil du juste avant le troisième anniversaire de Skylar. Cette période n'avait pas été facile, mais les « Trois Mousquetaires », comme sa mère se plaisait à les surnommer, s'en étaient bien tirées.

A posteriori, Chelsea s'en voulait d'avoir tant tardé à percer Travis à jour. Il lui paraissait sincère quand il prétendait avoir eu une enfance particulièrement difficile.

Chelsea n'ayant jamais rencontré sa mère, dont il disait le plus grand mal, elle n'avait aucune raison de mettre sa parole en doute. Pas même lorsqu'il avait prétendu qu'aucun membre de sa famille n'assisterait à leur mariage, faute de pouvoir se déplacer.

Après le départ de Travis, Chelsea avait procédé à quelques recherches et avait découvert que la prétendue marâtre, mariée à un pasteur, vivait près de Little Rock.

À sa décharge, elle travaillait trop dur, à l'époque, pour avoir les idées claires. Le manque de sommeil et le bon sens faisaient mauvais ménage, c'était bien connu.

Nate s'agenouilla pour se mettre à la hauteur de Skylar et, une fois encore, Chelsea sentit son cœur s'emballer.

Il savait vraiment s'y prendre, avec les enfants. Sans doute sa formation de pompier volontaire l'y avait-elle préparé. À moins que, inconsciemment, Chelsea souhaite voir sa fille se rapprocher de lui ?

Oui, bien sûr. Elle pouvait au moins se faire cet aveu. Elle tenait à ce que Sky fasse confiance aux hommes. Jusqu'à présent, elle avait évité leur contact et, au fond, Chelsea craignait que cette défiance ne perdure.

Nate Kent était différent. Il semblait avoir une patience infinie.

Avec les enfants, s'empressa de lui préciser sa petite voix intérieure.

— Pourquoi tu es venu ? demanda Skylar, un poing posé sur la hanche, comme si leur visiteur lui devait une explication.

Chelsea laissa échapper un soupir d'envie. Si seulement les adultes pouvaient être aussi directs !

— Ta grand-mère m'a appelé pour me demander de passer la voir, répondit Nate, à la grande surprise de Chelsea qui se tourna vers Linda.

— Tout va bien, maman ?

— Beaucoup mieux maintenant, lui répondit Linda, dont le sourire espiègle expliquait tout ou presque.

Chelsea l'avertit du regard tandis que Nate se redressait sans quitter Skylar des yeux.

— Disons simplement que M. Kent m'a été d'une grande aide, ajouta Linda en haussant les épaules, l'air vaguement contrit. Quelqu'un a jeté une pierre à travers la fenêtre du salon, et j'ai eu tellement peur que j'ai jugé plus sage de ne pas rester seule en t'attendant.

— Enfin, maman ! Tu aurais dû m'appeler ! s'exclama Chelsea d'un ton de reproche.

— Je ne voulais pas te déranger, ma grande. Et puis, ce charmant jeune homme m'a dit ce matin de ne pas hésiter à le contacter si j'avais besoin de compagnie.

— Tout à fait, renchérit Nate. Il n'est pas toujours facile de s'intégrer dans une nouvelle ville.

Certes. Surtout quand, comme Chelsea, on était harcelée par son ex-mari.

D'ailleurs, que signifiait cette vitre brisée ? Cela voulait-il dire que Travis avait réussi à trouver leur adresse ?

5

Chelsea tenta de dissimuler son affolement en se frottant les avant-bras, comme pour se protéger du froid ambiant.

— Quelqu'un a lancé une pierre à travers la vitre ? répéta-t-elle en se dirigeant vers le salon.

— Du moins, je pense que c'était une pierre, précisa Linda. Je ne suis pas retournée m'en assurer et je voulais éviter de t'inquiéter. Ce n'est pas bien grave, on en a vu d'autres, non ?

Chelsea garda le silence. Ce n'était effectivement pas grave, à condition que le méfait ait été commis par des garnements du coin. Ce qui était beaucoup plus inquiétant, c'est que, contrairement à Linda, elle savait que Travis était de retour dans la région.

Plutôt que de parler de lui devant Skylar, elle se lança dans une rapide évaluation des dégâts. Le carreau endommagé était sur l'aile gauche de la maison ; la fenêtre donnant sur l'emplacement qu'elle réservait normalement à son pick-up. Elle n'avait rien remarqué en arrivant.

La trajectoire du projectile était facile à reconstituer. Chelsea se pencha pour ramasser la pierre.

— Attendez, dit Nate, dont le ton calme l'apaisa immédiatement.

Elle en déduisit qu'elle manquait vraiment d'affection :

la voix de Nate Kent la troublait de façon exagérée, et elle n'osait imaginer ce qui se produirait s'il la touchait.

Elle repoussa bien vite cette pensée aussi malvenue que déplacée.

— Le vandale qui a fait ça doit être poursuivi, ajouta Nate en brandissant son portable. J'appelle le shérif.

— Maman, j'ai faim, geignit Skylar, qui avait dû les suivre à leur insu.

— Je vais lui préparer à manger, dit aussitôt Linda en prenant sa petite-fille par la main pour la ramener dans la cuisine.

— Merci, maman, lui répondit Chelsea. Et ne t'en fais pas pour moi. Ça ira mieux quand j'aurai trouvé un moyen de réparer ce carreau, au moins temporairement, pour qu'on ne meure pas de froid pendant la nuit.

Au regard que lui jeta Nate, elle comprit qu'elle ne devait toucher à rien, sous peine de faire disparaître d'éventuelles empreintes digitales.

— Je ne bouge pas d'ici, conclut-il, après avoir expliqué la situation à son interlocuteur.

Les derniers mots de Nate achevèrent de rassurer Chelsea. Il lui plaisait décidément beaucoup, peut-être parce qu'elle se sentait vulnérable.

— Je vous remercie de ne pas avoir fui en courant, lui dit-elle. Quelle journée ! Pourtant je peux vous assurer que nous menons une vie plutôt monotone, d'habitude !

Il la considéra un long moment, avant de répondre :

— Permettez-moi d'en douter. Vous faites un travail formidable, avec Skylar. On voit tout de suite qu'elle trouve son équilibre dans son entourage et qu'elle s'y sent aimée. Par ailleurs, si j'en crois les rumeurs, vous vous apprêtez à ouvrir une pizzeria haut de gamme, en ville. Vous êtes belle et intelligente, alors je doute fort que votre vie soit si… monotone.

Belle ?

À son grand embarras, Chelsea se sentit rougir jusqu'aux oreilles.

Fort heureusement, on frappa à la porte à ce moment précis.

— Je reviens tout de suite, marmonna-t-elle faute de mieux.

Elle sourit pour elle-même en imaginant la réaction de sa mère si elle avait perçu le silence gêné qui avait suivi la déclaration du cow-boy.

Elle courut jusqu'à l'entrée et hésita un instant avant d'ouvrir la porte.

Et si Travis se tenait sur le palier ?

Pire encore… Ne s'attendait-elle pas à le trouver sur son perron, chaque fois qu'on sonnait à sa porte depuis la naissance de Skylar ?

Trouvant la question plus que dérangeante, elle se résigna à faire entrer son visiteur. Fort heureusement, il s'agissait du shérif.

— Bonsoir, madame. Zach McWilliams, à votre service, dit-il en lui tendant la main.

Chelsea la lui serra avant de se présenter à son tour.

— Entrez, je vous en prie, murmura-t-elle, consciente de la présence de Nate derrière elle, et agacée de la ressentir aussi viscéralement.

— C'est sympa d'être venu, Zach, enchaîna Nate.

Zach ? Tout le monde s'appelait donc par son prénom, dans cette bourgade ? Sans doute était-ce l'un des bons aspects de la vie dans une petite ville… Même si, en principe, les voisins étaient plus là pour vous rendre service que pour briser vos carreaux à coups de pierre.

Nate et le shérif auraient pu être jumeaux tant ils se ressemblaient.

Intriguée, Chelsea les observa tour à tour.

Nate dut percevoir son trouble, car il s'empressa d'expliquer :

— Zach est mon cousin germain.

De l'avis de Chelsea, Nate l'emportait haut la main, sur le plan physique. Zach était bel homme, lui aussi, mais pas de la même manière : Nate Kent avait décidément quelque chose de singulier.

Se ressaisissant, elle guida le shérif vers son salon.

— La pierre a traversé ce carreau, dit-elle en désignant la fenêtre.

— Vous venez d'arriver en ville, je crois, lui dit Zach.

— Tout à fait, murmura Chelsea, évitant de lui faire remarquer qu'il ne faisait que souligner une évidence.

— Eh bien, vous n'avez pas de chance ! D'habitude, on est plus accueillants que ça à Jacobstown.

Chelsea surprit Zach et Nate en train d'échanger un regard lourd de sens.

— Si on excepte les incidents survenus dans certains ranchs de la région, ces dernières années, ajouta Nate.

— Ah oui ? Et que se passe-t-il ? demanda Chelsea en se plantant au milieu de la pièce, les bras croisés.

Nate vit une lueur d'effroi traverser le joli visage de Chelsea, et il se promit de lui demander ce qui lui faisait si peur.

— Un malade mutile les bêtes et les laisse saigner à mort, expliqua Zach à Chelsea.

— Je sais. Votre cousin m'en a vaguement parlé. Qui peut bien faire une chose pareille ? Des ados ?

— Je ne vois pas des ados commettre des actes aussi barbares, rétorqua Zach. Quoi qu'il en soit, c'est devenu assez fréquent pour que la population de Jacobstown soit sur le qui-vive. Tout le monde redoute d'autres méfaits du même style, vous comprenez ?

— C'est pour cela que vous avez tenu à prévenir le shérif de ce qui s'est passé ici, cet après-midi ? s'enquit Chelsea en se tournant vers Nate.

Zach prit le relais.

— Disons que ce genre d'incident n'arrive jamais. Nos concitoyens sont bienveillants, pour la plupart. De manière générale, je dirais qu'il a longtemps régné ici une atmosphère bon enfant. Les gens ne se barricadaient pas chez eux, et il n'était pas rare de les voir laisser leurs clés de leur voiture sur le contact, le temps d'aller faire une course. Malheureusement, c'est fini, tout ça. Certains d'entre nous deviennent paranoïaques, et les autres sont sur leurs gardes. Du coup, ils sont moins tolérants envers les nouveaux venus. Voilà pourquoi, de notre côté, nous faisons très attention à tout ce qui est inhabituel. Comme cet acte de vandalisme, par exemple.

Nate se rembrunit. Les explications de son cousin ne le satisfaisaient pas. Certes, les gens étaient à cran, mais pas au point de s'en prendre à de nouveaux habitants. Au contraire, Jacobstown tenait à sa réputation de ville particulièrement ouverte.

Pour lui, l'arrivée de Chelsea n'avait donc rien à voir avec la persécution des génisses.

— Vous êtes texane ? demanda Zach à Chelsea, commençant ainsi l'interrogatoire de routine que Nate l'avait souvent entendu mener.

— Oui, je viens de Houston.

Nate tira son téléphone de sa poche et fit mine d'en consulter l'écran, dans l'espoir de dissimuler son intérêt pour les réponses de Chelsea.

— Vous êtes mariée ?

— Je l'ai été. Je… je ne le suis plus.

Surpris par son intonation, Nate releva brièvement les

yeux et constata qu'elle avait baissé la tête en même temps que la voix.

— Vous avez des ennemis ? Une idée de qui pourrait vous en vouloir ?

Des bruits de pas résonnèrent dans le couloir, les plus sonores étant ceux de Skylar.

Encore une chose qui ne laisserait jamais d'étonner Nate : même hauts comme trois pommes, les enfants faisaient beaucoup plus de bruit qu'un adulte en se déplaçant.

Linda tenait sa petite-fille par la main.

— Je remonte pour lui donner son bain, annonça-t-elle.

— Merci, maman, dit Chelsea avant de se tourner vers Zach en frissonnant.

— Je peux mettre une planche à la place de ce carreau ? Je suis gelée.

— Dans un instant, madame, répondit le shérif.

Il prit son téléphone et se mit à pianoter sur le clavier.

— J'envoie un SMS à mon adjoint afin qu'il vienne, toutes affaires cessantes, pour relever d'éventuelles empreintes, dit-il.

En d'autres circonstances, Nate aurait volontiers proposé à Chelsea de la réchauffer. Il se reprocha cette pensée d'autant plus inconvenante qu'il traversait une période de grande méfiance à l'égard des femmes.

Merci, Mia, songea-t-il avec amertume.

Dire qu'il s'était toujours targué de reconnaître un menteur au premier coup d'œil ! Bien que Mia ait été convaincante, il continuait à s'en vouloir de ne pas avoir mis fin à leur relation beaucoup plus tôt. Non contente de se servir de sa faiblesse, Mia avait joué avec ses sentiments.

Cela, ajouté au problème des génisses, l'avait mis d'humeur plus que maussade… jusqu'à sa rencontre de la matinée. L'atmosphère qui régnait dans cette maison était différente de tout ce qu'il connaissait.

Les questions de Zach ne lui parvenaient plus qu'en un vague murmure, toutefois il tendit l'oreille en entendant son cousin demander à Chelsea si elle savait où vivait son ex-mari.

— Je n'en ai aucune idée, répondit-elle après avoir tourné la tête vers la cage d'escalier, comme pour s'assurer que sa fille ne pouvait pas l'entendre. Il a disparu dans la nature à la fin de ma grossesse, et je n'avais eu aucune nouvelle de lui depuis la naissance de notre fille… jusqu'à ce qu'il vienne à mon restaurant, cet après-midi. Comme ça, sans prévenir. Et avec des exigences, en plus !

Tout comme son cousin, Zach parut intéressé par cette information. Nate eut néanmoins le sentiment que ce n'était pas pour les mêmes raisons.

— Il ne vous a pas dit ce qu'il faisait là, après tout ce temps ? demanda Zach, les sourcils froncés.

— Si. À l'entendre, il pensait que nous pourrions revivre ensemble, et il voulait voir son enfant, répondit-elle d'un ton vague.

Nate ne put s'empêcher de la dévisager. Pour se rendre compte de quoi, au juste ? Pour voir si elle aimait toujours son ex ?

À en juger par son expression, la réponse était non.

Il n'y avait pas de quoi se réjouir. Chelsea, son ex et Skylar auraient dû former une famille, ce qui, pour Nate, prévalait sur tout le reste. S'il y avait une possibilité de participer à la reconstitution d'un noyau familial, il serait le premier à mettre la main à la pâte.

À condition, toutefois, que personne n'en souffre.

— Il vous a expliqué les raisons de son départ ? poursuivit Zach, après avoir noté le nom de l'ex de Chelsea.

Travis Zucker. Un patronyme que Nate n'oublierait pas.

De nouveau, il examina Chelsea. Cette fois, il eut l'impression qu'il lui en coûtait terriblement de répondre.

Zach dut aussi percevoir son malaise, car il s'excusa avant de reprendre :

— Je voudrais avoir une idée des menaces éventuelles qui pèsent sur vous, votre fille, et sur toute personne susceptible d'empêcher ce « monsieur », si on peut l'appeler ainsi, d'obtenir ce qu'il veut.

— Non, murmura Chelsea. En tout cas, il ne s'est pas excusé. Pendant que j'étais en salle de travail pour l'accouchement, il a vidé notre compte en banque et dévalisé la maison. C'est pourquoi, quand il m'a demandé de le laisser revenir parmi nous, je l'ai envoyé promener.

Les deux poings posés sur ses hanches, comme la ride soucieuse qui lui barrait le front, avaient parlé pour Chelsea : elle était furieuse.

— Et ensuite, madame ? Pardonnez-moi d'insister, il faut vraiment que je sache ce qui s'est passé.

— Après ? J'ai regagné ma voiture et, une fois que j'ai été certaine qu'il ne me suivait pas, je suis allée chercher ma fille. C'était son premier jour dans cette école, et j'étais en retard, complètement stressée, vous comprenez ?

De nouveau, elle jeta un coup d'œil inquiet vers le couloir, puis vers le plafond.

Nate comprit qu'elle ne mentait pas. Depuis sa mésaventure avec Mia, l'honnêteté était pour lui une qualité essentielle, et il était à l'affût du moindre signe de duplicité chez ses interlocuteurs.

— Il vous a fallu à peu près combien de temps, pour récupérer votre fille ? poursuivit Zach.

— J'ai été partie suffisamment longtemps pour que Travis vienne jusqu'ici et brise ce carreau. C'est d'ailleurs à lui que j'ai pensé en premier.

— Vous voyez d'autres possibilités ?

— Mon ancien patron a très mal pris ma démission. Il

m'a envoyé un ou deux SMS depuis notre emménagement, pour me demander s'il pouvait me rendre visite.

Elle sortit son téléphone de sa poche et le posa sur la paume déployée de sa main, avant de préciser :

— Je ne lui ai pas répondu. J'essaye de tourner la page. Je voudrais vraiment passer à autre chose.

Nate comprenait sans peine qu'on puisse courtiser Chelsea McGregor. Néanmoins, ce qu'elle décrivait ressemblait à du harcèlement pur et simple.

Il serra les dents : qu'on lui donne cinq minutes en tête à tête avec un de ces pauvres types, et il lui apprendrait à respecter les femmes.

Zach nota les coordonnées de l'individu en question, un chef cuisinier de renom, puis conclut l'interrogatoire en demandant :

— Qu'est-ce qui vous a décidée à venir vous installer à Jacobstown ?

— Un cadeau, répondit Chelsea en souriant. Cette maison et l'endroit où je vais ouvrir mon restaurant appartenaient à ma grand-tante, Maddie Barstok. Elle m'a légué le tout, et comme c'était l'occasion rêvée pour repartir de zéro, nous avons fait nos bagages et nous sommes venues à Jacobstown. Maddie m'a également transmis le bail du local de son entreprise, en ville.

— Vous étiez proche de votre grand-tante ? demanda Zach.

— Pas du tout. En fait, je n'ai aucun souvenir d'elle. Ma mère et elle ne se voyaient que très rarement, et c'est tout juste si je connaissais l'existence de cette branche de ma famille.

— Il faut croire que vous l'avez marquée, commenta Zach.

Au coup d'œil qu'il jeta à Nate, ce dernier comprit qu'ils pensaient la même chose.

— Je croyais que Mme Barstok était entrée dans un

centre pour personnes dépendantes à Austin, afin de se rapprocher de ses amis, dit Nate.

— Moi aussi, renchérit Zach en se pinçant l'arête du nez. Je me souviens avoir entendu dire cela, en ville, il y a quelques années. Quoi qu'il en soit, nous serons ravis d'avoir un nouvel endroit où nous restaurer. Le local dont vous parlez est désaffecté depuis trop longtemps, et les ados commencent à le squatter.

— J'ai la ferme intention de réhabiliter les lieux, déclara Chelsea, une pointe de fierté dans la voix.

Décidément, cette femme et sa petite Skylar étaient exceptionnelles, songea Nate. Au point qu'il se surprit à vouloir les aider. Une mère célibataire, avec un ex – un voleur, ni plus ni moins – qui faisait quelques apparitions inopinées, et un ancien patron qui semblait déterminé à la poursuivre de ses assiduités, méritait bien qu'on veille sur elle.

Nate resterait donc à ses côtés – à condition qu'elle le veuille bien, car il avait eu le temps de percevoir en elle une certaine crainte vis-à-vis du sexe opposé. Crainte bien compréhensible, vu ce que lui avait fait ce Travis Zucker.

Un coup frappé à la porte fit sursauter Chelsea.

Après s'être excusée de sa nervosité, elle sortit de la pièce et regagna le corridor.

Zach et Nate lui emboîtèrent le pas, pour le cas où Zucker aurait décidé de lui rendre une seconde visite, mais il s'agissait bien de Long, l'adjoint de Zach.

Chelsea le guida jusqu'au salon, où il se mit aussitôt à l'œuvre.

— Je vais jeter un coup d'œil à l'extérieur, dit Zach.

Le ciel était nuageux, signe que la pluie n'allait pas tarder à tomber, et l'obscurité ambiante donnait l'impression qu'il était bien plus tard que ne l'indiquait la montre de Nate.

Il sortit sur le porche avec Chelsea, et Skylar ne tarda pas à les rejoindre.

— Maman, quand je souffle en l'air, je vois ma respiration.

— Rentre vite, ma chérie. J'arrive tout de suite.

— Mamie a dit que je devais aller dans sa chambre pour jouer avec elle, répondit Skylar, les sourcils froncés.

— C'est une excellente idée, tu ne trouves pas ?

Nate eut un pincement au cœur en voyant le sourire de Chelsea. Elle faisait bonne figure devant sa fille pour ne pas l'inquiéter. Pourtant, d'après ce qu'il avait compris, elle avait eu plus que sa part de périodes difficiles : d'abord la faillite organisée de sa première entreprise, puis le harcèlement de son dernier employeur… De quoi éviter la proximité de la gent masculine, effectivement.

Ces pensées l'amenèrent à d'autres considérations, plus adaptées à la situation.

Zucker étant à Jacobstown, il se pouvait fort bien qu'il ait tenté d'intimider Chelsea en jetant cette pierre par une des fenêtres. Il en allait de même pour le chef cuisinier qui semblait capable d'avoir fait le déplacement jusqu'à leur petite ville et attendait peut-être non loin de là que son cousin et lui-même repartent. Il faudrait qu'il demande à Zach de vérifier l'emploi du temps de Renaldo Vinchesa. Un simple coup de fil à son restaurant de luxe devrait le renseigner : s'il apprenait que le cuisinier avait pris sa journée, ce dernier avait eu tout le temps de venir jusqu'ici.

Nate revint à la réalité du moment. Rien de tout cela ne le concernait, en fait : une fois la vitre condamnée, et après avoir aidé Chelsea à trouver un artisan pour la remplacer, il n'aurait plus rien à faire chez elle.

Il décida d'appeler Bill Staller, un petit entrepreneur local à qui il avait rendu service à plusieurs reprises. Une simple planche ne suffirait pas à empêcher le froid de pénétrer dans cette vieille demeure, si perméable aux courants d'air.

Le temps que Bill prenne son appel, Nate s'était mis en tête de faire poser, à ses propres frais, des doubles vitrages dans toute la maison. C'était le moins qu'il pût faire pour les McGregor qui, manifestement, ne roulaient pas sur l'or.

Restait une question, néanmoins : Chelsea accepterait-elle son aide ou serait-elle vexée par sa proposition au point de la refuser tout net ?

6

Le shérif avait pris sa déposition, le carreau avait été remplacé par un professionnel, et il faisait si sombre qu'on se serait cru en pleine nuit.

— Je ne vous remercierai jamais assez pour tout ce que vous avez fait pour nous, murmura Chelsea dans un élan de sincérité.

Nate Kent avait passé la journée à s'occuper d'elles, c'était presque trop.

— Ça fait partie de mon travail, répondit-il d'un ton léger.

Peut-être, cependant cela représentait beaucoup pour Chelsea qui ajouta :

— Il ne m'a pas été facile d'admettre que je m'étais éprise d'un abruti de première classe, vous savez !

Le dire à voix haute ne changeait rien à l'affaire. Combien de nuits avait-elle passées à ruminer sur son erreur de jugement ? Des dizaines ? Des centaines ?

Elle se tourna vers Nate, s'attendant à lire une nuance de dédain sur son beau visage.

À sa grande surprise, il la gratifia d'un sourire compatissant.

— Je pense qu'on a tous commis ce genre de bévues au moins une fois dans notre vie, commenta-t-il simplement.

Comme elle le considérait d'un air perplexe, il ajouta :

— Quoi ? Je ne suis pas différent des autres, vous savez !

— C'est cela, répliqua-t-elle, d'un ton sceptique.

— Qu'entendez-vous par là ? lui demanda Nate.

Sentant qu'elle l'avait vexé, Chelsea s'empressa de faire machine arrière.

— Pardonnez-moi. Je ne voulais pas vous blesser. Mais avec une prestance comme la vôtre, j'ai du mal à croire que vous puissiez avoir le moindre problème dans ce domaine.

À peine ces mots avaient-ils franchi ses lèvres qu'elle les regretta. Malheureusement, il était trop tard. Nate s'était levé, et ses yeux gris lançaient des éclairs.

— Je vois, dit-il. Vous vous êtes fait votre opinion, et je sais d'expérience que je ne vous en ferai pas changer.

Là-dessus, il regagna la cuisine et posa son café sur le comptoir.

Chelsea réprima une grimace. Elle avait tout gâché en moins d'une minute.

— Et si je vous présente mes excuses ? murmura-t-elle, faute de mieux.

Piètre question.

Son stress commençait à transparaître, et elle n'aimait guère le jour sous lequel elle se montrait. Elle fut tentée d'en imputer la faute à Travis, mais renonça presque aussitôt. Elle seule était responsable de ses actes et de ses paroles.

La vérité était ailleurs.

Chelsea commençait à éprouver pour Nate Kent des sentiments malvenus. Elle était fatiguée, accablée de soucis, et tout cela lui pesait.

— Je suis complètement idiote, dit-elle, alors que le beau cow-boy se dirigeait vers la sortie. Vous vous êtes porté à ma rescousse, vous avez été adorable avec Skylar et avec ma mère. Je n'ai donc pas le droit de vous juger. D'autant plus que je ne sais rien de vous ou presque.

Comme il ne se retournait pas, elle comprit qu'elle l'avait

vraiment froissé. Aussi alla-t-elle lui poser une main sur le bras.

— Nate, vraiment, j'ai eu tort. S'il vous plaît, ne prenez pas mal mes propos.

Il se tourna enfin vers elle, puis recula d'un pas.

— Je crois comprendre ce qui se passe.

— Ah bon ? Vous voulez bien m'expliquer ?

— Vous avez peur, dit-il.

Chelsea le dévisagea avec stupeur, avant de demander :

— De quoi ?

— Il s'agirait plutôt de savoir de *qui* ! répondit-il, la regardant droit dans les yeux.

— Je… Je n'ai pas peur de vous, Nate, bégaya-t-elle. Si c'est ce que vous pensez, vous vous trompez. Surtout après ce que vous avez fait pour nous.

Son sourire était ravageur. Dire qu'il était beau constituait presque une insulte, pour décrire un homme tel que lui. Il émanait de sa personne ce magnétisme animal dont elle avait si souvent entendu parler, sans jamais le rencontrer. Ses yeux couleur de l'acier et sa mâchoire parfaitement dessinée mettaient en valeur sa chevelure sombre, épaisse et ondulée. Il devait faire du sport, il était tout en muscles.

— Si ce n'est pas de moi, c'est de ça, murmura-t-il avant de lui faire relever le menton et d'amener sa bouche vers la sienne.

Chelsea avait souvent rêvé d'embrasser Nate depuis leur première rencontre, pourtant ce qui était en train de se passer ne lui ressemblait pas, et la raison aurait voulu qu'elle le repousse avant que les choses aillent plus loin.

Le problème était qu'elle *voulait* qu'il la touche, elle voulait sentir ses lèvres sur les siennes et ses mains sur son corps. Elle tenta – en vain – de se convaincre que sa réaction n'était due qu'au fait qu'on ne l'avait pas étreinte depuis trop longtemps.

Et puis, cette agaçante petite voix intérieure se manifesta : *Tu désires Nate Kent, ma belle.*

Il était beau, charmant sans être charmeur. Son attirance était-elle due à la réserve qu'elle sentait chez lui ?

Aucune importance. Le corps vibrant de désir, Chelsea fit monter ses mains vers le torse du cow-boy et, au lieu de le repousser comme l'exigeait la sagesse, fit courir ses doigts sur ses muscles.

La sensation de ses lèvres fermes contre les siennes l'électrisa. Elle entrouvrit la bouche pour qu'il puisse jouer avec sa langue.

S'ensuivit un baiser d'une intensité rare et empreint d'une telle passion qu'elle se lova contre lui.

Nate laissa échapper un grognement animal puis, enserrant la taille de Chelsea, il posa les mains dans le bas de son dos.

Le jeu devenant dangereux, il était temps d'y mettre fin.

Comme elle ne s'en sentait pas la force, Chelsea fut soudain prise de panique : la pensée de l'impact que ce baiser pouvait avoir sur sa vie fut comme une douche froide.

Elle releva donc la tête tout doucement pour reprendre son souffle, avant de reculer d'un pas et de se dégager.

Elle constata aussitôt que l'émoi provoqué par ce baiser lui avait terriblement manqué sans qu'elle en prenne conscience.

Un véritable problème en soi : Chelsea avait passé l'âge des baisers enivrants. Même si, en toute honnêteté, celui-là avait fait bien plus que l'enivrer.

Pire encore, il n'avait pas été prémédité.

Nate se tint immobile dans la cuisine un peu plus longtemps qu'il ne l'aurait dû, le regard rivé à celui de Chelsea.

Il l'avait embrassée sur une impulsion qu'il regrettait

déjà. Son instinct aurait dû mieux le guider. La dernière fois qu'il avait commis une erreur pareille, il n'était pas en âge de voter. Et l'adulte qu'il était devenu ne se laissait pas emporter comme ça, d'habitude…

Non. C'était cette lueur dans les yeux de Chelsea McGregor. Elle l'avait attiré comme une flamme attire un papillon.

Il tenta de se raisonner. S'il avait agi ainsi, c'était pour chasser Mia de ses pensées. Chez un homme normal, se remettre d'une rupture ne constituait pas un problème. Pour lui, qui n'avait pas pour habitude de s'engager, en revanche, c'était mauvais signe. Signe qu'il s'était vraiment ramolli au contact de Mia ?

Depuis les bouleversements entraînés par la disparition de ses parents, Nate se sentait déstabilisé et commettait erreur sur erreur.

Il était grand temps d'y remédier.

— Bill a votre numéro, dit-il à Chelsea. Il vous contactera afin de voir avec vous à quel moment il peut venir changer l'ensemble des vitres.

Elle leva un doigt en l'air.

— Je vais chercher mon portefeuille.

— Ce ne sera pas nécessaire.

— Comment cela ? demanda-t-elle.

La petite ride de perplexité qui apparut sur son front était si sensuelle que Nate dut faire un effort pour en détacher le regard.

— C'est déjà payé, lui répondit-il simplement, peu désireux d'expliquer pourquoi il éprouvait le besoin de participer à une partie des rénovations de la vieille demeure.

— Comment cela ? Je n'ai pas eu le temps de prendre une assurance.

— C'est réglé, vous dis-je, répéta-t-il, dans l'espoir de mettre un terme à cette conversation embarrassante.

En réalité, Nate avait été motivé par la lueur d'effroi qu'il avait lue dans les yeux de Chelsea lorsqu'elle avait évoqué son ex. Il avait simplement voulu lui prouver que tous les hommes n'étaient pas faits du même bois.

— Vous comptez faire installer une alarme ou, mieux encore, un système complet de sécurité ?

— Ici ? À Jacobstown ? Je ne pensais pas en avoir besoin !

— On n'est jamais trop bien protégé, vous savez.

Chelsea McGregor avait son lot de préoccupations, entre sa fillette, sa mère souffrante et son entreprise en cours.

Cela faisait beaucoup pour une seule femme, et si Nate pouvait la soulager un tant soit peu, il n'hésiterait pas un seul instant.

— Je réfléchirai à la question, promit-elle.

À en juger par son expression, elle songeait au coût qu'une telle installation entraînerait.

— Au fait, reprit-elle avec entrain, je n'ai pas pensé à vous dire, ce matin, que l'inauguration de ma pizzeria aurait lieu dans six semaines… si tout va bien. Or, j'ai l'impression que vous connaissez beaucoup de monde à Jacobstown et…

Bien qu'il ait immédiatement compris où Chelsea voulait en venir, Nate lui sourit pour l'encourager à continuer.

— … Et ce serait bien que les gens entendent parler de l'ouverture de mon restaurant, acheva-t-elle.

— Ne vous inquiétez pas pour ça. D'ici demain matin, toute la ville sera au courant de votre arrivée à Jacobstown, et à la fin de la semaine, les gens en sauront certainement plus sur votre entreprise que vous ne le souhaiteriez. Il ne se passe pas grand-chose, dans cette bourgade. Il va y avoir la queue devant votre restaurant, le jour de l'ouverture. L'attrait de la nouveauté, si vous voyez ce que je veux dire.

— Vous me rassurez, murmura-t-elle.

— Bon, je ferais bien d'y aller, enchaîna-t-il en consultant sa montre. Les journées de travail commencent tôt, au ranch.

Chelsea poussa un petit cri de surprise.

— Vous avez deux métiers ?

— En théorie, je n'en ai qu'un, et c'est plus un mode de vie qu'un métier, expliqua Nate, soulagé de voir la conversation prendre un tour plus neutre, même si la tension sensuelle qui s'était installée entre eux depuis leur étreinte n'avait fait que décupler.

— Et qu'est-ce que vous faites au ranch ? demanda-t-elle.

De mieux en mieux.

Il était décidément facile de discuter avec cette femme, même quand, comme Nate, on était d'un naturel plutôt taciturne.

— Un peu de tout, dit-il.

C'était la vérité : Nate étiquetait et enregistrait les naissances de veaux, vérifiait l'état des clôtures et nettoyait les stalles, comme tout un chacun.

— Enfin, vous devez bien avoir un rôle attitré ! Quelle est votre fonction, au juste ?

— Propriétaire.

À la grande surprise de Nate, Chelsea parut déstabilisée par l'annonce.

— Quoi ? demanda-t-il en s'efforçant de ne pas paraître sur la défensive. Ça pose un problème que je possède ce ranch ?

— Non, pas vraiment, répondit-elle, un peu trop vite, sans doute parce qu'elle pensait avoir fait une nouvelle gaffe. Simplement, comme vous êtes déjà pompier…

— Bénévole, s'empressa-t-il de préciser, comprenant ce qui avait amené Chelsea à réagir ainsi. Je ne suis pas payé pour ça.

— Je vois, murmura-t-elle d'un ton qui indiquait le contraire.

Manifestement, elle concevait mal qu'on puisse gérer un ranch en plus d'être pompier bénévole.

— Jacobstown tient plus de la bourgade que de la ville, et nous devons tous mettre la main à la pâte, si nous voulons que les choses fonctionnent à peu près correctement. En outre, je ne suis pas le seul propriétaire du ranch. Je partage les responsabilités et le travail avec mes cinq frères et sœurs. Si j'ai proposé mes services à la caserne de pompiers, c'est parce que ça me permettait de m'éloigner un peu du ranch et de penser à autre chose. Et puisque nous en parlons, il est vraiment temps que je rentre, histoire de dormir un peu avant d'entamer ma journée.

L'expression de Chelsea étant indéchiffrable, Nate ne parvint pas à savoir si elle le trouvait fou ou si, au contraire, elle l'admirait pour sa participation à la vie de la communauté.

Pour une raison qui lui échappa, il en conçut une vague contrariété.

— Encore une fois, je vous remercie de tout ce que vous avez fait pour nous aujourd'hui, dit-elle, ses grands yeux levés vers lui.

La fermeté de son ton laissait entendre qu'ils en avaient vraiment terminé.

— De rien, marmonna-t-il avant de prendre la porte.

Nate dut contourner le pick-up de Chelsea pour sortir de l'allée. Une fois qu'il fut sur la route, il appela Zach.

— Que penses-tu de ce qui s'est passé chez les McGregor ? lui demanda-t-il après l'avoir brièvement salué.

— Je ne sais pas trop quoi en penser, justement. Ça pourrait être l'œuvre de ce salopard de Zucker, bien sûr. Du coup, je suis en train d'appeler les motels du coin pour voir s'il n'a pas pris une chambre dans les environs.

— Ce qui me chiffonne dans l'affaire, c'est l'acte en lui-même. Cette pierre jetée à travers un carreau…

— Pourquoi ?

— Parce que son ex n'a pas hésité à aller lui parler directement cet après-midi, et que je ne vois pas l'intérêt pour lui de tenter de l'intimider par un acte de vandalisme.

— Ça m'a traversé l'esprit, à moi aussi, concéda Zach. Bref. Je vais manger un morceau au Last Bite Diner, près de la voie rapide. On pourrait discuter de tout ça là-bas, qu'en dis-tu ?

— Volontiers. Tu t'y rends directement ? demanda Nate.

— Je suis déjà en route. Il faut que je m'asseye quelque part pour passer un ou deux coups de fil. Il n'y aura personne à cette heure-ci.

Après avoir raccroché, Nate se dirigea vers le Last Bite. Fébrile comme il l'était, il ne trouverait pas le sommeil de sitôt, et le souvenir du baiser échangé avec Chelsea ne le quittait pas. Ah, s'il avait pu oublier le goût exquis de ses lèvres contre les siennes !

Il s'obligea à se concentrer sur la route, plutôt que de repenser à la lueur qu'il avait vue briller dans ses yeux et qui l'entraînait sur ce terrain glissant.

L'envie d'embrasser Chelsea avait été physique, presque douloureuse, et Nate ne souhaitait pas s'interroger plus avant sur ce qui l'attirait tant en elle. Elle était belle, intelligente, elle avait la tête sur les épaules… C'était exactement le genre de femme qu'il aurait aimé mieux connaître, en temps normal.

Cette dernière pensée le fit sourire.

Bon, d'accord. Ce n'était pas tout à fait vrai. En temps normal, il aurait envisagé la possibilité de passer un moment fantastique entre ses draps, pour une petite aventure sans lendemain. Hélas, cela ne serait pas possible avec Chelsea qui, en plus d'être mère, ne lui semblait pas du style à se commettre avec un quasi inconnu, l'espace d'une nuit ou deux.

Raison de plus pour ne pas renouveler l'expérience. Ce baiser devait rester un doux souvenir, car Nate n'avait rien de plus qu'une nuit à offrir.

Il avait commis une erreur en embrassant Chelsea McGregor. Cela ne se reproduirait pas.

7

Dix minutes plus tard, Nate se garait dans le parking du Last Bite Diner. Malgré ses efforts, il n'était pas parvenu à oublier, ne serait-ce que l'espace de quelques minutes, la situation de Chelsea. L'apparition inopinée de son ex le dérangeait d'autant plus que, d'après elle, ils étaient séparés depuis la naissance de Skylar.

L'idée qu'un homme puisse se désintéresser ainsi de sa progéniture le révulsait. S'il avait été père, Nate aurait été aussi présent que ses parents l'avaient été pour sa fratrie et lui-même.

Il fut tiré de sa réflexion par l'arrivée de Zach sur la place de parking voisine. Au moment où il descendait de son véhicule, il remarqua une troisième voiture, rangée le long du bâtiment.

À en juger par son expression, ce détail n'avait pas échappé à Zach non plus, et il avait noté, lui aussi, la plaque d'immatriculation indiquant que le propriétaire du véhicule venait de Louisiane.

Zach et Nate se saluèrent brièvement, avant de pénétrer à l'intérieur du restaurant.

Avisant un client installé devant un des comptoirs, et qui ne leva pas la tête à leur arrivée, Nate se tourna vers son cousin pour demander :

— Qui est ce type ? Sa tête me dit quelque chose.

Liesel vint déposer un carafon de café sur leur table, et dévisagea tour à tour ses deux clients.

— Salut, les gars ! Comment ça va ? Je sais ce que tu fais ici, Zach. En revanche, j'aimerais bien comprendre ce qui a réveillé notre cow-boy à une heure pareille.

Comme elle travaillait là depuis une bonne quinzaine d'années, Liesel prêtait attention à ce tout qui se passait dans sa petite ville. Il n'y avait pas de barman à Jacobstown ; seulement Liesel, qui remplit leurs tasses de café.

Nate la remercia, s'empara de sa tasse, but une gorgée du liquide brûlant et ne put s'empêcher de penser qu'il avait meilleur goût sur les lèvres de Chelsea.

— Pourquoi ai-je l'impression de connaître cette tête ? demanda Zach à la serveuse.

— Laquelle ? La sienne ? demanda-t-elle en se tournant vers le comptoir comme s'il y avait d'autres possibilités.

— Oui. J'ai déjà vu ce type quelque part.

— C'est Reggie, le fils de la veuve Barstok, murmura-t-elle. On ne l'avait pas vu depuis une éternité. Il ne rendait jamais visite à sa mère, même quand elle était très malade. Et si j'ai bien compris, il n'a pas l'intention de s'attarder à Jacobstown, cette fois non plus.

— Tiens donc ! s'exclama Zach, avant de se lever et d'annoncer à Nate : Désolé, vieux. Il se pourrait que tu manges tout seul, en fin de compte.

— Ne t'en fais pas pour moi. Je peux commander quelque chose à emporter et venir te retrouver à ton bureau, si ça te convient.

— Alors ce sera un sandwich bacon-salade-tomate, pour moi. Avec des frites de patates douces, s'il te plaît.

— Deux, renchérit Nate, levant la tête vers Liesel, avant d'ajouter pour son cousin : Je te rejoins avec tout ça d'ici un quart d'heure, une fois que je me serai assuré que ce…

Reggie n'a pas l'intention de s'en prendre à toi. Il n'a pas l'air à son aise. À croire qu'il n'a pas la conscience tranquille.

Zach s'avança vers le client solitaire et s'arrêta derrière lui.

— Je peux m'asseoir ici ?

— Il n'y a personne, dans ce boui-boui. Vous ne pouvez pas vous installer ailleurs ? rétorqua Reggie, d'un ton mal aimable, sans regarder Zach.

— Il se trouve que j'aimerais avoir une petite conversation avec vous. Bien entendu, vous pouvez m'accompagner jusqu'à mon bureau, si vous préférez, lui renvoya Zach sans se démonter.

— Je n'ai rien fait de mal, grommela Reggie.

C'était possible, cependant, Nate, qui n'avait rien perdu de l'échange, n'aimait pas l'attitude du fils Barstok.

De plus, certains éléments commençaient à se mettre en place, dans son esprit. Chelsea héritait de sa grand-tante, on jetait une pierre à travers la vitre de son salon, et voilà que le fils de la grand-tante en question – spolié par sa mère – débarquait à Jacobstown, lui aussi ? Curieuse coïncidence !

Nate tenait à attendre la conclusion de l'entretien de son cousin avec Reggie, parce qu'il entendait rassurer lui-même Chelsea McGregor. L'effroi qu'il avait lu dans ses yeux continuait à le perturber, au point qu'il ne cessait d'y penser.

— Je n'ai pas prétendu le contraire, il me semble, enchaîna Zach.

Il prit appui sur le tabouret voisin de celui de Reggie et ajouta :

— Vous êtes bien le fils Barstok ?

Nate se souvenait vaguement que Reggie avait fréquenté la même école que lui, mais qu'ils n'avaient jamais été dans la même classe, contrairement à son frère, Deacon, un peu plus âgé. Il faudrait qu'il demande à Deacon ce qu'il avait pensé de Reggie Barstok, à l'époque.

Maddie Barstok, une femme dévouée, était appréciée de l'ensemble des habitants de Jacobstown.

Malheureusement, son fils unique avait été pour elle une constante source de tracas et de contrariétés diverses. Il avait disparu dès sa sortie du lycée, ce qui n'était pas surprenant en soi : il arrivait que les gens se sentent à l'étroit dans une petite ville où tout le monde se connaissait. Pour un garçon aussi peu sociable que Reggie, cette promiscuité devait être rédhibitoire.

Il leva le nez de son assiette, le temps de dire à Zach :

— Je ne suis pas très bavard.

— Tiens donc ! Dommage, parce que la maison d'une nouvelle arrivante a été vandalisée, et il se trouve que la demeure en question était celle de votre mère. Vous êtes donc la seule personne à avoir un motif pour commettre un tel acte et vous n'avez aucune autre raison pour être venu jusqu'ici.

Reggie se leva, fusilla Zach du regard et palpa sa poche.

— Laissez vos mains là où je peux les voir, lui ordonna Zach en reculant d'un pas et en baissant le bras vers la crosse de son Glock.

Reggie leva les mains en l'air et grommela :

— Je voulais simplement payer mon addition.

— Ah oui ? Dans ce cas, où est votre portefeuille ? rétorqua Zach, avant de sortir son arme tout en s'éloignant de Reggie.

L'atmosphère du petit restaurant fut soudain chargée d'une tension palpable.

Nate se souvint qu'il avait laissé son revolver dans sa voiture. Il disposait d'un permis l'autorisant à être constamment armé, afin de pouvoir se débarrasser d'éventuels animaux nuisibles, au ranch, et un revolver était à la fois plus précis et plus facile à transporter qu'un fusil.

Il vit les doigts de son cousin se poser sur la gâchette de son Glock de service.

— Dans ma poche arrière, lui répondit Reggie, manifestement inquiet, à présent.

— Parfait. Baissez la main droite et sortez-le avec deux de vos doigts. L'index et le majeur. Débrouillez-vous pour que je voie ce que vous faites à tout moment, Reggie. C'est bien compris ?

Nate connaissait bien ce ton sans réplique, pour avoir entendu Zach l'utiliser dans des circonstances où il n'était pas sûr des intentions de son interlocuteur. Cela n'annonçait généralement rien de bon.

Il jeta un regard appuyé à Liesel, figée de l'autre côté du comptoir, puis hocha discrètement la tête. La serveuse sembla comprendre le message. « Si les choses se gâtent, baisse-toi. »

Reggie, obéissant à Zach, tira son portefeuille de sa poche arrière.

— La main gauche en l'air, lui rappela le shérif, sûrement désireux d'emmener sa cible au poste pour un interrogatoire en bonne et due forme.

— Enfin, qu'est-ce que j'ai fait ? aboya Barstok, avant de se résoudre à obéir.

— Écartez les jambes, poursuivit imperturbablement Zach.

Il s'assurait que le suspect n'était pas armé, lorsque ce dernier se rebella.

— Où est le problème, au juste ? On n'a plus le droit de s'arrêter pour manger un morceau avant de reprendre la route, dans ce pays ?

— C'est votre voiture, là-bas, sur le parking ? reprit Zach.

— Oui, et alors ?

— Je peux savoir où vous vous rendez ?

— Je ne me suis pas encore décidé.

— Vous êtes allé voir quelqu'un pendant votre passage à Jacobstown ?

— Ça ne vous regarde pas, rétorqua sèchement Reggie.

— Tout ce qui se passe dans ma ville me regarde, lui rétorqua Zach sur le même ton.

Il avait raison : le calvaire des génisses avait commencé trois longues années auparavant, et l'enquête piétinait lamentablement, faute de pistes.

— Alors, qu'est-ce qu'on fait ? reprit Zach. Vous répondez à mes questions ici ou dans mon bureau ?

Lorsqu'il vit descendre Reggie de son tabouret et le contourner en boitillant, Nate devint encore plus suspicieux.

Ce détail n'avait pas échappé non plus à Zach, apparemment, car il enchaîna sur une nouvelle question.

— Vous avez mal au pied gauche ?

— Non. C'est ma jambe qui me fait souffrir. Rien de grave. Si je la surélève, il n'y paraîtra plus.

Zach n'était pas prêt à se laisser dissuader ainsi.

— Vous en êtes sûr ? Faites donc quelques pas, insista-t-il en désignant la direction opposée.

Reggie se traîna le long du comptoir sur lequel il dut rapidement prendre appui.

— Ça vous va, comme ça ? demanda-t-il de mauvaise grâce.

— Très bien, dit Zach, probablement conscient qu'il n'avait aucune raison valable d'arrêter Reggie Barstok.

— Vous ne savez toujours pas où vous allez dormir, ce soir ?

— Je vais poursuivre mon chemin, finalement. Je ne faisais que passer. Je me suis arrêté ici parce que j'avais faim. Ce n'est pas un crime, ça non plus, hein, shérif ?

Sur cette dernière question, Reggie pivota sur lui-même et fit quelques pas précautionneux.

Il était difficile de dire laquelle de ses jambes il tentait d'épargner, mais la police avait une certitude : la personne qui mutilait les génisses de la région boitait.

Maddie Barstok avait déshérité son fils, au profit de Chelsea, à qui elle avait légué, en plus de sa maison, le local dans lequel elle comptait ouvrir son restaurant. Nate se promit de lui demander si Mme Barstok avait fait état d'autres proches, dans son testament.

Zach et lui étaient tellement convaincus de la culpabilité de l'ex-mari de Chelsea qu'ils avaient écarté toute autre possibilité. L'arrivée soudaine du fils Barstok changeait la donne.

— Avant de reprendre la route, néanmoins, j'aimerais que vous passiez me voir au poste. J'ai quelques questions à vous poser, reprit Zach.

— Et si je ne viens pas ? protesta Reggie d'un ton de défi.

Les lois relatives à la circulation au Texas étant innombrables, Zach n'avait que l'embarras du choix.

— Votre véhicule prend deux places sur le parking, dit-il calmement. La seconde est réservée aux handicapés.

— Je mords à peine sur la ligne, lui répondit Reggie, sur la défensive.

— N'empêche que vous empiétez sur la place voisine.

Les deux hommes se confrontèrent longuement du regard, puis Zach reprit la parole.

— Une seule dérogation à la règle, et je serai en droit d'immobiliser votre voiture avant de vous embarquer, afin que nous ayons une petite conversation, vous et moi. Alors à vous de choisir.

— Je vois, dit Reggie Barstok.

— Vous voulez l'adresse ? s'enquit Zach.

— Je l'ai déjà, grommela Reggie, avant de passer devant le shérif et de gagner la sortie.

— Parfait, dans ce cas, je vous suis.

Nate chercha le regard de son cousin, avant de lui annoncer :

— J'ai commandé nos sandwichs, je les apporte au poste.

Zach le remercia d'un hochement de tête avant de suivre Reggie Barstok à l'extérieur.

Liesel attendit que les deux hommes soient sortis pour pousser un soupir de soulagement. Nate, à qui Reggie – et sa jambe folle – n'inspirait toujours aucune confiance, les accompagna du regard.

Il se posait une multitude de questions : ce type était-il simplement venu revoir la maison dans laquelle il avait grandi ? Ou avait-il vraiment une chose précise à faire à Jacobstown, en cette période troublée où un individu lambda mutilait des animaux de la région ?

Par ailleurs, qu'est-ce qui avait poussé Maddie Barstok à déshériter son fils unique ? Il devait bien y avoir une raison ! Chelsea serait peut-être en mesure de la lui expliquer quand elle serait réveillée.

Cette pensée le ramena aussitôt au baiser qu'ils avaient échangé.

Il s'efforça aussitôt de la refouler.

— La langue de Barstok s'est un peu déliée depuis tout à l'heure ? demanda Nate à son cousin dès qu'il eut poussé la porte du bureau.

— Non. Il reste muet comme une tombe. Je le laisse mariner un peu dans la salle d'interrogatoire, histoire de voir si ça l'inspire.

— Il n'a pas demandé d'avocat ? reprit Nate, à la fois curieux de savoir comment les choses avaient évolué, et agacé de penser si souvent à Chelsea.

En effet, son image ne l'avait pas quitté de tout le chemin et il ne parvenait pas à se convaincre que son état d'âme était dû à l'intérêt qu'il portait aux McGregor, et à leur arrivée récente à Jacobstown.

Pour sa part, il n'avait aucune idée de ce que représentait un nouveau départ dans la vie. En plus du fait d'avoir un toit sur la tête, il avait toujours mangé à sa faim, ce qui lui avait semblé tout naturel. Il n'aurait jamais à coucher un enfant le ventre creux, ce qui, il en était presque certain, était une des sources d'inquiétude de Chelsea.

Il ouvrit le sac qu'il venait de poser sur le bureau de son cousin, lui tendit un sandwich et demanda :

— Tu ne peux pas l'arrêter ?

— Sous quel prétexte ? Je suis sûr qu'il a quelque chose à se reprocher mais je n'ai ni preuve ni témoins contre lui.

— Long a relevé des empreintes tout à l'heure ?

Zach lui jeta un regard désapprobateur.

— Tu sais qu'en théorie je n'ai pas le droit de discuter des détails de cette affaire avec toi.

— Et quand sauras-tu si ces empreintes correspondent à celles d'un repris de justice ? demanda obstinément Nate.

Zach mordit dans son sandwich et consulta sa montre avant de répondre :

— D'ici une heure ou deux.

Nate entendait annoncer la nouvelle à Chelsea lui-même. Au risque d'outrepasser ses droits, il voulait l'assurer que ce n'était probablement pas son ex-mari qui avait lancé cette pierre dans son salon.

Ce qui, sauf erreur de sa part, faisait de Reggie Barstok un suspect potentiel.

— Je peux te poser une question ? lui demanda son cousin.

— Vas-y, répondit-il.

— Pourquoi t'intéresses-tu autant à cette affaire ?

— J'étais de service, hier matin. Il y a eu un problème

avec la petite, répondit-il en guise d'explication. Sympa, cette famille, tu ne trouves pas ?

— Je n'ai pas prétendu le contraire, rétorqua Zach qui se remit à manger. Mais les familles sympas, ce n'est pas ce qui manque, à Jacobstown. L'intérêt que tu portes à celle-ci en particulier ne serait pas lié au fait que la ravissante Chelsea McGregor est célibataire, par hasard ?

8

— J'ai hâte de savoir quel souvenir Deacon a gardé de Reggie, marmonna Nate, comme si de rien n'était.

— Tu n'as pas répondu à ma question, lui fit remarquer Zach.

— Il n'y a pas grand-chose à dire. Mon intervention de la matinée m'a chamboulé, voilà tout. Tu sais comment c'est… Une mère célibataire emménage dans une nouvelle demeure afin de repartir du bon pied. Je comprends vite qu'elle et les siens sortent d'une période difficile, et je ne peux que penser à la chance que nous avons, nous, d'être ancrés à Jacobstown, malgré tous les soucis que nous avons eus ces dernières années. Tu n'es pas d'accord avec moi ?

Nate en avait dit un peu plus qu'il ne l'aurait voulu, mais il savait que son cousin reviendrait sur le sujet jusqu'à ce que sa curiosité soit satisfaite. Et si, en théorie, son attirance pour Chelsea ne le regardait pas, les deux hommes avaient toujours été proches, de sorte que Nate n'avait aucune raison de mentir.

D'où sa réponse relativement évasive.

— Si, marmonna Zach, apparemment prêt à passer à autre chose. Quant à demander à ton frère ce qu'il pense de Reggie, c'est une bonne idée. J'ai vu que tu avais remarqué sa claudication, toi aussi.

— Ce n'est peut-être rien, tu sais. Depuis qu'on sait que

celui ou celle qui s'en prend aux génisses tend à épargner sa jambe gauche, je suis sur le qui-vive dès que je vois quelqu'un boiter.

— Pareil pour moi. Ce serait idiot de ne pas prêter attention à ce genre de détail, répliqua Zach. J'ai même demandé à mes adjoints de se pencher sur les déclarations d'accident ayant pu engendrer une claudication de la jambe gauche. À cause d'un piège, par exemple.

— Tu sais bien qu'il n'y en a pas sur nos terres, lui rappela Nate.

— Parce que nous nous refusons à en poser. Les braconniers, eux, ne se gênent pas.

C'était la vérité. Malgré tous leurs efforts, les Kent ne pouvaient les empêcher d'approcher du ranch. Quoi qu'il arrive, il y aurait toujours des contrevenants, parfois même des enfants, qui posaient des pièges pour s'amuser.

— Tu as raison, dit Nate. Et maintenant, qu'est-ce qu'on fait ?

— On s'occupe sérieusement de Reggie. S'il a un alibi pour les dates auxquelles les génisses ont été mutilées, il est couvert.

— Je ne le sens pas, ce type, grommela Nate.

— Moi non plus, lui concéda son cousin. Je n'aime pas le savoir de retour dans la région. Que sais-tu de la veuve Barstok ?

— Pas grand-chose. C'était une femme discrète, et elle a vécu ses dernières années en recluse. Il me semble que les membres du Rotary Club allaient la voir, à un moment. Elle est revenue à Jacobstown environ deux ans avant de mourir. Pour tout t'avouer, j'avais complètement oublié l'existence de son fils, et je ne crois pas qu'elle ait eu d'autres parents que les McGregor, ici.

Malgré lui, Nate se dit qu'il se serait souvenu de Chelsea, s'il l'avait déjà vue dans leur petite ville.

— Bref, la seule bonne nouvelle est que nous tenons une première piste dans cette histoire de génisses, conclut-il d'un ton lugubre.

Il continuait à espérer que son cousin trouve le coupable avant que, s'enhardissant, celui-ci s'en prenne à des êtres humains. C'était devenu une crainte le jour où un homme avait sauvagement agressé des randonneurs, avant de les abandonner à leur sort. Personne, à Jacobstown, ne dormirait sur ses deux oreilles tant qu'un malade susceptible de commettre de telles abominations ne serait pas derrière les barreaux.

— Il faut que j'aille fouiller un peu dans le passé de cette femme, reprit Zach. Elle arrive à Jacobstown, et les ennuis commencent.

Nate comprit aussitôt qu'il faisait allusion à Chelsea McGregor.

— N'oublie pas son ex-mari, souligna Nate.

Zach secoua la tête d'un air entendu.

— Il est déjà dans mon collimateur.

Zach était manifestement épuisé. En plus de sa charge de travail normale, il avait eu sa part de préoccupations, ces derniers temps.

Quelques joies, aussi, dont l'une résidait dans ses retrouvailles avec Jillian Major. Désormais, seuls Nate et son frère cadet, Jason, étaient célibataires.

— On n'a encore pas annoncé la nouvelle, dit Zach, faisant défiler les photos que contenait son portable, et tournant l'appareil pour montrer à Nate celle d'une Jillian radieuse, les mains posées sur son ventre.

— Attends, dit Nate, abasourdi. J'ai mal compris, ou quoi ?

— Non, non ! Tu as très bien compris, au contraire. Nous attendons un bébé.

L'amour qui se lisait dans les yeux de Zach acheva de

convaincre Nate : la paternité était une suite logique dans la vie de son cousin.

— J'ai l'impression que vous venez juste de vous remettre ensemble, balbutia-t-il.

Zach hocha la tête d'un air entendu.

— Quand c'est le moment… c'est le moment. Et tu le sens tout de suite !

Bien qu'il n'ait jamais eu une telle révélation, Nate en avait entendu parler. Il semblait que ce soit comme un coup de tonnerre venu de nulle part ; la certitude d'avoir enfin trouvé l'âme sœur.

Une voix intérieure lui souffla qu'il avait été frappé par quelque chose de semblable, ce qui était d'un ridicule achevé. Contrairement à Jillian et Zach qui se connaissaient depuis toujours, il ne savait rien de Chelsea McGregor et n'avait aucun souvenir à partager avec elle.

Cela ne voulait pas dire grand-chose, au fond, car deux des frères de Nate s'étaient épris de parfaites inconnues avec lesquelles ils étaient très heureux.

— Félicitations, vieux, dit-il. Je suis ravi pour toi et pour Jillian.

Il se leva pour donner l'accolade à son cousin, puis se tourna vers la porte.

— Où vas-tu ? lui demanda Zach.

— Je rentre. Je vais essayer de grappiller quelques heures de sommeil avant d'attaquer la journée. Tu me tiens au courant pour Reggie, d'accord ?

— D'accord. Ah, et ne dis rien à personne, pour l'instant, s'il te plaît. Jill veut annoncer la nouvelle elle-même, au cours d'un barbecue. Rien de grandiose : juste la famille et quelques proches amis, dans le jardin de la maison que nous faisons construire au bord du lac.

— Tu peux compter sur ma discrétion, promit Nate, songeant que Zach n'était pas le seul à avoir un secret.

Chelsea considéra la benne à ordures et se dit qu'elle serait pleine avant la fin de la journée. Il allait lui en falloir au moins cinq autres si elle voulait débarrasser entièrement son local.

C'était stimulant de travailler, et les choses prenaient forme. Cette fois, elle avait pris soin de fermer la porte à clé, afin d'éviter toute mauvaise surprise. L'entrepreneur chargé d'abattre les cloisons et de les remplacer par des baies vitrées devait venir le lendemain matin de bonne heure.

Elle souffla sur ses doigts pour les réchauffer. La température avait encore chuté, et elle se refusait à mettre le chauffage, si loin de la date prévue pour l'ouverture de la pizzeria. Il lui paraissait essentiel de limiter ses dépenses au maximum, afin de démarrer dans les meilleures conditions possible.

Le local serait bientôt prêt à accueillir des clients, l'argent coulerait à flots, du moins l'espérait-elle. Et elle y croyait tellement qu'elle ne tenait plus en place tant elle était excitée. Son existence allait enfin prendre une tournure positive, et se remettre ainsi sur les rails avait quelque chose de grisant. Il n'était pas question de gâcher la chance inespérée qui s'offrait à elle.

Une deuxième chance… L'apparition de Travis n'avait été qu'un contretemps, en fin de compte, et elle était bien décidée à ne plus se laisser intimider. Il l'avait prise de court, la veille, et s'il revenait, il trouverait à qui parler. Elle avait déjà prévu d'acheter un spray au poivre pour le cas où il reviendrait dans les mêmes dispositions que lors de sa première visite surprise.

Au cours de ses multiples allers et retours jusqu'à la benne, elle avait minutieusement examiné les environs, sans apercevoir le moindre signe de son ex, fort heureusement.

Après avoir verrouillé la porte de derrière, elle se dirigea vers les futures cuisines. En entendant frapper à la porte, elle se figea sur place.

Skylar était à l'école, Linda probablement en train de faire les courses, et elle-même n'attendait aucune livraison.

Elle hésita à ouvrir.

Cette porte en métal l'empêchait de voir ses visiteurs, il lui faudrait la faire remplacer par une porte en verre.

On frappa de nouveau, puis une voix déjà familière retentit :

— Chelsea ?

Nate Kent.

Complètement rassurée, Chelsea traversa la salle au pas de course.

— Entrez, entrez ! cria-t-elle joyeusement en lui ouvrant.

— Pardonnez-moi de vous déranger, je… Ah, je vois que ça avance, ici ! s'exclama-t-il, un grand sourire aux lèvres.

Chelsea referma la porte à clé avant de répondre :

— Il me reste beaucoup à faire, et le temps file. Cela dit, pour l'instant, tout se déroule comme prévu sur mon planning.

C'était un choc, pour elle, de revoir Nate, si tôt après le baiser grisant qu'ils avaient échangé la veille.

En même temps, il ne fallait rien exagérer ! Nate Kent l'avait embrassée, et elle avait mieux à faire que se remémorer la texture incroyablement douce de ses lèvres sur les siennes.

— Je viens de préparer un café, dit-elle, s'arrachant à regret à sa rêverie. Vous en voulez une tasse ?

— Vous avez déjà l'eau ? demanda-t-il, l'air étonné.

— Non. J'en ai apporté.

Aïe… Nate lui paraissait encore plus craquant que la veille alors que, objectivement, il n'avait pas changé.

— Je veux bien, alors, dit-il en jetant un coup d'œil autour de lui.

— Comme le compteur d'eau ne sera pas activé avant trois semaines, j'apporte le nécessaire, dit-elle en désignant la table pliante sur laquelle elle avait disposé le matériel.

Nate se servit, trempa les lèvres dans la tasse, puis hocha la tête d'un air appréciateur.

— Hum… Il est délicieux, votre café !

— C'est celui que j'ai l'intention de servir, dit Chelsea, ravie malgré elle de l'approbation du beau cow-boy.

— Je suis allé retrouver Zach pour manger un morceau avec lui, hier soir, après notre départ, et on a fait une rencontre surprenante. Vous saviez que le fils de Mme Barstok est en ville, lui aussi ?

— Non, je l'ignorais, répondit Chelsea, abasourdie. Je le croyais sur la côte Ouest. Il n'a pas assisté à la lecture du testament, et j'en ai déduit qu'il avait définitivement rayé Jacobstown de sa carte personnelle, répondit Chelsea.

— Sa voiture est immatriculée en Louisiane, précisa Nate.

— Vous m'étonnez, là encore. Je suis à peu près sûre que le notaire nous a dit que Reggie était quelque part dans l'ouest du pays. Il n'a aucun droit sur le patrimoine de sa mère. Ma grand-tante a été très claire sur ce point, et son avocat m'a certifié que j'étais l'unique légataire. Il n'y a aucune contestation possible.

— Vous étiez proche de Mme Barstok ? s'enquit Nate de sa belle voix grave.

— Pas du tout, comme je vous l'ai expliqué hier, je la connaissais à peine. Si peu, en fait, que j'ai eu du mal à croire qu'elle m'avait légué tous ses biens.

Un peu plus secouée par l'annonce de Nate qu'elle ne l'aurait voulu, Chelsea éprouva le besoin soudain de s'asseoir.

Elle alla donc chercher deux chaises posées contre un mur et en déplia une pour son visiteur.

— À en croire le notaire, tante Maddie a commencé à s'intéresser à moi et à me faire rechercher après une chute qui lui a valu une fracture de la hanche. Toujours selon le notaire, elle jugeait son panier percé de fils indigne de se retrouver à la tête de l'héritage, et a préféré le transmettre à une personne susceptible d'en faire quelque chose de bien.

— Pour moi, elle a fait le bon choix, commenta Nate.

Le compliment alla droit au cœur de Chelsea.

— Merci, dit-elle, avant de regarder son interlocuteur dans les yeux pour lui demander : Que voulait-il ?

— Qui ? Reggie ? Je n'en sais rien. Il a essayé de nous faire croire qu'il était de passage et s'était arrêté pour manger un morceau sur la route qui le ramenait chez lui.

Chelsea dévisagea Nate, les yeux ronds. Elle comprenait mieux sa visite, à présent.

— D'accord, murmura-t-elle. La pierre dans mon salon... Vous pensez que Reggie a voulu me faire peur, c'est ça ?

— Ou vous menacer, à sa façon. Zach est en train de le cuisiner gentiment, en attendant de pouvoir examiner les rares empreintes relevées par Long, dans votre salon, hier.

— Quand saura-t-il si elles correspondent à celles de Reggie Barstok ? demanda-t-elle, comprenant soudain que cela changeait toute la donne.

Ses soupçons s'étaient immédiatement portés sur Travis, la veille. S'il n'était pas le vandale, se pouvait-il qu'il ait simplement voulu signaler sa présence, avant de disparaître à nouveau, sans avoir eu gain de cause ? D'une certaine manière, c'était souhaitable : Chelsea ne voulait plus avoir de contact avec son ex-mari et pensait avoir été claire sur ce point.

S'il revenait avec un emploi et parvenait à la convaincre qu'il était digne d'assumer son rôle de père, elle envisagerait la possibilité de le laisser entrer dans la vie de Skylar. Ces conditions n'étaient pas négociables : il lui faudrait la preuve que Travis s'était amendé, sans quoi elle recourrait à la loi avant de le laisser s'approcher de leur fille.

— Reggie vous a paru contrarié ? demanda-t-elle, se tirant de ses mornes pensées.

— Pour le moins, oui. Vous le connaissez ?

— Non, et je ne me rappelle pas avoir rencontré ma grand-tante non plus. Pourtant, maman prétend que je l'ai vue quand j'étais toute petite. Toujours d'après ma mère, tante Maddie a chargé son avocat de retrouver ma trace. Il semble que celui-ci ait eu recours à un détective privé qui a obtenu un certain nombre d'informations sur mon compte. Il faut croire que son rapport a séduit ma grand-tante. J'étais à la tête d'une entreprise lucrative, à l'époque, et elle a dû en déduire que j'utiliserais son héritage à bon escient.

Chelsea s'interrompit et fit courir son doigt sur le bord de sa tasse avant de reprendre :

— Cette enquête lui a aussi appris que je n'étais pour rien dans la faillite de mon commerce ; que je n'avais pas mal géré mon argent, par exemple.

Chelsea grimaça intérieurement. Elle *était* responsable de cette faillite dans la mesure où elle avait accordé sa confiance à la mauvaise personne.

— Vous avez dû lui faire bonne impression, commenta Nate, apparemment fasciné par la course de son index sur le rebord de la tasse.

Son portable se mit à vibrer, la faisant sursauter. Elle chercha l'appareil des yeux et le trouva sur un des éléments qui restaient à poser.

— Bonjour, maman, dit-elle lorsqu'elle reconnut le numéro.

— Il y a quelqu'un dans la maison, chuchota Linda à l'autre bout de la ligne.

9

— Comment ça ? Maintenant, tu veux dire ? demanda Chelsea, dont la voix avait soudain monté d'une octave.

Se levant d'un bond, Nate alla la rejoindre.

La panique inscrite sur son visage, elle pencha le téléphone sur le côté pour qu'ils puissent tous deux entendre ce qui suivrait.

— J'ai trouvé la porte arrière grande ouverte en rentrant, expliqua Linda, et puis j'ai entendu du bruit à l'étage. Alors je me suis dépêchée de sortir.

— Tu as bien fait. Où es-tu, si tu n'es pas à l'intérieur ? demanda Chelsea.

— Dans ma voiture, et j'ai bloqué les portières, lui répondit sa mère, avec la fierté d'une gamine qui aurait rapporté un tableau d'honneur de l'école. Il m'a semblé que c'était la meilleure solution.

— Ne bouge pas, et surtout, ne raccroche pas, maman. J'arrive.

— Je vous emmène, annonça Nate en l'entraînant vers la porte, une main posée au bas de son dos.

Le geste lui paraissant un peu trop naturel, il se le reprocha. En même temps, il émanait de Chelsea ce parfum subtil, un mélange de fleurs sauvages et de café qu'il commençait à adorer.

Il s'était garé à côté du pick-up. Une fois qu'elle eut

verrouillé son restaurant, Chelsea s'installa sur le siège du passager, tandis que Nate se glissait derrière le volant. Il lui aurait ouvert la portière, bien sûr, s'ils n'avaient pas été aussi pressés.

Le trajet lui prit huit minutes, montre en main – un record, quand on devait traverser la ville.

— On est presque arrivés, maman, dit Chelsea, interrogeant Nate d'un coup d'œil inquiet.

D'instinct, il tendit la main vers elle. Et, bien que son but n'ait été que de la réconforter, il s'en voulut, là encore : le courant qui passait entre eux était si fort que le moindre contact le perturbait.

Il retira donc sa main pour la refermer sur le volant où elle resta crispée jusqu'à leur destination. Il s'arrêta à côté de la Sedan que Linda avait garée de façon à condamner la porte principale de la maison.

Quiconque essayerait de sortir par là serait obligé de se confronter à lui.

— Appelez Zach, ordonna-t-il à Chelsea, tout en se penchant pour récupérer son arme dans la boîte à gants. Faites monter votre mère dans ma fourgonnette et enfermez-vous à l'intérieur, toutes les deux. Si jamais il y a du grabuge, fuyez.

Chelsea parut sur le point de protester, mais Nate était déjà loin. Pourvu qu'elle ait le bon sens de déguerpir, comme il le lui avait conseillé ! En même temps, elle ne lui paraissait pas femme à laisser autrui prendre des risques pour la mettre à l'abri du danger.

Il tenta de se rassurer en se disant qu'elle n'était pas non plus du genre à s'exposer inutilement.

Il ne ralentit le pas qu'en voyant la porte de la cuisine, vers laquelle il continua à avancer, revolver chargé au poing.

À sa connaissance, il n'y avait que deux possibilités. Zach n'ayant pas eu matière à l'arrêter, Reggie devait être libre. Peut-être avait-il décidé de prendre le taureau par les cornes et, comme il avait grandi dans cette demeure, de revenir y chercher quelques affaires ou d'essayer d'en faire sortir Chelsea.

Si Reggie était hors de cause, c'était peut-être l'ex-mari de Chelsea qui se trouvait là. Il aurait pu venir chercher leur fille, dans l'espoir de prendre Chelsea par surprise.

Cette seconde éventualité déplaisait particulièrement à Nate. Bien qu'il n'ait aucune raison objective de se mêler de cette histoire de famille, il était hors de question pour lui de laisser un homme intimider l'épouse qu'il avait abandonnée et volée quelques années auparavant.

Se sentant soudain submergé par la colère, il prit le temps de réfléchir à sa propre réaction. Et la logique l'emporta : pour quelle raison Travis Zucker se serait-il introduit dans une maison vide ? Qu'aurait-il eu à y gagner ?

Il traversa la cuisine à pas de loup, un simple craquement sur ce vieux plancher risquant de trahir sa présence.

Une fois de plus, il constata à quel point la maison, bien que simple, était coquette. Sur la table, Chelsea avait déposé un bouquet de fleurs, et il se dit qu'elle devait être de ces femmes capables de rendre un intérieur accueillant en moins de temps qu'il ne fallait pour le dire. Son affabilité naturelle donnait envie à Nate de se confier à elle, un sentiment qui lui était tout à fait étranger. En plus d'être d'un naturel taciturne, il était pudique et n'avait pas pour habitude d'analyser ses impressions comme il le faisait depuis la veille.

De la cuisine, il gagna le salon à côté duquel il avait remarqué une chambre d'amis. Se postant devant la porte ouverte, il vit que le lit avait été repoussé vers un des murs et que, comme les autres pièces, la chambre était encombrée de cartons posés à la va-vite.

Nate entendit une sirène retentir au loin et poussa un

soupir de soulagement. Les renforts n'étaient plus loin, ce qui ne l'empêcha pas de poursuivre ses recherches : il gagna le couloir du rez-de-chaussée et passa la tête à l'intérieur du cagibi d'où s'échappait un courant d'air glacial.

Les sirènes se turent, puis Zach signala sa présence dans la cuisine.

— Je suis dans le couloir, lui cria Nate qui connaissait la marche à suivre dans ce genre de situation.

Zach le rejoignit presque aussitôt.

— Je n'ai pas encore inspecté les pièces de l'étage. Et, comme tu peux le constater, le passage que je venais de condamner a été forcé.

— Bon travail, Nate. On jette un coup d'œil au reste de la maison ? suggéra Zach. On ne sait jamais.

— Allons-y, répondit Nate.

Côte à côte, les deux hommes passèrent les lieux en revue. Nate monta au grenier et, comme il n'y avait pas de cave, il suivit son cousin à l'extérieur : il était temps d'aller rassurer Chelsea et Linda.

— Tout va bien, leur annonça Zach. J'ai appelé mon adjoint. Il va passer chercher d'éventuelles empreintes sur la porte et dans le cagibi.

Le regard de Chelsea passa de Zach à Nate qui fut frappé, une fois encore, par la terreur qu'il y lut.

L'adjoint Long, arrivé sur ces entrefaites, commença par s'excuser.

— Désolé d'avoir trouvé si peu d'empreintes, hier, madame. Enfin… j'aurai peut-être plus de chance aujourd'hui !

Sur ces mots, il s'enfonça dans la maison pour se mettre à l'œuvre.

— Quand il aura terminé, j'aimerais que vous passiez chaque pièce en revue, afin de voir s'il vous manque quelque chose, dit Zach à Chelsea.

— Comment voulez-vous que je le sache ? répondit-elle,

avec une lassitude non dissimulée. Nous venons d'emménager et nous n'avons pas vidé la moitié de nos cartons.

Chelsea avait trois priorités, à présent : se sentir en sécurité sous son propre toit ; ouvrir son restaurant à la date prévue, et ne pas perdre courage.

Son planning lui paraissait soudain compromis. La matinée avait été aussi mouvementée que celle de la veille, et elle ne pouvait se permettre de négliger son local, ni cet après-midi ni un autre jour.

Long ne mit pas longtemps à inspecter les lieux. Il s'apprêtait à repartir lorsqu'un serrurier vint poser un nouveau verrou sur chacune des portes. Et comme la prudence semblait de mise, il fut décidé que Chelsea et sa mère seraient les seules à en détenir les clés.

L'heure du déjeuner approchait, et Chelsea n'avait toujours pas pu retourner au restaurant. Pire encore, elle avait dû renoncer à faire carreler le sol pour payer le serrurier. Il lui faudrait donc se résigner à accueillir ses clients sur une dalle en béton recouvert d'une ou deux couches de peinture – et si ce n'était qu'un détail, elle était fière d'avoir trouvé la solution aussi rapidement.

Reggie Barstok était peut-être loin, à cette heure, Zach ayant été forcé de le laisser repartir avant l'aube. Néanmoins, Chelsea le tenait pour responsable de cette intrusion chez elle. D'après le shérif, le coupable s'était servi d'une pince-monseigneur, et bien que ce terme lui soit étranger, Chelsea en avait tiré une leçon : on pouvait entrer dans sa nouvelle demeure comme dans un moulin.

Restait Travis, qui avait très bien pu pénétrer chez elle dans l'espoir de glaner quelques informations sur l'enfant dont il ignorait jusqu'au sexe. Il avait une idée derrière la tête, et le fait qu'il n'ait pas donné signe de vie depuis son intrusion à la pizzeria ne voulait pas dire pour autant qu'il avait quitté Jacobstown. Il avait très bien pu se renseigner sur son adresse – chose relativement facile, dans cette petite bourgade où tout le monde se connaissait.

Zach avait assuré à Chelsea qu'il continuerait à surveiller son ex, même de loin.

La seule chose dont elle pouvait se réjouir, pour l'instant, était que Skylar n'ait pas assisté au remue-ménage généré par cette intrusion, sans quoi elle n'aurait pas réussi à dormir dans leur nouveau foyer. Cette pensée exaspérait Chelsea. Elle *pouvait* offrir la sécurité à sa fille, bon sang !

Personne ne l'en empêcherait, c'était décidé.

Elle consacra le reste de la matinée à rassurer sa mère, de sorte que lorsqu'elle put enfin retourner au restaurant, il ne lui restait plus qu'une demi-journée de travail. Enfin, c'était mieux que rien… De plus, la pose de nouveaux verrous avait dû rassurer Linda qui n'appela qu'à deux reprises, en tout début d'après-midi. Et bientôt, il fut l'heure d'aller chercher Skylar.

Après s'être assurée qu'aucun véhicule n'était garé près de son pick-up, Chelsea verrouilla la porte de métal en jetant des coups d'œil furtifs autour d'elle, tant elle était déterminée à ne plus se laisser surprendre. Le petit pincement au cœur qu'entraîna néanmoins cette décision lui rappela que Nate lui manquait. Sans s'en apercevoir, elle avait plus ou moins espéré qu'il passerait la voir dans l'après-midi.

Elle grimpa dans son pick-up, prit soin d'en bloquer les portières, puis démarra.

Il était normal que Nate ne lui ait pas rendu visite, en fin de compte. Il devait s'occuper du ranch dont il était propriétaire, comme le lui avaient confirmé ses recherches informatiques, qui lui avaient également appris que les Kent étaient une des familles les plus fortunées du Texas.

Surprenant pour un homme aussi terre à terre, non ? Il lui avait confié que son père et sa mère étaient morts, et elle regrettait déjà de ne pas les avoir connus, car ils lui apparaissaient comme des parents accomplis. D'après les informations glanées au fil de ses recherches, les Kent étaient passés par des périodes de turbulence dont ils avaient tiré enseignement. Chelsea aurait aimé avoir le dixième de leurs talents d'éducateurs afin de pouvoir leur demander conseil.

Elle adorait sa mère qui, malgré ses propres souffrances, avait toujours été là pour l'aider à braver les éléments. Malheureusement, la fragilité de Linda était depuis longtemps une telle source d'angoisse qu'elle ne se souvenait pas lui avoir jamais dit au revoir avec le cœur léger.

C'était probablement la raison pour laquelle Chelsea entendait épargner sa fille autant que possible. Elle avait touché du doigt les relations entre adultes, s'y était brûlée, et on ne l'y prendrait plus. Le moins qu'elle puisse espérer était d'avoir tiré une leçon de ses erreurs passées.

Fort heureusement, elle fut la deuxième à arriver à l'école. Skylar l'en remercia en l'accueillant avec son plus beau sourire.

La vie était belle, finalement. Il suffisait que Chelsea puisse se plonger dans le regard encore innocent de sa fille pour reprendre espoir.

Sur le chemin du retour, toutes deux chantèrent la comptine que Skylar venait d'apprendre à l'école. Il y avait quelque chose d'assez magique dans ce genre de partage pour que Chelsea en oublie tout le reste.

— Hé, maman, regarde ! s'exclama la fillette, lorsque Chelsea s'arrêta devant chez elle.

Skylar semblait aussi excitée qu'au moment d'ouvrir un cadeau.

Voyant la fourgonnette de Nate, Chelsea s'empressa de vérifier sur son téléphone que Linda n'avait pas tenté de l'appeler pendant le trajet.

— Pourquoi il est revenu, le monsieur pompier ? enchaîna Skylar.

Bonne question : Nate s'était fait fort de condamner définitivement le passage du cagibi et, à moins qu'il y ait eu un nouvel incident, il n'avait aucune raison d'être là. Chelsea passa chaque fenêtre en revue sans rien trouver de suspect.

— Allons voir ça nous-mêmes, dit-elle aussi calmement que les battements fous de son cœur le lui permettaient.

Emprisonnant fermement la main de sa fille dans la sienne, elle s'avança vers le porche. La porte grillagée s'ouvrit avant même que Chelsea ait posé le pied sur le perron.

La présence de Nate chez elle lui parut un peu trop naturelle.

— Il y a un problème avec ma mère ? demanda-t-elle, nerveusement.

En guise de réponse, Nate sortit de la maison et referma la porte derrière lui ;

— Il faut que je vous parle, Chelsea. C'est important.

Il dut lire son inquiétude sur son visage, car il s'empressa d'ajouter :

— Ça n'a rien à voir avec votre mère, rassurez-vous.

— Coucou, monsieur le pompier, lança Skylar, visiblement folle de joie de le trouver là.

— Coucou, mademoiselle Skylar, lui renvoya-t-il, avec bonne humeur.

Se sentant fondre plus encore que lors de leurs précédentes entrevues, Chelsea se réprimanda. Elle ne devait pas fantasmer sur le beau cow-boy. L'expérience lui avait appris à ne pas se fier à son jugement en la matière. Les hommes avaient tendance à l'abandonner, et elle ne pouvait se permettre un nouveau chagrin d'amour.

Se ressaisissant, elle leva la tête vers Nate Kent.

— Me parler ? De quoi ?

Skylar lui lâcha la main pour aller prendre celle de Nate. Il baissa la tête vers elle en souriant, mais Chelsea remarqua deux rides de tension au coin de ses lèvres.

Le voyant désigner d'un mouvement de tête discret la balançoire de fortune installée dans le jardin, elle comprit qu'il voulait lui parler seul à seul et cherchait un moyen de distraire Skylar.

Il savait décidément s'y prendre avec les enfants, ce qui ne devait rien changer à sa détermination.

— Tu veux faire un peu de balançoire, ma chérie ? proposa-t-elle à sa fille.

Elle n'eut pas à se répéter : déjà Skylar fonçait vers le pneu attaché à une corde, dans le jardinet latéral.

— Fais attention à toi ! lui cria-t-elle.

Nate et Chelsea s'avancèrent sans hâte vers la balançoire et, bien que troublée par la proximité du cow-boy, Chelsea ne fléchit pas.

— Je suis venu avec un ami, lui annonça Nate. J'aimerais qu'il séjourne ici jusqu'à ce que les choses se calment, si c'est possible, bien sûr.

Chelsea eut le sentiment qu'il avait pesé ses mots, pour ne pas éveiller la curiosité de Skylar, suffisamment proche d'eux pour les entendre.

— Quel genre d'ami ? demanda-t-elle, s'imaginant déjà sous la vigilance d'un videur de boîte de nuit mal rasé.

— Un costaud…

— Vous pensez vraiment que c'est nécessaire ? l'interrompit-elle. Je crains que la présence d'un étranger dans cette maison ne déstabilise ma fille.

— Rofert est un chien, pas un homme, déclara Nate, levant aussitôt une main pour prévenir toute nouvelle interruption. Un terre-neuve errant qui a échoué au ranch, l'an dernier, dans un piètre état, et que nous avons soigné. Il adore les enfants, et je n'ai jamais vu de chien aussi protecteur envers les autres animaux. Pour vous donner un exemple, il a été jusqu'à attaquer un coyote qui s'en prenait à notre chat.

— Rofert est sans doute un animal fantastique, et je vous remercie d'avoir pensé à nous, répondit évasivement Chelsea. Toutefois, je ne suis pas sûre que nous le laisser en pension soit une bonne idée. Skylar risque de s'attacher à lui, et…

Ce fut au tour de Nate de l'interrompre :

— On n'a qu'à lui expliquer que je dois vous confier Rofert parce que je suis surchargé de travail, en ce moment. Ce ne sera pas un mensonge. De plus, Skylar pourra ensuite venir lui rendre visite au ranch aussi souvent qu'elle le voudra.

Il avait pensé à tout, ou presque, car Rofert, en sa qualité de terre-neuve costaud, pour reprendre le terme de son maître, devait avoir un appétit féroce, et le nourrir risquait de constituer un casse-tête financier.

— Encore une fois, c'est l'affaire de quelques jours, poursuivit Nate. Et comme je ne voulais pas que vous vous sentiez obligée d'accepter ma proposition, j'ai jugé préférable de vous parler avant que Skylar le voie. Je lui avais plus ou moins promis de lui montrer un poney, mais Rofert a l'avantage de tenir dans ma fourgonnette, lui. Cela dit, si vous n'en voulez pas, je le ramène au ranch, bien sûr.

Chelsea ne put résister au regard presque implorant du cow-boy. En outre, puisqu'elle n'avait pas les moyens de faire installer une alarme dans sa maison, un chien de taille respectable lui semblait un excellent compromis.

— J'ajoute que je serais plus tranquille si je vous savais en sécurité, toutes les trois, conclut Nate. Et que Rofert est trop bien dressé pour s'attaquer à votre mobilier ou s'oublier sur votre tapis préféré. Pensez aussi à Linda, seule ici toute la journée. Rofert lui tiendrait compagnie, en plus de la rassurer, vous ne croyez pas ?

Si. Nate venait de marquer un certain nombre de points.

En cherchant un peu dans les magasins du coin, Chelsea parviendrait peut-être à trouver de la nourriture pour chien à un prix raisonnable. De plus, il ne faisait aucun doute dans son esprit que Skylar adorerait accueillir Rofert. Elle s'adapterait sans doute mieux à son nouvel environnement si elle avait un compagnon.

Enfin, une fois qu'elle saurait sa mère à l'abri de tout danger, elle pourrait se consacrer pleinement à son entreprise.

— Qu'est-ce qu'il mange, au juste ? demanda-t-elle.

— Il a un régime spécial, mais ne vous inquiétez pas pour ça. Je vous fournirai ses croquettes.

On lui prêtait un chien, et on fournissait sa nourriture en plus ? C'était parfait !

— Si j'ai eu cette idée, c'est parce que vous m'avez dit que vous aviez l'intention de prendre un chiot, d'ici peu, reprit Nate, d'un ton indiquant ainsi clairement qu'il n'avait aucune intention d'envahir son territoire.

— Sachez tout de même que vous aurez du mal à arracher votre chien à ma fille quand il devra regagner le ranch, crut-elle bon de l'avertir, tout en se disant qu'il avait géré la situation avec un doigté rare en s'abstenant de parler devant Skylar.

— Encore une fois, elle pourra venir le voir quand elle le voudra, dit-il avec un sourire engageant. Et puis, sait-on jamais ? Rofert pourrait se sentir si bien chez vous qu'il ne veuille plus vous quitter.

Chelsea hocha machinalement la tête. Elle trouvait le sourire de Nate un peu trop sexy à son goût.

C'était la première fois qu'elle entendait le mot « terre-neuve », et elle n'avait jamais eu de chien de sa vie. Des chats sauvages, oui, à une ou deux reprises, lorsqu'elle vivait à la campagne. Elle aimait aller les nourrir, sous la caravane d'un proche chez qui Linda et elles avaient trouvé refuge. Dans ces moments-là, quand elle leur glissait subrepticement des conserves de thon, elle les caressait comme s'ils étaient à elle. À l'époque, elle avait même rêvé de posséder une grande maison dans laquelle elle pourrait élever autant d'animaux qu'elle le voudrait. Cela faisait longtemps : depuis, Chelsea avait vu ce que pouvait coûter un animal de compagnie.

— Comment voulez-vous lui annoncer la nouvelle ? demanda Nate, faisant mine d'aller vers Skylar.

— Appelons-la, on verra bien sa réaction.

10

Chelsea ouvrit la porte arrière de la cuisine et s'écarta pour permettre à sa fille de voir le terre-neuve.

— Voici le chien de M. Kent, annonça-t-elle. Il aimerait que nous nous occupions de lui parce qu'il va avoir beaucoup de travail, dans les jours à venir. Qu'en penses-tu, ma chérie ?

Skylar enjamba le perron, regarda dans l'énorme animal qui bondissait vers elle et poussa un cri perçant.

— Comment il s'appelle ? demanda-t-elle en se précipitant vers le terre-neuve, un animal splendide au pelage couleur café, aux yeux doux et aux oreilles tombantes.

— Rofert, glissa Nate, visiblement mal remis des hurlements de joie de la fillette.

— Je peux le caresser ? demanda celle-ci en passant ses bras autour du cou du chien.

Chelsea ferma les yeux en priant pour que Rofert soit aussi débonnaire que le prétendait son maître. À son grand soulagement, le terre-neuve pencha la tête sur le côté et se laissa étreindre. Il agitait la queue, ce que Chelsea prit pour un bon signal.

— Ne vous en faites pas, lui souffla Nate de sa belle voix grave. Comme je vous l'ai dit, il adore les enfants. Skylar ne risque rien.

— Le dîner est prêt, cria Linda. Allez, ma puce. Laisse cette pauvre bête souffler et viens manger.

— Vous n'avez pas exagéré, fit remarquer Chelsea à Nate. Rofert est… impressionnant.

En son for intérieur, elle songea que Nate avait raison : la présence de ce chien la sécuriserait, et ce ne serait pas un luxe. En outre, à en juger par son intérêt marqué pour Skylar, il y avait de grandes chances pour qu'il passe ses nuits au pied de son lit.

La maison comportait quatre chambres. Celle du bas, dont Chelsea comptait faire son bureau, puisqu'elle n'avait aucun proche susceptible de se faire héberger chez elle. La pièce était la plus poussiéreuse de toute la maison, sans doute parce que Maddie ne recevait jamais personne, elle non plus. Cette supposition amena Chelsea à s'étonner, une fois encore, du choix de sa grand-tante. Le notaire lui avait expliqué que Reggie n'apportait que soucis et déceptions à la vieille dame.

Restait à savoir s'il constituait un danger pour sa famille et pour elle-même.

S'efforçant d'être un peu plus positive, elle se tourna vers Nate.

— Merci infiniment de nous prêter Rofert, lui dit-elle. Rien ne saurait faire plus plaisir à Skylar. Vous avez déjà tant fait pour nous, ça va devenir gênant à la fin !

Le beau visage du cow-boy se fendit d'un large sourire.

— Oh ! ce n'est rien. La solidarité joue un rôle important dans notre petite communauté, dit-il d'un ton léger. Je pense que cela vient du fait que nous travaillons tous avec du bétail, que ce soit dans les fermes ou dans les ranchs. Cela nous oblige si souvent à nous entraider que c'est devenu une seconde nature.

— Dommage que cet état d'esprit ne soit pas plus

répandu, commenta Chelsea. Et puisque le repas est prêt, pourquoi ne resteriez-vous pas dîner avec nous ?

— Désolé, je ne suis pas libre, ce soir.

— Dans ce cas, je ne vous retiens pas plus longtemps, dit-elle en le raccompagnant à l'entrée.

Elle regrettait déjà qu'il s'en aille, même s'il semblait normal que ses soirées soient prises. Elle se consola en tentant de se convaincre qu'il ne l'aurait pas embrassée s'il y avait eu une autre femme dans sa vie.

Au moment d'ouvrir la porte, elle pivota sur elle-même pour appeler sa fille :

— Skylar ? Viens remercier M. Kent de nous prêter Rofert. C'est une marque de confiance, tu sais !

Avant que Nate ait le temps de répondre, la fillette referma ses petits bras autour de ses longues jambes et les serra avec enthousiasme.

— Quand je serai grande, je veux être pompier, comme toi, annonça-t-elle en le gratifiant d'un sourire lumineux

— Bonne idée, répondit Nate en lui tapotant le dos. Ça devrait plaire à Rofert.

Chelsea s'efforça de ne tirer aucune conclusion hâtive de la facilité avec laquelle ils conversaient, tous les deux. Nate savait y faire avec les enfants en général ; il avait été formé pour cela. Tout de même, qu'il était rafraîchissant de voir un homme interagir de la sorte avec une fillette de quatre ans !

— On va bien s'occuper de ton chien, dit solennellement Skylar au cow-boy.

Sur cette promesse, elle laissa retomber ses bras, fit volte-face et retourna vers Rofert en courant. Le terre-neuve se mit à aboyer, assez fort pour faire trembler les murs.

— Il donnera de la voix comme ça si jamais on essaie d'entrer chez vous, de jour comme de nuit, affirma Nate à Chelsea.

— Il faudrait être fou pour se risquer à faire une chose pareille, rétorqua-t-elle. Rofert a du coffre, et il suffit de l'entendre pour comprendre qu'on n'a pas affaire à un chien de poche.

Nate lui décocha un de ses sourires ravageurs, et elle en conçut un tel trouble qu'elle jugea préférable qu'il ne puisse pas rester pour dîner, finalement. Encore une fois, elle ne pouvait se permettre une nouvelle désillusion amoureuse.

Lorsqu'il fut parti, néanmoins, elle s'aperçut qu'elle était vaguement déçue. Sans doute était-ce à cause du stress lié à ces deux dernières journées particulièrement agitées.

Chelsea leva les yeux au plafond.

Elle-même n'y croyait pas ! Cela dit, si elle s'éprenait du premier homme un tant soit peu attentionné envers Skylar, autant faire ses valises et rentrer chez elle.

Chez elle… Elle n'avait plus d'autre foyer que celui-ci. Jacobstown était devenu son havre, peut-être s'y sentirait-elle mieux lorsqu'elle aurait fini de déballer ses affaires et se serait vraiment installée.

Une odeur appétissante s'échappait de la cuisine.

— Hum, ça sent bon ! s'exclama Chelsea en plantant un baiser sonore sur la joue de sa mère.

— Je t'ai préparé des tacos de bœuf sauté, comme tu les aimes, pour fêter notre nouveau départ dans la vie.

— Merci, ma petite mère, lui répondit Chelsea, sincèrement touchée

Linda était ainsi. Aux petits soins pour les siens. Sur un sourire attendri, Chelsea monta chercher sa fille.

Rofert attendit sagement que ses nouvelles maîtresses aient pris place autour de la table pour s'allonger au pied de Skylar.

Après le dîner, et comme chaque soir, Chelsea donna un bain à sa fille, Rofert à ses pieds, malgré l'exiguïté de la salle d'eau. Lorsqu'il fut l'heure de coucher l'enfant et de lui lire une histoire, le chien était toujours aux côtés de Skylar. Chelsea en fut ravie : Rofert était le plus fidèle des compagnons et Skylar était aux anges.

Dès que la lumière fut éteinte, le terre-neuve pénétra d'un bond dans la chambre de la fillette, adjacente à celle de Chelsea. Sur le petit palier se trouvait également la chambre de Linda ainsi que la salle de bains. Bien que petites, les pièces de l'étage étaient confortables et la configuration idéale car Chelsea préférait savoir sa fille dans la chambre voisine de la sienne.

Elle regarda Rofert glisser son énorme tête dans l'entrebâillement de la porte – le museau à l'intérieur de la pièce, le reste du corps sur le palier.

Chelsea sourit intérieurement. Ce chien était une bénédiction ; Nate avait eu une idée de génie en le leur confiant.

Linda s'étant « retirée dans ses appartements », pour reprendre une de ses expressions favorites, Chelsea prit un bain chaud avant d'aller se coucher à son tour. Elle était tellement fatiguée qu'elle s'endormit, à peine la tête posée sur l'oreiller.

Pour une raison qu'elle n'aurait su expliquer, elle s'attendait plus ou moins à trouver Nate dans sa cuisine, le lendemain matin. Ne voyant que sa mère, elle se força à sourire en l'entendant annoncer :

— Je nous prépare des crêpes, ma chérie !

— Quand as-tu passé ton diplôme de cordon-bleu ? lui demanda Chelsea sur le ton de la plaisanterie.

Linda ne s'était pas souvent mise aux fourneaux, pendant l'enfance de Chelsea, épuisée comme elle l'était après ses journées de travail.

— Je suis motivée, que veux-tu ? lui renvoya Linda, ponctuant sa réponse d'un clin d'œil appuyé.

Chelsea s'avança vers la machine à café. Skylar ne se lèverait pas avant une bonne demi-heure – et ce moment de calme avant le tumulte de la journée était presque sacré, chez les McGregor.

— Rofert est toujours en train de ronfler au pied de Skylar ? s'enquit Linda.

— Oui, répondit Chelsea. Il ne va pas être simple de les séparer, ces deux-là, quand nous devrons rendre Rofert à son maître. Je proposerais volontiers de le garder, seulement il va nous coûter une fortune en nourriture !

Après avoir enfilé une paire de baskets, elle sortit examiner le demi-hectare de terrain qui s'étirait devant la maison.

Parfait. Skylar aurait largement de quoi s'y dégourdir les jambes. Et puis cet air pur… Un vrai délice ! Alors, c'était vrai ? Tout ceci lui appartenait en propre ? Les larmes aux yeux, elle remercia silencieusement Maddie Barstok qui lui avait fait un cadeau inestimable en lui offrant un endroit où élever sa fille dans de bonnes conditions, et où veiller sur sa mère à la santé chancelante.

Sans se préoccuper du froid, elle essuya la larme d'émotion qui roulait sur sa joue et se dirigea vers la boîte aux lettres.

— Alors, ce restaurant, ça avance ? demanda une voix féminine, sur sa gauche.

Chelsea se tourna vers son interlocutrice qui se présenta aussitôt :

— Gayle Swanson. Pardonnez-moi, j'aurais dû commencer par là.

Gayle, qui devait approcher les soixante-dix ans, portait une tenue de jogging rose fluo et noir. Sous ses cheveux gris coupés court, son visage était des plus avenant.

— Chelsea McGregor, répondit-elle avant de s'avancer vers la clôture, la main tendue.

Jugeant la poigne de son aînée étonnamment ferme, Chelsea se prit à espérer que Gayle se prenne d'amitié pour Linda. Cela la changerait agréablement de sa compagnie et de celle de Skylar.

— Vous commencez à trouver vos marques ? Ne vous inquiétez pas, ma belle, je n'ai aucune intention de vous envahir. Il se trouve simplement que j'ai remarqué un certain nombre d'allées et venues, ces derniers jours, et comme je n'ai pas eu de voisins depuis des années, je suis sortie pour voir comment se passait votre installation.

— Après des débuts difficiles, tout semble rentrer dans l'ordre. Figurez-vous qu'une pierre a réussi à se frayer un chemin par une des fenêtres, et qu'on s'est introduit chez nous par effraction. Fort heureusement, ma mère est rentrée des courses à ce moment-là.

Gayle porta une main à sa bouche, d'un air épouvanté.

— Mon Dieu ! Je suis désolée. J'ai aperçu ce vaurien de Reggie Barstok dans le coin, l'autre jour. Ça m'a semblé bizarre. Maddie et moi nous connaissions assez pour que je sache à quel point son fils l'a déçue.

Elle s'interrompit, sembla se perdre dans une rêverie, puis reprit :

— Maddie était plus âgée que moi, et je me suis occupée d'elle, sur la fin. Elle m'a confié qu'elle s'était renseignée sur le compte d'une petite-nièce à qui elle entendait léguer tous ses biens. Je suppose qu'elle parlait de vous.

Chelsea hocha la tête, ravie de rencontrer une connaissance de sa grand-tante, Linda n'ayant pas été suffisamment proche de Maddie pour lui en parler.

— Je l'ai à peine connue, malheureusement. Ce legs a été une bénédiction pour moi, et je ne m'y attendais vraiment pas. Elle ne vous a pas dit ce qui l'a poussée à vouloir que j'habite sa maison ?

— Plus ou moins, si. D'après ses informations, vous êtes travailleuse et honnête.

Toute fière, Chelsea remercia sa voisine du compliment, avant de lui demander :

— Alors comme ça, vous avez entrevu Reggie dans le coin, il n'y a pas longtemps ?

Gayle se rembrunit.

— Oui, finit-elle par dire, sur un ton indiquant que l'évocation du jeune homme lui était pénible. Et si j'ignore comment ce garçon en est arrivé là, je peux vous assurer qu'il fallait être une sainte pour le supporter. Si vous saviez par quelles affres il a fait passer Maddie, vous comprendriez sans peine qu'il ait été hors de question pour elle de lui transmettre quoi que ce soit, sur le plan matériel. Il aurait tout vendu à la première occasion, et l'argent ne lui aurait servi qu'à jouer encore davantage. Si j'ai bien compris, c'était son problème, ça. Le jeu. Tant et si bien qu'il a fini par avoir des ennuis. Je n'en sais guère plus, car Maddie n'aimait pas beaucoup parler de lui. À l'en croire, elle avait tout essayé pour le remettre sur le droit chemin, avant d'abandonner la partie.

— Vous m'en voyez navrée, murmura Chelsea, partagée entre tristesse et admiration pour sa grand-tante.

— Reggie n'a rien en commun avec le fils Kent, celui qui passe vous voir, de temps à autre. Comment se prénomme-t-il, déjà ?

Bien qu'elle ait remarqué la lueur malicieuse qui s'était mise à briller dans les yeux de Gayle, et malgré le rouge qu'elle sentit lui monter aux joues, Chelsea lui répondit aussitôt :

— Nate. Et heureusement qu'il est venu à notre secours ! Ma fille avait réussi à se coincer dans un passage étroit, à l'intérieur du cagibi. On ne l'a retrouvée que parce qu'elle s'était munie de mon téléphone pour aller explorer sa nouvelle maison, et qu'elle a pu m'appeler.

— Une débrouillarde, donc ! s'exclama Gayle.

— Peut-être un peu trop, commenta Chelsea.

— Et Nate ? Il passe souvent vous voir, non ? lui demanda Gayle, la prenant de court.

— Il est venu plusieurs fois pour nous aider à régler tous ces problèmes, mais à présent, il n'a plus rien à faire ici, répondit Chelsea, muselant sa déception.

— Un beau parti, ce garçon. Et un cœur à prendre, je crois. Dommage qu'il ne soit pas du genre à se fixer. Il papillonne. Je ne crois pas l'avoir vu deux fois de suite avec la même femme. Non, je dis des bêtises, là. Il a eu une relation un peu plus stable avec une fille du coin. Mais elle a été mutée, et les choses se sont arrêtées là.

Bien que n'aimant pas les ragots, Chelsea comprenait mieux, à présent, que Nate se soit crispé lorsque Skylar s'était accrochée à ses jambes, l'autre jour. Si Gayle disait vrai, il n'avait aucune intention de s'attarder et mettrait probablement fin à leur relation naissante à la première occasion.

Pourquoi cette perspective lui était-elle donc si pénible ? La vie affective de Nate Kent ne la regardait en rien !

— Bien, s'exclama-t-elle. Je vais rentrer. Mon café doit être froid, et ma fille ne va pas tarder à se réveiller.

— Je suis ravie d'avoir fait votre connaissance, lui répondit Gayle. Vous pouvez compter sur ma présence, à l'inauguration de votre restaurant. Ça ne nous fera pas de mal, d'avoir un nouvel endroit où dîner, dans cette ville.

— Merci, Gayle. Alors, à bientôt, à la pizzeria ! conclut Chelsea qui se dépêcha de regagner sa cuisine pour dissimuler son trouble.

Comme une idiote, elle s'était laissé emporter par ses fantasmes au point de s'imaginer que le beau cow-boy avait un penchant pour elle. Il s'était efforcé de lui être agréable, rien d'autre. Et si ça n'expliquait pas qu'il l'ait embrassée, il se pouvait qu'il ait agi sur une simple impulsion.

Un charmant tableau l'attendait à l'intérieur : Skylar

avait passé une jambe sur le dos de Rofert et sautillait sur l'autre pour gagner le couloir. La fillette était hilare, et le chien semblait bien s'amuser, lui aussi.

— Alors, cette promenade ? lui demanda Linda.

— Plutôt agréable, malgré le froid, répondit-elle avant d'aller se servir un deuxième café et de se pencher vers sa fille.

— Bonjour, ma chérie !

La vue de Rofert agitant la queue dans tous les sens lui réchauffa le cœur. C'était vraiment un bel animal et, lorsqu'il la dévisagea de ses grands yeux noisette, elle ne résista pas à l'envie de lui embrasser le dessus de la tête.

Peu lui importaient les motivations de Nate Kent, au fond. Elle avait eu l'occasion d'apprécier sa courtoisie et s'en tiendrait là, sur le plan émotionnel.

Les jours suivants passèrent comme dans un rêve. Chelsea se levait tôt et les choses avançaient bien, à la pizzeria. Le calme ambiant était une véritable bénédiction, après l'agitation qui avait suivi leur installation à Jacobstown. Seule ombre au tableau, Chelsea n'avait aucune nouvelle de Nate et, malgré ses belles résolutions, elle était bien obligée de constater qu'il lui manquait.

De temps à autre, elle se demandait si Reggie Barstok reviendrait rôder autour de chez elle. Parfois, c'est à Travis qu'elle pensait, Travis qui ne s'était pas manifesté, lui non plus.

Elle ne se berçait pas d'illusions, néanmoins. Il était peu probable que tous deux la laissent en paix et retournent à leurs propres affaires. Ce sentiment la mettait mal à l'aise. Quelque chose se préparait, elle le sentait. C'était le calme avant la tempête, en quelque sorte.

Repoussant ces pensées improductives, elle se força à l'optimisme. Sa vie reprenait son cours, et sa petite famille commençait à trouver son rythme. Et si son local ressemblait toujours à un chantier en construction, le sol en était débarrassé de tout débris. L'agencement des lieux convenait parfaitement à un restaurant et rendrait faciles d'éventuelles rénovations.

Malgré tout ce qui lui restait à faire, Chelsea était si contente d'elle qu'elle avait presque l'impression d'en avoir terminé.

Elle s'efforça d'oublier qu'on était samedi soir et qu'elle était seule dans son local. D'habitude, pourtant, ça ne la dérangeait pas de travailler le week-end. Que lui arrivait-il en ce moment ?

Nate Kent, lui souffla son exaspérante voix intérieure.

L'appel arriva à 1 h 55 du matin, sur la radio réservée aux urgences.

« Appel à tous les personnels de garde. Incendie au 2312, Main Street. »

Nate sortit précipitamment de son lit et enfila à la hâte le jean et le polo toujours prêts, sur une des chaises de la chambre. Il finissait d'enfiler ses chaussettes lorsqu'il se souvint que l'adresse indiquée était celle de la future pizzeria de Chelsea.

Il tenta de se raisonner : à une heure pareille, Chelsea devait dormir tranquillement chez elle.

La radio se remit à grésiller, lui apportant d'autres informations :

« Un pick-up immatriculé BZWG 1234 est garé devant le bâtiment. On ignore combien de personnes se trouvent à l'intérieur. »

Nate s'empara de son téléphone et courut jusqu'à sa fourgonnette en se passant une main dans les cheveux dans l'espoir de les discipliner. Le véhicule était au garage, les clés sur le contact. Il prit une gorgée du bain de bouche qu'il laissait dans sa boîte à gants pour des cas semblables, puis attendit d'être au carrefour pour baisser sa vitre et recracher le liquide.

Tout cela n'aurait été que pure routine pour lui, s'il n'avait été torturé par la pensée que Chelsea était peut-être prisonnière du brasier.

C'était précisément ce qu'il avait voulu éviter en cessant de rendre visite à la famille McGregor : que quelqu'un finisse par souffrir de leur relation. Malheureusement pour lui, le souvenir du baiser qu'il avait échangé avec Chelsea avait continué à le hanter et à se manifester aux moments les plus inopportuns. Quelques jours plus tôt, espérant se prouver qu'il pouvait passer une bonne soirée en compagnie d'une femme, il s'était résigné à appeler Brenda Hunt pour l'inviter à dîner.

Au bout d'une demi-heure, Brenda lui avait demandé, avec la franchise qui la caractérisait :

— Tu as vraiment envie de passer la soirée avec moi, Nate ?

La question méritant une réponse honnête, Nate lui avait épargné les platitudes du style : « Ce n'est pas ta faute, c'est la mienne », même si, en l'occurrence, cela avait été vrai. Brenda était une jolie petite brune, de compagnie fort agréable. Malheureusement, il s'était mis à la comparer à Chelsea, et il en avait déduit qu'il n'était pas encore prêt.

La naissance imminente de veaux, alliée à la surveillance des génisses, l'avait beaucoup occupé et lui avait permis de se changer les idées.

Il appuya sur le champignon et traversa la ville aussi vite que possible. Son gyrophare éclairait les rues paisibles, en parfait contraste avec la tension qui l'habitait. Pourvu qu'il ne soit pas arrivé malheur à Chelsea !

Malgré l'obscurité, il ne tarda pas à voir un épais nuage

de fumée, puis des flammes qui s'élevaient du bâtiment, comme pour aller lécher le ciel.

Les incendies avaient leurs propres desseins. Ils prenaient des vies, faisaient des veuves et des orphelins sans se soucier de la détresse qu'ils laissaient derrière eux.

En un éclair, Nate vit le visage poupin de Skylar, puis celui, plus fin, de Chelsea.

Plus il se rapprochait du sinistre, plus son angoisse grandissait. Il entendit une sirène et en déduisit qu'un camion de pompiers l'avait précédé de peu, ce qui lui fut confirmé par radio, quelques minutes plus tard.

Il se gara le long du véhicule et grimpa à l'intérieur pour enfiler sa tenue. Les informations qui continuaient à arriver ne faisaient état que de la gravité de la situation.

Une équipe s'était occupée de relier le tuyau à incendie à la bouche d'eau et le temps que Nate repère son capitaine, Steve Benton, un long jet balayait la façade du restaurant.

Sa hache en main, Nate s'avança vers Benton.

— Je suis prêt, lui dit-il. Donnez-moi l'ordre et j'entre.

— Vous êtes bien pressé, lui fit remarquer le capitaine. Je ne vois pas où…

Nate ne le laissa pas terminer sa phrase.

— Chelsea McGregor est à l'intérieur de cette fournaise, dit-il aussi calmement qu'il le put.

— Comment pouvez-vous en être certain ?

— C'est son pick-up, que vous voyez là. Et telle que je la connais, elle a très bien pu décider de travailler toute la nuit pour ne pas prendre de retard.

— Et si elle s'était fait raccompagner chez elle, tout bêtement ? Non, mon garçon. Il est hors de question que j'envoie un de mes hommes dans cet enfer sans avoir la certitude qu'elle s'y trouve !

S'efforçant de dissimuler son agacement, Nate insista :

— Je la connais. Elle est là-dedans. De plus, elle est

mère d'un petit bout de chou qui a besoin d'elle. Alors si je peux faire quelque chose pour la tirer de là, je prends le risque. En me portant volontaire, je savais à quoi je m'engageais, capitaine.

Benton l'étudia attentivement avant de dire avec un soupir résigné :

— D'accord. Dès que je donnerai le signal du départ, vous serez le premier à entrer. Pour l'instant, nous ne savons pas grand-chose, si ce n'est que deux alarmes se sont déclenchées. Nous ne disposons que d'un camion, l'appel d'air risque de happer quiconque essayera d'entrer et…

Pour la deuxième fois, Nate interrompit son supérieur :

— Comme je vous l'ai dit, je suis prêt à prendre le risque, et comme je n'ai demandé à personne de m'accompagner, j'y vais !

11

Chelsea entendit une voix crier son nom, mais fut incapable de réagir. Si seulement elle avait pu ouvrir les yeux pour s'assurer qu'il s'agissait bien de la personne à laquelle elle pensait…

Nate ?

Non. Elle devait fantasmer, ce qui n'aurait rien d'étonnant puisqu'elle avait pensé à lui toute la soirée.

Le timbre grave de sa voix avait pour effet de la rassurer, en plus de l'émouvoir physiquement. Cette fois, néanmoins, son intonation était porteuse d'une angoisse palpable.

Elle cria pour signaler sa présence, sans parvenir à couvrir le vacarme environnant.

En désespoir de cause, elle inhala profondément et, aussitôt, se mit à tousser. Ses poumons en feu cherchèrent un peu d'oxygène, sans succès.

Subitement, elle sentit quelque chose se poser sur son visage, comme surgi de nulle part et, l'instant d'après, deux bras puissants la soulevèrent.

Elle n'aurait su estimer le temps qu'il lui fallut pour recommencer à respirer à peu près normalement. Des voix masculines l'enjoignaient à rester éveillée, alors qu'elle n'aspirait qu'à dormir.

— Ne te rendors pas, ma belle. Skylar a besoin de toi, lui souffla Nate à l'oreille.

Immédiatement, le visage rond de sa fille lui apparut, et elle comprit qu'elle n'avait pas le droit de se laisser aller. Il lui fallait rentrer chez elle et s'occuper de Sky – une conviction qui la maintint sans doute en vie.

Lorsqu'elle revint à elle, Chelsea était à l'hôpital. Elle respirait péniblement, et son crâne lui semblait proche de l'implosion tant il la faisait souffrir.

Elle se força à ouvrir les yeux et elle le vit, debout à son chevet et qui lui tenait la main.

— Nate, murmura-t-elle avant d'être prise d'une nouvelle quinte de toux.

— Je suis là, lui répondit-il en se penchant vers elle, tandis qu'une infirmière s'approchait de son lit.

— Bonsoir, dit cette dernière. Je m'appelle Willow, et c'est moi qui vais m'occuper de vous, ce soir.

Chelsea secoua la tête avec véhémence. Il fallait qu'elle rentre chez elle au plus vite. Si on entendait parler de cet incendie…

Se souvenant soudain que son restaurant était parti en fumée, elle jura intérieurement. Impuissante, vidée de toute énergie, elle aurait fondu en larmes si ses yeux n'avaient pas été complètement secs.

— Ça va s'arranger, lui souffla Nate.

Non. Ça n'allait *pas* s'arranger. Chelsea venait de perdre son gagne-pain, et bien qu'elle ait entamé les démarches nécessaires, elle n'avait encore signé aucun contrat d'assurance.

Pourquoi fallait-il que ça lui arrive ? *Ça !*

— Ne t'inquiète pas, il doit y avoir une solution, poursuivit Nate.

La pression légère qu'il exerça sur sa main l'émut un peu plus qu'elle ne l'aurait voulu. Elle n'aurait dû penser qu'à sa mère, à sa fille, et à la manière dont elle allait s'y prendre pour subvenir aux besoins des deux personnes auxquelles elle tenait le plus au monde.

La petite voix qui la harcelait, ces derniers temps, se rappela à son bon souvenir en lui soufflant : *Et Nate dans tout cela ? Il ne compte pas* ?

Elle tenta d'ignorer la question, tout en tâchant de rester consciente. Un détail continuait à la chiffonner.

Quant à savoir lequel, c'était une autre question.

Elle avait commis une erreur en restant seule sur son chantier, dans l'espoir de respecter la date qu'elle s'était fixée pour l'ouverture de la pizzeria. Cette décision, en plus de lui avoir coûté cher et de la rendre encore plus vulnérable, aurait pu la tuer.

En outre, elle doutait que l'incendie ait été accidentel. S'il s'agissait d'un acte de malveillance, qui pouvait en être l'auteur ?

Ces idées noires achevèrent de la terroriser. Elle avait garé son pick-up devant le restaurant. Alors, on lui en voulait vraiment ? On la surveillait, on guettait la première occasion pour s'en prendre à elle ?

Elle remercia silencieusement le ciel que l'incendie ait touché sa future entreprise plutôt que sa nouvelle demeure, épargnant ainsi sa mère et sa fille.

— Et que faisais-tu dans ton local, à une heure pareille ? lui demanda Nate.

— J'ai pris du retard, commença-t-elle en fermant les yeux pour lutter contre son mal de tête.

Nate devait l'observer avec attention car il lui tapota la main et dit, d'une voix douce :

— Essaie de te reposer, maintenant. Je suis là, et je n'ai pas l'intention de m'en aller.

Pendant les heures qui suivirent, médecins et infirmières se relayèrent à son chevet, lui posant des questions et renseignant son dossier. Pour finir, Chelsea parvint à se redresser et à boire un peu d'eau sans aucune aide. Ses yeux, sa bouche et sa gorge la brûlaient toujours, mais elle avait un peu moins mal aux poumons.

— Vous avez eu une chance folle. M. Kent est arrivé juste au bon moment, lui annonça le Dr Newman. Vous êtes tombée et vous avez dû perdre connaissance.

— D'où cet affreux mal de crâne, répondit-elle après avoir soulevé son masque à oxygène.

Elle savait déjà qu'elle avait pris un coup sur la tête et se doutait que Nate avait dû entrer dans le local en feu par la porte arrière, à ses risques et périls. Sans lui, apparemment, elle aurait inhalé trop de fumée pour qu'on puisse la sauver.

— Oui, nous avons eu de la chance, renchérit Nate.

Si Chelsea voulait bien croire le médecin, elle ne se rappelait pas avoir chuté ou s'être cognée. Encore qu'à bien y réfléchir, il lui semblait avoir entendu une voix, bien avant de perdre connaissance.

Elle fut traversée par un frisson d'angoisse, puis elle se raisonna. Elle devait confondre avec la voix de Nate ou celle d'un secouriste. Dans l'état de confusion où elle se trouvait, cela n'aurait rien d'étonnant.

— La bonne nouvelle, c'est que vous pourrez repartir dès que cette poche sera vide, reprit le médecin en désignant sa perfusion. En revanche, il va vous falloir remettre votre masque à oxygène et le garder encore un peu.

Chelsea s'exécuta docilement.

— Allez, mon petit. D'ici peu, tout cela ne sera qu'un mauvais souvenir, conclut le Dr Newman avant de ressortir de la chambre.

Rassérénée, Chelsea leva les yeux vers Nate et, comme chaque fois qu'elle le voyait, sentit les battements de son cœur s'accélérer.

Nate lui avait terriblement manqué, ces derniers jours. Grâce à la simplicité naturelle dont il faisait preuve en toute occasion, elle s'était immédiatement sentie à son aise en sa compagnie et n'avait eu aucun mal à se confier à lui. Bien que son corps lui rappelle fréquemment qu'elle s'adressait à un magnifique spécimen de mâle dont les nombreux attraits ne la laissaient pas insensible, tous deux parvenaient généralement à converser sans trop d'arrière-pensées, un peu comme de vieux amis.

— Tu m'autoriseras à te reconduire chez toi, tout à l'heure ? lui demanda-t-il presque timidement.

Chelsea réfléchit à toute vitesse. Si elle refusait, elle allait devoir appeler Linda qui devrait réveiller Skylar pour venir la chercher aux urgences.

— Bien sûr, répondit-elle, reconnaissante. Merci, Nate. C'est très gentil.

Puis, relevant son masque, elle ajouta :

— Plus je réfléchis à ce qui s'est passé ce soir, plus je reste sur l'impression d'avoir entendu une voix masculine *avant* de m'évanouir.

— C'est peut-être un effet de ta commotion, lui dit-il d'un ton apaisant. Tu es sûre de ce que tu avances ?

— Pas complètement, non, lui concéda-t-elle. En même temps, c'est une impression très nette.

Chelsea reposa sa nuque meurtrie sur l'appui-tête de la fourgonnette de Nate.

— Zach passera tout à l'heure pour prendre ta déposition, l'informa-t-il, manifestement préoccupé.

— Je ne suis pas responsable de cet incendie, en tout cas. J'ai beau réfléchir à ce qui aurait pu le causer, une lampe à kérosène ou… je ne sais quoi d'autre. Le thermostat était réglé au minimum, par mesure d'économie, et je peux te dire que je me suis gelée, même si le fait d'être à l'intérieur me protégeait du vent. Au point que j'ai dû mettre mon manteau et enfiler des gants. Si je ne m'enrhume pas, avec ça, ce sera un miracle.

Le beau visage de Nate se barra de rides soucieuses. Les mains crispées sur le volant, il demanda :

— Tu m'as bien dit que la voix t'avait paru familière ?

— Oui, mais je serais bien en peine de te dire à qui elle appartenait. Pire encore, je ne pourrais pas jurer que ma mémoire ne me joue pas des tours. J'ai simplement la sensation que c'est bien dans cet ordre-là que les choses se sont passées. D'abord cette voix, et ensuite, l'obscurité.

— Tu reconnaîtrais la voix de Reggie ? lui demanda Nate au terme d'une courte pause. Personne ne l'a revu en ville, mais ça ne veut rien dire.

— Non. Et puis, qu'aurait-il eu à gagner en détruisant mon futur restaurant ? lui répondit-elle aussitôt, car elle avait déjà réfléchi à la question.

— Il veut peut-être te faire peur et t'obliger à quitter Jacobstown. Ton avocat t'a dit qui hériterait des biens de ta grand-tante s'il t'arrivait malheur ?

— Il semble que Maddie n'ait pas envisagé cette éventualité. D'un autre côté, ça me paraît évident, même pour un type comme Reggie. La maison et le local m'appartiennent, dorénavant, alors je suppose que le tout irait à mes proches.

— À moins qu'il ne projette de faire appel, et pense avoir davantage de chances d'obtenir gain de cause si tu n'es plus dans les parages.

Chelsea se rembrunit. Il y avait une autre possibilité.

— Ou qu'il me déteste et veuille se venger d'avoir été déshérité en ma faveur.

Nate acquiesça lentement et se concentra sur sa conduite.

— Je vais appeler Zach et lui demander s'il peut venir tout de suite, finalement. Le capitaine des pompiers mènera son enquête, et l'assurance ne te dédommagera pas avant d'avoir ses conclusions. Je vais voir s'il y a moyen de faire pression pour obtenir le verdict dès que possible.

— Et si je ne suis pas assurée ? murmura Chelsea en se pinçant l'arête du nez pour lutter contre sa migraine. Je n'avais pas encore choisi ma compagnie.

— Ta grand-tante avait peut-être pris une assurance relais, lui dit-il, sans doute dans l'espoir de la rassurer.

Se redressant sur son siège, Chelsea tenta d'associer un nom à la mystérieuse voix masculine mais elle y renonça bien vite.

— Mon sac à main et mon portable sont restés là-bas, dit-elle.

— Au risque d'énoncer un lieu commun, ce n'est pas le plus grave dans l'histoire. Un sac et un téléphone se remplacent, non ?

— Tu as raison, soupira-t-elle, tandis que Nate s'engageait dans l'allée.

— Ah, et on n'a pas prévenu ta mère pour ne pas l'inquiéter, précisa-t-il en s'arrêtant devant la maison.

— Il vaut mieux que ce soit moi qui lui apprenne la nouvelle. Je…

Chelsea s'interrompit en voyant un véhicule garé dans l'allée.

— C'est la voiture de patrouille de Long, lui expliqua Nate qui avait sans doute perçu son angoisse. Zach l'a envoyé monter la garde dès qu'il a été informé de cet incendie. Il ne voulait prendre aucun risque avec ta mère et Skylar.

— Et si c'était mon ex qui a mis le feu à la pizzeria ? demanda-t-elle, soudain frappée par une nouvelle idée, encore plus inquiétante que les autres.

— Qu'aurait-il à y gagner ? lui renvoya Nate.

— Ma fille, dit-elle sobrement.

Car s'il lui arrivait malheur, Travis y gagnerait, de toute évidence.

Cette pensée lui donna la nausée et l'obligea à se plier en deux.

Lorsqu'elle se redressa, elle vit que Nate l'examinait attentivement.

— Viens, rentrons au chaud. Je voudrais que tu te mettes au lit et que tu manges un peu. Ça te fera le plus grand bien.

Chelsea poussa la portière avant qu'il ait le temps de descendre pour la lui ouvrir. Il sauta aussitôt hors du véhicule, qu'il contourna pour lui tendre la main.

Le soleil était presque levé, et des lumières brillaient à l'intérieur de la maison. Linda était déjà debout, Chelsea allait donc pouvoir lui expliquer la situation à peu près calmement.

Nate lui offrit son bras, et elle s'appuya sur lui en s'efforçant de faire abstraction de l'émoi que son contact provoquait en elle.

Linda était dans la cuisine quand Chelsea frappa à la porte de derrière. Après avoir tiré le rideau et vu sa fille sur le perron avec Nate, elle déverrouilla la porte.

— Que se passe-t-il ? demanda-t-elle en voyant Nate accompagner Chelsea à la table pour l'aider à s'installer.

— Il y a une bonne et une mauvaise nouvelle, énonça Chelsea en faisant tout son possible pour contenir son émotion. La bonne, c'est que je suis saine et sauve ; la mauvaise, c'est que le restaurant a pris feu pendant la nuit.

Presque aussitôt, elle releva le menton. Ce n'était pas le moment de craquer, et elle savait déjà qu'elle trouverait un moyen de retomber sur ses pieds et de mener son projet à bien.

— Oh ! Quel grand malheur, ma pauvre chérie. Tu as travaillé dur, et je sais à quel point cette pizzeria te tient à cœur.

Linda était sincèrement atterrée, de toute évidence. Cela

devait lui faire un drôle d'effet d'avoir à épauler Chelsea, alors que d'habitude, c'était plutôt l'inverse.

— Enfin, enchaîna-t-elle. Telle que je te connais, tu vas trouver la force de réparer tout ça, et de faire de ce local un endroit encore plus parfait que tu ne le prévoyais.

Une larme solitaire coula sur la joue de Chelsea qui tendit les bras à sa mère.

Voyant Nate aller vers la cafetière, elle le remercia silencieusement de sa discrétion.

Rofert se mit à japper à l'étage, et le cow-boy se précipita dans le couloir. Chelsea se leva péniblement en s'efforçant de faire bonne figure. Sa fille n'allait pas tarder à descendre, et elle ne voulait pas qu'elle se trouve nez à nez avec un inconnu.

Son agaçante petite voix intérieure choisit ce moment pour se manifester et la raisonner : Skylar connaissait bien Nate, à présent. Il avait dû lui manquer, à elle aussi, car elle avait fréquemment demandé à le voir.

Seule l'évocation du Père Noël avait suffi à la distraire de sa préoccupation.

Nate grimpa les marches deux à deux. Chelsea, en revanche, avait toujours l'impression d'étouffer et dut faire une pause à mi-chemin, ce qui la ralentit considérablement.

Un nouvel aboiement s'échappa de la chambre de Skylar.

Pourquoi la porte était-elle fermée ?

Le temps que Chelsea atteigne le palier, sa fille était étendue de tout son long sur le terre-neuve, couché sur le flanc.

— Bah ! s'exclama Chelsea, interloquée.

— La porte était fermée, et Rofert a dû nous entendre faire du bruit, en bas. À mon avis, il n'a pas compris que c'était nous, alors il a donné l'alerte, expliqua Nate.

— C'est ma faute, cria Linda, du rez-de-chaussée. Le chien ronflait si fort que je n'arrivais pas à dormir.

Chelsea s'appuya contre le mur et se laissa glisser sur le sol. Tout ce stress commençait à lui peser. Il lui apparut soudain qu'elle avait le choix entre rire et pleurer, aussi se mit-elle à rire… aux larmes.

12

Nate écouta attentivement Chelsea raconter à Zach tout ce dont elle se souvenait. Maigre consolation, son cousin lui avait rapporté son sac et son téléphone. Intacts, ce qui constituait un véritable miracle et épargnerait bien des démarches à leur propriétaire.

La première chose qu'elle fit, en récupérant son sac à main, fut d'y plonger la main pour en sortir une photo. Le soulagement visible avec lequel elle considéra le cliché surprit d'autant plus Nate qu'elle n'avait même pas pensé à vérifier le contenu de son portefeuille.

Comme Linda s'était portée volontaire pour accompagner Skylar à l'école, Zach avait demandé à Long de les suivre, par mesure de prudence.

L'attentat contre la pizzeria avait été particulièrement osé : son auteur s'était introduit dans le local à l'insu de Chelsea, pendant qu'elle travaillait. Se pouvait-il que quelqu'un d'autre qu'elle ait les clés ? Cette question le renvoya à Reggie ; d'ailleurs, si on y réfléchissait bien, tout ramenait à cet abruti.

Chelsea était certaine d'avoir verrouillé les deux portes, un détail qui perturbait Nate.

Il serra les poings. L'attitude de Barstok lui avait profondément déplu.

Le rapport d'enquête, qui ne serait pas disponible avant quelques jours, établirait le point de départ du sinistre.

Entendant Chelsea évoquer son ex-mari, Nate songea qu'il serait bien négligent d'écarter la piste Zucker.

— Travis prétend avoir travaillé sur un pipeline en Alaska, afin de gagner suffisamment d'argent pour pouvoir nous récupérer, *son* enfant, comme il dit, et moi, expliqua Chelsea à Zach. Je n'ai pas pris le temps de vérifier ses dires, parce que, pour tout vous avouer, j'étais bien contente qu'il me laisse tranquille, la semaine dernière.

— Je peux procéder à quelques recherches, à partir de son nom de famille et de son numéro de sécurité sociale, si vous l'avez toujours, proposa Zach.

— Sa carte doit être là-dedans, répondit Chelsea, en tirant un portefeuille de son sac et en le fouillant jusqu'à ce qu'elle ait trouvé ce qu'elle cherchait. Tenez ! Travis me l'avait confiée par peur de la perdre, et il a dû oublier que c'était moi qui l'avais. Je l'ai gardée à tout hasard.

— Vous avez bien fait, dit Zach.

Il prit le document pour le photographier et demanda :

— Il ne vous a pas dit où il comptait aller, après votre entrevue ?

— Il a surtout insisté sur le fait qu'il avait l'intention de rester dans les parages.

La voyant grimacer de dégoût, Nate comprit qu'elle en voulait terriblement à son ex, ce qui se comprenait sans peine. Quand on était assez abject pour vider les comptes du ménage pendant que sa femme accouchait, on n'avait pas droit à une seconde chance.

S'il avait été marié à Chelsea, jamais Nate ne l'aurait traitée ainsi.

Le simple mot « mariage » lui donnant l'impression d'étouffer, il glissa un doigt dans le col de sa chemise pour le desserrer.

Chelsea bâillait sans relâche, depuis un bon quart d'heure. Zach dut avoir pitié d'elle, car il se leva en jetant à Nate un regard appuyé.

— Je le raccompagne, dit aussitôt celui-ci.

— Super. Je vais en profiter pour prendre une bonne douche. Ça me sera plus bénéfique que l'air frais, commenta Chelsea.

Nate se crispa. Il se serait passé de cette information qui l'obligeait à se la représenter nue sous le jet d'eau chaude. Il avait déjà trop souvent repensé au baiser qu'ils avaient échangé et qui l'avait poussé à garder ses distances, ces derniers jours.

D'un autre côté, Chelsea traversait une période difficile, et il ne pourrait pas lui tourner le dos tant qu'il la saurait en danger. Car le doute n'était plus permis : elle était dans la ligne de mire d'un individu prêt à tout pour la décourager.

Il raccompagna son cousin jusqu'au porche et s'y arrêta.

— Tu restes ici ? lui demanda Zach.

— Oui, pourquoi ? rétorqua Nate, sur la défensive.

Il avait dû être plus sec qu'il ne l'aurait voulu, car Zach haussa les sourcils et leva les mains en un geste d'apaisement.

— Du calme, vieux ! J'essayais de voir combien d'hommes je devais envoyer ici, pour assurer la sécurité des McGregor. Si tu restes, ça résout la question, du moins en partie.

— Compris. Et excuse-moi. J'ai les nerfs à vif, ce soir.

— Oublie ça. J'aime autant te savoir ici, avec ces gens adorables, qui m'ont l'air d'avoir grand besoin d'un ami.

— Je ne te le fais pas dire. Pour le reste, je t'appelle si jamais un nouveau détail revient à la mémoire de Chelsea.

— C'est tout à fait possible. Son subconscient pourrait rejeter l'événement en bloc. À moins que, comme tend à le montrer sa blessure, elle ait été agressée par-derrière.

— Qui d'autre qu'elle pourrait avoir la clé ? demanda Nate.

— Comment veux-tu que je le sache ? Si ça se trouve, elle a oublié de verrouiller une des portes, lui répondit Zach en se détournant pour éviter les rayons du soleil levant.

S'il faisait toujours aussi froid, la lumière était particulièrement bienvenue, après ces jours de grisaille.

— Nous sommes à deux semaines de Noël, reprit Nate. Si ça se trouve, Zucker s'est mis en tête de réunir sa petite famille pour l'occasion.

— J'y ai pensé, sauf que cet incendie aurait pu tuer Chelsea.

Nate continua à penser à voix haute.

— Auquel cas, il guettait peut-être la suite des événements, dans l'intention de se porter à son secours et de jouer les héros.

— Il faudrait qu'il soit sacrément tordu, répliqua Zach. Et qu'il se soit convaincu que la disparition de Chelsea lui permettrait d'obtenir la garde de la petite, en plus de mettre la main sur son héritage.

Zach frotta énergiquement son menton avant de conclure :

— Quoi qu'il en soit, j'ai la ferme intention de creuser dans son passé, histoire de savoir où il était passé, ces quatre dernières années.

— Toujours rien sur les antécédents de Reggie ? demanda Nate. Et ne te réfugie pas derrière le secret professionnel, s'il te plaît. J'aimerais simplement savoir à quoi m'attendre. Je te rappelle qu'il boite.

— Je ne sais pas grand-chose, si ce n'est qu'il a été arrêté à plusieurs reprises pour des délits mineurs et qu'il vit de petits boulots. Au-delà de ça et du fait que le chef de la police de Boissier l'a à l'œil, il n'y a rien à dire.

Le téléphone de Nate retentit quasiment au même moment que celui de son cousin. Les deux hommes échangèrent un regard avant de répondre, chacun de leur côté.

— Oui, Deacon, dit Nate à son frère. Comment ça va ?

— Plutôt bien. Je t'appelais pour te poser la même question. Ça fait un moment qu'on ne s'est pas vus, et j'ai entendu dire que Reggie Barstok avait une patte folle. La gauche… Tu crois qu'il y a un lien avec l'affaire des génisses ?

— Je suis chez Chelsea McGregor, avec Zach, et nous en parlions, justement.

— Parfait. Inutile de te dire que plus nous tardons à trouver le coupable, plus les gens du coin paniquent, ajouta Deacon.

— Je sais. Avec tout ce qui se passe en ce moment, la tension monte. J'ai l'intention de rester chez les McGregor jusqu'à ce que ça se calme un peu, pour Chelsea. Tu crois pouvoir t'en tirer, au ranch, si je m'absente pendant quelques jours ?

La question de Nate fut suivie d'un silence de mauvais augure.

— Chelsea…, reprit enfin Deacon. Chelsea McGregor. Ce n'est pas la mère de la nouvelle élève de Mme Eaton, par hasard ?

— Si, j'avais complètement oublié qu'elle pouvait être dans la même classe que Connor, avoua Nate, un peu honteux d'avoir négligé sa famille, ces derniers temps.

La faute en incombait à Mia, là encore. Car Nate était trop vexé d'être tombé dans le piège d'une femme capable de mentir sur l'état de santé de sa propre sœur pour se consacrer à sa fratrie.

Était-ce pour cela qu'il se sentait si proche de Chelsea ? Parce que, comme lui, elle avait été mystifiée ?

Nate voulait bien reconnaître qu'il avait sa part de responsabilité, dans l'affaire. Il aurait dû être plus vigilant, et il se reprochait d'avoir fermé les yeux pendant si longtemps. Et puis, comment avait-il pu envisager, même momentanément, de se fixer avec une seule personne ?

Sans doute avait-il été influencé par le bonheur que

plusieurs de ses frères avaient trouvé en se mariant et en fondant une famille.

Mais ce genre d'engagement n'était pas pour tout le monde, de sorte que Nate s'interrogeait sur son attirance pour Chelsea. Non qu'elle ait quoi que ce soit en commun avec Mia, bien au contraire. Mia avait vite tenté de l'emprisonner alors que Chelsea paraissait sur le point de s'enfuir en courant dès qu'ils se frôlaient accidentellement, dans sa minuscule cuisine.

— On a été coupés ? lui demanda Deacon, le faisant sursauter.

— Non, pourquoi ? Tu disais donc… ?

En aucun cas, Nate n'avouerait à son frère qu'il avait cessé de l'écouter dès qu'il avait été question de Chelsea. Deacon se serait payé sa tête, s'il l'avait su.

— Que je peux te remplacer pendant quelques jours. Pas plus, parce que nous sommes surchargés de travail, en ce moment. Tu penses en avoir pour longtemps chez les McGregor ? Connor va être jaloux ! Il a l'air de bien l'aimer, la « nouvelle », comme il l'appelle. Il parle souvent d'elle, mais je ne connais toujours pas son prénom.

— Skylar, murmura Nate, en pensant avec une certaine tendresse au visage poupin de la fillette et à ses boucles folles. À croquer, vraiment ! C'est bien qu'elle se fasse des camarades, ajouta-t-il. Ça ne doit pas être facile, de faire une rentrée en cours d'année scolaire.

— Effectivement. J'ai vu ça avec Connor, quand il est arrivé au ranch, commenta Deacon.

Nate sourit intérieurement. Son frère s'était bonifié, depuis qu'il élevait le fils de sa compagne, Leah. Cela valait aussi pour Mitch et Will qui avaient trouvé le bonheur dans la stabilité.

— Bon, il faut que je te quitte, Nate. Si tu as besoin de l'un d'entre nous, n'oublie pas qu'on est là.

— Je sais, et je vous en suis reconnaissant.

Nate était sincère, en disant cela. Le soutien des siens lui était infiniment précieux.

Cela le ramena à Chelsea et à sa mère, qui semblaient s'en être sorties sans aide extérieure et étaient, de toute évidence, très attachées l'une à l'autre. Linda était un personnage haut en couleur et, malgré l'amour qu'elle portait manifestement à sa fille, on sentait que quelque chose s'était brisé en elle à un moment donné.

Zach mit fin à sa conversation téléphonique une minute plus tard, se tourna vers Nate et dit :

— C'était Patty. Elle est inondée d'appels depuis l'incendie. Les gens veulent savoir ce qui s'est passé, ils penchent pour l'œuvre d'un pyromane et, va savoir pourquoi, ils commencent à établir un lien avec le problème des génisses.

— Chelsea pense avoir été frappée *avant* que le feu se déclare. Ça irait plutôt dans le sens d'un incendie volontaire, non ? lui renvoya Nate

— Tout à fait. D'ailleurs, c'est probablement la conclusion à laquelle en viendra le capitaine Benton. Jacobstown est en ébullition avec cette histoire de génisses.

— Ça n'est pas nouveau, seulement on ne passe pas du grade de boucher à celui d'incendiaire comme ça, du jour au lendemain. Je ne vois pas le rapport.

— Je suis d'accord avec toi, mais essaie de faire comprendre ça à Ray Royce ou à Betty Orson. L'inquiétude commence à laisser place à la panique, pour ne pas dire à l'hystérie. Ça ne va pas nous aider à démasquer le coupable ! Bref. J'ai des coups de fil à passer, alors je…

Zach s'interrompit en voyant une camionnette blanche ralentir devant la maison de Chelsea.

Un jeune homme en émergea, puis la contourna pour aller ouvrir la portière du passager. Il en tira un énorme bouquet de fleurs qu'il posa en équilibre sur son bras, le temps de refermer la portière. Lorsqu'il se tourna vers Zach et lui, Nate reconnut Sammy Orr, un camarade de classe d'Amber, employé par le fleuriste local.

— Des fleurs, souffla Zach. Il y aurait un homme dans la vie de Mme McGregor ? Si c'est le cas, elle a omis de me le dire.

— À moi aussi, renchérit Nate, fouillant dans sa mémoire, avant de penser qu'il le saurait, depuis le temps.

Et quid de ce baiser passionné qui le perturbait tant ? Nate n'était pas du genre à embrasser une femme déjà engagée dans une relation, et il estimait trop Chelsea pour imaginer qu'il n'en aille pas de même pour elle.

Sammy s'arrêta au bas des marches du porche.

— J'ai une livraison pour Mme McGregor. Elle vient d'emménager, non ? Ça fait plaisir de voir la maison Barstok occupée.

— De la part de qui ? demanda impérieusement Nate, avançant vers Sam dont le visage disparaissait presque derrière les fleurs.

— D'un certain Renaldo Vinchesa, répondit le livreur. Bien. Mme McGregor est chez elle ? Sinon, je laisse ça à l'un de vous deux.

— Je le prends, dit Nate en s'emparant de la bonne douzaine de roses mises en valeur par des feuillages dont il ignorait le nom. L'ensemble était harmonieux, délicieusement parfumé…

— Il y a une carte à l'intérieur, précisa Sammy.

Nate tendit le bouquet à son cousin, le temps de fouiller dans sa poche à la recherche d'un pourboire.

Sammy s'en empara, le remercia et prit aussitôt congé.

Nate le regarda s'éloigner, la mâchoire serrée. Il fallait qu'il ait une sérieuse conversation avec Chelsea, le plus vite possible.

Chelsea, installée sur le canapé, regardait par la fenêtre. Rofert dormait paisiblement à ses pieds, et pour la énième fois depuis son arrivée, elle se dit que le chien lui était du plus grand réconfort en cette période troublée. Voyant un livreur confier un somptueux bouquet à ses visiteurs, elle écarquilla les yeux.

Qu'est-ce que c'était encore que ça ?

Nate entra par la porte principale, la mine grave. Il ne semblait pas plus ravi qu'elle par l'arrivée des fleurs, et elle ne tarda pas à comprendre la raison de sa contrariété. Il devait s'imaginer que le bouquet provenait d'un homme qu'elle aurait connu à Houston et qu'elle continuait à voir.

D'une certaine manière, sa réaction était flatteuse. Peut-être tenait-il plus à elle qu'il ne le laissait paraître, après tout. Depuis qu'il l'avait embrassée, il se montrait si distant qu'elle en était venue à penser qu'il regrettait son geste.

En même temps, si ces fleurs lui avaient été envoyées par Travis…

— D'où viennent-elles ? demanda-t-elle à Nate, n'y tenant plus.

Il déposa les fleurs sur la table basse et, au grand amusement de Chelsea, recula aussitôt d'un pas.

— De Renaldo Vinchesa, répondit-il sobrement.

— Quoi ? s'exclama-t-elle en se levant d'un bond pour chercher une carte sous le papier cellophane.

Nate avait dû deviner son intention, car il lui tendit la carte, sur laquelle était inscrit :

Pardonnez ma bêtise. Tous mes vœux de réussite dans votre nouvelle entreprise.

C'était bien la signature de Vinchesa ; Chelsea l'avait vue assez souvent pour en être certaine.

Après avoir regagné le canapé, elle leva vers Nate un regard gêné.

— Renaldo a été mon patron, lui expliqua-t-elle en reposant la carte.

— Oui, oui, je m'en souviens à présent, marmonna Nate, les bras croisés en une posture si défensive qu'on aurait cru qu'il craignait d'être agressé.

— Nous n'avons eu aucune relation qui ne soit pas liée à notre profession, s'empressa de préciser Chelsea.

— Ça ne me regarde pas, lui renvoya-t-il froidement.

Chelsea accusa le coup. À en juger par son expression, il nourrissait quelques doutes sur la question.

13

— Tu ne trouves pas suspect qu'il m'ait menacée de ternir ma réputation quand je lui ai donné ma démission, et qu'il me fasse parvenir ces fleurs alors qu'on vient de m'agresser et de mettre le feu à ma pizzeria ? demanda Chelsea, de nouveau frappée par l'horreur de sa situation.

Ce qui aurait été son restaurant – sa réussite – n'était plus qu'un petit tas de cendres. Tous ses efforts avaient été réduits à néant, et elle avait besoin d'argent.

Désespérément, car en plus de ne plus avoir de quoi se payer un nouveau four à pizzas, elle n'était pas assurée. Restait l'assurance relais dont Nate lui avait parlé. À condition bien sûr que sa grand-tante en ait pris une, et rien n'était moins sûr.

Nate vint s'asseoir à côté d'elle, l'encourageant ainsi à continuer :

— Je peux te montrer les SMS de Renaldo si tu ne me crois pas…

Elle sursauta en entendant un crissement de pneus sur le gravier. Nate se leva aussitôt pour aller jeter un coup d'œil par la fenêtre.

— C'est ta mère, dit-il.

Chelsea se remit à respirer normalement. Tous ces événements l'avaient vraiment mise à cran. Rofert s'agita, mais

Nate le maintint au sol en lui grattant le museau. Voyant Chelsea étouffer un bâillement, il se tourna vers elle et dit :

— On parlera de ton ancien patron quand tu te seras reposée. D'ailleurs, tu ne devais pas aller te doucher ?

— Si, mais…

Elle s'interrompit, peu disposée à avouer ce qui l'en avait empêchée.

— Mais quoi ? Il s'est passé quelque chose ? Tu as entendu un bruit ?

La sollicitude de Nate lui réchauffa le cœur.

— J'ai eu peur de monter à l'étage toute seule, finit-elle par admettre, les yeux baissés, se sentant terriblement vulnérable.

Nate lui glissa une main sous le menton pour l'obliger à le regarder.

— Tranquillise-toi, Chelsea. Tant que je suis dans les parages, tu ne risques rien. Je veille sur toi.

— Il y a quelqu'un ? cria Linda, du bout du couloir.

— On est là, maman, lui répondit Chelsea.

— Oh ! bonjour, Nate ! s'exclama Linda en entrant dans la pièce.

— Madame, lui répondit-il avec un large sourire.

— Je monte me laver, annonça Chelsea.

Elle était si faible néanmoins qu'elle dut s'arrêter au bout du canapé et s'y accrocher pour conserver son équilibre.

— Appuie-toi sur moi, dit Nate en lui glissant un bras autour de la taille pour la soutenir.

Elle s'exécuta et tira un certain réconfort de sa force. Il l'aida à monter les marches à son rythme, puis l'accompagna jusqu'à sa chambre. Elle sentit son corps s'embraser à son contact et, pour une fois, ne se le reprocha pas.

Il resta sur le seuil de la pièce, le dos tourné, le temps qu'elle se déshabille et enfile son peignoir de bain qui, par chance, touchait presque le sol. Cela ne lui fit pas oublier pour autant qu'elle était nue sous le vêtement en éponge lorsque Nate revint vers elle pour l'aider à gagner la salle de bains.

Ces dernières heures avaient été si éprouvantes qu'elle se sentait au bord de la syncope.

— Tu veux bien m'attendre ici, à l'étage ? lui demanda-t-elle.

Elle savait que sa peur était parfaitement irrationnelle, et qu'elle trouverait bien un moyen de la surmonter… plus tard. Pour l'instant, elle avait besoin de la présence rassurante de Nate.

— Bien sûr, répondit-il de cette belle voix dont la sensualité était comme une caresse sur sa peau.

Une fois enfermée dans la salle de bains, elle s'appuya sur la porte. Le film des événements de la nuit lui revint avec une telle force qu'elle craignit que ses jambes ne la lâchent. Il ne fallait pas qu'il lui arrive quoi que ce soit. Que feraient sa mère et Skylar sans elle ?

Plutôt que de s'apitoyer sur son sort, elle se redressa et entreprit de faire couler l'eau.

En entendant craquer le parquet, elle comprit que Nate, fidèle à sa promesse, l'attendait sur le palier. Cela lui permit de mesurer à quel point elle comptait sur lui.

Trop sans doute pour son propre bien.

— J'ai parlé à Zach des exploits de ton ancien patron. Il a vérifié ses notes et a vu que tu lui avais signalé certains incidents le concernant dès votre premier entretien, annonça Nate à Chelsea, lorsqu'elle ressortit de la salle de bains.

Elle vint s'asseoir près de lui, sur le lit, et le parfum fleuri de son gel douche provoqua en lui une réaction physique des plus malvenue.

Il était temps qu'il se ressaisisse.

Il tenta de se convaincre que son émoi était dû au fait

qu'il n'avait eu aucune relation digne de ce nom depuis sa rupture avec Mia, et s'aperçut aussitôt que ce n'était pas l'entière vérité. S'il était resté relativement chaste depuis lors, c'était faute d'avoir éprouvé la moindre attirance pour une autre que Chelsea.

— Allez, lui dit-il en repoussant les draps et la couverture. Couche-toi.

Le regard qu'elle lui jeta le fit rire.

— Ne t'inquiète pas, je n'ai pas pour habitude d'aller là où je ne suis pas invité, crut-il bon de préciser.

— Ce n'est pas le problème, dit-elle d'une voix si basse qu'il faillit ne pas l'entendre.

L'instant d'après, elle se glissait entre les draps. Nate se rapprocha encore, aussi nerveux qu'un collégien.

— Dis-moi, qu'est-ce qu'elle a de si spécial, la photo que tu ranges dans ton portefeuille, pour que tu t'en sois inquiétée aussi vite ? demanda-t-il.

Son geste l'avait intrigué, et il n'avait pas eu l'occasion de l'interroger à ce sujet.

Chelsea se détendit un petit peu, se redressa et ramena le drap et les couvertures sous son menton. Elle garda un coin du drap serré entre son pouce et son index de la main gauche.

Tiens, elle était gauchère, comme lui ? Nate fut surpris de ne pas s'en être aperçu avant, alors qu'il avait remarqué la fossette qui lui creusait la joue quand elle souriait. Ça, sa peau de pêche et ses immenses yeux. Il y avait aussi ces taches de rousseur qui bordaient sa lèvre supérieure et nombre d'autres détails auxquels il avait pensé plus souvent qu'il ne voulait se l'avouer.

— C'est mon père qui a pris cette photo, expliqua-t-elle. Maman le trouvait très doué.

Elle haussa les épaules, comme pour signifier à Nate que cela n'engageait que Linda.

— Qu'est-il devenu ?

— Excellente question. Il est sorti acheter du lait, un beau matin, peu avant mon deuxième anniversaire, et il n'est jamais revenu. Je ne crois pas que maman ait été vraiment heureuse, depuis lors. Toutes ces années de solitude...

Sa voix s'était brisée, sur la fin. Manifestement, la plaie était toujours à vif, même après tout ce temps.

— La désertion de ton père m'apparaît comme une bonne raison de rester célibataire, commenta Nate sans réfléchir.

Voyant Chelsea froncer les sourcils, il s'empressa d'ajouter :

— Moi, par exemple, je préférerais passer le restant de mes jours seul, plutôt que risquer le chagrin d'amour.

Ces mots avaient à peine franchi le seuil de ses lèvres qu'il se le reprocha : Chelsea avait vécu une expérience similaire à celle de sa mère. Décidément, il était bien maladroit, ce matin.

De nouveau, elle haussa les épaules.

— Je suppose que tu as raison. Je n'ai jamais connu l'amour fou. Je tenais à Travis, bien sûr, mais j'étais jeune et naïve quand je l'ai rencontré, c'est pourquoi je ne savais pas quelles qualités rechercher chez une personne. Rien de grandiose, je crois. Et puis je suis tombée enceinte. Apparemment, les antibiotiques et la pilule ne font pas bon ménage.

Elle jeta à Nate un regard penaud.

— N'empêche que j'ai souffert le martyre quand Travis m'a quittée. Je ne crois pas que son départ m'ait vraiment mise en colère. Je lui en ai surtout voulu pour Skylar. Et je ne te parle pas de ce que j'ai ressenti quand je me suis rendu compte qu'il m'avait tout pris, réduisant à néant des années de travail intensif. À l'époque, je n'imaginais pas qu'on puisse être aussi abject. Je vois les gens différemment, à présent, conclut-elle.

— C'est normal, non ? Il n'y a rien de plus dévastateur

que d'être trahi par un proche. Même si tu n'étais pas follement amoureuse de ton mari, il me paraît logique que sa duplicité t'ait blessée.

— On dirait que tu parles d'expérience, commenta Chelsea en bâillant à nouveau.

— Je te raconterai ça une autre fois. Pour l'instant, je préfère que tu te reposes, lui rétorqua-t-il.

Nate n'avait aucun mal à se contrôler, en temps normal, pourtant il dut se faire violence pour ne pas s'étendre aux côtés de Chelsea. Elle avait besoin de sommeil. Si elle l'invitait à partager sa couche, ils ne se reposeraient ni l'un ni l'autre.

Lorsqu'il fit mine de se lever, elle le retint par le bras.

— Tu restes près de moi jusqu'à ce que je m'endorme ?

— Je vais faire mieux que ça. Je vais rester ici jusqu'à ton réveil. Ce fauteuil me conviendra parfaitement, dit-il en désignant le meuble, dans un coin de la chambre.

Il se retourna juste à temps pour la voir sourire, fermer les yeux puis relâcher son emprise sur le coin du drap.

Chelsea se réveilla en sursaut, comme oppressée. À peine eut-elle ouvert les yeux qu'elle sentit une présence masculine à son chevet, dans l'obscurité.

— Tout va bien, la rassura Nate.

Elle sentit le matelas s'affaisser à côté d'elle et demanda :

— Quelle heure est-il ?

— Bientôt 3 heures, lui répondit-il en allumant l'écran de son téléphone avant de le reposer sur le lit.

— J'ai dormi tout ce temps-là ? demanda-t-elle en se frottant les yeux.

— J'en ai bien peur, oui. Ta mère s'est occupée de Skylar, ne t'inquiète pas.

— Et toi ? Tu as veillé ? Tu ne dors donc jamais ?

— Peu. De temps à autre, je passe un week-end entier au lit pour me rattraper. C'est une méthode qui en vaut une autre et…

Chelsea l'interrompit d'un cri étouffé.

— Skylar sait que tu es là ?

— Oui, répondit-il d'un ton d'excuse. C'est d'ailleurs pour ne pas la réveiller que j'ai laissé les lumières éteintes. Je lui ai expliqué que tu avais eu un accident au travail et que je voulais veiller sur toi. Ça a eu l'air de lui convenir, comme explication.

Quand Travis l'avait quittée, Chelsea s'était promis que sa fille ne verrait pas passer un cortège d'hommes à la maison. Elle avait le souvenir d'avoir séjourné avec sa mère chez une cousine dont les enfants en bas âge avaient un « tonton » différent chaque semaine. À l'époque, ça l'avait beaucoup perturbée et aujourd'hui qu'elle était adulte, elle trouvait ça malsain.

S'il lui paraissait naturel qu'une mère célibataire ait une vie sexuelle, ce à quoi elle commençait à aspirer, elle aussi, il était hors de question que ce soit le défilé permanent sous son toit. Sa mère l'avait bien éduquée à ce niveau-là aussi.

— Qu'est-ce qu'il y a ? demanda Nate avec inquiétude. J'ai fait une bêtise ?

Chelsea poussa un long soupir et tenta de se détendre.

— Non, non. Pour une fois, Skylar s'en remettra. Du moins je l'espère.

— Elle a vu que j'étais toujours habillé, déclara-t-il avec un sourire un peu trop sexy au goût de Chelsea. Et elle m'a demandé si je ne pouvais pas dormir ici tout le temps.

— Et ma mère ? s'enquit Chelsea.

— Linda ? Même réaction, sauf qu'elle a voulu savoir ce que je prendrai au petit déjeuner.

Chelsea se renfrogna légèrement. Était-elle paranoïaque sur le sujet ?

Quoi qu'il en soit, elle avait d'autres sujets d'inquiétude, bien plus graves. On l'avait agressée, et il se pouvait qu'on veuille sa mort. Il était donc temps de réfléchir à l'avenir.

— J'ai un mal de tête épouvantable, dit-elle à mi-voix.

Nate s'empara d'un flacon de comprimés analgésiques et du verre d'eau, posés sur sa table de nuit.

— Tiens, j'avais prévu le coup, murmura-t-il, toujours souriant… et toujours sexy en diable.

Chelsea laissa tomber un comprimé dans sa main ouverte.

— Tu n'en prends qu'un ? lui demanda Nate d'un ton étonné.

— Pour l'instant, oui. Je tiens à avoir les idées claires, si jamais Skylar a besoin de moi.

— J'ai reçu un SMS de Zach, tout à l'heure. D'après la serveuse du Last Bite Diner, Reggie est devenu un de ses habitués. Apparemment, il débarque toujours à des heures bizarres.

— C'est toujours lui, le suspect numéro un pour ton cousin ?

— Non, ton ancien patron l'a remplacé depuis qu'il t'a fait livrer des fleurs.

Se souvenant qu'elle n'avait toujours pas montré les SMS insistants de Vinchesa à Nate, Chelsea se pencha pour attraper son sac et crut que sa tête allait exploser.

— Que cherches-tu ? lui demanda Nate en la voyant faire la grimace.

— Mon sac. Je l'ai posé sur la coiffeuse, et mon téléphone doit être dedans.

Lorsqu'elle eut l'appareil en main, elle vit que trente-sept messages l'attendaient. Certains provenaient de ses fournisseurs, d'autres – vingt-trois, précisément – de Renaldo dont elle n'avait pas effacé le numéro pour ne pas lui répondre par étourderie.

Vingt-trois messages qu'elle avait ignorés pour la plupart, dans l'espoir que Vinchesa finirait par se lasser.

Les plus anciens, les plus vindicatifs, furent les premiers qu'elle montra à Nate :

Je causerai ta perte

Tu ne trouveras plus jamais de boulot, espèce de salope.

Réponds-moi !

Tu ne vas pas t'en tirer comme ça. Fais gaffe, parce que je pourrais être là où tu t'y attends le moins.

— Et tu as travaillé pour ce type ? demanda Nate, manifestement choqué.

— Ces trois dernières années, oui, admit Chelsea, honteuse malgré elle.

— Tu n'as pas trouvé d'autre chef pour t'embaucher ? insista-t-il en continuant à lire les messages, une expression de plus en plus indignée sur le visage.

— Hé non ! Vinchesa a une certaine influence dans le monde de la restauration. Quand il m'a embauchée, j'étais aux anges. J'avais tout perdu, je croulais sous les dettes, il n'y avait pas beaucoup de travail là où je vivais. De plus, il fallait que je trouve quelque chose près de mon domicile parce que, pour couronner le tout, nous n'avions qu'une voiture. Travis était parti avec la mienne. Bref, j'étais au bord du gouffre financier quand j'ai entendu dire qu'un chef de renom recherchait un bras droit. J'ai été éblouie par son restaurant et, malgré tout ce que j'avais entendu dire sur son compte, je ne m'attendais pas à ce qu'il me fasse des avances aussi directes. Quand il a été confronté à ma résistance, la situation s'est singulièrement compliquée.

— Malgré tout ça, tu n'es pas partie ? lui lança Nate d'un ton réprobateur.

— Ma réputation m'avait précédée. Aux yeux du monde, j'étais une mauvaise gestionnaire. Et bien que plutôt douée dans mon domaine, je n'avais pas l'expérience du travail dans un vrai restaurant. Encore une fois, Renaldo était un personnage influent sur la scène gastronomique de Houston, et je n'avais pas les moyens de m'installer ailleurs.

Nate referma un poing, puis le déploya ostensiblement.

— Je connais quelques moyens de faire pression sur ce genre d'énergumène, dit-il d'une voix menaçante.

— Pour ne rien arranger, j'avais perdu toute estime de moi. Skylar était encore bébé, et il y avait maman… Je pouvais d'autant moins démissionner que Renaldo semblait bien décidé à me rendre la vie impossible. D'ailleurs, quand j'ai voulu lui rendre mon tablier, il m'a menacée de causer ma perte.

Chelsea s'était échauffée, tandis qu'elle parlait. Elle prit le temps de reprendre son souffle, avant de conclure :

— Il avait le pouvoir, et moi, j'étais… complètement démunie face à lui. Pour travailler ailleurs que chez le « grand Vinchesa », il m'aurait fallu des références que je n'aurais jamais obtenues. Bref, j'étais coincée, jusqu'à ce que le notaire de ma grand-tante me redonne espoir et confiance en l'avenir. Toute contente d'avoir un toit, pour la première fois en quatre ans, j'ai commencé à réfléchir à la suite. D'où l'idée de cette pizzeria dans laquelle j'ai mis trop d'énergie pour accepter l'idée d'un nouvel échec. Le problème, c'est que maintenant… je ne sais pas comment je vais faire.

Le simple fait de prononcer ces derniers mots l'avait mise dans un état proche de l'hystérie.

— Ça va aller…, commença Nate

— Ah oui ? Et comment ? J'ai tout perdu, l'interrompit-elle, en pleine panique.

— On trouvera une solution, poursuivit-il sans se démonter. Je refuse de te voir spoliée ainsi, Chelsea. Et comme je suis certain que ta pizzeria aura un succès fou, j'aimerais t'avancer de quoi remonter la pente.

Vu sa situation, Chelsea n'aurait pas dû être rassurée par cette offre dont elle tira pourtant un étrange réconfort.

— C'est vrai ? Tu ferais ça ?

— Tout à fait.

— Et pourquoi ?

— Parce que tu es une femme intègre, que tu as trop souvent dû faire face à l'adversité, et que tu mérites une pause. Ça te suffit comme raison ou il faut que j'ajoute que j'ai horreur de l'injustice ?

Chelsea laissa retomber sa tête en arrière. La proposition lui paraissait d'autant plus alléchante qu'elle ne voyait pas d'autre solution si elle voulait assumer ses responsabilités envers Skylar et Linda.

— À condition que ce ne soit qu'un prêt, Nate.

— On verra ça plus tard, et c'est toi qui géreras.

— Avant tout, il faut que je fasse mes comptes pour savoir où j'en suis.

— Ça me paraît logique, dit-il distraitement. Ah, et il va falloir qu'on montre ces SMS à Zach. Ça devrait l'intéresser. Il se peut même qu'il veuille faire le déplacement jusqu'à Houston pour dire deux mots à Vinchesa.

— Tu n'as pas tout vu, lui fit-elle remarquer. Lis les textos les plus récents.

Je me suis conduit comme le dernier des abrutis.

Pardonne-moi.

Chelsea ? Réponds-moi, s'il te plaît. Encore une fois, je suis désolé.

— Il a envoyé le dernier deux heures avant l'incendie, lui fit remarquer Nate.

— Renaldo est un colérique, répondit-elle. Totalement imprévisible. Il commence par s'emporter, et il réfléchit ensuite. En revanche, je ne le crois pas idiot au point de me menacer par écrit avant de mettre le feu à mon restaurant.

Cela dit, Chelsea n'avait jamais compris le fonctionnement de son ancien patron. Pourquoi fantasmait-il sur elle, pour commencer ? Et pourquoi s'acharnait-il ainsi, tout en sachant qu'elle ne voulait pas de lui ?

Elle avait souvent réfléchi à la question, étant enfant. Dès l'âge de douze ans, elle avait compris que sa mère dépendait toujours moralement du mari qui l'avait abandonnée.

— D'après mon expérience, c'est à leurs paroles et à leurs actes qu'on juge les gens. Seuls les plus calculateurs ne se font pas pincer tout de suite, commenta Nate en s'emparant du téléphone. J'aimerais bien qu'on m'enferme avec ce type pendant quelques minutes, pour voir s'il joue toujours les gros durs.

Nate avait déjà commencé à photographier les messages de Renaldo.

— Je vais les envoyer à mon cousin dès maintenant, pour qu'il les ait demain matin. Tel que je le connais, il appellera Vinchesa pour demander à le rencontrer. Ton ancien boss ne m'a pas l'air d'un criminel endurci, habitué à brouiller les pistes. Tu ne peux pas imaginer le nombre de malfrats qui craquent à la première anicroche.

— Et les autres ? s'enquit Chelsea.

14

— Les autres truands ? Ils sont effrayants. Les plus rusés, comme le malade qui s'en prend aux génisses de la contrée, ne se font pas pincer.

Nate était écœuré par l'ingéniosité avec laquelle certains réussissaient à couvrir leur comportement déviant.

Malgré un dispositif de sécurité renforcé, avec patrouilles et caméras, le « boucher de Jacobstown » restait introuvable. Indétectable aussi, car tout ce qu'on savait de lui, pour l'instant, c'est qu'il s'agissait d'un homme. Le scélérat avait commis une seule erreur en laissant l'empreinte d'une de ses chaussures derrière lui. Pour le reste, il avait veillé à ce qu'aucune trace ADN ne soit retrouvée sur les lieux de ses méfaits.

— Et tu crois que Reggie est si malin que ça ?

— On peut se poser la question : ce pauvre type a eu maille à partir avec la justice à plusieurs reprises pour des délits mineurs, et il a dû en tirer quelques leçons. Les gars comme lui apprennent de l'intérieur. Chaque fois qu'un de leurs crimes reste impuni, ils se sentent un peu plus forts – à juste titre, d'ailleurs, conclut-il amèrement.

Comme tous ses concitoyens un tant soit peu éclairés, Nate butait sur l'identité du tortionnaire de génisses. D'un autre côté, il ne voyait pas le même homme s'en prendre à Chelsea, au risque d'attirer l'attention sur lui. De son point de vue, il était peu vraisemblable que les deux affaires soient liées.

— Reggie me semble plus que suspect, murmura Chelsea. Il est venu à Jacobstown et il en est reparti presque à l'insu de tout le monde, avant de réapparaître au Last Bite Diner.

— C'est vrai, concéda Nate. Et nous ignorons depuis combien de temps il se déplace ainsi. La dernière fois que Zach l'a interrogé, il s'est muré dans le silence. Par ailleurs, bien que sa voiture soit immatriculée en Louisiane, les adresses figurant sur son permis et sur les papiers de sa voiture ne correspondaient pas.

— On n'a toujours aucun témoin de l'incendie ? s'enquit Chelsea.

— À part toi, non. On attend que le capitaine des pompiers nous fasse part de ses premières impressions.

Nate était confiant, à ce niveau-là. Il n'avait pas encore appelé Benton, parce qu'il pensait obtenir plus d'informations au cours d'un face-à-face.

Il regarda Chelsea boire une autre gorgée d'eau, songea soudain qu'il aurait les idées plus claires avec une dose de caféine, et s'enhardit jusqu'à demander :

— Sans vouloir réveiller toute la maison, je descendrais bien nous préparer un bon café. C'est possible ?

— Il va falloir que tu fasses doucement, alors. Ma mère et Skylar ont toutes les deux le sommeil léger.

Prenant sa réponse pour un assentiment, Nate ne se la fit pas répéter.

— Je t'en apporte une tasse ?

— À ton avis ? lui renvoya-t-elle avec un sourire dont il se réjouit.

Ce bref échange l'avait momentanément distraite de la tension qui commençait à marquer son joli visage.

— Entendu. Je reviens tout de suite. Tu as faim peut-être ?

— Je crois qu'il y a un bac de crème glacée dans le congélateur. Ça ne t'ennuie pas de le remonter ?

— Pas du tout, dit-il avant de s'enfoncer dans le couloir à pas de loup et sans faire craquer une seule latte du vieux plancher.

Une fois dans la cuisine, tandis qu'il regardait la machine crachoter son liquide brun, une nouvelle idée lui vint à l'esprit.

Et si le pyromane avait pris le restaurant pour cible parce que Chelsea hébergeait Rofert ? Elle avait été agressée, cela ne faisait plus aucun doute dans son esprit. Elle avait entendu une voix avant de s'évanouir, et si les vents avaient été moins forts, elle aurait sans doute succombé aux émanations de fumée.

Autre question : qui avait donné l'alarme ? Il faudrait que Nate se renseigne sur ce point. Il n'était pas rare que des criminels préviennent la police de leur propre méfait, surtout s'ils pensaient que leur victime était morte.

Bref, le message était clair. Son expéditeur essayait de faire comprendre à Chelsea qu'il pouvait l'atteindre à tout moment, en tout lieu… Sauf chez elle.

Rofert aurait entendu un étranger s'introduire dans la maison, les cadenas étaient sûrs, les fenêtres neuves…

Oui, atteindre Chelsea sous son propre toit était presque mission impossible.

Il se pouvait aussi que l'agresseur n'ait de rancœur qu'envers Chelsea elle-même et tienne à épargner son entourage. Cela pointait en direction de Travis Zucker, Reggie ne semblant pas du style à faire le distinguo. Il frappait généralement où il le pouvait, et Nate doutait fort qu'il se préoccupe d'éventuels dommages collatéraux.

Pour le reste, il était peu probable que le projet de Chelsea dérange certains habitants de Jacobstown. Nate n'avait entendu que des commentaires favorables concernant l'ouverture de la pizzeria dans ce local resté à l'abandon pendant trop longtemps.

Il secoua lentement la tête. Et s'il faisait erreur sur toute la ligne ? Si Chelsea était tout simplement tombée en provoquant un court-circuit fatal ? Après tout, elle avait pris un coup sur la tête, et il se pouvait qu'elle ne se souvienne pas des événements dans le bon ordre.

Nate avait vu suffisamment de victimes de traumatismes crâniens pour le savoir.

La machine à café se mit à biper, Nate remplit deux tasses du liquide bouillant, s'empara du bac de glace et d'une cuiller. Arrivé sur le seuil, il s'arrêta, revint sur ses pas et posa une des tasses sur le comptoir pour gratter les oreilles de Rofert qui se mit à remuer la queue.

Le pauvre. Il aurait du mal à quitter ses nouvelles maîtresses quand il serait temps pour lui de regagner le ranch.

Le lendemain matin, Nate fut réveillé par une délicieuse odeur de bacon montant de la cuisine et par les voix familières d'Amber et d'Amy, sa sœur et sa cousine.

Pris de panique, il se leva d'un bond et descendit précipitamment pour s'assurer que tout allait bien au ranch.

— Bonjour, Amber, cria-t-il depuis le couloir.

Il avait entendu Linda emmener Skylar à l'école puis revenir, et il s'était plus ou moins rendormi.

Il aurait sans doute glané une heure de sommeil supplémentaire, s'il ne s'était pas interdit de s'habituer à l'ambiance douillette de la maison des McGregor.

— Salut, Nate ! lança Amber en venant à sa rencontre, Amy sur les talons.

— Que se passe-t-il ? demanda-t-il en regardant les deux femmes tour à tour.

— Nous avons appris qu'il y avait eu un incendie à

la pizzeria et nous sommes venues voir si nous pouvions nous rendre utiles.

Nate sourit. Sa petite sœur et sa cousine étaient vraiment d'une gentillesse à toute épreuve.

— Bonjour, Nate, dit Linda. Merci infiniment d'avoir veillé sur ma fille, la nuit dernière.

— Tout le plaisir a été pour moi, lui renvoya-t-il d'un ton léger.

— Comment va-t-elle ? s'enquit Amber.

— Physiquement, beaucoup mieux.

— Mon frère nous a tout raconté, c'est terrible, une histoire pareille ! intervint Amy. Je suis navrée pour Chelsea. Même s'il semble qu'elle ait eu une chance folle de s'en tirer.

Bien que Nate soit tout à fait d'accord avec elle, sa priorité était ailleurs : café avant tout.

Il sortit une tasse d'un des éléments, se servit et but une gorgée du breuvage avant de se retourner.

Amy et Amber le considéraient avec un étonnement marqué.

Il comprit rapidement pourquoi : inconsciemment, il se comportait comme s'il était chez lui, ce qui n'était pas son genre.

— Je vois que Rofert vous a tenu compagnie, Linda, dit-il pour éviter d'avoir à expliquer une attitude à laquelle il ne voulait pas réfléchir lui-même.

— Il restera devant la porte jusqu'au retour de Skylar, expliqua Linda.

— Ça ne m'étonne pas, il adore les enfants, commenta Amber en lançant un regard attendri au chien roulé en boule sur le palier.

— J'ai préparé du bacon pour votre réveil à tous les deux. Je monte voir Chelsea, et je reviens, annonça Linda avant de sortir.

Aussitôt, « les filles », comme il les appelait, se mirent à bombarder Nate de questions :

— Alors, raconte ! commença Amber.

— Il n'y a rien à raconter – j'ai dormi dans un fauteuil, ce qui me vaut ce torticolis d'enfer.

Amber le dévisagea, les yeux ronds.

— Qu'est-ce que tu nous chantes là ?

— Je vous raconte ma nuit ! Ce n'est pas…

Il s'interrompit en comprenant son erreur.

— Ah, tu parlais de l'incendie ? Je croyais que vous en aviez discuté avec Zach.

— Tout à fait, mais tu le connais, il n'en dit jamais plus que ce qu'il juge nécessaire. D'après la rumeur, Chelsea a un cousin éloigné qui boite de la jambe gauche. C'est vrai ?

— Oui. Zach est en train d'enquêter sur son passé pour savoir ce qu'il a fait, ces dernières années.

— Et il serait l'auteur de l'incendie ? insista Amy.

— Rien n'est encore sûr, et je n'ai pas revu le capitaine des pompiers.

— C'est un incendie criminel, déclara Amy avec emphase. Mon frère en est convaincu.

— Si Zach le dit, c'est que l'enquête préliminaire est terminée, répondit Nate, tout content d'avoir une bonne nouvelle à annoncer à Chelsea quand elle se réveillerait.

Il termina son café et s'apprêtait à s'en servir un deuxième quand il remarqua un alignement de sacs remplis de provisions, ainsi qu'une pile de récipients en plastique contenant des plats cuisinés.

— C'est toi qui as apporté tout ça ? demanda-t-il à Amber.

— Oui. Avec Amy et le reste de la famille, on s'est dit que tes hôtesses auraient besoin d'un coup de main, au moins tant que Chelsea ne sera pas complètement remise.

— Merci, les filles. C'est vraiment sympa. N'oubliez pas de remercier les autres de ma part.

De légers bruits de pas résonnèrent dans le couloir, et une Chelsea un peu plus reposée pénétra dans la cuisine.

En la voyant ainsi, presque pimpante et ses cheveux blonds tombant sur ses frêles épaules, Nate eut un pincement au cœur.

— Bonjour, tout le monde ! lança Chelsea à la cantonade, son regard passant d'Amber à Amy.

Indéniablement, elles faisaient partie de la famille Kent, à en juger par la finesse de leurs traits.

— Bonjour, lui répondit l'une d'entre elles en se levant pour lui tendre la main. Je suis la sœur de Nate, Amber.

— Et moi, Amy, sa cousine, dit la seconde avant d'ajouter : Vous devriez rester allongée, non ?

— Bien que cette nuit de repos m'ait fait le plus grand bien, je vais m'asseoir avec vous, répondit Chelsea, trouvant préférable de se ménager dans l'immédiat.

— Café ? lui proposa Nate.

— Volontiers, lui répondit Chelsea.

Elle regarda autour d'elle et ajouta :

— Ma mère m'a dit que vous aviez apporté de quoi ravitailler toute une armée. Vous n'auriez pas dû…

Amber l'interrompit d'un geste de la main.

— C'est le moins qu'on puisse faire dans cette situation. De toute façon, nous avions prévu de venir nous présenter dans les jours à venir. Nous avons eu une telle charge de travail au ranch que nous avons sans cesse remis cette visite.

— C'est… vraiment très gentil, balbutia Chelsea, refoulant les larmes qui lui étaient montées aux yeux, même si elle commençait à penser que les laisser couler la soulagerait.

— Nous étions en train d'aider votre mère à ranger

tout ça quand Nate est descendu, expliqua Amy. Nous allons terminer ce que nous avons commencé, si ça ne vous dérange pas.

— Je vais vous aider, dit Chelsea.

Au moment où elle faisait mine de se lever, Nate posa une tasse de café devant elle.

— Autant te prévenir tout de suite. Une fois que ces deux-là se sont mis une idée en tête, on ne les arrête plus, dit-il d'un ton moqueur.

Chelsea se délecta de son sourire. Voir cet homme dans sa cuisine au réveil lui donnait des idées inopportunes.

En plus d'être intelligent et beau comme un dieu, il était doté d'un corps de rêve.

En d'autres termes, il constituait un véritable danger.

Chelsea pouvait perdre son entreprise et trouver un emploi, afin de subsister. Si on lui retirait sa maison, elle se relèverait, là encore. En revanche, pas question qu'elle se fasse voler son cœur.

Et en cet instant, elle se demanda s'il n'était pas déjà trop tard.

— Vous faites une équipe formidable, toutes les deux, dit-elle, admirative de la manière dont les deux femmes collaboraient.

On les sentait très proches l'une de l'autre, et les voir interagir lui fit prendre conscience de tout ce qui la séparait de Nate.

Il descendait d'une famille soudée, alors que Chelsea, si elle adorait sa mère, avait toujours perçu chez elle une certaine retenue, sans doute due à son instinct de préservation.

Elle n'en voulait pas à Linda de se protéger ainsi… Elle se savait aimée, bien sûr, mais sa mère n'avait jamais pu rassembler les morceaux de son cœur en miettes, d'où sa réserve à son égard.

C'était exactement ce qui arriverait à Chelsea, si elle s'attachait à Nate.

Encore une raison pour elle de garder ses distances.

Quelques jours passèrent sans nouvel incident.

Cette rencontre avec la sœur et la cousine de Nate amena Chelsea à regretter que Skylar ne grandisse pas dans une atmosphère aussi chaleureuse et équilibrée que celle qu'elle avait perçue chez les Kent.

Pourtant, elle avait l'impression de s'en sortir plutôt bien dans son rôle de mère.

Nate avait élu domicile dans la chambre d'amis, au rez-de-chaussée. Chelsea avait eu beau lui affirmer qu'elle était suffisamment en forme pour qu'il retourne au ranch, rien n'y avait fait.

Le fait qu'il passe ses nuits sous son toit la ramenait constamment au danger auquel elle avait échappé.

Elle était *toujours* en danger, d'ailleurs, et le resterait tant que l'individu qui l'avait agressée avant de mettre le feu à son restaurant serait en liberté.

Steve Benton, le capitaine des pompiers avait initialement conclu à un incendie volontaire, notant toutefois que le feu était parti de l'intérieur. En outre, si le malfaiteur avait laissé des traces d'ADN sur le lieu du sinistre, elles avaient été détruites par les flammes, de sorte que Zach n'avait toujours pas démasqué le coupable.

Par bonheur, il s'était avéré que Maddie Barstok avait contracté une assurance relais, ce qui signifiait qu'en plus de ne pas tout avoir perdu, Chelsea n'aurait besoin d'emprunter d'argent à personne. Elle avait sa fierté, après tout !

L'inauguration de la pizzeria avait été repoussée à fin février au plus tôt, ce qui ajoutait encore à son stress.

Ce serait juste, au niveau financier, mais si elle ne faisait pas de folies, elle pensait pouvoir tenir jusque-là.

Nate pénétra dans la cuisine où elle s'était installée avec son café.

— Je viens d'avoir Zach au téléphone, annonça-t-il.

— Et ?

— Ce qu'il a découvert risque de ne pas te plaire. Ton ex a passé les trois dernières années derrière les barreaux. Pour possession illégale d'armes à feu.

15

Chelsea n'en crut pas ses oreilles. Travis était malhonnête, elle le savait, seulement de là à avoir été condamné pour une raison pareille…

La nouvelle fit naître en elle une idée plutôt réconfortante, pour une fois :

— Attends, ça signifie qu'il n'obtiendra jamais la garde de Skylar ? murmura-t-elle.

— Au mieux, on pourrait lui accorder un droit de visite sous surveillance, lui confirma Nate.

Chelsea ne tenta pas de dissimuler son soulagement. Travis était beaucoup plus dangereux qu'elle ne l'avait pensé, et il lui aurait été insupportable d'être forcée de lui confier Skylar.

— Et si je n'étais plus là ? demanda-t-elle. S'il m'arrivait malheur ?

— Là, ce serait beaucoup plus compliqué. Skylar vit depuis toujours avec ta mère et toi. D'un autre côté, il suffirait que Zucker ait un emploi stable et parvienne à prouver que son domicile est plus adapté que le tien pour…

Chelsea ne le laissa pas terminer.

— Ma mère resterait le meilleur recours, s'obstina-t-elle, tout en gardant à l'esprit – sans doute comme Nate – que la santé précaire de Linda pourrait constituer un obstacle, donc un argument en faveur de Travis.

Elle s'était mise à redouter le moment où son ex-mari se présenterait chez elle avec un document officiel établissant son droit à voir leur fille, voire à l'élever lui-même, alors qu'il n'avait aucune chance devant un tribunal. Ses menaces de l'autre jour n'étaient que des paroles en l'air, ce dont il devait être conscient.

— Et je suppose que Zach n'a aucune idée de l'endroit où Travis peut se trouver, dit-elle.

— Aucune.

Pour autant que Chelsea le sache, son ex n'avait pas été vu dans les parages depuis sa visite surprise à la pizzeria.

— Il savait que je m'apprêtais à ouvrir un restaurant, reprit-elle. Je me demande depuis combien de temps il me surveillait.

— Bonne question. D'après Zach, il est en liberté conditionnelle depuis peu, et il voit son contrôleur judiciaire le deux de chaque mois.

— Il devait sortir d'un de ces rendez-vous, le jour où il est venu à Jacobstown, dit-elle.

— Cela dit, s'il est l'auteur de l'incendie, il se pourrait qu'il n'honore pas le prochain rendez-vous, lui fit remarquer Nate avant de lui proposer un deuxième café, qu'elle accepta.

Après l'avoir servie, il la regarda droit dans les yeux et déclara solennellement :

— Zucker ne s'approchera ni de toi ni de Skylar tant que je serai là. Tu le sais, j'espère ?

— Oui, répondit-elle, non sans une certaine tristesse.

Tant que Nate serait là… Or il ne pourrait pas rester indéfiniment. Il avait des responsabilités au ranch où, d'après ce qu'elle avait compris, on manquait de main-d'œuvre.

— Il faudra bien que tu reprennes le travail à un moment ou à un autre, dit-elle. Je me sens déjà assez coupable de t'avoir accaparé tout ce temps, alors que tes frères et ta sœur ne savent plus où donner de la tête. J'ai lu un certain nombre d'articles sur la gestion d'un ranch, et j'en ai déduit que l'exploitation du vôtre occupe tous les membres de ta famille, aussi nombreux qu'ils soient.

— Une chose est certaine : gérer un ranch n'est pas le moyen le plus facile de gagner son pain. Comme je crois te l'avoir expliqué, c'est surtout un mode de vie. Mes ancêtres ont acheté le terrain il y a une éternité, et ont obtenu les droits miniers qui y étaient associés. Nous sommes privilégiés, et nous en sommes conscients. Nos parents ont veillé à ce que nous ne l'oubliions pas.

— Je regrette de ne pas les avoir connus. Ils devaient être extraordinaires, et je suis presque sûre qu'ils auraient su me conseiller. Je crains de commettre un tas d'erreurs, dans ma manière d'élever Skylar.

— Tu plaisantes ? s'écria Nate. Tu aimes ta fille plus que tout au monde, et à mon sens, c'est principalement d'amour que les enfants ont besoin.

Il avait raison. Chelsea aurait effectivement fait n'importe quoi pour sa fille, ce qui aurait été vain si celle-ci ne s'était pas sentie aimée.

Elle-même avait souvent eu l'impression, étant enfant, de ne pas suffire à l'épanouissement de sa mère. Devenue adulte, elle avait compris que Linda portait le deuil d'un mari qui s'était volatilisé. En fait, c'était sûrement la présence de Chelsea qui avait empêché sa mère de sombrer complètement dans la dépression.

— C'est vrai, dit-elle à Nate. J'ai peut-être un peu trop tendance à me concentrer sur mes éventuelles erreurs dans mon rôle d'éducatrice. C'est un travail important, et je n'ai pas le droit d'échouer.

Nate prit place sur la chaise voisine de celle de Chelsea et posa ses mains sur les siennes.

— Tu sais, lui dit-il. J'ai été au contact d'un certain nombre de bébés, ces derniers temps. Ça m'a aidé à comprendre un tas de choses, notamment qu'il n'y a ni parents ni enfants parfaits. Cela dit, en toute honnêteté, la bienveillance et l'amour m'apparaissent comme les ingrédients qui mènent à une relation parfaite entre les deux générations.

— Dit comme ça, ça semble évident, murmura Chelsea.

Bien que la proximité de Nate la mette en émoi, elle parvint à lui sourire.

Il se pencha vers elle au moment même où les pas de Linda résonnaient dans le couloir.

Il se leva, alla récupérer son café sur le comptoir, et salua cérémonieusement la mère de Chelsea.

— Je vous ai déjà dit de m'appeler Linda, lui rappela-t-elle.

— Ah oui, pardon. La force de l'habitude, que voulez-vous !

Chelsea profita de ce court échange pour se sermonner.

Elle devait absolument redescendre sur terre.

Il était hors de question qu'elle s'éprenne de Nate Kent.

— Nous allons à Houston avec Zach, demain matin, pour poser quelques questions à Vinchesa, annonça Nate.

Il s'assura que Chelsea était confortablement installée dans son lit et éteignit la lampe.

— Skylar et ma mère ont besoin de moi, objecta-t-elle.

— Non, Chelsea. Tu nous accompagnes. On fera l'aller-retour en jet privé, et tu seras rentrée avant le dîner, dit-il.

D'une part, il était résolu à ne pas la quitter des yeux tant qu'il craindrait pour sa sécurité. D'autre part, il tenait à protéger les arrières de son cousin si jamais Vinchesa s'énervait pendant leur entrevue.

Il s'était déjà organisé pour que la maison soit surveillée, afin que Skylar et Linda n'aient rien à redouter.

— Dans ce cas, je vous accompagne, dit Chelsea. Je

suppose que Zach n'a pas réussi à localiser l'endroit d'où Renaldo m'a envoyé ses messages.

— Effectivement. C'est l'une des raisons pour lesquelles il tient à avoir une petite conversation avec lui. Et si ça peut te rassurer, nous attendrons dans un café voisin que leur entretien soit terminé. Zach ne nous autorisera pas aller au-delà.

Malgré lui, Nate avait continué à s'inquiéter, ces derniers jours.

Son premier sujet de préoccupation était ce Reggie Barstok à la probité douteuse, et qui était toujours sous les radars des gens de Jacobstown, ce qui le dissuaderait sans doute de se présenter chez les McGregor sans préavis. En effet, la population de la petite ville avait été informée de sa claudication, ainsi que de ses mystérieuses visites éclair à Jacobstown.

Le deuxième problème de Nate, c'est l'ex de Chelsea qui le lui posait. Car il ne savait qu'une chose : sitôt sorti de prison, Travis Zucker s'était mis à traquer Chelsea. À moins, bien sûr, qu'il soit parvenu à la faire surveiller pendant son incarcération.

Ça lui aurait été d'autant plus facile qu'elle ne s'était pas cachée, occupée comme elle l'était par sa famille et son travail.

Pour la énième fois, Nate se dit qu'une femme aussi courageuse qu'elle méritait un peu de répit.

Comme il le lui avait promis, le vol jusqu'à Houston fut bref, et ils arrivèrent au pied de l'immeuble de Vinchesa peu avant 9 heures.

La bâtisse, particulièrement haute, avait des façades en verre teinté dans lesquelles se reflétait le bleu du ciel. Nate, avec son amour des grands espaces, n'aurait jamais pu vivre dans ce genre d'endroit. Sa conception d'un foyer agréable était très traditionnelle, en somme : une maison, avec une cheminée et des meubles confortables, correspondait mieux à ses goûts.

Le café qui faisait face au domicile de Vinchesa était l'endroit idéal pour attendre le retour de Zach.

Nate, Chelsea et le shérif s'étaient séparés après s'être assurés que le véhicule du chef était garé sur son emplacement.

Chelsea avait été très tendue, pendant le vol, et Nate perçut encore son angoisse tandis qu'ils faisaient la queue pour commander leur café : elle ne cessait de se retourner pour jeter un coup d'œil sur le trottoir d'en face, ce qui était compréhensible.

— Tu ne veux pas aller t'installer à une table près de la baie vitrée pendant que je patiente ? lui proposa Nate.

— Bonne idée, lui répondit-elle. J'espère qu'il est bien chez lui !

— Sa voiture est sur le parking, alors il y a de grandes chances pour qu'il ne soit pas sorti, lui répondit-il.

Si Nate ignorait tout ou presque du milieu des chefs cuisiniers, il savait une chose : ils travaillaient tard le soir et se levaient à l'aurore pour aller acheter leurs produits. Ils faisaient une pause en fin de matinée puis retournaient à leurs cuisines. Bref, malgré ses multiples défauts, Vinchesa n'était pas fainéant.

Le téléphone de Nate se mit à vibrer au moment où il s'asseyait face à Chelsea. Son cousin venait de lui envoyer un message.

— Zach a beau sonner, personne ne lui ouvre, annonça-t-il avant de tremper les lèvres dans son café.

Elle laissa échapper un grognement et dit :

— Il s'est peut-être rendormi, dans ce cas il n'entendra pas la sonnerie. Il porte des boules Quiès.

— Je vais en informer Zach, répliqua Nate, un peu froissé malgré lui que Chelsea soit au courant de ce détail.

— Attends, dit-elle en montrant l'autre côté de la rue. Le voilà.

Nate se retourna. Un homme vêtu d'une tenue de jogging de luxe arrivait en courant au coin de l'immeuble.

— Les agents de sécurité ont dû le prévenir qu'il avait de la visite, ajouta Chelsea.

En jurant intérieurement, Nate se précipita vers la sortie du café et fonça sur Vinchesa.

— Stop ! cria-t-il, espérant que Chelsea avait choisi de prévenir Zach par SMS, plutôt que de quitter le café à son tour.

Renaldo Vinchesa continua sa course. Bien qu'il soit plutôt trapu, il était beaucoup moins sportif que Nate qui traversa la rue à toute allure pour lui tomber dessus – au sens premier du terme.

— Où allez-vous, comme ça ? demanda-t-il au chef qui, surpris, avait perdu l'équilibre.

Vinchesa se mit à hurler comme s'il était victime d'une agression, et les rares passants s'éloignèrent à la hâte.

Le chef était à terre, à présent. Nate commença par lever un poing puis, se ravisant, maintint sa proie en place en posant un genou sur son torse.

— On ne bouge plus. Les mains en l'air, tous les deux ! ordonna Zach, du ton qu'il réservait normalement aux criminels les plus endurcis.

Nate et Vinchesa s'exécutèrent, sans que Nate relâche pour autant la pression qu'il exerçait sur le cuisinier.

— OK. Allons régler cette affaire chez vous, reprit Zach après avoir rapidement fouillé leur adversaire pour s'assurer qu'il n'était pas armé.

Le hall du building était encore désert, et l'agent de sécurité assis à la réception jeta un coup d'œil contrit à son patron.

Les jambes écartées et une main sur la crosse de son

arme, Zach ordonna à Vinchesa de prendre place sur l'une des chaises alignées devant une paroi de la réception.

— Où étiez-vous, dans la nuit de samedi à dimanche dernier ? lui demanda-t-il, au moment précis où le portable de Nate se remettait à vibrer.

Chelsea.

Après avoir consulté Zach du regard, et obtenu son aval, Nate se précipita à l'extérieur pour traverser la rue. Chelsea était effectivement restée à l'intérieur du café, sans doute pour éviter que Vinchesa la repère, surtout dans l'éventualité où il n'aurait rien à voir avec l'incendie.

— Tu vas bien ? demanda-t-elle avec une inquiétude manifeste.

Nate hocha la tête, avant de répondre :

— Zach est en train d'interroger Vinchesa. Je peux t'affirmer que s'il est responsable de ce qui s'est produit, mon cousin le saura rapidement.

— Au risque de te paraître bizarre, j'en suis presque à espérer que ce soit lui, le coupable.

— Je te comprends. Tu n'as pas envie que ton ex soit l'auteur de ce sinistre parce que c'est tout simplement impensable et qu'il reste le père de ta fille. J'ajoute que malgré ton aversion pour lui, s'il avait été sincère en prétendant vouloir entamer une relation avec Skylar, tu l'aurais senti.

— Tout à fait.

— C'est normal. Tu l'aimes, cette petite. N'oublie pas que Travis ne l'a jamais vue. Contrairement à toi, il n'a jamais eu à la bercer pour qu'elle s'endorme ou à la rassurer après un cauchemar.

Oui. À tous points de vue, Zucker était un étranger pour sa propre progéniture. Une raison supplémentaire pour Nate de le détester. Il pouvait pardonner bien des choses, mais tout en lui se révoltait à l'idée qu'on abandonne ainsi femme et enfant. Cela allait à l'encontre de toutes les valeurs des Kent.

— Là encore, je suis d'accord avec toi, renchérit Chelsea. Je ne sais toujours pas ce qu'il veut à Skylar. Et je ne comprends pas non plus pourquoi il est venu me voir, l'autre jour.

Nate réprima une grimace. Le fond du problème était là : sachant que Zucker pouvait faire intrusion dans sa vie à n'importe quel moment, Chelsea passerait le restant de ses jours à se demander s'il continuait à la suivre.

Restait à savoir ce que ce misérable avait à gagner à la persécuter.

Nul ne savait où Zucker était passé et, un peu égoïstement, Nate espérait qu'il était très loin. Mieux encore, il souhaitait qu'il s'installe ailleurs, refasse sa vie et oublie Chelsea.

Non. Cette dernière éventualité était peu vraisemblable avec un type comme Travis Zucker, encore moins s'il y avait de l'argent à la clé. Cela dit, il avait délesté Chelsea de tous ses biens, et elle était peu susceptible de se faire duper une nouvelle fois.

Cela expliquait sa réserve envers Nate. Elle avait été trop blessée pour accorder sa confiance.

Nate se tira de sa réflexion et releva la tête juste à temps pour voir son cousin traverser la rue.

La mine sombre, Zach poussa la porte du café et vint s'installer à la table de Chelsea et Nate.

— Alors ? lui demanda aussitôt Chelsea.

— Ce type n'a pas la conscience tranquille, c'est certain, répondit le shérif.

16

— Il prétend avoir passé la nuit de samedi à dimanche chez une amie, poursuivit Zach, manifestement très contrarié.

— À vous entendre, vous ne le croyez pas, enchaîna Chelsea.

— Il a appelé l'amie en question devant moi, et j'ai senti qu'elle ne parlait pas librement. Il faut que je la rencontre et que j'aie une petite conversation avec elle, histoire de voir si elle maintient sa version de l'histoire.

— Comment s'appelle-t-elle ? s'enquit Nate. Chelsea a peut-être entendu parler d'elle.

— Danielle French.

— Danielle ? s'exclama Chelsea. Je la connais de nom. C'est une des serveuses du restaurant. Renaldo passe de femme en femme, et il est difficile de le suivre, cependant je suis à peu près sûre qu'il ne sortait pas avec Danielle quand j'ai rendu mon tablier.

— D'après Vinchesa, cette prétendue amie n'habite pas très loin d'ici, ajouta Zach. Vous m'accompagnez, tous les deux ?

— Allons-y, répondit Nate sans hésiter.

Une vingtaine de minutes plus tard, ils se garaient sur le parking de la résidence Rio Verde, située en bordure de la ville.

L'endroit n'avait rien en commun avec l'immeuble de

Renaldo. Zach attendit qu'une voiture sorte pour passer la barrière censée protéger la propriété. Une multitude de bâtiments de trois étages s'étirait sur une étendue de plusieurs centaines de mètres carrés. L'ensemble était modeste, ce qui n'avait rien d'étonnant si on considérait l'écart de salaire entre un chef de renom et une simple serveuse.

Zach se gara et descendit de voiture. Chelsea emboîta le pas à Nate pour être moins visible.

Une femme répondit au deuxième coup frappé à la porte de l'appartement, sans que Chelsea reconnaisse sa voix.

— Madame Danielle French ? demanda Zach.

Le fait qu'il porte un uniforme plus son intonation de voix avaient de quoi intimider un suspect, d'ailleurs la personne qui leur répondit était manifestement très angoissée.

— Non. Cindy Staten, sa colocataire. Vous cherchez Danielle ? Que se passe-t-il ? demanda-t-elle comme si elle avait répété son texte.

Chelsea en déduisit que la colocataire, tout comme Vinchesa, avait été informée de leur visite prochaine.

Son ancien patron essayait de se couvrir : aux menaces avaient succédé le bouquet de fleurs puis les excuses. Bref, il faisait tout pour prouver une innocence que personne n'avait encore officiellement mise en doute.

— Mme French est là ? reprit Zach.

— Oui, attendez un instant. Je vais la chercher.

Cindy revint quelques secondes plus tard en compagnie d'une autre femme qui devait être Danielle.

— Madame French ?

Celle-ci hocha la tête, visiblement perplexe. Âgée d'environ vingt-cinq ans, plutôt jolie, elle semblait être d'un naturel impressionnable – tout à fait le genre de personne à se faire manipuler par un type comme Vinchesa.

— Où avez-vous passé la nuit de samedi à dimanche dernier ? lui demanda Zach.

— Ici, lui répondit-elle simplement.

— C'est vrai, confirma Cindy. Elle était ici avec son petit ami. Pourquoi ?

— Son petit ami ? Vous pouvez être plus précise ? insista Zach, ignorant la question.

— Son patron. Renaldo Vinchesa.

— Il était donc là, lui aussi.

— Oui. Enfin…

— Enfin, quoi ? lui renvoya Zach avec impatience.

— Renaldo porte des chaussures de luxe que j'ai trouvées, comme d'habitude, devant la porte d'entrée. Et comme je suis rentrée tard le soir et que je suis repartie à l'aube, je n'ai vu ni Danielle ni Renaldo, en fait.

Chelsea jugea cet interrogatoire parfaitement stérile. Les chaussures de Renaldo pouvaient être restées là pendant des jours, et il était possible que sa prétendue maîtresse mente pour le couvrir.

Bref, ils perdaient leur temps.

Sentant son téléphone vibrer, elle jeta un coup d'œil à l'écran qu'elle montra à Nate.

Il la prit par la main pour la conduire à l'extérieur, en silence.

Une fois sortie de l'immeuble, Chelsea rappela Linda.

— Maman ? Tout va bien ? demanda-t-elle, tremblant déjà à l'idée qu'il soit arrivé malheur à sa fille ou à sa mère, alors qu'elle était si loin de chez elle.

— J'ai la tête qui tourne, lui annonça Linda.

— Tu as pris tes médicaments ? lui renvoya Chelsea sans ménagement.

— Je… Je crois, oui. Et, bien que ce ne soit probablement qu'un étourdissement passager, je préférerais que tu te charges d'aller chercher Skylar, tout à l'heure. Pour ma part, je vais me faire un thé bien chaud et m'allonger.

Chelsea l'entendit tousser et se rembrunit encore. Et si Linda couvait quelque chose ?

— D'accord. Ne t'en fais pas pour la petite, je m'en occupe. Repose-toi, je viendrai voir comment tu vas dès mon retour.

Elle allait couper la communication lorsqu'elle se ravisa. Bien que Linda sache faire la différence entre une urgence et un simple coup de froid, elle avait une fâcheuse tendance à tout minimiser pour éviter d'alarmer son entourage.

— Maman ?

— Oui, ma chérie.

— Tu es sûre que ça ira et que je n'ai pas besoin de m'inquiéter ?

— Ça ira, ma grande. Rofert me tient compagnie, et je me sentirai mieux une fois que j'aurai bu mon thé et fait une bonne sieste. Le réfrigérateur est plein, alors je n'ai pas besoin de cuisiner. J'ai goûté le risotto que la famille de Nate nous a apporté, un vrai régal !

Chelsea trouva les propos de sa mère plutôt rassurants. Linda semblait fatiguée, sans plus.

— Parfait. J'en ferai réchauffer pour Skylar, Nate et moi, quand nous rentrerons. Garde ton téléphone près de toi au cas où tu aurais besoin de me joindre, d'accord ?

— D'accord, ma chérie. Et toi, sois prudente en ramenant Skylar. D'après la météo, le temps va encore changer, et il faut s'attendre à un bon coup de blizzard, si j'ai bien compris.

— Je ferai attention, promit Chelsea avant de raccrocher et de se tourner vers Nate.

— Je dois rentrer le plus vite possible, dit-elle, ma mère ne se sent pas bien, et je n'aime pas être aussi loin d'elle dans ces cas-là.

La main crispée sur la lanière de son sac, elle regarda Zach s'avancer vers l'endroit où elle se tenait avec Nate. Ce dernier était, lui aussi, en pleine conversation téléphonique.

— Entendu, dit-il en refermant son portable.

Il se tourna vers son cousin et demanda :

— Alors ? Ton verdict ?

— Elles mentent toutes les deux et, malheureusement, je ne peux rien prouver. Soit Vinchesa essaie de brouiller les pistes, soit il est franchement idiot. Comme il est en plein divorce, je suis prêt à parier qu'il cherche à s'épargner toute mauvaise publicité. Décidément, ce type me hérisse.

— Chelsea doit rentrer, annonça Nate à son cousin.

Elle avait beau s'efforcer de ne pas la laisser transparaître, son angoisse se lisait sur son visage. Elle était mal à l'aise depuis leur atterrissage, et Nate ne l'avait pas beaucoup aidée.

Il s'efforça de ne pas trop s'attarder sur ce qui le rendait si sensible à ses réactions.

— De toute façon, lui répondit Zach, je n'obtiendrai rien de plus des gens que nous avons vus aujourd'hui. Si je suis obligé de revenir, ce sera avec un policier local, et un mandat de perquisition.

Nate se dit que, pour cela, son cousin devrait se tourner vers la police de Houston et les intéresser à l'affaire.

— On peut savoir ce que t'ont dit la serveuse et sa copine ? demanda-t-il d'un ton curieux.

— Elles m'ont donné une même version des faits, au mot près, ce qui me paraît suspect, dit Zach. Normalement, dans ce genre de circonstances, on obtient deux récits différents, alors que là, on aurait dit des perroquets. Elles ont dû se mettre d'accord avant notre arrivée pour parvenir à ce genre de perfection.

— Je ne vois pas quel intérêt elles auraient à couvrir Vinchesa, lui fit remarquer Nate.

— Moi, si, intervint Chelsea. Elles tiennent à conserver leur emploi, les pauvres.

Nate ferma puis relâcha ses poings en regrettant de ne pas avoir frappé le chef cuisinier quand il l'avait à sa merci.

— Même si ça les oblige à mentir aux autorités ? demanda Zach à Chelsea.

— Il doit tenir Danielle d'une manière ou d'une autre, répondit-elle. Si je ne lui ai jamais donné matière à faire pression sur moi, il y a réussi avec certaines de mes collègues.

— Comment s'y est-il pris ? s'enquit Zach.

— Il n'a pas eu trop de mal : deux serveuses se sont fait pincer en train de fumer de la drogue dans la chambre froide. Renaldo leur a demandé tout un tas de « faveurs » en échange de son silence.

— Et lui ? Il ne se drogue pas ? demanda Nate.

— À ma connaissance, non. Son ego surdimensionné suffit à le faire planer. Ça, plus la conviction de dominer son petit monde. Il adore prendre les gens à défaut, sous n'importe quel prétexte.

— Il n'a pas essayé avec toi ? demanda Nate à Chelsea.

— Si, en me menaçant de ternir ma réputation dans les hauts lieux culinaires de la région. Je n'ai que deux atouts, au plan professionnel : mes références et mes qualifications. J'y tiens d'autant plus que je me sais douée dans mon domaine.

— Il vous a harcelée sexuellement ? s'enquit Zach tandis qu'ils regagnaient son véhicule.

En voyant la mine consternée de Nate, Chelsea partit d'un rire franc avant de répondre :

— Quelle question ! Il faisait des avances à toutes ses assistantes. Un vrai coureur de jupons.

— Et ?

— Et ça marchait plutôt bien, pour lui. Il n'est pas trop mal de sa personne, il a les moyens de faire le beau… Vous avez vu l'endroit où il habite, la voiture qu'il conduit, non ? Beaucoup de mes collègues ont été flattées d'avoir attiré son attention.

Tous trois remontèrent dans leur voiture de location ; Nate au volant, Chelsea sur le siège du passager, et Zach au milieu.

— Vinchesa t'a manipulée, toi aussi ? demanda Nate à Chelsea, une fois que tous trois eurent pris la route de l'aéroport.

— Je ne l'ai pas laissé faire, rétorqua-t-elle simplement.

— Et toi, Zach, reprit Nate. Tu le mettrais en quelle position, dans ta liste de suspects ?

— La dernière, admit son cousin.

Restaient donc Travis Zucker et Reggie Barstok.

— Selon les derniers ragots, ajouta Zach, comme s'il avait deviné les pensées de Nate, Reggie serait en partance pour le Nord. Il commençait à se sentir à l'étroit parmi nous, semble-t-il.

— Tu crois qu'on peut l'éliminer ?

— C'est difficile à dire.

Le vol de retour fut perturbé par des turbulences dues à la tempête qui approchait la région. Les passagers, quant à eux, se murèrent dans le silence. Chelsea passa son temps à triturer les lanières de son sac, tandis que Nate relisait ses notes ou réfléchissait à sa situation.

Il avait beau savoir qu'il avait pris un retard fou sur son travail au ranch où on l'attendait avec impatience, il ne pensait qu'à une chose : aider Chelsea à démarrer son entreprise.

Lorsqu'ils atterrirent, Nate était toujours plongé dans ses pensées. Chelsea était trop fière pour lui demander de l'aide et, sans vouloir outrepasser ses droits, il tenait à lui rendre service. Il trouverait bien un moyen…

La pensée de Chelsea luttant seule afin de respecter la date qu'elle s'était fixée pour l'ouverture de sa pizzeria lui pesait toujours lorsqu'il remercia Zach de les avoir amenés jusqu'à Vinchesa.

Quel salaud ! À l'idée qu'on puisse abuser ainsi de son pouvoir, Nate sentait la tension monter au point d'en attraper la migraine.

Chelsea monta en voiture avec lui, tandis que Zach repartait dans sa voiture de patrouille après leur avoir promis de les rappeler dès qu'il aurait du nouveau.

— On a besoin de moi, au ranch, annonça Nate à Chelsea une fois son cousin reparti. Il va faire très mauvais, et les animaux doivent être à l'abri avant que les éléments se déchaînent. J'aimerais que tu m'accompagnes.

— Je dois m'assurer que ma mère va bien et prendre rendez-vous avec quelques entrepreneurs, avant d'aller récupérer Skylar, dit-elle sur un ton d'excuse.

Nate ne discuta pas, ce qui sembla la surprendre.

— Je ferai mon possible pour rentrer avant le dîner, promit-il, bien qu'il ne sache pas combien de temps prendrait l'opération.

Il se gara à côté de la voiture de Linda et prit la main de Chelsea pour l'accompagner jusqu'à la porte de derrière.

Et comme il en avait rêvé toute la matinée, il lui demanda la permission de l'embrasser.

Elle se retourna et le regarda droit dans les yeux.

— Je ne suis pas sûre que ce soit une bonne idée, lui répondit-elle calmement.

17

— Une bonne idée ? répéta-t-il, un sourire dévastateur aux lèvres. Non, c'est même une très mauvaise idée !

Chelsea serra le poing sur le col de son manteau. Elle n'avait que trop souvent pensé à leur premier baiser, recommencer serait une folie, et pourtant, elle était tentée.

Son regard se porta sur la bouche sensuelle de Nate, puis sur ses yeux – une autre erreur, car le désir qu'elle y lut la mit dans un émoi indicible.

En autorisant Nate à l'embrasser, elle s'exposerait à de nouvelles épreuves, car elle donnerait à ce baiser une importance qu'il n'aurait pas.

Il lui semblait plus pertinent de se limiter à un épisode passionné avec cet homme. Du genre qui vous consumait pendant quelques heures avant de s'éteindre de lui-même.

La tension sexuelle qui s'était installée entre eux augmenta encore d'un cran.

Passant outre ses réticences, Chelsea se haussa donc sur la pointe des pieds pour poser ses lèvres sur celles de Nate.

La sensation de sa langue brûlante s'enroulant autour de la sienne acheva de l'électriser. Leurs bouches se soudèrent l'une à l'autre, leurs respirations s'accélérèrent, et Chelsea ne put que constater qu'elle n'avait éprouvé une sensation aussi envoûtante qu'entre les bras de Nate.

Une fois de plus, elle se dit qu'à son physique de rêve s'ajoutaient une intelligence et une bienveillance irrésistibles.

D'ailleurs, elle n'avait pas résisté bien longtemps.

Elle sentit les bras de Nate se refermer autour de sa taille pour l'attirer plus près de lui, puis ses mains se déployer sur ses reins.

À la moindre inspiration, ses seins se faisaient plus lourds du besoin d'être caressés.

Surprise qu'un simple baiser puisse éveiller ses sens à ce point, elle pencha la tête en arrière, le temps de demander :

— Tu veux entrer ?

— Quelle question !

Dès qu'elle eut refermé la porte derrière eux, Nate lui prit la main et s'immobilisa, le temps de lui poser un baiser furtif dans le cou. Chelsea l'entraîna dans le couloir où elle se tourna vers lui pour lui tendre les lèvres.

Le souffle court, tous deux montèrent les marches, leur excitation grandissant à chaque pas qui les rapprochait de la chambre de Chelsea, de son lit.

Elle se figea en entendant le parquet craquer, puis serra les doigts de Nate entre les siens pour l'entraîner jusqu'au palier.

La porte de la chambre de Linda était close. Chelsea jeta un coup d'œil à l'intérieur ; sa mère dormait profondément.

Skylar étant à l'école, la voie était libre.

Chelsea mit moins d'une seconde à faire entrer Nate dans sa chambre qu'elle referma à clé. Lorsqu'elle se retourna, il se tenait devant elle, dans toute sa splendeur. Sans un mot, il lui fit lever les mains au-dessus de la tête et les plaqua contre la paroi de bois. Puis, se penchant vers elle, il prit possession de sa bouche avec une ferveur renouvelée.

Chelsea se prit à fantasmer sur ce qu'elle éprouverait, si Nate était étendu sur elle, l'enfonçant un peu plus profondément dans le matelas, à chaque pénétration.

Pénétration.

Oui. Elle voulait que Nate se glisse en elle, désirait sentir son sexe au cœur de sa féminité.

Sa respiration se fit encore plus rapide quand elle le vit retirer ses santiags. Elle fit courir ses mains sous son polo et Nate l'aida en le retirant et en le lui tendant. Elle laissa le vêtement tomber sur le parquet et, dans la foulée, se débarrassa de son T-shirt.

Nate laissa échapper un grognement lorsqu'il vit les balconnets bordés de dentelle du soutien-gorge de Chelsea. Il referma une main sur son décolleté, tandis qu'elle se retournait pour lui donner accès aux agrafes. Son soutien-gorge rejoignit aussitôt le reste de leurs vêtements, à leurs pieds.

— Tu es… la perfection même, dit-il dans un murmure rauque qui la traversa tout entière.

La perfection même, moi ? se demanda-t-elle, songeant aux vergetures qui striaient son ventre, et que Nate ne devait pas avoir remarquées, puisqu'il prit un de ses mamelons entre ses lèvres pour le cajoler du bout de la langue.

Son corps continua à vibrer tandis que ses doigts fébriles couraient le long de la ceinture du jean de Nate. Comme elle se débattait avec les boutons de sa braguette, il lui vint en aide et, en moins d'une seconde, lui apparut en boxer.

Voyant l'intensité de son excitation, Chelsea se sentit dans un état proche de la transe.

Elle tenta vainement de se convaincre qu'elle avait si longtemps été privée de sexe que la perspective de faire l'amour avec Nate Kent exacerbait encore son manque d'affection chronique.

Elle posa donc une main sur l'érection superbe qui sous-tendait son boxer, et fut ravie de voir celui qui s'apprêtait à devenir son amant se raidir encore à son contact.

Leurs regards se croisèrent, et l'intensité de celui de Nate lui donna la sensation d'être la femme la plus merveilleuse de la terre, malgré ses nombreux défauts.

Quelques secondes plus tard, elle fit glisser son jean le long de ses jambes. Nate passa ses pouces de part et d'autre de ses hanches, et sa petite culotte alla rejoindre les vêtements déjà entassés sur le plancher.

Le temps qu'ils atteignent le lit, ils étaient tous les deux nus, soudés l'un à l'autre.

La peau soyeuse du pénis en érection de Nate se pressa contre le ventre de Chelsea. Il l'étreignit et l'embrassa avec une telle fougue que ses genoux cédèrent et qu'il dut la maintenir de ses bras puissants.

— Tu es belle, murmura-t-il de sa belle voix grave. Intelligente, ajouta-t-il avant de faire courir sa bouche sur le bas de sa gorge. Et super sexy, conclut-il.

D'autres baisers s'ensuivirent, dessinant une ligne sur sa nuque.

Chelsea le repoussa doucement pour le faire asseoir sur le bord du lit. Puis, le rejoignant, elle enroula les jambes autour de sa taille, ce qui lui donna un sentiment encore inédit : celui de dominer un homme.

Nate lui faisait cet effet. Il la valorisait et, en sa compagnie, elle avait l'impression d'être exceptionnelle.

Elle referma les mains autour de son cou pour enfoncer les doigts dans ses cheveux sans cesser de l'embrasser.

Soudain confiante, elle s'enhardit jusqu'à s'asseoir sur son sexe érigé, afin qu'il la pénètre. Tout doucement d'abord, puis un peu plus vite. Lorsqu'il fut en elle, elle fit osciller ses hanches latéralement. Il reprit possession de sa bouche tandis qu'elle accélérait la cadence.

Elle se laissa encore glisser, lui arrachant un râle.

Il fit remonter ses mains jusqu'à ses seins dont il malaxa les mamelons.

Nate la possédait entièrement, à présent, et le désir de Chelsea n'avait plus de limites. Il dut le comprendre car il se mit à bouger, lui aussi, en cadence avec elle.

Chelsea s'accrocha à ses épaules et enfonça les ongles dans sa peau surchauffée, tandis qu'il la menait au bord de l'extase.

Au moment où elle allait exploser, il se redressa puis la fit pivoter sur le dos. Une seconde plus tard, il s'étendit sur elle et la prit avec une ardeur renouvelée.

Elle le sentit se contracter et sut qu'il était proche de l'orgasme, lui aussi.

Nate se remit à aller et venir en elle, de plus en plus vite, de plus en plus fort.

Incapable d'en supporter davantage, Chelsea se crispa tout entière, puis céda au plaisir.

Nate jouit en même temps qu'elle, lui arrachant un dernier soupir spasmodique.

Il se laissa ensuite retomber sur le matelas, le souffle court.

Chelsea le considéra avec émotion. Ça avait été l'étreinte la plus merveilleuse de sa vie, sans doute parce qu'elle y avait vu bien plus qu'une simple fusion sexuelle.

— Notre relation évolue plus vite que je ne l'avais prévu, ma belle, dit-il d'une voix à peine audible. Je commence à m'attacher à toi, ça va finir par me rendre fou.

Comme elle ne savait que répondre, Chelsea fit mine de ne pas l'avoir entendu.

Quelques instants plus tard, sur un dernier baiser, Nate se leva, se rhabilla et sortit de la chambre.

Chelsea resta là, à se poser une multitude de questions.

Pourquoi ne lui avait-elle pas avoué son attirance pour lui ?

Pourquoi ne l'avait-elle pas retenu ?

Et surtout, surtout, qu'est-ce qui l'empêchait de le suivre là où il semblait vouloir l'emmener ?

Une branche heurta le carreau, la faisant sursauter. Le vent s'était levé et les éléments se réveillaient plus tôt que prévu, semblait-il.

Elle jeta un coup d'œil au réveil et vit qu'il lui restait une demi-heure avant d'aller chercher Skylar à l'école.

D'énormes gouttes de pluie se mirent à marteler la vitre, derrière elle, à un rythme régulier.

C'était mauvais signe. Le blizzard annoncé se rapprochait dangereusement.

Au lieu d'attendre que le temps se gâte encore davantage, Chelsea décida d'aller récupérer sa fille un peu avant l'heure.

Mieux valait prévenir que guérir avec la météo capricieuse du Texas, elle le savait d'expérience.

Dans la foulée de vents d'une force incroyable, la grêle se mit à tomber. Bientôt, un tas de débris volèrent dans les rues presque désertes de Jacobstown, les rares passants se dépêchant de rentrer chez eux pour se mettre à l'abri.

Lorsqu'elle arriva à l'école, Chelsea vit que de nombreux parents étaient déjà venus chercher leur progéniture. Elle n'était pas la seule à être en avance, ce dont elle se félicita.

Skylar courut vers elle pour se jeter dans ses bras avec un tel enthousiasme qu'elle dut la rattraper au vol. Au passage, elle remarqua que sa fille était de plus en plus difficile à porter.

— Maman ! s'écria joyeusement l'enfant.

Chelsea sentit son cœur se gonfler d'amour. Quel bonheur de ne pas avoir à partager la garde de Skylar avec son ex ! Et si c'était égoïste, tant pis. Elle l'était suffisamment pour vouloir passer chaque anniversaire et chaque Noël à venir avec son petit ange. Si Travis avait été un père digne de ce nom, elle aurait trouvé la force de vivre certains de ces événements en solo, mais comme ce n'était pas le cas…

— Tu es prête, ma chérie ? demanda-t-elle en reposant Skylar à terre.

— Oui, répondit la fillette avec un sourire à faire fondre un glacier.

Skylar rangea ses affaires dans son sac tandis que Chelsea remerciait la maîtresse.

Main dans la main, Skylar et Chelsea sortirent de l'école. Une rafale les força à reculer d'un ou deux pas. Chelsea resserra son emprise sur la main de sa fille, et referma un poing sur le col de son manteau pour le maintenir fermé.

— On court ? demanda-t-elle à l'enfant.

— Maman ? C'est qui, le monsieur, là ?

Alarmée, Chelsea releva la tête.

Travis était appuyé contre le capot de son pick-up.

Se figeant sur place, elle répondit, d'une voix mal assurée :

— On en parlera tout à l'heure, d'accord ?

— D'accord, répondit la fillette de bonne grâce.

Ses clés bien serrées dans sa main libre, Chelsea avança d'un pas vif jusqu'à son pick-up.

— Il faut qu'on parle, lui lança Travis en la voyant approcher avec Skylar.

— Désolée, je n'ai rien à te dire, lui renvoya Chelsea en passant devant lui. Et s'il te plaît, écarte-toi de mon chemin.

— Tu sais aussi bien que moi que je ne bougerai pas d'ici.

— Tu n'as donc aucun respect pour moi ? lui demanda-t-elle, incrédule.

— Je t'aime encore, bébé, déclara Travis en s'éloignant tout de même d'un pas ou deux.

Terrifiée, Chelsea installa fébrilement Skylar dans son siège auto.

Lorsqu'elle voulut refermer la portière, Travis l'attrapa par le poignet.

— Tu me fais mal, protesta-t-elle en se forçant à sourire

pour ne pas inquiéter Skylar qui observait la scène à travers la vitre du pick-up.

— Je t'ai vue avec ce pompier, reprit Travis avec une lenteur exagérée.

— Lâche-moi ! lui ordonna-t-elle en se dégageant d'un geste vif.

— Tu m'appartiens.

Son intonation donna la chair de poule à Chelsea. Dans le monde chimérique qu'il s'était inventé, Travis semblait sûr de son fait.

— Non. Je m'appartiens à moi-même et à *ma* fille. Le reste ne te regarde pas, Travis.

Sur ces mots, elle contourna le pick-up pour gagner la place du conducteur.

Elle avait à peine entrouvert la portière que Travis la refermait d'un coup sec.

Il poussa Chelsea contre l'aile du véhicule et s'approcha d'elle pour lui murmurer à l'oreille :

— Écoute-moi bien, bébé. Tu m'appartiens toujours, cet enfant m'appartient, et j'ai la ferme intention de vous récupérer.

Posant ses deux mains sur la carrosserie de sa voiture, Chelsea se jeta en avant de toutes ses forces.

Travis perdit l'équilibre et recula en titubant. Chelsea en profita pour se précipiter à l'intérieur du pick-up dont elle bloqua aussitôt les portières. Travis donna un coup de poing dans une vitre, avec une telle violence que Chelsea craignit qu'il ne la brise.

Skylar se mit à hurler.

— Ne crains rien, ma chérie. Ce type ne nous fera pas de mal, dit Chelsea dans l'espoir de la rassurer.

Tout en elle se révoltait à l'idée d'annoncer à sa fille que *ce type* était son père.

Son ex-mari n'avait plus rien de commun avec l'homme

qu'elle avait connu. Était-ce la prison qui l'avait rendu si malveillant ? Même s'il l'avait dépouillée de tous ses biens, il n'avait encore jamais menacé de lui faire du mal. Mais de toute évidence, il était passé à l'étape suivante. Il avait changé, et elle était horrifiée de voir ce qu'il était devenu.

Elle démarra en trombe puis, se rendant compte qu'elle tremblait de tous ses membres, se força à respirer lentement et profondément.

La tempête faisait rage, les grêlons avaient doublé de volume, et une pluie sans doute glaciale s'était mise à tomber. Chelsea s'en était à peine aperçue tant elle avait été perturbée par son altercation avec Travis.

Travis.

Elle s'était interrogée maintes fois à son sujet, ces dernières années. Lui avait-il envoyé des signaux qu'elle avait ignorés plus ou moins consciemment ? Si l'annonce de sa grossesse ne l'avait pas emballé, il avait fini par l'accepter, alors qu'elle se faisait du mouron parce qu'ils ne se fréquentaient que depuis peu, qu'il avait perdu son travail et que son moral s'en était ressenti.

Le soir où elle lui avait appris qu'il allait être père, il s'en était pris à elle, l'accusant de le tromper, avant de disparaître pendant dix-huit longues heures, au cours desquelles elle n'avait pas réussi à le joindre. Convaincue qu'il allait la quitter, elle s'était préparée à élever l'enfant sans son aide.

Et puis il était revenu, expliquant son absence par le fait qu'il avait eu besoin d'un peu de temps pour s'habituer à l'idée de sa paternité à venir. Après s'être excusé de sa réaction initiale, il avait réussi à lui faire croire qu'il était heureux qu'elle soit enceinte. Il était allé jusqu'à lui embrasser le ventre et, dans son allégresse, Chelsea avait choisi de le croire, alors qu'elle aurait dû voir qu'il lui mentait, comme l'indiquait le tic nerveux qui agitait le coin de sa bouche.

Malheureusement, elle était passée outre. Par besoin de croire qu'il pouvait faire un bon père. Par refus de voir l'histoire de sa vie se répéter, par orgueil aussi, d'une certaine manière, car elle s'était crue moins naïve que sa mère.

Et puis il y avait eu l'absence de Travis, en ce matin d'avril, à la maternité.

Elle avait mis longtemps à comprendre que la défection de son mari n'était pas sa faute à elle. De guerre lasse, elle avait fini par admettre qu'elle n'avait pas réussi à réparer ce qui était brisé en lui, et qu'elle aurait également échoué à lui faire aimer leur fille.

Le moteur d'une vieille jeep gronda derrière elle. Un coup d'œil dans le rétroviseur lui permit de constater que Travis était au volant du véhicule.

Elle se remettait à peine de sa surprise lorsque, accélérant, il heurta son pare-chocs arrière.

Elle ravala le chapelet de jurons qui lui était monté aux lèvres.

— Maman, j'ai peur, gémit Skylar avant de fondre en larmes.

Si les pleurs avaient pu leur être d'une aide quelconque, et surtout si elle n'avait pas craint d'affoler davantage sa fille, Chelsea se serait sans doute laissée aller, elle aussi.

— Calme-toi, ma puce. Il m'arrive d'avoir peur, moi aussi, dit-elle, la gorge serrée. J'ai une idée. Si on jouait à quelque chose, toutes les deux ?

Elle chercha l'inspiration et prit un brusque virage sur sa droite. Sans grand succès : Travis continua à la suivre.

— Allez, Sky. Ferme les yeux, pose tes mains dessus et compte jusqu'à cinquante, aussi fort que tu le peux.

Le cœur battant à toute allure, elle pria le ciel pour que cela suffise à distraire Skylar.

Puis elle sentit une colère folle s'emparer d'elle. C'était une chose de s'en prendre à elle, mais elle ne pouvait pas admettre qu'on terrorise ainsi une gamine innocente.

— Un, deux, trois, commença Skylar, criant à pleins poumons.

— C'est parfait, ma chérie. Continue, dit Chelsea.

Elle s'engagea au hasard sur sa gauche, puis sur sa droite. La chaussée étant glissante, elle faisait néanmoins attention à ne pas rouler trop vite.

Elle continua ainsi, tournant tantôt à gauche, tantôt à droite, dans l'espoir de semer la jeep.

Elle ne tarda pas à s'apercevoir qu'elle s'était perdue et qu'elle serait incapable de gagner le bureau du shérif. Avec tous ces virages intempestifs, son sac était tombé, et son contenu – téléphone portable compris – était éparpillé sur le tapis, côté passager.

Un panneau annonçant un pont l'obligea à ralentir encore davantage. Elle ne pouvait pas faire demi-tour car un coup d'œil dans le rétroviseur lui avait suffi pour voir que Travis la talonnait toujours.

Comment en étaient-ils arrivés là ? Il ne voyait donc pas qu'il risquait de provoquer un accident au cours duquel leur fille pourrait être blessée ?

Les mains crispées sur le volant, elle chercha un moyen de faire passer sa rage. Elle bouillait littéralement. Elle changea de file ; Travis fit de même et percuta une nouvelle fois son pare-chocs arrière.

Chelsea serra les dents : manifestement, il était décidé à s'acharner. Il la connaissait bien mal, et s'il avait réussi à lui faire peur, elle n'en refusait pas moins de le laisser gagner.

Pas deux fois.

L'état de la chaussée lui interdisant de reprendre de la vitesse, elle appuya légèrement sur le champignon pour changer de voie. Là encore, Travis la suivit et recommença son petit numéro.

Qu'avait-il donc dans le crâne ?

Au désespoir, Chelsea passa la route en revue, à la recherche d'une sortie, et en se demandant s'il n'était pas plus sage de s'arrêter carrément pour éviter le pire.

Travis devait pourtant savoir qu'elle ne l'autoriserait pas à s'approcher de Skylar, il n'était pas idiot au point de se bercer d'illusions sur ce point ! Il n'aurait pas le bonheur de serrer sa fille dans ses bras. Tant pis pour lui… et pour Skylar qui n'aurait jamais de vrai papa.

Sauf, bien sûr, si Nate Kent voulait bien endosser ce rôle.

— Trente-cinq, trente-six…

Elle entendit le moteur de la jeep rugir derrière elle. Travis réessaya de heurter le pick-up au moment où elle s'engageait sur le pont, mais dérapa sur une plaque de verglas que Chelsea était parvenue à éviter. La jeep alla s'échouer contre le parapet.

Chelsea continua à rouler, avec une lenteur qui ne fit qu'aggraver son stress.

Elle jeta un nouveau coup d'œil dans le rétroviseur, sans voir la jeep, cette fois. Au bout de quelques centaines de mètres, agacée de rouler ainsi à la vitesse d'un escargot, elle chercha un endroit où s'arrêter. Ne voyant toujours pas le véhicule de Travis, elle prit le risque de se garer sur la ligne d'arrêt d'urgence puis tendit la main vers son portable que, fort heureusement, elle parvint à saisir.

— Quarante-cinq, quarante-six…

Chelsea redémarra et interrompit sa fille.

— On change de jeu, ma puce. Maman va te prêter son téléphone, et tu vas composer le 911.

— Il est parti, le méchant monsieur ?

— Oui. Du moins pour l'instant.

Consciente que la trêve ne durerait pas, Chelsea tendit l'appareil à sa fille d'une main mal assurée.

Elle était presque parvenue à l'autre extrémité du pont quand elle fut surprise par une nouvelle plaque de verglas.

Cette fois, elle perdit le contrôle du pick-up qui atterrit dans le fossé.

18

— Que se passe-t-il ? demanda Nate, percevant la panique de Chelsea à l'autre bout de la ligne.

— J'ai… J'ai demandé à Skylar d'appeler le 911, bredouilla-t-elle.

Son intonation semblant indiquer qu'elle n'avait pas reconnu sa voix, Nate ne trouva rien d'autre à dire que :

— C'est moi, Chelsea. Mon téléphone a sonné, alors j'ai répondu. Tout va bien ?

Elle ne répondit pas, mais Nate l'entendit parler à sa fille.

— Ça va, ma chérie, dit-elle d'une voix mal assurée.

Comme il insistait pour savoir ce qui s'était passé, elle expliqua enfin :

— Je… Je suis coincée dans un fossé. La route est glissante, j'ai dérapé au bout d'un pont qui surplombait un lac.

— Ne bouge pas, j'arrive.

Nate savait exactement où Chelsea se trouvait, et il ne voulait pas qu'elle descende de voiture avant son arrivée. Comme la température était glaciale, il prit néanmoins le temps de lui demander :

— Il te reste assez d'essence pour laisser tourner le moteur et mettre le chauffage ?

Il enfila son blouson et se chaussa en toute hâte avant de grimper dans sa fourgonnette.

— Je crois, oui. Le problème…

Chelsea baissa encore la voix.

— Le problème, c'est Travis…

— Travis ? Où est-il ? s'exclama Nate.

Les grêlons rebondissaient sur la route, le vent soufflait en rafales, et les conditions météorologiques allaient en s'aggravant.

— J'ai réussi à le semer, il y a quelques minutes. Il doit toujours être à l'entrée du pont, et je crains qu'il revienne à la charge.

La voix de Chelsea se faisant de moins en moins audible, Nate comprit soudain qu'elle voulait éviter que sa fille l'entende.

— Si nous ne sortons pas d'ici au plus vite, il va arriver, reprit Chelsea. Nate, j'ai peur.

— Il n'y a pas d'autres voitures derrière toi ? s'enquit Nate plutôt que de lui demander si elle voyait celle de son ex.

— Je ne crois pas, non.

— Alors, reste où tu es. C'est ce qu'il y a de plus sûr pour l'instant.

La fourgonnette ne cessait de déraper, et Nate n'avait pas encore quitté le ranch.

— J'en ai pour une bonne demi-heure, dit-il à Chelsea qui était toujours en ligne. Tu as raison, ça glisse.

— Bien. Il ne me reste plus qu'à espérer que toi ou Zach arriviez avant Travis.

Le silence se fit au bout du fil. Nate n'entendait plus que le moteur du pick-up lorsque Chelsea ajouta :

— Il était fou de jalousie. C'est un miracle que je lui aie échappé.

Nate grimaça. La pensée que Travis ait émis le vœu de réunir ce qu'il appelait *sa famille* le contrariait au plus haut point.

À ses yeux, l'ex de Chelsea avait eu sa chance, et le fait qu'il les ait abandonnées en disait long sur son inaptitude à s'intégrer dans une cellule familiale. S'il s'était amendé, Nate aurait vu les choses différemment, car il n'était pas homme à refuser à autrui le droit de se racheter. Le hic, c'est que Zucker se montrait de plus en plus agressif.

Nate dressa une liste mentale de ses connaissances, en bordure du lac d'Elm Fork. Il n'y avait pas grand monde : s'il était prévu d'y construire un complexe immobilier, les travaux ne commenceraient que l'année suivante.

Il continua à réfléchir. Il se souvint que de vagues parents à lui s'étaient installés près du lac. Parviendrait-il à les joindre pour que Chelsea soit secourue au plus vite ?

Un nouveau dérapage lui indiqua que non. Il ne pouvait décemment pas exposer sa famille, même éloignée, aux dangers de la conduite par un temps pareil.

Il tenta de se rassurer : Skylar étant parvenue à appeler le 911, Zach ou un de ses adjoints arriverait peut-être à temps pour tirer Chelsea de ce mauvais pas.

— Nate ? reprit-elle. Voilà une voiture, et… et je n'arrive pas à voir si c'est la sienne.

Son angoisse palpable aiguillonna encore Nate. Il devait absolument parvenir jusqu'à Chelsea et sa fille.

Au plus vite.

— Décris-moi ton environnement, dit-il aussi calmement qu'il le put.

— Il y a un petit bois, de l'autre côté du pont. Et puis… le lac.

Sa voix se brisa.

Nate, lui, se remit à respirer. Le petit bois qui bordait une des rives du lac… Elle pouvait tenter de s'y réfugier… En tout cas, ça valait la peine d'essayer.

— Où en est l'autre voiture ?

— Elle progresse doucement. Elle est encore loin, mais elle ne tardera pas à arriver à ma hauteur.

Au ton de sa voix, il comprit que la panique de Chelsea avait encore augmenté d'un cran.

Aucun conducteur ne se serait aventuré sur ce pont sans un but précis. Comme poursuivre un autre véhicule. Ce fut cette sinistre pensée qui fit réagir Nate.

— Tu penses que tu pourrais traverser la route à pied avec Skylar sans te faire voir ? demanda-t-il.

N'obtenant pas de réponse, il secoua la tête avec découragement. Il lui fallait un plan. De toute évidence, il ne parviendrait pas jusqu'à Chelsea avant la voiture qui s'avançait vers elle. Pire encore, le temps ne s'arrangeait pas, et les prévisions dans ce domaine étaient des plus pessimistes.

Que faire ? Envoyer Chelsea et Skylar dans le bois, au risque qu'elles n'aient plus de réseau et soient dans l'impossibilité de le joindre ? Elles allaient y mourir de froid ! L'autre solution consistait à leur ordonner de rester où elles étaient, c'est-à-dire à la merci d'un ex-mari jaloux.

Nate savait que les femmes arrivaient en première ligne des victimes de violence conjugale.

Zach le lui avait répété trop souvent pour qu'il n'y pense pas dans cette situation périlleuse.

— Tu as bien verrouillé les portières ? demanda-t-il.

— Oui, je…

Chelsea s'interrompit pour reprendre presque aussitôt, d'une voix précipitée :

— Nate… Il n'est plus qu'à une centaine de mètres de nous. Qu'est-ce qu'on va faire ?

Il ouvrait la bouche pour la rassurer de son mieux quand le hurlement d'une sirène résonna au loin. Jamais ce son strident ne lui avait paru aussi doux.

— Tu entends ça ? lui demanda Chelsea, apparemment aussi ragaillardie que lui.

— Oui. Tu vas avoir des renforts.

Nate n'était encore qu'à mi-chemin, soit bien trop loin. Mais s'il parvenait à les rejoindre, c'en serait fini de Chelsea. Zucker pourrait s'emparer de sa fille, traverser la frontière, et Nate perdrait à la fois Chelsea et Skylar.

Cette idée lui fut plus insupportable qu'il ne l'aurait pensé.

Était-il vraiment amoureux de Chelsea ? S'il se savait déjà très attaché à elle, il ne s'était pas aperçu que la fillette figurait en bonne place dans son cœur, elle aussi.

Il avait donc sa réponse. Il aimait Chelsea et souhaitait former une famille avec sa fille et elle.

Restait à savoir si elle voudrait bien de lui. Parviendrait-elle à s'ouvrir à lui et à se laisser aimer, après ses déboires amoureux ? Nate tenait à clore l'épisode de cette union malheureuse dans son esprit. Chelsea éprouvait des sentiments pour lui, cela ne faisait aucun doute dans son esprit. Le lien qui les unissait était d'une intensité rare.

Bien qu'ils ne se connaissent que depuis peu, il avait l'impression de l'avoir rencontrée une éternité auparavant. Sans doute était-ce ce que l'on éprouvait quand on trouvait enfin l'âme sœur. Chelsea et lui s'étaient reconnus, en quelque sorte.

Il se souvint ensuite qu'il avait fréquenté Mia pendant plusieurs mois avant que leur relation prenne un tout autre tour, sans pour autant qu'il la perce à jour.

Il n'en irait pas de même avec Chelsea. Malgré ses nombreuses désillusions, elle était restée honnête et pure.

Cela forçait le respect de Nate, sans toutefois lui donner la moindre indication sur sa capacité à l'accueillir dans sa vie. Enfin… Il verrait bien. Une chose était certaine, cependant : elle seule pouvait décider de leur devenir.

— Ça va aller, murmura-t-il à Chelsea, devenue étrangement silencieuse depuis leur dernier échange.

Pensant qu'elle retenait son souffle et n'osait pas prononcer un mot, il accéléra jusqu'à risquer de perdre le contrôle de sa fourgonnette.

Il fallait absolument qu'il arrive jusqu'à Chelsea et Skylar. Il n'y avait pas d'autre solution.

Il en était à ce point de sa réflexion lorsque la voix fluette de Skylar chantonnant une comptine que lui avait apprise sa maman ou sa maîtresse lui parvint.

Il ne put réprimer un sourire attendri. Quelle bonne idée de distraire la petite fille de cette façon !

— Un 4 - 4 équipé d'un gyrophare vient de s'arrêter derrière la jeep de Travis, l'informa Chelsea. Je crois que c'est la voiture de patrouille de ton cousin.

À ces mots, Nate sentit le plus gros de sa tension s'évanouir. Il dut néanmoins se faire violence pour reprendre la parole avec le calme auquel il était rompu en cas d'urgence.

— C'est presque fini. Vous êtes quasiment tirées d'affaire, toutes les deux. Je ne vais plus tarder, maintenant.

— Sois prudent, lui souffla-t-elle.

Il arriva à proximité de sa destination plus tôt qu'il ne l'avait prévu.

Il jubilait presque lorsqu'une détonation déchira l'air.

Il eut l'impression que l'oxygène emmagasiné dans la cabine de sa fourgonnette en ressortait à la vitesse grand V. Au bord de l'asphyxie, il demanda :

— Chelsea ? Chelsea ? Que s'est-il passé ?

— C'est la catastrophe ! L'adjoint de Zach, celui que je connaissais, est venu me porter secours et, au moment où il se penchait pour parler au conducteur de la jeep, on lui a tiré dessus. Quand je l'ai vu se redresser et prendre appui sur le toit de la voiture, j'ai cru qu'il n'avait rien, mais il a chancelé et s'est écroulé d'un seul coup. Nate, la jeep revient vers nous, ajouta-t-elle d'un ton paniqué. Qu'est-ce que je fais ?

— Skylar est toujours attachée à son siège ? demanda-t-il à contrecœur, car ce qu'il avait à proposer ne l'enchantait guère.

— Oui.

— Alors descendez de voiture, toutes les deux. Courez jusqu'aux bosquets en zigzaguant. C'est essentiel. Surtout, n'allez pas droit devant vous. Une fois que vous serez cachées par les arbres, faites aussi peu de bruit que possible. Je…

Nate n'acheva pas sa phrase. Il venait d'entendre la portière du vieux pick-up de Chelsea s'ouvrir puis se refermer d'un coup sec.

Il perçut ensuite une multitude de bruissements, puis ce qui ressemblait à une nouvelle bourrasque.

La voix de Skylar terminant sa chansonnette ne fut bientôt plus qu'un doux murmure.

Et puis… rien d'autre que la tempête.

— Chelsea ? Chelsea ?

S'apercevant qu'il appelait en vain, Nate raccrocha.

Il faisait si froid qu'à chaque inspiration, Chelsea ressentait une douleur dans les poumons. Elle n'en desserra pas son emprise sur Skylar pour autant. Sa fille était au chaud ainsi, le visage enfoui dans le col de son manteau. À son grand soulagement, Travis avait été trop occupé par sa rencontre avec Long, l'adjoint de Zach, pour se lancer à sa poursuite.

Chelsea continua à avancer péniblement, tout en serrant Skylar contre elle.

Elle ne parvenait pas à accepter l'idée qu'un représentant de la loi ait été touché par une balle. Cela lui paraissait d'autant plus invraisemblable que Travis semblait être l'auteur du coup de feu. Quel tour avait donc pris sa vie pour qu'il en arrive là ?

De même, elle s'étonnait sincèrement que son ex ait eu recours à de telles extrémités pour lui faire du mal. De toute évidence, elle avait sous-estimé les effets conjugués du mélange de jalousie, de colère et de désespoir qui l'habitait.

D'autant qu'à bien y réfléchir, la vie de Travis était fichue à présent. Une fois qu'on aurait réussi à l'arrêter – et elle souhaitait que ce soit pour bientôt –, il passerait le restant de ses jours derrière les barreaux.

Ce qui la ramenait toujours aux mêmes questions :

Pourquoi ?

Pourquoi l'avoir pistée ?

Pourquoi avoir tenté de la tuer ?

Et pourquoi avoir définitivement gâché toute chance de rachat ?

Bien sûr, Chelsea pouvait supposer que son intention première avait été de la tuer, puis de s'emparer de Skylar. La frontière n'étant pas loin, il aurait pu emmener l'enfant au Mexique comme cela se produisait souvent dans les conflits autour de la garde d'un enfant.

Elle avait passé quatre années à se demander si Travis reviendrait un jour. Contrairement à sa mère, cependant, elle ne l'avait pas cherché. Cela lui avait paru d'autant plus vain qu'il avait compromis toute possibilité d'une reprise de vie commune en la délestant de ses possessions. Ce qu'elle avait craint, tout ce temps, était qu'il revienne dans l'intention de lui ravir sa fille.

Elle tourna sur sa droite, courut sur quelques mètres, puis, suivant les conseils de Nate, changea de nouveau de direction. De temps en temps, elle s'arrêtait et tendait l'oreille pour s'assurer que personne n'était à ses trousses.

Au terme d'un énième détour, elle fut forcée de ralentir,

le temps de reprendre son souffle. Ce n'était pas facile de courir entre les arbres en portant un enfant. De temps en temps, trop souvent à son goût, elle ne parvenait pas à éviter une branche gelée qui lui fouettait alors le visage. Seul avantage de ce bois, il était suffisamment dense pour la protéger de la grêle.

En revanche, comme elle avait laissé tomber son téléphone, un peu avant d'atteindre son refuge de fortune, elle ignorait depuis combien de temps elle courait et où elle se trouvait.

Elle ne sentait plus ses pieds depuis un bon moment, et si elle avait été tentée d'abandonner la partie à plusieurs reprises, elle avait aussitôt rejeté cette idée. Il était hors de question de laisser Travis les retrouver.

Soudain, elle entendit quelqu'un crier son nom. La voix forte et virile tant attendue était sa première lueur d'espoir depuis le début de cette nouvelle mésaventure.

— Nate, dit-elle dans un souffle.

— Maman, voilà le pompier, cria Skylar contre son cou gelé. Il va nous aider !

— Oui, ma chérie, répondit Chelsea en pivotant sur elle-même et en rassemblant ce qui lui restait d'énergie pour courir vers l'endroit d'où provenait la voix.

Nate prenait un risque énorme en l'appelant ainsi. Il trahissait sa présence, et Chelsea se demanda si cela signifiait que Travis ne constituait plus un danger.

Se pouvait-il qu'il se soit enfui ? Ou – mieux encore – avait-il été arrêté ?

Comme elle n'en savait rien, elle continua à avancer malgré la douleur causée par ses orteils engourdis.

Un nouveau coup de feu déchira l'air.

Chelsea se figea sur place.

— Maman ? C'est quoi, ce bruit ? lui demanda sa fille.

Chelsea ouvrit la bouche pour lui répondre, sans qu'un son en sorte.

L'espace d'une seconde, elle eut l'impression que la terre avait cessé de tourner et que le temps s'était arrêté. Elle n'avait plus froid, le vent semblait être tombé, et un silence absolu régnait autour d'elle.

Une autre seconde passa et, comme par magie, les choses reprirent leur cours normal.

— Nate, murmura-t-elle en se précipitant vers l'endroit d'où était provenu le tir.

— Retourne vers la route, lui cria-t-il. Cours. Zucker est trop loin pour te rattraper.

Elle hésita un instant. Nate gisait-il dans un fossé, blessé et perdant son sang ? Elle ne pouvait pas le laisser là ! Et s'il était en train d'agoniser ? Elle devait l'aider, sans quoi elle ne se le pardonnerait jamais. D'un autre côté, elle ne pouvait pas exposer sa fille.

Alors, que devait-elle faire ? Regagner le pick-up ou se lancer à la recherche de l'homme qui lui avait toujours porté secours ?

Et soudain, elle comprit qu'il s'agissait d'une ruse. Nate ne voulait pas qu'elle retourne à son pick-up, en fait. Il était trop intelligent pour indiquer à leur ennemi l'endroit où il la trouverait.

Elle fit donc demi-tour pour retourner là où le coup de feu avait été tiré.

Tapi sur la terre gelée, Nate tentait d'entendre les pas de Chelsea, étouffés par le vent. Zucker était retourné vers la route dès l'instant où Nate avait ordonné à cette dernière de regagner sa voiture.

Travis ne s'était sans doute pas rendu compte que la balle qu'il avait tirée avait manqué son objectif. Nate avait joué le jeu, s'affalant de tout son long. Fort heureusement, sa ruse avait fonctionné et Travis était retourné sur ses pas. Quant à Long, qui n'avait pas été mortellement blessé, il ne se laisserait pas surprendre une seconde fois, c'était certain.

Abandonner ainsi l'adjoint du shérif avait coûté à Nate. En réalité, Long avait été touché au cou, sans que la balle atteigne une artère principale. Il avait beaucoup saigné, mais il avait réussi à appeler une ambulance. Quand Nate était arrivé, il était suffisamment alerte pour affirmer que tout irait bien et qu'il devait au plus vite secourir Chelsea et Skylar.

Avec tout cela, le temps filait. Nate devait retrouver Chelsea et sa fille avant qu'elles meurent de froid. Elles étaient exposées au blizzard depuis une bonne heure, à présent.

Il s'arrêta dans une clairière pour passer le petit bois en revue. Là où il se tenait, la grêle continuait à tomber et à lui fouetter le visage.

À son grand soulagement, il vit bientôt quelque chose bouger sur sa gauche. Passant discrètement derrière un tronc d'arbre pour le cas où Zucker aurait compris son subterfuge et fait demi-tour, il fouilla les lieux du regard.

— Nate, dit Chelsea d'une voix presque inaudible qui le remplit de joie.

Son allégresse fut de courte durée lorsqu'il la vit : elle semblait proche de l'évanouissement tant elle était épuisée.

Il se précipita vers elle pour la soulager du poids de Skylar. La fillette était transie, et sa mère ne valait guère mieux, à en juger par les tremblements qui la secouaient.

— Prends mon blouson et enfile-le, lui dit-il.

— Pas question. C'est toi qui aurais froid, lui rétorqua-t-elle du tac au tac.

À son ton catégorique, Nate comprit qu'il était inutile d'insister.

— D'accord. Dans ce cas, allons dans un endroit où vous pourrez vous réchauffer, lui répondit-il.

Comme il avait mémorisé le trajet le plus direct pour retourner jusqu'au pick-up, il savait qu'il leur faudrait marcher un bon quart d'heure, ce qu'il jugeait beaucoup trop long.

Ils venaient d'émerger du petit bois lorsqu'il aperçut le 4 - 4 de son cousin. Il lui semblait risqué de courir vers lui, mais Skylar claquait des dents à présent. Du coup, il fonça vers la voiture de Zach en s'étonnant presque de ne pas essuyer de nouveaux tirs.

Zach, qui l'avait vu arriver, ouvrit la portière. Chelsea s'engouffra aussitôt à l'intérieur, tandis que Nate tendait la petite fille à sa mère.

— Éloigne-les d'ici, dit-il à Zach.

— Ta place est avec elles, lui répondit son cousin. La mienne est auprès de mon adjoint. Il faut que j'aille voir où il en est.

La portière du 4 - 4 était à peine refermée qu'une détonation déchira l'air.

— Occupe-toi aussi d'elles, s'il te plaît, dit Nate à son cousin avant de se jeter à terre et de se ruer vers sa fourgonnette.

Zach ne quitterait pas les lieux tant qu'il ne serait pas rassuré sur le sort de Long, Nate le savait, tout comme il avait la conviction que son cousin veillerait à la sécurité de Chelsea et Skylar.

Une nouvelle détonation retentit, suivie du sifflement d'une balle qui passa juste au-dessus de l'oreille de Nate.

Bon sang ! Le danger se rapprochait. Il plongea, roula sur lui-même et se releva derrière la fourgonnette. Il aurait pu monter dans la cabine mais qu'aurait-il fait ensuite ?

La main refermée sur la crosse de son arme, il examina l'aile du véhicule. Il y eut encore un tir, puis deux, en rafale.

Il avait compté les détonations et savait que le revolver de Zucker était vide.

Il pouvait le recharger, bien sûr, à condition d'avoir une réserve de munitions. Calculant que l'opération lui prendrait au moins deux minutes, Nate en profita pour courir vers son agresseur.

Lorsque celui-ci leva la tête, Nate reconnut immédiatement Travis Zucker, dont Zach lui avait montré la photo.

L'homme était manifestement en pleine panique ; sans doute commençait-il à comprendre qu'il avait perdu la partie, car ses doigts étaient secoués de tremblements qui le gênaient dans son entreprise. Cela joua en faveur de Nate : voyant deux balles échapper des mains de son adversaire, il se jeta sur lui.

Rapide comme l'éclair, Zucker roula sur le côté et échappa à Nate qui s'affala de tout son long. S'ensuivit une averse de balles qui se fichèrent dans la glace, tandis que Nate se redressait.

Travis essayait de prendre la fuite.

Nate parvint à lui attraper une cheville, Travis se servit de la crosse de sa carabine pour lui frapper le dos de la main et tenter de lui faire lâcher prise. Le coup heurta l'index de Nate qui poussa un cri de douleur.

Travis continua à se débattre, en vain : Nate était déterminé à ne pas le laisser échapper si près du but.

Il prit un autre coup, au poignet cette fois. Si violent que la douleur remonta jusqu'à son avant-bras, tandis que ses doigts s'engourdissaient.

Seule sa volonté farouche d'arrêter le forcené lui donna la force de resserrer encore son emprise sur sa cheville.

— Lâche-moi, lui ordonna Zucker, d'une voix saccadée.

— Laisse tomber, Travis. Tu es bon pour la prison. Inutile d'aggraver ton cas, grommela Nate en faisant monter sa main valide vers le mollet de son agresseur.

— Compte là-dessus ! rétorqua celui-ci en lui assénant un nouveau coup avec la crosse de son arme, au niveau du crâne, cette fois.

Bien que franchement sonné, Nate eut la présence d'esprit d'agripper la carabine.

Ce geste les amena à un corps à corps féroce.

Nate se pencha en avant, puis relâcha la cheville droite de Zucker. Il n'eut pas trop de mal à lui arracher son arme, mais Travis, qui n'avait pas dit son dernier mot, se mit à lui marteler le crâne à coups de pied.

Ça suffisait comme ça. Se redressant de toute sa hauteur, Nate lança la carabine aussi loin qu'il le put, sans oublier de noter au passage l'endroit où elle avait atterri.

Il attrapa ensuite Travis par le poignet, juste au moment où ce dernier allait l'atteindre en pleine mâchoire.

Il lui fit baisser le bras, puis leva un poing et le frappa au visage, lui arrachant un hurlement.

Nate profita de sa douleur pour le pousser en avant. Zucker tomba à plat ventre ; Nate se saisit de ses poignets qu'il lui coinça derrière le dos pour le maintenir en place.

S'apercevant qu'il n'avait plus son téléphone, il appela à l'aide.

S'il avait eu de quoi ligoter son adversaire, il l'aurait attaché à un arbre et abandonné là, à la merci des couguars et autres prédateurs.

Et puis non. À la réflexion, la mort aurait été trop douce pour ce type. Sans compter qu'il était capable de trouver le moyen de s'échapper.

Travis méritait de souffrir, de voir à quoi ressemblait un tribunal, de moisir en prison. Et, vu les accusations qui pèseraient sur lui, il serait sans doute condamné à perpétuité. Cela lui servirait peut-être de leçon.

Nate se remit à appeler à l'aide. Il avait très mal au poignet et sentait la migraine lui brouiller la vue.

Toujours aucune réponse…

S'il restait là, il allait mourir de froid. Il ne lui restait donc qu'à déplacer son prisonnier.

— On va faire un petit tour, toi et moi, annonça-t-il à Zucker avant de retirer sa ceinture pour le menotter comme il le pouvait.

Après l'avoir obligé à se relever, il le força à avancer.

19

— Allonge-toi, mets-toi à plat ventre, ordonna Nate à Travis dès qu'ils eurent atteint la fourgonnette.

— Et comment je fais ? demanda Zucker d'un ton geignard. J'ai les mains attachées.

Tiens, tiens ! Ce type si prompt à malmener les plus faibles que lui se transformait en lavette dès qu'il se sentait menacé ?

Intéressant…

Pas assez toutefois pour que Nate prenne le moindre risque.

— Si tu ne t'agenouilles pas tout seul, je te donne un coup de main. Ce sera plus brutal, alors à ta place, j'obéirais sans discuter.

Travis s'exécuta de mauvaise grâce.

Ses genoux avaient à peine touché le sol que Nate referma sur sa nuque une poigne de fer pour le propulser en avant.

Zucker grommela quelques mots inaudibles, certainement une plainte ou des menaces, dont Nate n'avait que faire.

— T'es flic ? lui demanda ensuite Travis.

— Eh non ! Pas de chance, mon gars. Rien ne m'empêche de te tabasser, lui renvoya Nate en resserrant encore la ceinture.

— Aïe ! Arrête, tu me fais mal, mec ! protesta son prisonnier.

Plutôt que de lui répondre, Nate s'empara du portable de Zucker pour envoyer un message à son cousin, afin de l'informer qu'il pouvait venir le récupérer.

— J'ai une question à te poser…, dit-il ensuite à Zucker.

— Parce que tu t'imagines que je vais te répondre, peut-être ? ricana l'autre.

— Fais preuve d'un semblant de courage, pour une fois, et explique-moi pourquoi tu as mis le feu au restaurant de Chelsea.

— Ce n'est pas moi.

Nate souleva les poignets liés de Travis, lui arrachant un cri de douleur.

— Allez, réponds, pourquoi ? répéta Nate.

Zucker leva les yeux vers lui avant de marmonner, un rictus amer aux lèvres :

— Parce qu'elle ne voulait pas de moi.

— Du coup, tu as essayé de la tuer ?

— Je voulais seulement lui faire peur, comme le jour où j'ai jeté une pierre à travers une vitre de sa maison.

Une note d'angoisse sur le visage, il ajouta :

— Je voulais qu'elle me donne une seconde chance.

— Elle aurait pu périr dans l'incendie de son chantier, espèce de crétin, lui rétorqua Nate, stupéfait qu'il ait pu s'imaginer un seul instant que son ex accepte un jour de se trouver dans la même pièce que lui.

— Je n'ai jamais réussi à l'oublier, répondit Zucker d'un ton las. J'étais fou de rage, et je me suis dit que si je ne pouvais pas l'avoir, personne d'autre ne l'aurait. Surtout pas toi.

Son regard s'était terni.

Nate avait déjà vu cette expression chez des hommes qui avaient franchi le point de non-retour et venaient seulement de le comprendre.

— Tu aurais pu faire de ta fille une orpheline. En plus d'être cruel et stupide, c'était criminel.

Intérieurement, Nate se dit que Chelsea serait soulagée d'apprendre que Travis n'avait pas vraiment voulu la tuer. Bien que malade, l'homme avec qui elle avait conçu Skylar n'avait pas souhaité sa mort, ce qui valait mieux que rien.

— Ma fille ? s'exclama Travis, retrouvant un semblant d'agressivité. Tu parles ! Je n'ai jamais cru que l'enfant que portait Chelsea était le mien.

Nate en resta momentanément sans voix. La voiture de Zach apparut à l'horizon, l'aidant à retrouver l'usage de la parole.

— Ah ouais ? Et pour quelle raison ?

— Ma femme prenait la pilule, et il y avait ce type qui travaillait pour elle et lui tournait autour.

— Tu as dû entendre parler des tests ADN, tout de même, non ? Ils ne sont pas faits pour les chiens ! se récria Nate, de plus en plus surpris, même si cela expliquait en partie que Zucker ait volé sa femme et abandonné l'adorable Skylar.

Voyant arriver la voiture de patrouille, Zucker se releva, le visage crispé par la hargne.

Zach se dirigea tout droit vers lui.

— Admire la nature qui t'environne, Zucker. Parce que tu n'es pas près de la revoir, lança Zach à leur prisonnier. C'est à l'ombre que tu vas passer les années à venir.

Chelsea sentit son cœur bondir dans sa poitrine lorsque Nate apparut. La crainte qu'il lui arrive malheur l'avait mise dans un état proche de la crise de nerfs. Les secours étant arrivés, les brancardiers avaient mis Long à l'abri, à l'intérieur de l'ambulance. L'un d'entre eux avait levé un pouce en l'air pour indiquer à Zach que son adjoint s'en tirerait.

— Maman, regarde, voilà le pompier ! s'exclama Skylar en montrant Nate.

— Oui, ma chérie, lui répondit Chelsea qui luttait pour retenir les larmes de joie qui lui étaient montées aux yeux.

— J'ai faim ! C'est bientôt l'heure de manger ? reprit la fillette.

Chelsea ne put réprimer un sourire. Les enfants avaient décidément l'art de vivre le moment présent. C'était sans doute ce qui les rendait si insouciants. Moins de dix minutes après un incident des plus effrayant, ils passaient à autre chose, surtout quand il y avait un repas à la clé.

Zach appuya Zucker sur le capot de la voiture de Long, le força à écarter les jambes, le fouilla et le menotta.

Nate continua à avancer vers Chelsea qui sentit son cœur s'envoler.

— Maman, le pompier vient nous voir, lança Skylar en applaudissant joyeusement.

Grâce à Nate, elles étaient bien au chaud, toutes les deux, dans la voiture de patrouille. Sans celui que Skylar continuait à appeler « le pompier », Chelsea serait peut-être encore en train d'errer dans le petit bois, avec sa fille. La pensée de ce qui aurait pu se produire ensuite lui donnait la chair de poule. Si son propre devenir lui importait peu, celui de Skylar était primordial.

— Je sais, ma chérie, dit-elle en étouffant un sanglot.

— Je l'aime bien, ce monsieur-là, déclara l'enfant avec toute la solennité dont on est capable à quatre ans.

— Moi aussi, renchérit Chelsea avec douceur.

Car elle devait bien se rendre à l'évidence : après avoir si longtemps craint de ne plus jamais être capable d'aimer un homme, elle s'était éprise de Nate Kent.

Et à présent que cette aventure était terminée, il allait retourner à sa vie, et elle à la sienne.

D'où venait le vide immense qu'elle ressentait déjà ?

Nate alla ouvrir la portière de sa fourgonnette et s'installa derrière le volant, tandis que Skylar escaladait la banquette pour passer à l'arrière. Chelsea se glissa sur le siège du passager, de manière à pouvoir faire la route du retour à côté de Nate.

— Tu es gelé, dit-elle en le voyant se frotter les avant-bras et souffler sur ses mains.

Il se pencha vers elle pour déposer un baiser furtif au coin de ses lèvres.

— Alors, tu es montée dans la voiture de patrouille ? Ça t'a plu ? demanda-t-il à une Skylar radieuse.

— Oui. J'ai même appuyé sur le bouton qui fait tourner la lumière, répondit-elle avec fierté. C'est bien, les voitures de… de patatrouille.

Chelsea écouta distraitement leur échange. Elle ressassait son problème du moment. Les sentiments qu'elle éprouvait pour Nate ne disparaîtraient pas comme par enchantement. Ceux de sa fille non plus, de toute évidence. Elle adorait « le pompier » depuis le départ.

Quelle angoisse !

— Il faudra que tu passes voir mon camion de pompier, ajouta Nate. Il y a encore plus de gyro… de lumières à allumer.

— Oh oui ! s'écria la fillette, ravie.

— Je vous ramène chez vous, toutes les deux ? demanda Nate à Chelsea. On fera remorquer ton pick-up demain après-midi, quand il fera moins mauvais.

— Super, merci.

— Attends, je vais récupérer le siège auto de la petite, annonça Nate.

Et avant que Chelsea ait pu l'en empêcher, il descendit de la fourgonnette.

Si elle ne savait toujours pas ce qu'elle lui dirait exactement, une chose était certaine : elle ne voulait pas qu'il s'éloigne.

Le trajet du retour se fit dans le calme. Zach les suivait pour emmener Travis dans une prison où il resterait longtemps. Chelsea se sentait enfin en sécurité, Skylar jouait avec la poupée que Nate avait sortie du pick-up en même temps que le siège auto. Un silence complice s'était installé entre Nate et Chelsea.

Une fois rentrée, et après s'être assurée que Linda n'avait besoin de rien, Chelsea dîna avec sa fille et Nate.

Quand elle eut bordé Skylar, elle eut le plaisir de trouver Nate dans sa cuisine, occupé à leur servir un café.

Il était toujours aussi craquant.

— Merci d'être resté avec nous, ce soir, lui dit-elle en prenant la tasse qu'il lui tendait.

Comme il ne répondait pas tout de suite, elle pensa qu'il choisissait ses mots avec soin.

Malgré les derniers événements, elle craignait toujours qu'il prenne définitivement congé.

— J'ai eu le temps de discuter un peu avec Travis, dit-il enfin.

— Et ? demanda-t-elle en faisant rouler sa tasse entre ses mains.

— Et il te soupçonne d'avoir eu une aventure avec un de tes employés.

Nate ne semblait pas en croire un mot, ce dont elle lui fut reconnaissante.

— Il a évoqué la question une ou deux fois avant de disparaître, sans que je le prenne vraiment au sérieux, admit-elle.

— En fait, il ne te connaît pas si bien que ça, hein ?

— Non. Surtout s'il a sincèrement cru que je l'avais trompé.

Ces mots avaient à peine franchi le seuil de ses lèvres qu'elle leva les yeux vers Nate pour le dévisager.

— Et toi, comment sais-tu que je ne lui ai pas menti ?

— Chelsea, tu es la personne la plus intègre que j'aie jamais rencontrée. Tu es si honnête qu'en aucun cas je ne peux t'imaginer infidèle.

La ferveur avec laquelle il lui avait dit cela fit chaud au cœur de Chelsea.

— J'ajoute que tu es belle, ce qui est un tout autre sujet.

Chelsea rougit jusqu'aux oreilles.

Nate lui donnait l'impression d'être belle.

— Et comment peux-tu penser tout cela de moi, alors que nous nous connaissons à peine ? demanda-t-elle, bien que consciente d'avoir été percée à jour.

— Parce que je me suis tout de suite senti proche de toi. Je n'avais encore jamais ressenti cela avant de te rencontrer. Je sais que les hommes t'en ont fait voir et qu'entre l'abandon de ton père et celui de ton ex-mari, tu as trop souffert pour accorder ta confiance au premier venu. Cela dit, tu me connais, toi aussi, non ?

— Je commence à savoir qui tu es, admit-elle. Et si on m'avait dit que je pourrais m'éprendre de toi aussi vite et avec une telle force, je ne l'aurais pas cru. Pour tout te dire, j'ai l'impression de te connaître profondément, même si ça me paraît complètement fou.

— J'ai aussi ce sentiment, Chelsea. Malheureusement, tu as beaucoup de soucis, entre ton restaurant à reconstruire, ta fille en bas âge et ta mère en mauvaise santé.

Chelsea se tendit. D'ici un instant, Nate allait lui annoncer que rien n'était possible entre eux.

Il allait partir.

Elle avait du mal à respirer, subitement.

— Alors, poursuivit Nate avant de s'avancer pour s'agenouiller devant elle, même si c'est un peu présomptueux de ma part, je pense que nous ne devrions pas attendre plus longtemps pour nous marier.

— Par… Pardon ? balbutia-t-elle, croyant avoir mal entendu.

— Bien sûr, on pourrait passer par toutes les étapes préalables, seulement je t'aime et je veux t'épouser, former une famille avec toi et Skylar, pour toujours. Personnellement, je ne vois aucune raison d'attendre, mais je comprendrais que tu préfères réfléchir, avant de t'engager. Je suis prêt à tout, ma belle, même à patienter jusqu'à ce que tu me fasses entièrement confiance.

— Je t'aime, moi aussi, Nate, et je n'ai aucune raison valable d'attendre le moment de devenir ta femme.

— Donc, c'est oui ? demanda Nate avec un immense sourire.

— C'est oui.

Il l'embrassa si tendrement qu'elle en eut le vertige.

Lorsqu'il s'écarta finalement d'elle, ce fut pour lui dire :

— Je t'ai attendue toute ma vie, Chelsea. Linda m'est apparue comme une mère dès le début, et j'ai enfin trouvé un foyer, avec toi, ta fille et ta mère.

Un foyer… Chelsea ne pouvait trouver meilleur mot pour décrire ce qu'elle aurait désormais avec Nate Kent.

Un véritable foyer… et le bonheur.

Retrouvez prochainement,
dans votre collection

BLACK ROSE

Quelqu'un te surveille, d'Amanda Stevens - N°638

LES DISPARUES DU LAC ECHO - 3/3

« Il revient... » Chaque soir, Ellie reçoit ce message anonyme pendant l'émission de radio qu'elle anime. Hantée par le souvenir de la nuit fatale durant laquelle deux de ses amies ont disparu, terrifiée à l'idée que l'homme qui les a enlevées est peut-être de retour, elle accepte d'enquêter aux côtés de Sam Reece, un séduisant agent du FBI qui a rouvert ce dossier vieux de quinze ans...

Au mépris des menaces, de B.J. Daniels

Aussi belle que farouche... Dès sa rencontre avec Maureen Mortensen, Brick Savage comprend que ses échanges avec la troublante policière vont être houleux. Pourtant c'est à lui qu'elle a fait appel pour retrouver la personne qui a détruit sa famille. À lui qu'elle a confié cette enquête complexe dans laquelle ils vont avancer côte à côte en dépit du danger...

Précieuse mission, de Carla Cassidy - N°639

Des jumeaux ! Abasourdi, Dallas écoute Avery qu'il vient de croiser alors qu'il patrouillait en ville. Ainsi la jolie juriste avec laquelle il a partagé une folle nuit de passion, sept mois plus tôt, est enceinte de lui... Aussitôt, sa décision est prise : il va assumer cette paternité inattendue et protéger Avery qui, suite à l'arrestation d'un dangereux criminel, a reçu plusieurs lettres de menaces...

Une présence rassurante, de Julie Miller

Messages anonymes, voiture piégée... Qui s'acharne sur Hazel Cooper, la vétérinaire de la ville, et ses deux filles ? Son ex-mari, récemment libéré de prison et qui n'a pas le droit de revoir sa famille ? L'une des victimes qu'il a escroquées et qui cherche à se venger ? Désespérée, Hazel confie son désarroi à Jedediah Burke. Et tombe peu à peu amoureuse du beau et rassurant sergent...

Retrouvez prochainement,
dans votre collection

BLACK ROSE

Un bébé à choyer, de Regan Black - N°640

Comment peut-on abandonner son enfant ? C'est la question que se pose Fox Colton le soir où il découvre un bébé devant sa porte. Déstabilisé, il se demande ce qu'il va faire de lui lorsqu'une jeune femme en quête de travail se présente au ranch. Séduit par son dynamisme, Fox lui propose de l'embaucher comme baby-sitter avant de se lancer à la recherche des parents du bébé…

L'imprudente cavale, de Janice Kay Johnson

Après le crash de l'avion qui l'emmenait à Seattle où elle doit témoigner dans un procès pour meurtre, Maddy Kane se retrouve seule, blessée, en pleine montagne. Alors qu'elle tente de s'orienter, elle est secourue par Will Gannon, un randonneur solitaire qui, bon gré mal gré, accepte de l'héberger. Mais le trajet jusqu'à la vallée est long et semé d'embûches et ils se rendent compte bientôt qu'un hélicoptère les a pris en chasse…

Pour la vie d'une enfant, de Delores Fossen- N°641

Le cœur broyé par le chagrin, Addison relit la lettre de la mère porteuse à qui elle a fait appel pour avoir sa petite Emily. Ainsi, c'est à cause du sombre trafic dans lequel cette femme a trempé que son bébé a été enlevé… Mais aussitôt Addison se ressaisit. Elle sait qui peut l'aider à retrouver sa fillette disparue : Reed, l'adjoint du shérif. Reed, son ex-fiancé dont elle s'est séparée il y a quelques mois…

Et si c'était elle, de Beth Cornelison

Se pourrait-il que Grace, sa fille, soit toujours en vie ? Cette idée obsède Elise depuis qu'un couple rencontré dans un groupe de soutien et qui, comme elle, a perdu un bébé à la naissance, lui a parlé d'un trafic de bébés… Et, si Grace est vivante, se pourrait-il qu'elle ne soit autre qu'Isabel, le bébé adopté par Jared Coleman, qui fréquente lui aussi le groupe de soutien ?